Jacquelyn Mitchard

Après des études de journalisme, l'écrivain américain Jacquelyn Mitchard devient chroniqueuse, de 1984 à 1988, au *Milwaukee Journal Sentinel*, puis collabore à des magazines. Sollicitant une bourse de la fondation Ragdale elle s'attelle ensuite à l'écriture de son premier roman, *Aussi profond que l'océan*. Ce livre, publié en 1996 aux États-Unis, connaît un succès immédiat et international et fait l'objet d'une adaptation cinématographique, en 1999, avec Michelle Pfeiffer dans le rôle principal. Depuis, elle a notamment écrit *L'enfant des autres* (Belfond, 2003) et *Douze fois chéri* (Éditions des 2 Terres, 2005).
Jacquelyn Mitchard vit à Madison, dans le Wisconsin (USA), avec ses cinq enfants adoptifs.

L'ENFANT DES AUTRES

DU MÊME AUTEUR
CHEZ POCKET

AUSSI PROFOND QUE L'OCÉAN

PLUS QUE TOUT AU MONDE

JACQUELYN MITCHARD

L'ENFANT DES AUTRES

Traduit de l'américain
par Valérie Rosier

BELFOND

Titre original :
A THEORY OF RELATIVITY
publié par HarperCollins Publishers Inc., New York.

Ceci est une œuvre de fiction. Les lieux, noms, et allusions aux affaires judiciaires empruntés au réel n'ont d'autre but que de lui conférer un caractère authentique, mais tous les personnages, leurs motivations et les situations décrites sont le fruit de l'imagination de l'auteur.
La ville de Tall Trees est un mélange affectueux de bien des villes du Wisconsin, et toute ressemblance entre ses habitants et des personnes réelles serait pure coïncidence.

ISBN : 2-266-14125-2

Pour Christopher et Maria Christopher
Et pour Moochie

Comme il s'écoule vite vers la pénombre
le miel diffus de la lumière d'après-midi

et les bourgeons clos renoncent
à leur singulier mystère
tant ils sont pressés d'éclater, de fleurir

comme si ce qui existe existait
pour être perdu
et devenir précieux

LISEL MUELLER, *In Passing*

Le mérite principal du terme « relativité » est de nous rappeler qu'un scientifique participe inévitablement du système qu'il étudie... Bref, les lois de la nature seraient-elles les mêmes pour chacun, quelles que soient sa position et sa façon de se mouvoir ?

NIGEL CALDER, *Einstein's Universe*

1

Ils étaient morts sur le coup.

Pour ainsi dire.

Gordon savait bien qu'en l'occurrence l'expression « sur le coup » n'était pas à prendre à la lettre : après le choc, il avait dû s'écouler plusieurs minutes durant lesquelles le sang de Ray et de Georgia avait une dernière fois afflué et reflué suivant un circuit devenu inutile, tandis que leurs muscles se contractaient sous l'autorité d'une ultime salve de commandements neurologiques. Mais sans que la conscience ou la mémoire interviennent, sinon durant quelques secondes embrumées.

La plupart des habitants de la petite ville de Tall Trees, la famille McKenna et leurs amis ne cherchaient pas à comprendre le processus biologique exact. Ils se raccrochaient plutôt à quelque chose, par exemple à une mort immédiate, sans complications, comme une panne de courant. Pour beaucoup, ce fut une source de réconfort. Et au fil des mois, le réconfort s'avérerait bon à prendre, d'où qu'il vienne.

Même Gordon dut admettre qu'il était soulagé. Cela aurait pu être pire, bien pire, n'est-ce pas ?

Oui, ç'aurait pu être pire. Tel serait son mantra, décida-t-il, le souffle court, sous le choc, alors qu'il se préparait à quitter sa salle de classe pour rejoindre en voiture les lieux de l'accident, à Lost Tribe Creek. Non, devant cette fin brutale venue conclure une année catastrophique, il ne hurlerait pas, ne tremblerait pas, ne flancherait pas. L'effroi lui martelait le ventre, comme un démarcheur importun tapant avec insistance à la fenêtre. *Ta sœur est morte, ta sœur est morte pour de bon !* Mais Gordon inspirait et expirait en se disant « concentre-toi ».

Il garderait son esprit d'analyse. Considérer les faits sans détour, c'était sa nature et sa vocation. Il en était capable, mieux que quiconque dans la famille. Ainsi se protégerait-il lui-même, et protégerait-il ses parents.

Évidemment qu'il avait peur. Les jambes qui flageolent. Le pouls qui s'emballe... Les signes physiques étaient là. Cela avait commencé au moment même où il avait entendu la voix du shérif Larsen lui dire : « Gordon, qu'est-ce que tu fais, fiston ? »

Ce qu'il faisait ?

Un vieil ami de son père l'appelait au collège un jour de semaine alors qu'en principe il n'aurait pas dû être là, puisque les vacances d'été étaient commencées depuis une quinzaine, tout ça pour lui demander ce qu'il faisait. Il était arrivé quelque chose, un sale truc, mais Gordon ne parvenait pas à imaginer quoi, après ce qui s'était déjà produit.

Il ressentit une brûlure, comme si une épingle lui perçait l'abdomen.

— Euh, je suis en train de ranger ma salle de classe, répondit-il enfin, mal à l'aise. Je jette les soucoupes de gélose moisie. Je lis toutes les lettres d'amour que les gosses ont laissées dans les tiroirs du labo. Bref, les joies du métier de prof de sciences.

— Bon, dit le shérif Larsen, dont la voix lui avait toujours rappelé celle de Ronald Reagan. Bon. Alors… tu es seul ?

Oui, Gordon était seul, et il jouissait de sa solitude. Les jours où Georgia allait au centre hospitalier universitaire du Minnesota pour sa chimiothérapie, et uniquement ces jours-là, les McKenna s'accordaient le droit de s'occuper de l'ordinaire, se faire couper les cheveux, rendre des livres à la bibliothèque, occupations qui leur semblaient honteuses et égoïstes quand Georgia était à la maison, en si piteux état. Il avait failli ne pas répondre au téléphone. C'était sûrement sa mère, et elle lui ferait encore un rapport sur les dernières prouesses de Keefer, sa nièce d'un an… Gordon adorait Keefer, il la trouvait incroyablement éveillée, mais il n'y avait pas de quoi en faire tout un plat.

— Qu'est-ce qui se passe ? avait-il demandé à Dale Larsen.

Et à mesure que celui-ci lui parlait d'un accident, d'un terrible accident, aucun survivant, et qu'il lui proposait de passer le prendre, Gordon sentit sous l'effet de la panique sa poitrine se comprimer, jusqu'à ne plus pouvoir contenir à la fois son cœur et ses poumons. C'était normal, sans doute de l'hypotension résultant du choc. La peur n'était somme toute qu'une idée, comme le reste. N'avait-il pas compris cela un an auparavant, quand ils avaient appris que sa sœur Georgia, une jeune femme de vingt-six ans dans toute sa gloire d'épouse et de mère comblée, avait un cancer de stade quatre, un cancer dont on ne se remet pas ? Ne l'avait-il pas vue souffrir jour après jour durant une année interminable où il avait pleuré, séché ses larmes, tenté de la soutenir et appelé sa délivrance tout en se maudissant pour de pareilles pensées ?

Eh bien, c'était fini. La mort l'avait délivrée.

Et Ray, le mari de Georgia, son vieux copain originaire de Jupiter, en Floride. Ray, qui abritait dans un corps d'athlète un cerveau de physicien et un cœur d'enfant. Ray était mort lui aussi. *Je ne pourrai pas vivre sans elle*, lui avait-il dit maintes fois durant la maladie de Georgia. Et Gordon avait senti que ce n'était pas juste une façon de parler. Qui sait, Ray avait peut-être éprouvé lui aussi de la gratitude, dans un dernier éclair de conscience. En quelques fractions de seconde, l'esprit est capable de produire des dizaines d'impressions.

Ainsi en fut-il de l'esprit de Gordon, qui décida de ne pas appeler sa mère, de lui accorder ces ultimes moments de paix avec Keefer. Il n'appellerait pas non plus sa tante Nora, dont il connaissait pourtant le courage. Gordon avait toujours eu du mal à croire qu'un même siècle ait pu engendrer à la fois ses parents et une femme aussi simple que tante Nora. Tout récemment, dans sa folie douce, elle avait déclaré à Gordon qu'elle n'avait pas besoin de connaître tous les pourquoi et les comment, qu'un jour, au paradis, elle en parlerait avec Georgia.

Mais le paradis n'était qu'une idée abstraite quand Nora avait fait cette déclaration, songea Gordon en se garant sur le bas-côté de la route, à bonne distance de Lost Tribe Creek. À présent que la réalité reprenait ses droits, elle serait anéantie.

Ce serait à lui de leur apporter du réconfort, de prêter une épaule solide sur laquelle s'épancher, une main ferme à laquelle se raccrocher, réalisa-t-il. Pourtant, à vingt-quatre ans, il était le plus jeune de la famille, hormis l'un de ses cousins.

Tout ce qu'il vit lui parut étrange, déconcertant.

On aurait dit un jour comme un autre, et Gordon crut d'abord qu'il s'était trompé d'endroit. Ou que tout cela n'était qu'une erreur. Une farce. Où se trouvaient donc Dale Larsen et son véhicule de police, que Gordon connaissait si bien ? Une vive et pimpante lumière d'été caressait les bouleaux de la rivière. Des voitures chargées de bicyclettes et de matériel de camping passaient en mugissant. Dans le paysage, Gordon se sentait le seul élément déplacé.

Même le garde-fou disloqué dont un bout pendait en se balançant semblait inoffensif, le genre de dégâts qu'on attribue à un simple accrochage. Il regarda plus bas, vers la berge. Cinq ou six sapeurs-pompiers du comté de Trempeauleau observaient le lit de la rivière, apparemment désœuvrés. La voiture avait dû faire un vol plané et atterrir de l'autre côté. Une ambulance du comté était garée sur la rive quelques mètres plus haut, le moteur éteint, les portières grandes ouvertes.

Il se pencha pour regarder plus bas, de l'autre côté du ruisseau. Et il la vit.

La Bel-Air de son père n'était plus qu'un amas de métal dont l'avant s'enfouissait dans un nid de sable, de galets et de béton. Autour, une mare irisée d'huile et de sang – et du verre brisé partout, bien plus de verre qu'une voiture ne semblait pouvoir en contenir, sur les rives, les rochers moussus, dans les arbres. Et des traînées rouges, des lambeaux de chair dans l'eau, sur les feuilles des saules. Gordon ne se rappellerait les moments qui suivirent qu'en une séquence d'images fracturées, entrecoupées de noir, comme des diapos projetées dans une pièce assombrie. Il avait enjambé le parapet, dévalé la pente herbeuse et dépassé les policiers, marchant comme dans un rêve, un cauchemar où, extérieurement, tout semblait si normal à ses sens qu'on aurait dit un de ces jours d'été ensoleillés de son enfance, quand il se réveillait heureux de vivre à l'orée de grands bois où les autres enfants n'allaient que pour les vacances. Il glissa, faillit tomber, se rattrapa, et arriva enfin à la hauteur de la voiture.

Dans l'anse de la rivière il y avait une butée en ciment, un genre de digue conçue pour contenir les crues de printemps et empêcher que l'eau déborde sur la route. La voiture avait dû percuter le coin gauche de la butée, et le capot s'était complètement replié sur le siège avant. Ce qu'on avait sorti de là ne pouvait être encore en vie.

Les vitres avaient explosé, et Gordon aperçut quelque chose du côté du conducteur qui lui fit tout d'abord penser à ces méduses qu'il voyait quand il faisait de la plongée sous-marine, de délicates membranes en forme de parachute, veinées de fils marron, bleus et dorés... Ray... oh, Ray. Il ne put fixer son regard sur ce qui flottait sur l'eau peu profonde, au bord de son champ de vision, un long tissu violet, brodé d'étoiles dorées. La chemise de sa sœur.

Gordon se mit à pleurer.

Deux des officiers de police le rejoignirent, et quand ils lui tapotèrent le dos, avec cette raideur des hommes d'âge mûr, Gordon eut envie de se blottir contre leurs larges poitrines pour sangloter, mais il se retint. Reste là, lui dirent-ils d'une seule voix de basse, non, mon garçon, ne t'approche pas, tu ne peux plus rien pour eux, maintenant. Puis Dale Larsen descendit la colline d'un pas gracieux, presque dansant, et sa haute stature incarnait si bien ce monde inchangé dans toute son obscénité qu'elle le fit s'effondrer. Gordon avait jadis couru après la fille de Larsen, une nature ardente et farouche. Stephanie. Comment avait-il pu un seul instant oublier son prénom ? Stephanie. Il empoigna la chemise bleue du shérif et s'y cramponna. En un geste empreint d'intimité et de retenue, dont Gordon se souviendrait toujours, Dale Larsen prit doucement les mains de Gordon dans les siennes.

— Le pire reste à faire, fils, dit-il. Il faut qu'on aille voir tes parents.

Larsen lui fit remonter la berge et, de nouveau, les sensations de Gordon furent celles d'un enfant. Il était content que son père n'ait pas vu sa Bel-Air décapotable 1957 dans cet état, une splendeur couleur crème avec des sièges rouge vif, une voiture de lune de miel choisie pour sa grande et moelleuse banquette arrière, comme Mark McKenna l'avait un jour avoué à son fils avec une candeur empourprée, lors d'un rare moment d'abandon. Achetée à un prof d'université qui avait quitté le pays, son seul autre propriétaire, elle avait été conservée comme un trophée, enduite chaque année d'huile et de vernis, emmitouflée l'hiver dans sa couverture, et on la sortait de temps en temps en promenade, comme Georgia et Ray aujourd'hui. Pour son père, c'était un char magique qui le ramenait à l'ère bénie où lui-même, un gars tranquille, sans histoires, s'était mis à courtiser une étudiante en beaux-arts au charme exotique, qui avait grandi sur la Gold Coast de Chicago. Quand on lui montrait de vieilles photos de ses parents, prises à cette époque, Gordon était sidéré par leur jeunesse, leur beauté, il trouvait qu'ils ressemblaient à des stars de cinéma habituées à flirter avec l'objectif.

Oh, maman, pensa Gordon. Maman, maman.

Le shérif Larsen parlait à voix basse d'un bon Samaritain muni d'un téléphone portable, qui allait à Burnt

Church Lake avec ses deux petits garçons pour un week-end de pêche. L'homme s'était juste arrêté en bordure de la route pour gronder ses enfants, qui avaient débouclé leurs ceintures et se battaient à l'arrière à coups de gilet de sauvetage.

— Pauvre gars, soupira Dale Larsen. C'est son petit garçon, un gosse de six ans, qui a vu la voiture, et il a dit : « Eh, papa, il y a… »

— Quoi ? demanda Gordon, et il s'affala soudain sur le bas-côté, incapable de rester debout.

— Rien, répondit Dale. La Bel-Air disparaissait sous les feuillages… En voyant que le modèle était ancien, le père a d'abord cru que c'était une épave dont des gens s'étaient débarrassés en la poussant. Quand on est arrivés, il pleurait. Il tenait ses deux garçons contre lui pour qu'ils ne regardent pas plus bas, et il pleurait au téléphone en parlant à son ex-femme.

— Et le gosse… Il a vu les corps… ?

— Non. Seulement la…

— Le sang…

— Laisse tomber, fils. Il n'y avait rien à faire… Les toubibs ont essayé, mais…

— Je sais. Je suis sûr qu'ils ont fait tout leur possible.

— Il a dû se passer plusieurs heures sans que personne remarque rien, à cause de la position de la voiture.

— Ils… Ray et… ma sœur… ils sont partis très tôt ce matin. J'étais chez mes parents, à l'étage. Georgia a couché le bébé dans le lit près de moi et elle m'a dit : « Embrasse-moi, comme ça… »

Avait-il senti le parfum de Georgia quand elle s'était penchée sur lui, cette eau de toilette sucrée qu'on vendait chez Bulle de Savon ? Oui, son effluve l'avait enveloppé. *Embrasse-moi, comme ça je ne te manquerai pas*, lui avait-elle murmuré, puis elle avait posé Keefer dans son lit, petit paquet humide et mou, bien calé entre Gordon et le mur…

— Quoi ?

— Rien, un truc que maman nous disait toujours, quand on partait à l'école. Quand Georgia m'a parlé, je n'étais même pas réveillé.

— Ah… Bon, est-ce que tu peux te lever, fiston ? Surtout, prends ton temps. Moi aussi, j'aurais besoin de souffler un peu, convint Larsen, qui suait à grosses gouttes et le regardait avec des yeux de chien battu.

— Je suis prêt.

— Alors il faut qu'on aille voir tes parents. Ed Dean… mon adjoint… a appelé ton oncle Mike. Et Mike a dû aller chercher ton père à Medi-Sun.

Larsen inspira profondément.

— Gordon, ajouta-t-il, tu sais combien je regrette, du fond du cœur. Tes parents comptent beaucoup pour nous, et Georgia… Georgia comptait encore plus. C'est une sacrée épreuve. Et vous avez déjà eu plus que votre part. Ça ne va pas vous faciliter les choses…

— Si, d'une certaine manière, l'interrompit Gordon. En fait, quand on y réfléchit, cela nous simplifie les choses.

Le shérif resta longtemps silencieux et Gordon crut d'abord qu'il ne l'avait pas entendu, mais quand il leva les yeux, il croisa le regard qu'il connaissait bien pour l'avoir vu des centaines de fois, et son cœur se serra. Il était allé trop vite et trop loin, il avait coupé au plus court quand les autres s'adaptaient tout juste à la situation. Il l'avait fait sans intention particulière, juste pour tenter maladroitement de retrouver un peu d'aplomb et d'assurance.

— Tu veux dire que c'est plus facile par rapport à… Georgia, avança le shérif Larsen.

— Oui, acquiesça Gordon avec gratitude. Comme ça… c'est fait. Nous n'aurons pas à la regarder mourir.

Alors Gordon prit conscience, et il lui fallut un petit effort pour bien cerner la question, comme un bambin s'efforce de tenir un gros crayon entre ses doigts, que la mort de Ray simplifiait également des choses. Des choses dont même quelqu'un comme lui ne pourrait jamais parler ouvertement, et qu'il se permettait à peine de penser. Georgia serait morte bientôt, de toute façon ; mais Ray lui aurait survécu. Et il aurait fini par déménager pour s'installer à côté d'un club de golf à l'autre bout du pays, en emmenant Keefer avec lui. Ray aurait voulu vivre près de ses parents, pour qu'ils puissent surveiller la petite durant les étés interminables qu'il passait en tournée, sur son circuit de golf semi-professionnel. Il se serait peut-être même remarié ; il était du même âge que Gordon, et donc plus jeune que Georgia. Peu à peu, les McKenna, qui s'étaient occupés quotidiennement de Keefer et avaient vécu à travers elle depuis le jour de sa naissance, auraient dû se contenter d'une visite une fois l'an pour Noël, et de petits mots de remerciement écrits d'une main enfantine. Du même coup, ils auraient perdu Keefer aussi sûrement que Georgia. Et ils ne s'en seraient pas relevés.

À présent, ce double coup du sort était à moitié désamorcé. Car le testament de Ray et de Georgia spécifiait que les McKenna, c'est-à-dire lui et ses parents, auraient la garde de Keefer. Si jamais il arrivait quelque chose.

C'était arrivé.

Ce qu'il avait failli dire, c'était que perdre Ray signifiait garder Keefer.

D'accord, c'était horrible. C'était dégueulasse, froid, cruel.

Mais c'était vrai, non ?

Il entendit la voix de sa sœur. *La vie n'est pas un laboratoire, Gordie. Malgré ton esprit cultivé, tu es aussi borné qu'un bouton de porte. Tu as beau détenir les faits, tu passes à côté de l'essentiel.*

Les faits forment l'essentiel, répondait-il invariablement.

En l'occurrence, ils lui conféraient d'ores et déjà le statut de père, pensa Gordon en montant dans sa voiture pour suivre celle du shérif jusqu'à Cleveland Avenue, chez ses parents. Et un jour, il devrait expliquer à Keefer pourquoi ses propres père et mère n'avaient pu l'élever. Il faudrait lui dire la vérité toute nue, telle que les parents de Gordon la lui avaient apprise sur sa propre origine, encore qu'il l'eût mieux appréciée un peu fardée. Car, comme lui et Georgia, Keefer serait un enfant adopté. Et, comme Gordon, elle aurait tendance à dater ses origines non de sa conception, mais de son inclusion au sein de sa famille. Elle n'était qu'un bébé. Elle ne se rappellerait jamais cette période. Gordon avait lui-même eu l'impression qu'avant d'être adopté par ses parents, il avait existé dans les limbes, entre deux vies.

Il chérissait son histoire, maintes fois contée par ses parents. « Comment tu es devenu notre fils. » Quant à Georgia, son passé lui était plus cher encore et non dépourvu d'exotisme. Elle était l'enfant d'une étudiante en médecine hongroise, tombée enceinte aux États-Unis. Plus humble, l'histoire de Gordon se résumait à une toute jeune fille qui travaillait comme caissière et ses vagues souvenirs d'une nuit de pleine lune, et de beaux bras bronzés. « Quand on a appris l'origine de Georgia, on a eu l'impression d'avoir gagné le gros lot, lui avait une fois raconté sa mère. Car la maman de Georgia était hongroise, comme grand-père et grand-mère Kiss, et c'était une étudiante en médecine. Ainsi notre bébé me ressemblerait et il serait aussi intelligent que ton père ! » Commentaire que Gordon avait mis des années à digérer.

Pourtant, c'était lui qui avait obtenu une licence en sciences de l'environnement, pendant que Georgia, qui savait jouer aux échecs à quatre ans et lisait à cinq les gros titres des journaux, avait traversé le lycée, en passant d'une classe à l'autre sans jamais réviser ses leçons. Elle était constamment occupée par ses nombreuses activités au sein de diverses associations, par ses responsabilités de déléguée de classe, elle obligeait sa mère à peindre des affiches, offrait des dragées à tous les élèves le jour des élections... Mark avait prédit qu'un matin, sur le parking de Medi-Sun, il tomberait sur sa fille en train de battre campagne et de serrer des mains. « Je suis Georgia McKenna, votre sénateur... » Mais Georgia avait eu pour seule ambition de tenir une boutique de produits pour le bain à Tall Trees, non loin de la maison où elle avait grandi.

Et c'est là que Keefer grandirait. Dans son histoire à elle, qui commençait aujourd'hui, elle se verrait privée de parents par un monstrueux coup du sort.

Mais, atout non négligeable, c'est de sa famille de naissance qu'elle l'apprendrait.

Ils devraient expliquer à Keefer cette coïncidence tragique entre la privation et le don, qui est au cœur de toutes les adoptions.

Gordon tiendrait à ce qu'elle sache que, pour lui, la douleur d'avoir perdu sa sœur et Ray n'enlevait rien au bonheur de l'avoir. Il l'aimait tant ! Sa présence avait rendu ces derniers mois supportables. Et aussi... il n'osait même pas y songer, mais… aussi le fait d'avoir de nouveau sa sœur près de lui. Sa maladie lui faisait horreur et le terrifiait, et pourtant il lui arrivait d'être heureux. Oui, heureux, parce qu'il était avec Georgia. Elle lui avait tant manqué depuis qu'elle était partie pour assumer pleinement sa vie d'adulte ! Il s'était retrouvé seul, abandonné, et s'était senti gauche, à la limite du ridicule, dans la peau d'un gosse grandi trop vite. Il avait aimé veiller avec elle lorsqu'elle avait du mal à s'endormir, quand Ray était parti en tournée ou qu'il ronflait comme une locomotive sur le lit jumeau qu'on avait poussé contre le mur pour laisser la place aux lourds équipements médicaux ; ils regardaient tous les deux des vieilles séries télévisées, ou jouaient aux charades.

Jamais il n'aurait fait ce choix. Mais puisqu'il en était ainsi, autant l'accepter avec philosophie.

Les gens le critiqueraient pour son esprit trop… méthodique. En un pareil moment, on ne devrait même pas penser à l'avenir, diraient-ils, comme toujours. Foutaises.

Il avait bien essayé de se refréner pour sacrifier aux convenances, mais il n'était pas doué pour ça. Georgia aimait raconter la première et héroïque incursion de Gordie dans le domaine de la sensibilité. La victime s'appelait Taylor et, au cours du premier semestre d'université, il suffisait qu'elle le frôlât pour que le simple effluve vanillé de sa lotion solaire provoque chez lui une érection instantanée. Mais, avec la ronde des saisons, il s'était entiché au printemps d'une petite étudiante new-yorkaise au charme piquant, et le moment douloureux était venu d'une saine explication autour d'une tasse de café. Pour Gordon, c'était là un de ces mystères que vous réserve la vie : le sac de couchage de Taylor sur Cocoa Beach, qui représentait la veille encore l'image même du paradis, était devenu pour lui comme un énorme paquet de caramels mous qu'il aurait dû finir jusqu'à l'écœurement. Avec beaucoup de tact, il avait expliqué à Taylor que leur liaison prévue pour durer avait tourné court. Ce n'était la faute de personne. Il n'y avait aucune raison d'avoir des regrets, et il se souviendrait toujours des moments qu'ils avaient passés ensemble. Elle surgirait en Technicolor dans des rêves parfumés à la vanille, lui avait-il dit, tout fier de son lyrisme. Soudain, Taylor lui avait balancé son sac bourré de livres, en renversant sur ses cuisses une tasse de café brûlant... Pourquoi ?

— Enfin, Gordon, lui avait rétorqué Georgia alors qu'il se plaignait au téléphone de l'inconséquence féminine, tu aurais pu faire preuve de plus de délicatesse, non ?

Lui qui avait justement déployé tant d'efforts... Gordon n'en revenait pas. Autrement, il aurait sorti la vérité à Taylor, à savoir que ses billets doux scellés par de petits chats autocollants, ses allégations répétées sur l'implantation des cheveux, miroir exact du système solaire, avaient depuis longtemps refroidi ses ardeurs.

— Non, non, non ! avait clamé Georgia. Personne ne saurait répondre à tes exigences et ne pas finir par t'ennuyer.

Selon elle, son intolérance envers les bizarreries et les faiblesses d'autrui n'était en rien de la vertu, mais une tare congénitale, un blocage mental qui ne faisait que piéger les autres.

Ce fut un échange un peu vif, superficiel, comme il y en a des centaines entre frère et sœur. Mais, en mourant si jeune, Georgia laissait dans son sillage tout un fouillis d'intentions, et ses propos avaient maintenant la résonance prophétique des dernières paroles prononcées par un vivant…

Innocence ou arrogance ? Avant ce jour et tout ce qui s'ensuivit, Gordon avait cru de bonne foi que la vie pouvait se vivre comme une expérience, que, selon une méthode scientifique éprouvée, on pouvait obtenir un certain nombre de résultats. Après le procès, il se rendrait compte que ce n'était pas viable, à moins de se faire ermite. Dès que l'on vit en contact avec d'autres, ce contact change la nature de l'expérience. Il s'y mêle une variable aléatoire, la pression de la main humaine derrière les instruments.

Ce jour-là, en revenant des lieux de l'accident, Gordon avait encore, pour la dernière fois, l'intime et stupide conviction qu'il parviendrait à assumer cette épreuve, sans doute la plus horrible de toutes celles que la vie lui réserverait.

Or, au tribunal, quelques mois plus tard, les faits, que Gordon avait toujours considérés comme sa meilleure défense, se retourneraient contre lui. Avec détermination et élégance, ils travailleraient à sa perte, comme les leucocytes de Georgia, ses dévoués défenseurs, avaient collaboré avec la maladie en accomplissant leur travail avec un zèle destructeur. Le juge invoquerait une interprétation de la loi dont personne ne pourrait contester la validité, et qui portait en germe la menace de la destruction de l'avenir autant que du passé, pour Gordon et sa famille. L'amour, comme la peur, n'était peut-être qu'une idée, mais il avait aveuglé Gordon, qui n'avait rien vu venir.

2

Une demi-heure de plus et Nora Nordstrom aurait été loin, au moment où le shérif se garait sur Cleveland Avenue. Elle aurait roulé sur Spirit Lake Road, à mi-chemin de chez elle. Et quand Dale Larsen aurait remonté l'allée pour porter la terrible nouvelle, Gordon sur les talons, il aurait trouvé Lorraine seule chez elle.

Les voies du Seigneur sont impénétrables, admit Nora en frémissant, mais certaines de ses révélations ne tiennent pas du miracle.

Il est une peine intolérable entre toutes, celle de voir mourir son enfant en âge de le comprendre. Des années avant la naissance de son fils aîné, Nora avait perdu un bébé prématuré, un garçon qui n'avait vécu que deux jours. Quand elle pensait à lui, elle le sentait encore dans ses bras, léger comme une plume, et elle avait gardé la couverture en crochet blanc où, emmitouflé, il avait vécu ses derniers spasmes. Même alors, elle se savait assez jeune et forte pour être capable de convertir cette mort en un triste souvenir, et non en tragédie. Le passage éphémère de ce petit être n'avait guère compté, il était retourné d'où il était venu, et elle était la seule à ressentir sa perte. Mais la mort de Georgia… Nora frémit. Elle s'efforcerait de consoler son frère, Lorraine et Gordie sans penser à rien d'autre. Sinon, sa rage finirait par tout consumer.

Quand Nora vit la voiture de police, elle se dit bêtement qu'elle n'allait pas emballer les framboises et les fraises cet après-midi-là. Ce genre de véhicule n'amenait jamais rien de bon. Lorraine la rejoignit dans le hall, avec Keefer dans les bras.

— Lorraine, dit le shérif, puis-je entrer ?

— Bien sûr, Dale, lui répondit Lorraine en ouvrant la porte grillagée pour l'accueillir dans la pénombre du hall. C'est Mark, n'est-ce pas ? Il a eu une attaque. Il s'en sortira, je le sais. Il fait du jogging tous les jours depuis quinze ans…

— Ce n'est pas Mark. Bonjour Nora, fit-il en hochant la tête avant d'ôter avec précaution son chapeau à large bord, comme s'il lui faisait mal. Gordie est là, il va bien, et Mark va bien. Mike est allé le chercher à l'usine pour le ramener ici.

— C'est Georgia, elle est à l'hôpital, dit Lorraine d'une voix blanche, et elle serra contre elle la petite Keefer.

— Lorraine…, dit le shérif.

— Maman, intervint Gordon, donne donc Keefer à tante Nora une minute.

Lorraine obéit en silence, les yeux écarquillés.

— Il y a eu un accident, Lorraine, déclara Dale Larsen doucement, et il la retint par le coude quand il la vit vaciller. La voiture… La vieille Bel-Air de Mark. Sans doute les freins qui ont lâché. Ça s'est passé à Lost Tribe Creek. Ils ont heurté la barrière de sécurité. La voiture a volé jusque sur l'autre rive.

— Où sont-ils ? demanda Lorraine. Ray est blessé ?

— Ils sont morts sur le coup, tous les deux. Ils n'ont rien senti. Ils ne se sont rendu compte de rien.

Lorraine gémit, renversa la tête en arrière et la lourde masse de ses cheveux se dénoua. Nora songea à ces femmes de l'Antiquité qui pleuraient leurs guerriers tués au combat, sur les reproductions de tableaux accrochées aux murs de son lycée. Elle ouvrit les bras et Gordie s'y blottit.

— J'ai vu la voiture, dit-il.

— Vous êtes sûrs de ne pas vous tromper ? demanda Nora en repensant au jour où Dan, son cadet, était parti en virée avec des copains à Two Chimneys.

Quelqu'un avait entendu dire par la radio qu'il y avait eu un accident. Hayes et elle avaient cru devenir fous jusqu'à ce qu'ils trouvent Dan endormi dans le hamac de la cour.

— Vous êtes sûrs que c'est eux ?

Georgia ? Nora regarda au loin vers le soleil, en quête d'un signe qui la relie à sa nièce, à la conscience de sa nièce. Georgia ? De tous les enfants du clan McKenna, Georgia était la seule fille et Nora l'avait toujours choyée, depuis le temps où elle était une gamine butée, exigeante, frisée comme un mouton, jusqu'au jour où elle avait envoyé un baiser à Nora en remontant l'allée centrale de l'église : une jeune mariée radieuse, à la traîne étincelante.

— La Bel-Air a été complètement détruite, indiqua le shérif. Mais on ne peut la confondre avec une autre.

— Notre voiture porte-bonheur, dit Lorraine d'un ton rêveur. C'est dans cette voiture qu'on l'a ramenée. Pour nous, l'arrivée de Georgia fut comme une seconde jeunesse…

— Je vais coucher Keefer, intervint Nora, mais elle ne bougea pas et resta plantée là.

— Georgia avait trois jours, continuait Lorraine. On n'avait jamais rien vu d'aussi petit, d'aussi parfait. Les sièges de voiture pour bébés, c'était rare à l'époque, les gens s'en passaient, mais on en avait acheté un. On avait peur de mal faire et que l'assistante sociale nous la reprenne. Pourtant, alors qu'on roulait depuis deux kilomètres, je la pris avec moi. Je savais que c'était dangereux, et elle dormait à poings fermés ; mais je voulais la ramener à la maison dans mes bras…

Nora et le shérif échangèrent un regard. Si Lorraine s'était mise à hurler, à pleurer, si elle s'était même évanouie, ils auraient été soulagés. « Maman ! » pleurnicha Keefer, comme si elle savait.

Nora se surprit à rêver à ce matin d'été ensoleillé où Mark et Lorraine étaient passés à la ferme en rentrant chez eux avec le nouveau-né, dans leur superbe voiture de sport. Hayes et elle avaient sauté dans leur camion pour les suivre jusqu'en ville. Ils avaient paradé, de la bibliothèque municipale à l'annexe de l'université du Wisconsin, en passant par le garage, le petit restaurant, l'école de Lorraine, et puis chez les amis, les Chaptman, les Soderberg, les Reilly, les Upchurch. Adopter un bébé n'était pas courant, à l'époque. Les gens commettaient des gaffes, c'est tout juste s'ils ne leur disaient pas : ce qu'elle est belle, pourquoi est-ce que sa mère ne l'a pas gardée ? On vous l'a donnée comme ça ? Elle va bien ?

Nora était perdue dans ses souvenirs lorsqu'elle vit le camion de Mike apparaître au croisement des deux avenues et grimper sur le trottoir. Mark et son frère, tous deux maigres comme des clous, traversèrent la pelouse.

Mark tendit les mains pour étreindre sa femme, puis sa sœur, et Mike, en colère, s'écria :

— Bon Dieu ! Comme si cette famille n'avait pas déjà assez trinqué !

Soudain le téléphone se mit à sonner et, durant l'heure qui suivit, la première vague d'amis commença à affluer comme des soldats lors d'un débarquement. Nora décida en fin de compte qu'elle ne rentrerait pas chez elle, elle laissa juste un message à Hayes et à Bradie, sa belle-fille, leur demandant d'éteindre la soupe qu'elle avait mise à cuire le matin pour le dîner des saisonniers. Quand elle appela, elle se réjouit avec une pointe de culpabilité de tomber sur le répondeur. Elle avait passé tant de temps en ville depuis la maladie de Georgia que Hayes commençait à rouspéter. Pour un jardin maraîcher situé aussi loin au nord, les heures de soleil et de chaleur valaient de l'or.

Mais elle et Bradie avaient fait les dernières tartes aux fraises de la saison ce matin-là, et Georgia avait toujours adoré les tartes aux fraises. Les semaines qui avaient précédé son mariage, alors qu'elle se nourrissait de pamplemousses pour entrer dans sa robe ancienne, à taille de guêpe, offerte par une cousine, Georgia n'avait pu résister aux tartes aux fraises de sa tante. Ce soir, la dernière séance de chimio aurait provoqué une nouvelle crise de vomissements, et Nora avait voulu que Georgia puisse déguster un morceau de tarte avant de passer les deux jours suivants à tenter d'avaler du thé à la cuillère.

— Je continue la chimio à cause de Keefer, tantine, lui avait dit Georgia. Mais si je vais mieux, ce sera grâce aux sels minéraux et aux jus de fruits. Le corps peut se guérir tout seul. Sur ce point, ma belle-mère a raison. C'est du poison, ce qu'on m'injecte à l'hôpital.

Et Nora tenait sa langue quand Georgia, livide,

épuisée, se forçait à avaler entre deux haut-le-cœur les infusions aux brins d'avoine et à l'écorce de cyprès que Diane Nye lui envoyait de Floride. Du poison.

Nora aurait volontiers accepté de mourir à la place de sa nièce, qui était sa préférée depuis qu'elle leur était tombée du ciel. Quand Keefer était née, Nora l'avait gâtée tout autant, elle s'arrêtait en pleins travaux des champs, sans autre explication, pour faire des smocks à une petite robe en coton brodée de coccinelles, grande comme un mouchoir de poche. Et Georgia, fatiguée comme elle était, si fatiguée que même les pleurs du bébé ne la tiraient pas de son sommeil (à ce moment-là, personne ne savait encore pourquoi), Georgia avait fait tout le chemin pour déposer dans la boîte aux lettres de Nora un joli savon en guise de merci.

Au fil des heures, Nora sentit sa fatigue adopter un rythme lent, pesant. Elle avait tellement fait fonctionner la cafetière électrique qu'elle craignait une surchauffe, et sa main avait des crampes à force d'écrire tous les messages téléphoniques portant sur les heures de vol des uns et des autres, et leurs trajets depuis l'aéroport. Au moins, elle n'avait pas le temps de penser. Ses fils avaient lâché leur travail pour les rejoindre, ainsi que Craig et Delia, les cousins de Ray, venus de Madison. Ils étaient aussi les parrain et marraine de Keefer, qu'ils n'avaient pas revue depuis son baptême, à l'automne précédent. Quant aux cousins de Mark et de Nora, ils arrivaient en voiture. Les numéros de vol à quatre chiffres s'embrouillaient et dansaient devant ses yeux. L'une des sœurs de Ray arriverait le soir en avion de Tampa. Pouvait-elle rejoindre quelqu'un à Madison et partager une voiture ? L'autre sœur de Ray était en croisière en Alaska. Arriverait-elle à temps ? Quand Nora se rendit compte qu'elle ne pourrait tous les héberger à la ferme, elle dut appeler Fidelis Hill et même le Half Moon Motel pour réserver des chambres. En s'affairant, elle apercevait Lorraine et Mark assis à la table de cuisine. Mark se levait de temps en temps pour s'étirer et sortir sur le perron, mais Lorraine ne bougeait pas. Même ses yeux restaient fixes. Pour l'instant, ça a l'air d'aller, se disait Nora, ils sont ensemble. Dale Larsen revint avec sa femme Sheila, et elle faillit ne pas le reconnaître dans ses vêtements civils. Sheila, Dieu la bénisse, avait apporté des marionnettes qu'elle avait fabriquées pour les enfants malades de l'hôpital, et elle installa le castelet pour jouer avec Keefer.

C'étaient ces petits riens, ces attentions discrètes qui soutenaient les gens dans l'épreuve, et ils inspiraient à Nora beaucoup de gratitude.

Plus tôt, elle avait entendu Gordie se plaindre à son père. « Si on me parle encore de "dispositions", je vais finir par dégueuler… » mais les dispositions ne concernaient pas tant les morts que les vivants, elles leur rappelaient justement qu'ils étaient en vie. Selon Nora, les morts pouvaient s'occuper d'eux-mêmes, mais la présence de toute la famille sous un même toit était chose précieuse. On devrait toujours se serrer les coudes, même en temps normal, comme les McKenna face à la maladie de Georgia. Depuis Thanksgiving, Gordon vivait pratiquement chez ses parents, d'autant que le mari de Georgia s'était absenté la moitié du temps, même le jour de Noël, pour participer à ses compétitions de golf. Et la façon un peu théâtrale dont il avait au dernier moment renoncé à son match le plus important pour rentrer chez lui, avec toutes ces photos et ces gros titres tapageurs dans les journaux, ne compensait pas ses absences répétées, jugeait Nora. Mais Georgia aimait Ray. Et puis c'était fini, maintenant.

Au crépuscule, le téléphone cessa de sonner, comme essoufflé, et Nora décida de faire un peu de rangement pour Lorraine. Elle entra dans la chambre de Georgia munie d'une vieille taie d'oreiller, au lieu d'un sac plastique qu'elle aurait jugé peu respectueux, et elle se mit à défaire le lit, ôtant les molletons en laine qu'on avait glissés sous les draps pour rembourrer les pauvres fesses amaigries de la malade. Nora jeta aussi les flacons de médicaments dans une boîte Tupperware qu'elle poserait discrètement sur le bureau de Mark et de Lorraine, à tout hasard, décida-t-elle. Elle poussa dans un placard le portant servant aux perfusions, puis se mit à rassembler les journaux et les brochures spécialisées sur les jeunes atteints d'un cancer.

Il y avait une pile de blocs à spirale portant chacun une date écrite au feutre épais. Toutes les lettres que Ray et Georgia s'envoyaient quand il était en tournée. Georgia avait un jour dit à sa tante qu'elle souhaitait que leur vie de couple soit « une longue conversation qui ne s'arrête jamais, comme pour mes parents ». Ces carnets formeraient un journal qu'ils liraient quand ils seraient très vieux et que tous leurs désaccords leur sembleraient vains. Nora ouvrit l'un des calepins et tomba sur l'écriture fine et élégante de Georgia. « La chose qui me manque le plus, c'est de dormir contre ta peau... »

Elle referma le carnet à spirale.

Nora ne les avait entendus qu'une fois se disputer, à propos des cassettes vidéo que sa nièce voulait absolument enregistrer pour Keefer. Georgia lisait à haute voix, ou bien elle fredonnait des berceuses pour endormir Keefer, comme cette vieille ballade irlandaise qui parle du thym sauvage de la montagne et de la bruyère en fleur. La caméra vidéo était toujours sur pied, pointée vers le lit, et elle avait filmé Georgia promenant le bébé dans sa poussette quand elle pouvait encore le faire, ou bien campant sur ses épaules une Keefer encore tout bébé, qui s'affalait sur la tête de sa mère comme une poupée de chiffons. Hayes et Ray avaient installé un étui pour la télécommande, afin que Georgia n'ait pas à se redresser pour allumer le Caméscope, quand elle se sentait assez forte pour parler. Une fois, contre l'avis de tous, Gordie avait insisté pour relire une cassette et vérifier si le système marchait bien ; ils s'étaient alors rendu compte que Georgia s'enregistrait même au beau milieu de la nuit. Cela faisait froid dans le dos de voir Georgia lisant un livre pour enfants dans l'obscurité, près de la lampe de chevet qui nimbait juste son visage d'un rond de lumière jaune, comme une lanterne en papier. Quand Ray avait insisté pour qu'elle se repose après une crise de haut-le-cœur, Georgia avait explosé, et on avait dû l'entendre à des lieues à la ronde. « Ce sont les souvenirs de Keefer, Ray ! Comment peux-tu me demander d'arrêter ? Pour ce qu'une heure de sommeil en plus va m'apporter ! »

Nora s'allongea sur le lit de Georgia.

— Et merde, dit-elle à haute voix dans la chambre vide, en s'abandonnant aux sanglots.

Des images de sa nièce défilèrent dans sa tête et elle laissa le chagrin s'abattre sur elle, ainsi que la culpabilité, pour avoir été aussi bête vingt ans plus tôt, quand elle croyait encore que les gens qui adoptaient des orphelins coréens ou autres avaient bien du mérite, mais qu'un enfant adopté ne pouvait jamais vraiment faire partie d'une famille. Elle revit la Georgia de cinq ans, les mains sur les hanches, lui déclarer que l'odeur de la bouse de vache lui donnait le cafard. Elle la vit éclater de rire quand Hayes avait offert à Nora pour Noël un modèle luxueux de stérilisateur pour ses conserves, et que celui-ci avait explosé en projetant partout de la confiture de mûres bien noires. Elle la vit en proie à un ravissement muet lorsque, à dix ans, elle avait pour la première fois réussi à faire un joli point de broderie français. Nora avait partagé avec Georgia toutes les péripéties domestiques qu'elle aurait léguées à sa fille, si elle en avait eu une. Georgia n'avait eu pour ambition que de fonder un foyer et une famille.

Pour ça, Georgia ne tenait pas de Lorraine.

Une vieille dame belge venait nettoyer la maison de Lorraine toutes les semaines, même au temps où, à Tall Trees, on n'engageait les services d'une « femme de ménage » qu'en cas de maladie ou de grossesse difficile. Mais Lorraine avait ses cours, sa peinture et, à sa façon, elle faisait des choses pour les enfants, même si ce n'était pas comme les autres mamans. Nora s'était souvent extasiée devant les armoires pleines des costumes de scène de Georgia, bien rangés et étiquetés, les étagères où étincelaient les trophées que Gordie rapportait à la maison. Et la fois où Georgia avait eu la varicelle… Nora était passée un soir pour apporter des cookies. « Eh ! s'était soudain écriée Lorraine alors qu'elles s'appliquaient toutes les deux à dénombrer les boutons de Georgia. Il faut que je sorte un truc du four ! » Mais au lieu de cookies, sur la plaque du four, il y avait des statuettes en argile, modelées à la perfection, représentant la Belle et le Clochard, ainsi que les Chats siamois. Georgia avait applaudi, et pour cause. Quelle chance pour un enfant d'avoir une mère qui vous fabrique de quoi remplir une boutique de jouets ! Lorraine avait alors désigné le four à Nora en déclarant le plus sérieusement du monde : « Je me suis longtemps demandé à quoi pouvait servir ce machin quand on a emménagé ici, et puis j'ai fini par trouver. » C'était l'une des rares fois où elles avaient vraiment ri ensemble.

À vrai dire, songea Nora en se redressant sur le lit tandis que le tumulte se calmait dans sa poitrine, elle aimait mieux sa belle-sœur maintenant, dans la détresse, que du temps où Lorraine était si active qu'elle n'avait jamais le temps de s'asseoir pour prendre un café. Nora et elle n'étaient pas faites du même bois, disait Hayes. La première fois que Mark avait amené sa future femme à la maison, on aurait dit qu'il avait capturé un oiseau des îles, une créature exotique. Voilà trente ans, Nora avait douté que Lorraine pût jamais s'adapter à Tall Trees, enfin au Tall Trees où ils avaient grandi ; c'était avant qu'à la ville s'adjoigne une sorte de banlieue nord construite pour héberger les cadres et les ouvriers de la grande usine Medi-Sun. À Tall Trees, on avait toujours vu des touristes venus passer des vacances en famille, mais depuis que Fidelis Hill et le monastère s'étaient transformés en station de ski, la clientèle était devenue un peu plus snob. Quant aux gens du cru, ils continuaient à appeler les lieux d'après le nom des anciens fermiers, même si les terres avaient été divisées en parcelles et les fermes démantelées.

Pourtant Lorraine avait su s'intégrer. Elle s'était fait sa place comme professeur et avait vendu des tableaux, d'immenses abstractions où Nora croyait voir un mélange sensuel de fleurs géantes et de cartes routières. Quant à Mark, il était devenu une petite célébrité à force de s'occuper de l'aménagement du territoire, ce qui lui avait valu plusieurs fois de passer à la radio pour répondre aux questions des auditeurs sur la faune et la flore locales.

Il était sidérant de voir combien Georgia, une enfant adoptée, ressemblait à Lorraine. Elles étaient toutes les deux petites, avaient de grandes mains, des hanches larges, et une masse de cheveux noirs frisés, presque violets au soleil. Le fils de Nora, ce coquin de Marty, se moquait d'elles en disant qu'elles avaient un seul sourcil, surmontant des yeux d'un noir profond.

Dernièrement, Lorraine s'était étiolée autant que sa fille, comme si le fait de s'alimenter alors que Georgia ne le pouvait pas était un péché. Elle ne se souciait plus d'entretenir ses jolis reflets auburn ; ses cheveux striés de blanc faisaient presque sorcière, et elle les retenait juste avec une pique qui ressemblait à une épingle à chapeau. Même la maison n'était plus aussi soignée qu'autrefois. Pourtant, Dieu sait si Nora avait envié la somptueuse pelouse vert émeraude et l'imposante bâtisse carrée en briques rouges avec ses stores blancs ! Elle semblait aujourd'hui livrée à elle-même. Cette année, Mark n'avait pas planté d'annuelles, ni taillé les haies, dont les pousses griffues obstruaient la baie vitrée.

Nora avait aussi envié bien des aspects de la vie de Lorraine. Le courant qui passait entre elle et Mark n'avait rien de commun avec la sympathie bonhomme qui unissait Nora à son époux et lui donnait parfois l'impression qu'ils étaient frère et sœur. Un temps, Nora avait pensé que, si Mark et Lorraine n'avaient pas d'enfants, c'était parce que Lorraine menait deux carrières de front et que leur vie de couple les absorbait tout entiers, un peu comme s'ils se faisaient perpétuellement la cour.

Puis vint le Noël que Nora n'oublierait jamais. Le dîner venait de se terminer, les hommes se plaignaient d'avoir trop mangé, et Lorraine, pour une fois, s'était levée avec les autres femmes pour débarrasser.

Debbie était enceinte de Matt à ce moment-là et, les histoires d'accouchement allant bon train, elle avait parlé d'une collègue de bureau qui avait tellement grossi que ses vergetures avaient littéralement éclaté.

— Je ne pourrais pas le supporter. Je ne pourrais pas supporter d'être déchirée comme ça..., avait alors dit Lorraine.

Et Nora avait lâché sans réfléchir :

— Tu es bien partie pour garder ce ventre plat toute ta vie... D'ailleurs ton art te tient lieu d'enfant, dans un sens...

Lorraine l'avait fusillée du regard.

— Alors c'est ce que vous pensez ? Que je ne veux pas d'enfant à cause de mon travail ? avait-elle lancé en grinçant des dents.

— Ça ne nous regarde pas, avait répondu Debbie en tendant à Nora une assiette à essuyer.

Mais Lorraine était sortie en trombe de la cuisine, tandis que Debbie haranguait Nora, et elle était revenue aussitôt en traînant son mari.

— Dis-leur, Mark. Dis-leur. Dis-leur pourquoi nous n'avons pas d'enfant.

Nora et Debbie étaient si gênées qu'elles auraient voulu disparaître sous le linoléum. Mais Lorraine avait forcé son mari à parler de ces années où ils avaient essayé d'avoir un enfant en recourant à tous les moyens médicaux. Qu'ils avaient presque dépassé l'ëge d'en adopter un et comment Lorraine était prête à accueillir n'importe quel bébé, aveugle, malade, ou même un enfant de cinq ans.

— Allons, dis-leur ce que tu en penses, Mark, avait ordonné Lorraine de la voix mélodieuse qui lui permettait de tenir à son mari des propos qu'un autre homme n'aurait jamais tolérés.

Dans sa bouche un juron eût sonné comme un mot d'amour.

— Dis à ta famille ce que tu en penses, avait-elle insisté.

Et Mark l'avait dit :

— Je ne me sens pas capable d'aimer vraiment un enfant qui ne serait pas de moi, c'est tout.

Nora n'en avait pas été choquée, d'ailleurs. Pas du tout. Et Hayes non plus, quand elle le lui avait raconté. Un homme tient à perpétuer sa lignée.

Mais des mois plus tard, alors qu'ils avaient tous oublié cette scène – tous sauf Nora, qui sentait toujours la honte lui brûler les joues lorsque ce souvenir l'assaillait la nuit avant de s'endormir –, Georgia était apparue, les inondant de lumière. Pour Mark, le soleil s'était enfin levé. Puis, après l'arrivée de Gordie, qui passait souvent les week-ends à la ferme avec ses garçons, Nora avait eu l'espoir que cela les rapprocherait, mais Mark, Lorraine et leurs enfants formaient comme un pays à eux seuls et se suffisaient à eux-mêmes.

Toute cette gêne s'était évanouie pourtant, au premier coup de téléphone de Mark leur annonçant que Georgia était malade. Et l'année passée, Nora avait rendu plus de visites à Cleveland Avenue que durant les dix années précédentes.

C'est en se baissant pour ramasser une carte de vœux que Nora trouva le sweat-shirt de Georgia, celui qu'elle s'était mise à porter par-dessus ses chemises de nuit parce qu'elle avait toujours froid. « Tu as vu comme j'ai la ligne, tantine, avait-elle dit un jour, flottant dans les plis du tissu. Je suis plus jolie et plus mince que jamais, et tout ça sans le moindre effort de volonté. Quand je sors, les filles qui ne sont pas au courant m'envient, elles me disent qu'elles auraient bien aimé être aussi minces dix mois après leur accouchement. Si je n'étais pas en train de mourir, je nagerais en plein bonheur. » Nora pressa le sweat-shirt contre son visage. Même l'odeur de renfermé de la chambre ne pouvait effacer le parfum frais de Georgia, aussi vivifiant qu'une aiguille de pin écrasée dans la main.

Avec les craintes d'un enfant désobéissant, Nora défit les bretelles de sa salopette, remonta son corsage jaune et plaqua le sweat-shirt contre sa peau en le lissant comme du papier peint et en le coinçant sous l'élastique de son soutien-gorge. Elle aurait pu tout simplement demander à Mark de le garder, mais c'était risqué. Elle irait le mettre à l'arrière de son camion avec les affaires de nuit de Keefer et son petit couffin en flanelle grise. Georgia n'avait jamais voulu de berceau pour sa fille ; selon elle, les berceaux ressemblaient à des cages. Qui sait quand Lorraine serait en état de reprendre le bébé ?

Quand la voix de Gordon lui parvint de la cuisine, elle sursauta et regarda le Caméscope comme si c'était une caméra de surveillance.

— C'est vrai, maman, disait Gordon, le corps ne peut éprouver de douleur qu'à travers une réaction neurologique, et quand on voit comment l'accident s'est produit, avec la force de l'impact… Les os et le crâne sont bien plus fragiles qu'une carcasse de voiture, tu sais.

— Regardez-moi tous ces gâteaux, dit Lorraine comme si de rien n'était. Est-ce que ça se fait de manger du gâteau quand quelqu'un est mort ?

Nora s'approcha du couloir afin de mieux entendre.

— Ce que je veux dire, maman, insista Gordon, c'est que, si Georgia était morte de son cancer, cela aurait été bien pire. Ce n'est pas une mort paisible, loin de là. Les poumons s'engorgent. C'est comme de se noyer dans son propre corps. Tu as déjà vu à la télé, quand une gazelle se fait prendre par un lion, comment elle s'abandonne, au dernier moment ? C'est l'effet des endorphines ; endorphine, ça veut dire « morphine endogène », maman, c'est la morphine que secrète le corps humain. Même grièvement blessé, on ne ressent pas de douleur durant les dernières secondes.

— Boucle-la, Gordon, mon chéri, boucle-la, s'il te plaît, répondit posément Lorraine.

— Lor, intervint Mark. Laisse-le. Il croit bien faire...

Nora s'avança pour jeter un coup d'œil. Sa belle-sœur était assise, le dos voûté enveloppée d'un châle, et sur la table devant elle s'alignaient des assiettes de gâteaux, des tasses de café auxquelles elle n'avait pas touché. Les deux hommes étaient debout, penchés sur elle, et ils semblaient d'autant plus grands qu'elle était petite. Une image frappante, car Nora songea qu'elle les avait souvent vus ainsi, penchés sur Lorraine et l'écoutant ; elle rappela à Nora une photo insolite parue dans le journal du comté. Une poule naine de Bantam avait couvé sans le savoir les œufs d'une oie canadienne, et quand les œufs avaient éclos, il en était sorti des poussins quatre fois plus gros qu'elle, qui la suivaient malgré tout en se dandinant.

— Je sais bien, Mark, répondit Lorraine. Mais il parle sans réfléchir. Regarde toute cette nourriture. Qui va manger tout ça ? Pas moi en tout cas, et je suis contente de ne pas y être obligée. Maintenant, je ne serai plus jamais forcée de manger. Je n'ai plus à conserver mes forces.

— Mais si, Lor, protesta Mark.

— Non, répliqua Lorraine. Eh bien, tu les emporteras chez toi, Gordie.

— Je ne mange pas de gâteaux.

— Alors quelqu'un d'autre les mangera. Peut-être Mike ou Matt. Delia, tiens. Elle n'est pas du genre à sauter un repas.

— Lor ! la gronda Mark.

— C'est tellement… C'est un tel manque de respect, tu ne trouves pas ? Ces gens qui se goinfrent comme si c'était leur dernier repas.

— C'est l'usage, murmura Mark.

— Je voulais juste dire que, tout bien réfléchi, si elle était morte à la maison, cela aurait été mieux pour nous, mais pas pour elle, recommença Gordon. C'est tout ce que je voulais dire.

— Et moi, Gordon, répondit Lorraine sur un ton qui donna à Nora la chair de poule, je te dis que c'est toi qui ne comprends rien. C'est ta sœur ! Ta seule… ma seule…

— Ta seule… quoi ?

— Ma seule fille.

— J'ai cru que tu allais dire ma seule enfant.

— Je ne dirais jamais ça. Gordie, tu n'es pas en cause, alors ferme-la !

Lorraine renversa des tasses en se levant, petite silhouette noire et triangulaire avec son grand châle qui la couvrait des pieds à la tête, comme les ailes d'une chauve-souris, et frôla Nora en passant. Celle-ci, qui avait retenu son souffle, expira enfin. Elle apercevait Gordon, la tête entre les mains, affalé sur la table ; ses coudes trempaient dans le café qui dégoulinait. À côté de lui, Mark tendit la main, sans vraiment toucher l'épaule de son fils.

— Ce n'est pas grave, Gordon.
— Dis-lui de revenir, papa.
— Elle reviendra.

Nora tâta la bosse que formait sous sa chemise le sweat-shirt de Georgia et imagina que sa nièce était ici même, dans cette pièce, encore liée à la terre comme un cerf-volant, mais incapable de réconforter ses proches ou de les empêcher de se disputer. Et elle lui adressa une prière, en espérant que ce ne serait pas un blasphème, surtout en un moment pareil. *Je vais avoir besoin de ton aide.*

À Sandpiper, avec son harnais et ses chaussons en caoutchouc mousse violet, Diane Nye se sentait au comble du ridicule, à battre ainsi des jambes dans le grand bain de la piscine. C'était Shelby qui avait eu cette idée de cours de gymnastique aquatique. Car Shelby, son herboriste et sa meilleure amie, qui n'était sans doute guère plus âgée que Diane, entrait dans la ménopause et commençait à prendre du poids. À force de cajoleries, elle avait persuadé Diane de suivre au moins une fois le cours avec elle, pour essayer ; autrement elle serait la seule élève de moins de soixante ans. Diane le lui devait bien, car les infusions que son amie lui avait prescrites trois ans plus tôt avaient chassé ses migraines, et Shelby faisait maintenant tout ce qui était en son pouvoir pour sauver Georgia.

Congestionnée par l'effort, Shelby lui jeta un coup d'œil, et Diane s'efforça de lui sourire. Mais elle craignait à tout moment de basculer comme un canard qui plonge la tête la première, pour finir les pattes en l'air.

C'était un peu poussé. Diane aimait marcher, faire du tennis, mais ce genre d'exercice intensif ne l'avait jamais tentée. Elle savait que Shelby essayait de gagner du temps, dans l'espoir de faire un bébé avec son ami, un gars adorable et bien plus jeune qu'elle. Mais d'après Diane, au lieu de soulever des poids et de s'escrimer à fouetter l'eau de la piscine, elle aurait plutôt dû chercher à congeler certains de ses ovules.

— On accélère ! lança depuis le bord du bassin la jeune femme qui les entraînait.

Elle avait un joli nombril, comme celui de Diane étant jeune, quand, toute fière, elle portait exprès des pantalons taille basse, même après la naissance de Raymond Junior et d'Alison. Elle n'avait que vingt et un ans à l'époque, et sa peau était encore merveilleusement élastique. C'était Caroline, avec ses cinq kilos, qui avait tellement distendu son pauvre ventre que son nombril ne s'en était jamais remis et ressemblait maintenant à une boutonnière mal fermée. Eh bien, ça ne peut pas faire de mal, soupira Diane en essayant de synchroniser ses mouvements pour avancer comme l'une de ces araignées d'eau qui flottaient sur l'étang du haras de son grand-père, quand elle était petite.

D'abord, quand elle aperçut sa fille Caro, Diane crut avoir une vision, qu'elle attribua à la chaleur et à ses efforts. Mais non, c'était bien Caroline debout, bouche bée, les mains collées à la vitre. Et elle pleurait.

Diane se figea dans l'eau, puis elle pataugea jusqu'à l'échelle et se hissa malgré la ceinture en mousse qui l'enserrait, sorte d'énorme éponge violette. Elle pensa d'abord à Big Ray, son mari, craignant une attaque. Aussi, quelle idée de sortir par cette chaleur pour jouer au golf après s'être bourré de cheeseburgers et de cocktails… Puis elle se dit : oh non, c'est Georgia. Georgia est morte. Et, tout en rejoignant sa fille, Diane songea avec irritation que, dans ce cas-là, Caro n'aurait pas quitté son travail. Non, c'était sûrement un coup de Leland, le mari de Caro ; il avait encore fait des siennes, comme la fois où il était parti au Nouveau-Mexique pour devenir un homme, un vrai, en jouant du tam-tam avec les Indiens.

Mais Caro sortit en courant du vestiaire des dames pour lui balancer la nouvelle qui allait faire exploser son univers.

Elle secoua Caro en l'empoignant par les épaules de ses mains mouillées, jusqu'à ce que Shelby la tire en arrière ; mais Diane continuait à hurler :

— Arrête ! Qu'est-ce que tu racontes ?

— C'est la vérité, maman ! Ils ont eu un accident de voiture ! Et Raymond est mort.

— Je ne te crois pas !

— C'est vrai, maman.

— Diane, ma chérie, dit Shelby. Viens. On va appeler. Est-ce que quelqu'un peut apporter un cordial à Mme Nye, s'il vous plaît ?

Et quand le prof de gym revint avec un gobelet d'eau, Shelby le toisa avec dédain.

— Je parlais d'un remontant.

On partit prévenir Big Ray sur le terrain de golf. Assise, un verre de vin rouge à la main, Diane fixait ses chaussons en mousse quand Caro lui dit d'une voix enfantine :

— Maman, Ray aimait tellement Georgia ! Au moins ils sont ensemble.

Et Diane, qui se fichait bien à cet instant que Dieu lui pardonne ou non, dit à sa fille, qui n'avait jamais eu un grain de cervelle :

— Caroline, ils n'auraient jamais dû se mettre ensemble. Si Georgia n'avait pas persuadé mon garçon d'aller habiter ce trou perdu, il serait avec nous, au chaud et en sécurité. Il serait là où est sa place… il aurait la vie qu'il méritait… Sa vie… était ici. (Diane fit un geste, et le vin déborda du verre, tachant de rouge le carrelage blanc.) Mon bébé. Ils me l'ont pris.

3

C'était un présentoir, mais au lieu de légumes frais, il offrait des pilules de toutes sortes, un vrai jardin pharmacologique, celui de sa fille.

Lorraine s'agenouilla par terre dans la chambre de Georgia et s'accouda à la table de bridge où étaient disposés les flacons en plastique orange translucide, avec leur capuchon blanc. Il y avait des pilules rose pâle pour supprimer les fonctions hormonales de Georgia, celles d'une jeune femme normale. Des comprimés blancs pour calmer les nausées, des bleus contre l'anxiété, des mauves pour dormir et des verts pour remonter le moral. Et puis les gros calibres, des capsules remplies de perles jaunes et rouges, qui donnaient un vrai coup de fouet à votre système neurologique et vous faisaient planer.

Lorraine soupira.

Même celles-là ne la soulageaient plus. Son organisme devait être particulièrement peu sensible. À l'université, Lorraine avait fumé de quoi assommer un hippopotame et elle continuait à demander « Et maintenant ? » aux copains, qui désespéraient de la voir un jour perdre un peu les pédales. Malgré son envie de s'abêtir pour rigoler un bon coup, elle gardait toujours sa lucidité.

Pourtant, peu après la première opération de Georgia, Lorraine s'était mise à prendre en douce des médicaments réservés à sa fille, à faible dose. Ce fut presque un réflexe, pour soulager une souffrance affective si intense qu'elle semblait implorer un soulagement chimique, deux comprimés pour toi, un pour moi, ma chérie. Une réaction peut-être idiote mais logique.

Et les pilules avaient gentiment produit leur effet. Au bout d'un petit quart d'heure, Lorraine flottait, portée par une vague puissante, et elle connaissait un état très proche du bien-être, du moins en apparence. Vite, elle y recourut deux fois par jour. Grâce à Dieu, les infirmières de l'hôpital et les médecins de l'université du Minnesota abreuvaient Georgia de médicaments sans tenir un compte strict de la posologie. Avec un patient aussi près de sombrer, on ne saurait lésiner. C'était une véritable manne médicamenteuse. Pourtant, au bout de plusieurs mois, les pilules n'emportèrent plus Lorraine sur la vague escomptée. Elle continua malgré tout à les prendre, car elles gardaient encore la faculté de faire passer à la trappe certaines vérités.

Le matin qui suivit la mort de Georgia, Lorraine garantit à l'infirmière présente (qui se trouvait être l'une de ses anciennes élèves et n'aurait jamais osé mettre sa parole en doute) qu'elle avait jeté toutes les pilules dans les toilettes. En réalité, la très convenable Mme MacKenna avait sorti les flacons de la boîte Tupperware où quelqu'un les avait jetés pêle-mêle, et elle les avait alignés sur la table de bridge. Il y avait de la morphine, du Nembutal, bref, des produits d'une redoutable efficacité pour une personne en quête d'oubli. Lorraine veillerait dorénavant sur les pilules de Georgia. La nuit qui avait suivi l'accident, sachant qu'autrement elle ne pourrait pas s'endormir, elle les avait désespérément cherchées dans le noir et, ne les trouvant pas, avait failli éclater en sanglots. Au moins, avoir le choix. C'était un recours précieux, qu'il ne fallait pas négliger.

Mais non, elle n'avait pas l'intention de se suicider.

Le suicide avait quelque chose de dramatique, qui supposait un certain dynamisme.

Dorénavant, pour elle, participer à la vie ne serait plus une obligation, mais une option, et elle en était soulagée.

Sois forte, lui dirait-on. Elle avait soulevé dans ses bras sa fille souffrante hors de ses draps trempés de sueur et d'urine. Elle était restée éveillée dix-huit heures d'affilée, à guetter les ronflements de l'appareil à oxygène et les gémissements de Georgia. Elle avait mis des gants de toilette au freezer, en avait trempé d'autres dans un mélange d'huile et d'eau bouillie, pour tamponner les lèvres desséchées de sa fille, et ses escarres. Elle avait pris un mois de congé « pour raisons de famille » (ce qui signifiait « sans solde », après vingt-deux ans de bons et loyaux services), et savait maintenant accommoder le riz de mille et une façons. Elle avait oublié les numéros de téléphone d'amis qu'elle connaissait depuis vingt-cinq ans. Pendant un an, elle n'avait pas touché un pinceau, sauf une fois, pour peindre des moustaches de chat sous le nez de Keefer, et cela faisait six mois que, dans les magasins, elle ne fréquentait que le rayon bébé. Elle tenait en dormant quatre heures par nuit, elle qui s'était toujours goinfrée de sommeil, sa seule drogue, et elle s'était procuré des lunettes afin de pouvoir lire *Les Hauts de Hurlevent* dans l'obscurité, sans blesser les yeux de Georgia devenus trop sensibles à la lumière. Elle avait vu le corps, le visage de sa fille bien-aimée perdre leur belle blancheur laiteuse pour prendre la couleur de la terre, et elle avait souri, chanté… Sois forte ?

Et ces livres que Natalie Chaptman, Karen Wright et Nina Upchurch lui avaient glissés discrètement ? Des ouvrages expliquant comment vivre après la mort d'un proche, l'accepter, comprendre que le malheur frappe aussi des gens bien sous tous rapports…

Qu'en diraient ses élèves, avec leur franc-parler ?

Mais oui, c'est ça, cause toujours.

Tu rêves.

Et ils auraient raison de ne pas marcher dans la combine. Les adultes ne sont pas mûrs, ce sont des dégonflés, et prétentieux, avec ça. Pas les enfants.

Quand, au tout début, Mark l'avait appelée du cabinet du cancérologue, où Georgia s'était rendue par mesure de précaution, sur les conseils de l'obstétricien, Lorraine avait souhaité que sa fille meure. Tout de suite. Avant même de rentrer à la maison. Elle était allée à la bibliothèque pour recopier les recettes médicamenteuses idéales, extraites d'un manuel sur le suicide raisonné. C'était Mark qui devait emmener Georgia à son travail et chez le médecin, car Lorraine ne supportait pas de la voir. Sur le manteau de la cheminée se trouvait toujours la photo découpée dans le journal *Golf Week*, où Georgia, toute mince et chic, en pantalon de toile et mocassins, la tenue de rigueur, posait près de son Ray, qu'elle regardait avec fierté. Et dire qu'elle était déjà malade à ce moment-là ! Ce n'est pas d'allaiter qui lui avait valu de si vite retrouver la ligne, après la naissance de Keefer. À cause de la tension due à l'interview, Georgia avait ensuite dormi quatorze heures d'affilée.

C'était le début de la fin, et elle avait continué à perdre du poids, puis la petite douleur qu'elle avait à l'aisselle, qu'on avait d'abord attribuée à un canal galactophore bouché, avait empiré.

Ce ne fut que des mois plus tard, quand Ray était parti en tournée et que Georgia se sentait trop malade pour rester seule, que Lorraine avait fini par prendre le relais. Ni Mark ni Gordie ne pouvaient s'occuper des détails intimes. Et, à son grand étonnement, Lorraine en retira du plaisir, c'était comme d'avoir de nouveau un bébé.

Deux bébés, Georgia et Keefer.

Pour la première fois depuis des lustres, Lorraine ne passait plus son temps à courir de-ci de-là, entre son atelier, ses conférences, ses expositions. Elle glissait des cuillerées de compote dans la bouche de Georgia. Elle découpait des lingettes et les mettait au freezer, comme quand Georgia faisait ses dents étant bébé, pour calmer ses gencives enflammées. Après Noël, les prières de Lorraine avaient changé. Elle s'était mise à supplier Dieu de laisser la vie sauve à Georgia, même infirme, même diminuée. Lorraine s'adapterait. Mark aussi. Ray s'arrangerait. Ils seraient comme ces familles poussant un enfant en fauteuil roulant, qu'elle croisait parfois dans la rue. Lorraine détournait le regard en pensant : comment font-ils ? Mais c'était devenu une seconde nature.

Une façon de vivre.

Toujours préférable à la mort.

Dans les prochaines vingt-quatre heures, Lorraine devrait repasser un chemisier. Ouvrir un sachet de bas neufs, se maquiller. Paraître propre et digne pour une cérémonie qui finirait par la descente au tombeau de sa fille, qu'on recouvrirait de terre. Faire cela, puis y penser, ainsi qu'à toutes les années heureuses et aux mois tragiques qui venaient de s'écouler, jusqu'à devenir folle.

Alors voilà.

Elle n'avait pas à mourir, ni à vivre. Elle pouvait se laisser aller sans songer aux conséquences, et cela lui donnait un sentiment de liberté.

Elle avait aimé son métier, ses activités, ses petites expositions, les autres professeurs… Pourrait-elle reprendre ses cours ? Enseigner à des filles dont le geste le plus anodin lui inspirerait des pensées funèbres ? Pourrait-elle faire comme si de rien n'était ?

Pense à Gordon, dirait Nora. À Mark. À Keefer.

Non, elle ne voulait pas penser à Keefer.

À Gordon, oui. Mais elle n'éprouvait pas le besoin de le protéger. Tout en aimant sa mère, il était autonome, égocentrique même. Avec Keefer sur les bras, il aurait largement de quoi s'occuper. Jusqu'à présent, la vie l'avait épargné. Il avait été major de sa promotion, avait appartenu à la fameuse équipe de golf de l'État de Floride. C'est à lui-même qu'il le devait, mais il faut dire aussi que ses parents avaient été si heureux de l'avoir et si désireux de le lui montrer qu'ils avaient assumé leur rôle avec un zèle missionnaire. Ses enfants avaient tant de qualités que Hart Rooney, le principal du collège, avait un jour confié à Lorraine qu'il ne se serait jamais douté qu'ils étaient adoptés. Depuis, Lorraine ne lui avait plus adressé la parole.

Quant à Mark… Mark serait hébété, malade de solitude. Mais elle n'était pas responsable de lui et ne se sentait plus capable de le surprendre, de l'entraîner dans le jeu de séduction effréné qu'elle avait mené pendant plus de trente ans, avec lui courant derrière, toujours en quête de son approbation. Pourrait-elle jamais assister à un autre banquet de Noël à Medi-Sun, en arborant l'éclatant sourire dont tous les collègues de Mark disaient qu'on devait le voir de Saturne ? Mark… oh, Mark s'engagerait dans de bonnes œuvres en mémoire de Georgia.

Il se remarierait peut-être.

En tout cas, il devenait assommant. La nuit, alors qu'ils étaient couchés, il lui confiait son intention d'« assimiler » la mort de Ray et de Georgia, comme s'il s'agissait d'une fondue ou d'un acide aminé.

Mark voulait comprendre la mort, Nora la béatifier, Gordon en expliquer les mécanismes. D'après la brève conversation que Lorraine avait eue avec Diane, la mère de Ray, les Nye cherchaient à poursuivre quelqu'un en justice. Qui sait ce que la sœur de Lorraine, épouse d'un neurologue, aurait à dire quand elle arriverait dans sa Mercedes ? Judy Reilly consultait sur Internet les agences de voyage pour leur dénicher, à elle et à Mark, un séjour impromptu. Quant à Karen Wright, elle brodait en ce moment même des papillons sur le drap mortuaire.

Des papillons.

Quelles foutaises !

Seule Lorraine refusait tout simplement de savoir.

Une fois, lors d'un examen intestinal, le médecin lui avait administré un sédatif qui l'avait mise dans un drôle d'état, à la limite de l'inconscience. Apparemment, il n'agissait pas sur la douleur elle-même, mais sur la mémoire, en empêchant le cerveau d'enregistrer la sensation plus de quelques secondes, ce qui revenait à supprimer la souffrance, ou presque. Comme ce serait bien d'avoir ce produit sous la main !

Le matin même, Lorraine avait eu un étourdissement en sortant de la douche. Peut-être à cause de l'eau trop chaude. Elle s'était méchamment tordu la cheville et s'était heurté la hanche en tombant. Assise sur le carrelage, fascinée, elle avait vu sa cheville gonfler et devenir bleue. Et malgré la douleur, Lorraine avait surtout éprouvé de la gratitude. Plus de veillée mortuaire. Ni d'enterrement.

— Je ne pourrai pas assister à la cérémonie, avait-elle lancé depuis la salle de bains.

Mark avait posément suggéré que son étourdissement venait sans doute d'une trop forte dose d'analgésiques et de tranquillisants.

Comment savait-il, lui qui était si distrait, si étourdi ?

— C'est ridicule, s'était écriée Lorraine. Ces trucs-là ne me font pas plus d'effet qu'un sirop pour la toux.

Or Lorraine ne s'énervait jamais contre lui. Elle n'avait dû élever la voix qu'une dizaine de fois au cours de leur vie de couple. En voyant l'air penaud de son mari, elle l'avait presque plaint.

Mais sa cheville avait vite dégonflé, et elle tenait debout. Elle s'accrocherait au bras de Mark et personne ne se douterait de rien. Il lui faudrait donc suivre toute la cérémonie. D'ailleurs, rester à la maison, c'était s'exposer d'autant plus à une compassion facile, à des sourires apitoyés. Une fois revenue de la veillée mortuaire, elle devrait laver les dessous et les chemises de nuit de sa fille, qui se trouvaient au fond du panier à linge, tandis que Georgia serait couchée dans une chambre froide, chez les Chaptman. Et deux jours plus tard, Georgia reposerait de l'autre côté de la rue, dans la terre.

— Si seulement je m'étais cogné la tête au lieu de me tordre la cheville, dit-elle à Mark qui fixait, perplexe, le rouleau nettoyant, dont le papier adhésif avait apparemment perdu toutes ses propriétés.

Son costume bleu marine était pendu au dos d'une

porte. Lorraine lui prit le rouleau des mains et déchira la partie usagée. Le visage de Mark s'éclaira.

Mark cherchait à tout prix une source de réconfort. Il était content que ce cauchemar soit fini, disait-il. Il semblait croire que le pire était passé. À la grande fureur de Lorraine, il lui avait déclaré : « Au moins, ce n'est pas toi. » Mais quand elle l'avait regardé, sans rien dire, il avait perdu de son assurance. Qu'insinuait-il ? Tout simplement qu'il n'aurait pas supporté cette épreuve sans le soutien de sa femme ? N'aurait-il pas mieux valu que lui ou elle meurent à la place de Georgia ? Comment pouvait-il ainsi manquer de tact ?

La mort n'était-elle pas préférable au séjour qui leur restait sur terre, à ce reliquat d'années qu'ils vivraient dans le deuil ? Combien ?

Vingt, à coup sûr. Peut-être trente.

En Lorraine, un esprit malin s'acharnait pourtant à vivre. Elle s'était déjà surprise à remarquer la luxuriance des pivoines à peine écloses. L'air avait un parfum sucré, au petit matin. L'été se pavanait en roi outrageusement paré, il distrayait Lorraine, qui se sentait comme une mendiante affamée sur une place de marché. Le café lui faisait toujours envie. Quant à la morphine qu'elle prenait depuis l'accident, elle lui avait inspiré un rêve horrible. Georgia, à dix ou onze ans, nue sur le sommet d'une montagne en flammes, appelait sa mère à l'aide en hurlant, et Lorraine essayait désespérément de la rejoindre en glissant sur des braises ardentes. *Saute, Georgia !* criait-elle, mais l'enfant ne semblait pas l'entendre, elle continuait de hurler. Ce que la vraie Georgia, d'un optimisme presque borné, n'avait jamais fait. « Je me sens mieux aujourd'hui, petite maman. À Noël, Keefer saura parler. Cette fois, elle connaîtra l'histoire du Père Noël ! Comme j'ai hâte d'y être ! »

Une seule fois, Georgia avait pleuré, lors de sa première crise, quand ses pieds et ses mains s'étaient agités sans qu'elle puisse rien faire. « J'ai peur, maman ! J'ai si peur ! Est-ce que je vais mourir maintenant ? »

Après ce rêve, Lorraine n'avait plus voulu dormir.

Mais seul le sommeil lui permettait de refermer l'album photo qu'elle feuilletait sans cesse en pensée.

Georgia, petit elfe de six ans, disant de sa voix grave, surprenante chez un si jeune enfant :

— Tu es trop petite pour être une maman, pourquoi tu es si petite ?

— J'ai arrêté de grandir en sixième, avait répondu Lorraine, qui déclarait toujours abusivement un mètre cinquante-deux sur ses papiers d'identité. Et puis d'abord, toi non plus, tu n'es pas très grande.

— Oui, mais bientôt, je serai plus grande que toi, maman. Dans une semaine, je te dépasserai.

— Ça m'étonnerait. Je suis beaucoup plus vieille que toi.

— Tu es si vieille que ça ? Est-ce que tu vas mourir bientôt ?

— Mais non, avait répliqué Lorraine en se promettant, paniquée, de passer régulièrement une mammographie et de retourner à la gym…

— Parce que j'ai pas envie de mourir.

— Qu'est-ce que tu racontes, ma chérie ?

— Quand tu mourras, moi aussi je mourrai.

— Mais non. Tu seras une grande dame avec plein d'enfants, et tu n'auras pas du tout envie de mourir. Tu seras triste, bien sûr, mais tu continueras ta vie et tu te souviendras de moi…

— Non. Moi aussi je mourrai.

— Ça suffit, Georgia. Écoute, je te promets de ne pas mourir avant que tu sois prête…

Dire que j'ai fumé pendant dix ans, alors que je n'aimais même pas ça, avait pensé Lorraine. Je devrais prendre tous les jours des vitamines et manger des poivrons verts. Dans ma famille, on ne meurt pas jeune, s'était-elle dit pour se rassurer, en songeant à toutes les vieilles dames, les sœurs et les cousines de sa mère qui, réunies, ressemblaient à un sabbat de sorcières. Un jour, j'en ferai partie. Oui, je peux promettre.

— Tu promets que tu seras toujours ma maman dauphin ?

— Promis.

— Ma maman dinosaure ?

— Promis.

— Ma maman koala ?

— Toujours, avait répondu Lorraine, et elles s'étaient blotties l'une contre l'autre dans de vieux édredons pour grignoter des crackers comme si c'étaient des feuilles d'eucalyptus.

Georgia, à douze ans brandissant à la face de Lorraine un livre de bibliothèque sur les adolescents adoptés.

— Tout est là. Vous avez juste voulu remplacer le bébé parfait que vous ne pouviez pas avoir. C'est réussi.

Lorraine avait suivi Georgia jusqu'à la chambre où celle-ci s'était barricadée, elle avait cherché des mots qui sonnent juste en faisant appel à toute son expérience d'enseignante, malgré la colère et la peur qui agitaient son cœur de mère et obscurcissaient son jugement. Comment réconforter un enfant qui se sent une doublure dans l'histoire de sa propre famille ?

— Georgia, avait-elle dit enfin, tu es ma fille. Je t'aime.

Silence.

— J'aime la mère qui t'a donné le jour. J'aime le père

qui t'a engendrée avec elle. Je les inviterais à vivre sous notre toit, s'ils me promettaient de ne pas te reprendre.

Silence.

— Bien sûr, tu as remplacé le bébé que je n'ai pas pu avoir. Mais tu n'as pas fait que le remplacer, tu l'as... effacé. Il n'a jamais existé. Quand tu étais petite... les gens croyaient souvent que je t'avais donné la vie, tellement on se ressemblait, toutes les deux. Au début, ça me plaisait. Mais à force, ça m'a tracassée. Je n'avais pas envie de les conforter dans l'idée que c'était mieux que tu aies l'air de sortir de moi. J'aurais préféré que tu sois grande et blonde, comme Gordie, que tu saches que je n'avais pas besoin de ça pour t'aimer. Je t'aime tout simplement, et pas parce que tu me ressembles, avait-elle conclu avec un tremblement dans la voix, imaginant le mépris de Georgia, sa rage... Que faisait-elle là-dedans ?

— Georgia ! avait-elle crié, paniquée. Sors de là ou je vais aller chercher un tournevis et dévisser cette serrure !

Et alors qu'elle s'apprêtait à le faire, la porte s'était entrebâillée et Georgia avait tendu une main, que sa mère avait prise. Sans un mot, elles étaient restées là, toutes les deux, jusqu'à en avoir les poignets douloureux, les paumes brûlantes.

Georgia à quatorze ans.

Escortée par Dale Larsen à deux heures du matin, elle avait rejoint en cachette des copains qui organisaient une fiesta dans les bois. Lorraine lui avait fait monter l'escalier en lui bottant les fesses, jusqu'à sa chambre où les oreillers glissés dans le lit, sous la couverture, voulaient faire croire qu'elle dormait bien sagement. Et les parents des autres gosses, se fichaient-ils à ce point de la vie de leurs enfants ? « La vie, tu n'y connais rien, maman », lui avait rétorqué Georgia, et elle s'était vantée d'être la seule élève de troisième admise dans la bande, qui ne comptait que des terminales ou des jeunes ayant abandonné leurs études pour travailler à la scierie et à l'élevage de truites. Plus tard, Lorraine se rendrait compte avec un lâche soulagement que Stéphanie, la fille de Dale Larsen, était encore pire, et qu'elle détenait la palme en matière d'influence néfaste.

Quand il avait remonté l'allée après l'accident, Dale avait dû songer à ces jours anciens. Lorraine grimpa sur le lit et s'assit contre le dossier inclinable, où la médaille religieuse de Georgia, avec ses épées et ses dragons, pendait au bout d'un ruban rouge, fixé par une punaise. À force de pleurer toutes les larmes de mon corps, je vais finir par fondre, se dit Lorraine en repensant au temps où, pour maigrir, elle faisait des tours et des tours de piste en vêtements de caoutchouc, avec sa sœur Daphne.

Gordon avait été plus facile, comme le sont souvent les deuxièmes enfants. Il avait choisi de se montrer conciliant, du moment qu'on lui accordait sa part d'attention. Georgia faisait la loi. Le père de Lorraine la traitait de mégère. Mais malgré ses humeurs fantasques et tyranniques, son frère l'adorait. Lorraine et Mark ne s'étaient jamais inquiétés pour Gordie, même quand il faisait de la plongée, de l'escalade ou de la spéléo. Gordie avait beau être génial et charmeur, il connaissait ses limites. Il ne poussait pas le bouchon trop loin. Georgia, elle, n'était jamais satisfaite, elle se plaignait de son poids, de ses cheveux, faisait un jour la timide, l'autre la fanfaronne. Lorraine avait craint que sa fille ne trouve jamais son équilibre.

Avait-elle jamais eu des regrets à son sujet ? Et ce petit bout de regret s'était-il envolé dans les airs, comme une banderole tractée par un avion ? Lorraine s'était profondément remise en question quand Georgia était entrée dans sa phase de rébellion ; à tout ce que sa mère disait, elle trouvait à répliquer.

— Ce n'est pas parce que les enfants adoptés ont, paraît-il, des problèmes d'identité que je te déteste, maman, lui avait-elle dit une fois, si froidement que le sourire de Lorraine s'était figé. Je te déteste personnellement.

Et ces nuits innombrables où Lorraine avait réveillé ce gros dormeur de Mark pour qu'il la câline et la rassure sur sa fille.

— Ne t'en fais pas, lui murmurait-il, elle est trop intelligente pour vraiment déraper.

Georgia avait eu son diplôme avec mention. Puis, malgré ses bonnes notes, elle était restée à la maison. Elle travaillait chez Bulle de Savon, fréquentait de futurs fermiers ou vendeurs, suivait des cours de marketing. Un changement s'était opéré. Elle avait enfin pardonné à ses parents. Et ce n'est que sur le tard, quand elle fut sûre de pouvoir s'abriter sous l'aile du petit frère qu'elle avait mené à la baguette, qu'elle avait suivi Gordie jusqu'en Floride et rencontré Ray. La Georgia adulte était une jeune femme rêveuse qui aimait les bonnes odeurs de cuisine, collectionnait les livres de conte de fées, faisait rire sa mère en la prenant sur ses genoux, et aidait sa tante Nora à préparer des conserves.

Quand elle était rentrée à la maison une fois mariée, on aurait dit qu'elle n'en était jamais partie. Mère et fille étaient retombées dans les bras l'une de l'autre. Georgia mesurait dix centimètres de plus que Lorraine, mais elle était de nouveau son bébé dinosaure... Un mariage en blanc, un accouchement sans complications, Georgia cramponnée au bras de Ray et à la manche de sa mère, Gordon, les yeux écarquillés, choisissant ce moment pour proclamer qu'il ne ferait plus jamais l'amour sans préservatif, et la délicatesse inusitée de Georgia déclarant à sa « petite maman » : « J'aimerais que tu m'aies donné le jour, je regrette tant que tu n'aies jamais éprouvé cette impression d'être… le créateur » avec une telle spontanéité qu'elle avait effacé chez Lorraine toute trace d'amertume.

Georgia était timide, voilà tout. Comme Keefer. C'était la peur qui la rendait coléreuse. La peur du dehors, la peur du vaste monde.

Quel manque de foi ! Gordie proclamerait qu'il n'y avait pas de justice ni d'équité dans la nature, mais Lorraine était sûre du contraire… jusqu'à présent. Adulte, elle n'en avait jamais douté, pas plus que de sa capacité à comprendre les besoins de ses enfants alors qu'ils étaient trop petits pour parler. Elle n'avait plus le détachement qu'elle affectait du temps de ses études et s'était empressée de s'en remettre à Dieu. Mais alors pourquoi Mark et elle, qui après avoir tant traîné, avaient eu la chance de se voir confier un enfant si parfait, s'étaient-ils vu retirer cette chance ?

Comment Keefer s'en sortirait-elle ? Elle avait déjà passé par tant de bouleversements ! Ils avaient tous essayé de la protéger. Après la première chimio de Georgia, les Nye l'avaient emmenée toute une semaine (quand Keefer était revenue, elle savait boire dans une tasse, et Lorraine avait pris cela comme un reproche voilé, une façon de faire remarquer qu'elle avait été négligente en la laissant boire au biberon). Dans quelle mesure les efforts de tous avaient-ils donné à Keefer la petite enfance qu'elle méritait ? Il était impensable que Ray demeure à la maison, les factures de l'hôpital étant un vrai gouffre financier. Le bébé n'aurait pu se passer de la présence de sa mère, et Georgia n'avait pas la force de s'en occuper seule. Heureusement, Gordon était là, avec ses horaires de cours réguliers, son peu de vie personnelle, sa précieuse disponibilité, et le courage qu'il avait eu de prendre des congés alors qu'il débutait dans le métier. Oui, Gordie avait aidé Georgia à vivre le mieux possible l'expérience de sa propre destruction.

Et il avait dû en baver.

Lorraine se promit de lui inculquer les bases qui lui permettraient d'élever Keefer avant de… avant de quoi ? Mourir, lentement s'étioler ? Gordon était doué pour faire manger Keefer en l'amadouant, il savait la changer, mais son rôle s'était surtout borné jusqu'à présent à la poursuivre dans le salon, à quatre pattes, en grognant comme un ours.

Gordon saurait se débrouiller. Petit à petit. Il le faudrait bien. Cela l'obligerait à mûrir plus vite. À découvrir que le temps était bien réel, et qu'on ne pouvait pas dire à tout bout de champ ce qui vous passait par la tête.

Toujours adossée à la tête du lit, Lorraine remarqua qu'elle ne voyait plus ses pieds. La pénombre avait gagné la pièce tandis qu'elle enfilait ses larmes comme les perles d'un collier. Et voilà. Un jour et une nuit et encore un jour et une nuit d'évaporés. Georgia était parmi les morts à présent, elle avait quitté pour de bon le séjour des vivants, et chaque minute qui passait l'entraînait plus loin de sa mère… Lorraine n'avait fait que s'asseoir et s'allonger, s'asseoir et s'allonger, aller dans la salle de bains et refuser de répondre au téléphone, même aux appels de Natalie Chaptman, la personne la plus proche d'elle après Mark. Mais le mari de Natalie était l'entrepreneur des pompes funèbres, et

Lorraine ne pouvait se résoudre à converser avec quelqu'un qui appelait depuis l'immeuble où gisaient les corps de sa fille et de son gendre. Comme le téléphone sonnait de nouveau, elle faillit crier à Mark de dire qu'elle dormait.

— C'était Diane et Big Ray. Ils arrivent, annonça-t-il en entrant dans la chambre.

— Maintenant ?

— Oui. Lor, ils ont envie de nous voir. Ainsi que Keefer.

— Elle est chez Nora.

— Nora ne va pas tarder. Diane et Ray veulent emmener Keefer à la piscine de leur hôtel.

— Pourquoi pas ?

— C'est ce que je leur ai dit.

— Je ne crois pas qu'elle voudra aller avec eux.

— Mais si…

Mark s'assit sur le lit, puis il se coucha et attira Lorraine en la lovant contre sa poitrine.

— Tu ne veux pas te lever et te changer ?

— Pourquoi, j'ai l'air d'une clocharde ?

La première fois qu'elles s'étaient rencontrées, Diane sortait du court de tennis.

— J'ai horreur de ce climat, avait-elle déclaré à Lorraine. Je déteste transpirer. Apparemment, je n'ai rien de la typique fille du Sud, avait-elle dit en lui tendant une main lisse et parfaitement manucurée.

Et, comme Lorraine la complimentait sur sa jupe plissée, Diane lui avait confié en riant qu'elle avait dû l'acheter au rayon fillette de chez Neiman-Marcus, car les modèles femmes lui tombaient sur les hanches…

— Mais non, tu n'as pas l'air d'une clocharde, ma chérie. Simplement, tu pourrais peut-être mettre quelque chose de moins…

— Moins quoi ?

— Chiffonné.

— Bon, d'accord, soupira Lorraine.

Elle entra dans la penderie et alluma la lumière, mais tous ces articles colorés lui blessèrent les yeux. Elle prit son jean le plus confortable, ainsi qu'une chemise blanche pas trop fripée. Puis une robe en jersey à fines rayures, des dessous et des bas, et elle disposa les vêtements dans l'ordre où elle les mettrait, habitude qui datait de son enfance.

— Tu n'as pas besoin d'en faire tant pour les Nye.

— Mais non. Je vais mettre mon jean. Le reste, c'est… c'est pour demain soir.

— Ah.

— Comme ça c'est fait. Je n'aurai pas à retourner dans cette penderie. Mon chéri, excuse-moi, je suis trop fatiguée pour t'expliquer.

Lorraine enfila sa chemise, puis elle tira ses cheveux en un semblant de chignon. On sonna à la porte. C'était Nora, portant Keefer qui se tortillait dans ses bras.

— Tu sais bien que tu n'as pas besoin de sonner, Nora, remarqua Lorraine.

— Je sais, répondit Nora avec gêne. Seulement… ça me fait drôle.

— Nana, nana, clama Keefer en bondissant dans les bras affaiblis de Lorraine et en lui tapant furieusement dans le dos. Mama, mama. Kipper, mama ?

En quatre mots, elle leur avait fait part de son trouble. *Où est la maman de Keefer ?*

Comment lui expliquer ?

— Elle n'a pas dormi de la nuit, murmura Nora. C'est comme si elle le sentait. Bradie a joué du tam-tam avec elle. On l'a emmenée à la grange voir les chatons…

— Nana, mama ? répéta Keefer en suçant son pouce.

— Je lui ai raconté que son papa et sa maman étaient partis, avoua Nora, mal à l'aise, tandis que Mark appuyait la tête contre le chambranle en soupirant. Je sais, c'est idiot, mais que lui dire d'autre ?

— Il faudra lui dire la vérité, jusqu'à ce qu'elle soit en âge de comprendre, commenta Lorraine en se laissant choir sur le banc de l'entrée. C'est l'avis de Gordon…

— On pourrait lui expliquer que sa maman est dans un monde meilleur et qu'elle n'est plus malade.

— Je n'ai pas envie qu'elle en veuille à Georgia d'être partie sans elle pour un monde meilleur, rétorqua Lorraine. Elle risquerait de croire que ses parents l'ont abandonnée pour aller vivre à Disney World.

Le temps que les Nye arrivent, Keefer s'était endormie. Diane les serra tous dans ses bras avec effusion ; son bronzage, sa mise soignée paraissaient incongrus.

— Diane…, commença Mark. C'est si dur, si inattendu pour vous.

— Pour nous tous, ajouta Big Ray. Il va falloir tenir le coup, ne serait-ce que pour la petite.

Ils s'installèrent dans le salon et restèrent assis à se fixer dans la pénombre. Personne ne se leva pour allumer la lumière. Diane fouilla dans son énorme sac de cuir.

— J'ai apporté une photo qui date d'avant Noël.

On y voyait Keefer et Ray, leurs visages rieurs en arrière-plan et leurs pieds nus, gigantesques, au premier plan ; ils étaient assis sur une butte de terre à Sandpiper Reserve, le terrain de golf où vivaient les parents Nye.

— Merci, Diane, je suis très touchée, dit Lorraine.

— Mon bébé, murmura Diane en caressant du doigt

la tête de Ray, auréolée de soleil. Sait-on comment c'est arrivé ?

— Il va falloir un peu de temps pour ça, répondit Mark.

— Un accident, intervint Nora, et ils se tournèrent tous vers elle.

— Ma sœur, Nora Nordstrom, indiqua Mark. Vous vous souvenez ? Où ai-je la tête ? J'aurais dû vous la présenter... Je ne sais plus très bien où j'en suis...

— Nous n'avons même pas pu leur dire au revoir, poursuivit Diane.

— Allons, ma chérie, la réconforta Ray.

Il se leva et vint l'entourer d'un bras protecteur, ce qui valut à Lorraine un pincement de jalousie. Pour une fois, elle aurait bien aimé qu'on la traite elle aussi en femme-enfant, privilège réservé à certaines, apparemment.

— Nous non plus, nous n'avons pu leur dire au revoir, fit remarquer Mark avec une âpreté qui sidéra Lorraine.

Mark était d'ordinaire peu prolixe avec les gens extérieurs à sa famille proche. Diane lui inspirait-elle le même ressentiment qu'à elle ?

— Et même, qu'aurions-nous dit de plus ? ajouta Mark. Ils savaient combien nous les aimions.

— Heureusement, ils n'ont pas emmené le bébé avec eux, commenta Big Ray.

— Ils n'emmenaient jamais Keefer dans la vieille voiture, précisa Mark.

— Nous voudrions prendre Keefer pour la nuit, que vous puissiez vous reposer un peu, annonça Diane. Mes filles sont ici. Les deux garçons aussi. Brent et Brooks. Ils n'ont que trois et quatre ans, à cet âge on ne se rend compte de rien, et ils adorent la petite...

— Ils sont déjà à la piscine, précisa Big Ray. J'ignore

comment Ali et son mari ont fait pour rentrer de leur croisière si vite, mais c'est tant mieux. Caroline n'accuse pas trop le coup, mais Alison aura du mal à s'en remettre ; Ray et elle n'avaient que quinze mois d'écart. Nous les avons élevés comme des jumeaux, en les habillant pareil…

— Ray nous était si cher ! déclara Mark. Il aimait tant Georgia !

— Et Gordon, où est-il ? demanda Diane. Il habite toujours chez vous ?

— Oui, mais il est en ville. Si Georgia a voulu revenir vivre dans le Wisconsin, c'est en grande partie pour être auprès de lui. Je crois qu'il est passé chez eux… choisir des photos. Sans doute pour préparer ce qu'il dira… demain…

— C'est Big Ray qui prononcera l'éloge funèbre de notre fils, lança Diane.

— Bien sûr.

— Et nous ferons célébrer une messe en sa mémoire au siège du club. Les joueurs y tiennent absolument. Ils ont quelque chose en vue pour Keefer. Une bourse d'études, je crois. Vous êtes tous invités.

— Cela dépendra un peu du bébé, remarqua Lorraine.

— Elle a subi une telle tension…, expliqua Mark. Nous voudrions lui donner le temps de se remettre.

— Ce n'est prévu que pour dans quelques semaines, assura Big Ray. D'ici là, elle se sera adaptée.

Adaptée à quoi ? s'interrogea Lorraine.

— J'en ai un peu discuté avec Alison et Caroline, reprit Diane. Caroline et son mari n'ont pas encore d'enfant, ils attachent tant d'importance à leur carrière… Mais Alison y réfléchit sérieusement. Elle en parlera à Andy pendant le dîner…

— À quoi réfléchit-elle ?

— À Keefer. Il faudra bien prendre une décision. C'est un peu prématuré, je sais, mais... Je n'ai que quarante ans, et vous, quel âge avez-vous, Lorraine ?

— Cinquante-neuf ans.

— Êtes-vous à la retraite ?

— J'enseigne toujours. Pour encore quelques années, j'imagine.

— Et Mark ?

— J'ai mon poste à l'usine. Je dirige le labo, répondit-il. Dans l'immédiat, je ne me sens guère concerné par ces histoires de retraite. Mais il faudra que je m'occupe. Sinon je risque de tourner en rond...

— Justement, enchaîna Diane, nous nous sommes dit que puisque je ne travaille pas à l'extérieur... Évidemment, cela mérite réflexion... Pour l'instant, je n'ai pas d'idée précise. Mais nous tenons à ce que Keefer connaisse sa famille des deux côtés.

— Nous aussi. D'ailleurs, c'est ce que les enfants voulaient quand ils ont fait leur testament, ajouta Lorraine, et elle crut voir Big Ray et Diane échanger un coup d'œil. Mais chaque chose en son temps. Nous sommes encore sous le choc.

— Vous n'avez pas idée, renchérit Diane. C'était mon premier-né, et mon seul fils.

— C'était notre fille unique, lança Mark. Si, nous en avons une idée, Diane. Nous vivons avec ça depuis presque un an. Georgia était aussi notre aînée.

— Je croyais qu'elle était une enfant adoptée, remarqua Diane.

— Oui. Ça ne change rien.

— Keefer est tout ce qu'il nous reste, dit Diane. Tout ce que nous avons de Raymond.

— Et de Georgia, ajouta Mark.

— Il faut penser à Keefer, insista Diane.

— À mon avis, nous devrions respecter les volontés de Georgia et de Ray dans ce domaine, répliqua Mark avec une vigueur qui fit sursauter Lorraine.

Depuis qu'on avait évoqué son âge, elle suivait la conversation de loin. Keefer remua et se mit à pleurnicher. « Baba... »

— Elle veut son jus de fruit, Nora.

— C'est là, dit Nora en fouillant dans le sac.

Lorraine installa Keefer au creux de son bras pour qu'elle puisse boire au biberon.

— Alors elle est revenue au biberon, soupira Diane.

— Une fois de temps en temps, surtout quand elle fait de la voiture, s'empressa d'expliquer Lorraine en se demandant pourquoi elle devrait se sentir coupable.

— Georgia et Ray ont pris certaines dispositions à l'égard de Keefer, expliqua Mark. Nous avons les duplicatas. Nous vous en ferons des copies.

— D'accord, acquiescèrent les Nye à l'unisson.

— Nous n'allons pas rentrer chez nous tout de suite, ajouta Diane. Nous comptons rester quelques jours... après... après... vous vous rendez compte ? Nous sommes tous assis là et cela ne concerne pas seulement Georgia, mais Raymond...

— Ça paraît impossible, dit Mark.

— Nous voulons tous assurer à cette petite une vie sûre et stable, ajouta Big Ray.

— Peut-on l'emmener, maintenant ? demanda Diane en se levant.

— J'espère qu'elle ne va pas faire d'histoires. Elle est très timide.

Diane tendit les bras pour prendre le bébé, qui frissonna puis se détendit. Lorraine eut un coup au cœur ; d'ordinaire, elle ne trouvait pas que Keefer ressemblait à

Georgia, c'était un grand bébé au teint rose, mais sa jambe pendante avait exactement la même courbe que celle de Georgia, avec le mollet et la cuisse rondelets qui avaient fait le désespoir de sa fille.

Georgia ! songea Lorraine, et le bébé se mit à crier : « Nana ! » en se débattant avec une force considérable et en décochant des coups de pied dans l'estomac de Diane. « Nana ! »

— Diane, je suis désolée, je crois qu'elle me réclame, murmura Lorraine en s'avançant pour reprendre le bébé.

— Ça ira, allons-y, dit Big Ray.

Keefer avait tellement gigoté qu'elle se trouvait maintenant presque à hauteur des genoux de Diane. Elle tendait les deux mains vers Lorraine.

— Peut-être pourrions-nous vous l'amener plus tard, proposa Mark.

— Nana ! sanglota Keefer. Dory !

— Elle réclame « Gordie », expliqua Lorraine en essayant de maîtriser sa voix.

Diane coiffa de sa main la tête brûlante du bébé.

— Keefer, Keefer… Tout va bien, Keefer Kathryn. C'est grand-mère Diane. On va aller voir Brooksie ! Et tu mangeras une bonne glace.

Malgré la fraîcheur de la pièce, les époux McKenna étaient en nage.

— Allons-y, ma chérie, dit Ray.

Lorraine se pencha pour coller sa joue contre celle du bébé, qui chercha éperdument à lâcher Diane pour s'accrocher à elle, comme un petit singe affolé.

— Embrasse-moi, Keefer, comme ça je ne te manquerai pas. Tu reviendras bientôt. Je suis désolée, Diane…

Mais les cris de Keefer redoublant, les Nye

l'emportèrent en la tenant par tous les bouts et descendirent l'allée à grands pas. Bob et Mary Dwors, le vieux couple qui habitait la maison d'à côté, cessèrent de tailler leurs rosiers pour regarder la scène d'un air intrigué.

— Je suis sûre qu'elle va vite se calmer, commenta Nora depuis la cuisine, car aucun d'eux n'avait la force de parler.

Ils avaient oublié sa présence, mais Lorraine huma soudain l'arôme du café. Nora... Même en enfer, elle continuerait à faire du café, songea Lorraine.

— Quelle épreuve pour la petite ! Elle a l'air de croire qu'on l'arrache à nous pour toujours.

Mark entra et claqua la porte.

— Je n'arrive pas à comprendre pourquoi Diane me fait cet effet-là, lança-t-il.

— Pourquoi a-t-elle dit que c'était pire pour eux que pour nous... je veux dire : pour vous ? s'enquit Nora en tendant une tasse à Mark.

— Pour nous, corrigea Mark en tapotant sa sœur sur le bras.

Lorraine surprit dans le regard de sa belle-sœur une lueur de contentement, et cela la rendit magnanime.

— Elle vient juste de perdre son seul fils, dit-elle. Ce n'est pas une mauvaise femme. Elle n'est pas habituée aux soucis, voilà tout.

— Je ne la crois pas mauvaise, répliqua Mark en regardant Diane monter sur le siège arrière avec Keefer. Mais je suis sûr qu'elle obtient toujours ce qu'elle veut. Comme Ray.

La pièce sembla soudain s'emplir de silence. Mark avait d'ordinaire si bonne opinion des gens que cela confinait à la bêtise. Même le plus cossard de toute l'usine était un « brave gars ». Et Mark avait été le seul parmi la direction de Medi-Sun à insister pour que la comptable qui avait détourné dix mille dollars puisse garder son poste et rembourser petit à petit la compagnie.

— Ils n'ont même pas pris le siège pour bébé, ajouta-t-il avec un regard mauvais.

— Fidelis Hill n'est qu'à trois kilomètres, précisa Lorraine, surprise de le voir en colère. Et puis Keefer déteste qu'on l'y mette.

— Et si quelqu'un les voit, hein ? Il y a eu assez d'accidents de voiture cette semaine. Et tu as vu... leur tension doit être à son comble. Big Ray semble à tout moment sur le point d'avoir une attaque. Il doit bien peser trente kilos de trop.

— Alors arrête-les, cours-leur après, suggéra Lorraine.

Mais Mark ne bougea pas. Pensif, il se frotta le menton. Plus tard, il ne se rappellerait pas les mots précis qu'il avait prononcés : « Cette femme, rien ne l'arrête. »

4

Il se sentait dans la peau d'un voleur.

D'un violeur de tombe.

Gordon s'engagea dans le couloir en rasant les murs. L'appartement, étouffant, sentait le renfermé, une odeur aigre… lactobacillus, conclut-il. L'odeur du lait tourné. Sans doute l'un des biberons de Keefer, oublié sous un meuble. Cela faisait des semaines que Ray n'avait plus dormi ici. Lors de ses passages éclairs, il ne lui était pas venu à l'idée de laisser une fenêtre entrouverte ou d'allumer le climatiseur en le réglant au minimum. Ray ne pouvait penser à plus d'une chose à la fois, et c'était cette incapacité qui avait fait de lui un athlète. Carl Jurgen, leur ami commun, disait que tous les joueurs de golf cherchaient à atteindre le point de concentration où même marcher sur un râteau ne risquerait pas de faire dévier leur swing. « Mais Ray est tout le temps dans cet état-là, pas seulement quand il joue au golf », se plaignait Jurgen.

Gordon était en quête d'indices, il cherchait ce qu'il pouvait bien ajouter au texte balourd et convenu qu'il avait déjà écrit : « Aujourd'hui nous sommes venus dire au revoir à Georgia O'Keefe McKenna Nye, un nom long et peu commun pour une personne remarquable, fauchée dans la fleur de l'âge. Et à son mari, mon beau-frère, Raymond Nye Junior, un nom plus courant, celui d'un des meilleurs gars que la terre ait portés… »

Gordon était loin d'avoir du style, en temps normal. Comment aurait-il pu faire preuve d'éloquence sur commande en un pareil moment ?

C'était Georgia qui rédigeait pour lui ses devoirs trimestriels quand il était au lycée, et même à l'université. Elle n'aurait pas supporté ces mièvreries. Elle aurait exigé du drame ! Des lumières, un cercueil, les grandes orgues, de la poésie ! Et si elle lui manquait justement, maintenant, c'était bien la preuve qu'il n'y avait pas de vie après la mort.

Dans l'entrée, la porte de la penderie béait sur les bottes en caoutchouc jaune de Keefer, enfoncées dans les sabots rouges de Georgia, sur l'immense cardigan que tante Nora avait tricoté, une horreur aux couleurs psychédéliques que Georgia portait fidèlement en disant qu'il « allait avec tout », sur les casquettes de Ray, qui occupaient un pan entier. Les objets usuels devenaient des reliques. Près d'un jouet en bois, il y avait la chaîne de cheville que sa sœur mettait quand elle était en maillot de bain, avec ses petites clochettes argentées. Georgia avait d'ailleurs demandé à Ray de la rapporter chez ses parents, Gordon s'en souvenait. D'une voix pâteuse, à cause de la morphine, elle avait dit que le son des clochettes rassurerait la petite.

Une tasse qui avait contenu du café et… ah… voilà. Le biberon de lait tourné était posé à côté de l'agenda de Ray, ouvert au 3 juin, jour où Georgia devait faire sa chimio. Gordon le feuilleta, vaguement écœuré. Une phrase écrite en gros caractères barrait toute la semaine suivante : « Appeler l'avocat. » Cela, plus une note rappelant à Ray de prévoir en septembre une visite médicale pour Keefer, qui aurait dix-huit mois, et c'était tout. Une liasse de télécopies provenant du Knockouts Tour avait été pliée et glissée dans la doublure du carnet, avec ce qui semblait être une liste de courses gribouillée sur la carte publicitaire d'un fast-food : capsules d'ail, jus, mélasse... La mère de Ray était une championne de diététique. Chez ses parents, dans la chambre de Georgia, des flacons d'essences de plantes étaient encore alignés sur l'appui de fenêtre, et leurs étiquettes évoquaient davantage un pique-nique qu'une guerre menée contre le cancer : pissenlit, chardon, clou de girofle.

La galerie de photos de l'entrée... Gordon s'efforça de ne pas regarder. Il ne lui restait que quelques heures avant que toute la machine funèbre se mette en branle. Une fois qu'il pénétrerait dans le dépôt mortuaire de chez Chaptman, son pouvoir de concentration s'évanouirait. Il ne fallait pas se laisser distraire.

Il y avait Georgia, en robe de mariée, avec sa traîne de sept mètres de long. Ce n'était pas un portrait officiel, mais un instantané, son cliché préféré. On y voyait aussi Delia, la cousine de Ray, qui vivait à Madison ; ils avaient grandi comme frère et sœur ; c'est grâce à elle que Ray avait supporté d'aller vivre dans le Nord. Delia, chrétienne convaincue, était aussi la dame d'honneur de Georgia et la marraine de Keefer. Gordon se rappelait ce que Georgia avait un jour déclaré à son sujet : « Je l'aime bien. C'est une femme de conviction. » Sur la photo, Delia soulevait avec révérence la traîne diaphane, le visage illuminé d'une sainte béatitude, même si travers l'énorme profusion de lilas et d'iris qui couvrait l'autel, la fille que Delia avait eue d'un précédent mariage (comment s'appelait-elle, déjà ? Alyssa, Alexandra ?) pointait son minois d'adolescente tel un ange facétieux, avec ses somptueux cheveux roux, ses yeux espiègles.

Son air de sainteté n'avait pas empêché Delia de divorcer, songea méchamment Gordon. C'était idiot, il la connaissait à peine ; elle était peut-être veuve...

À côté, une autre photo, où Ray brandissait d'une main une Keefer âgée de quelques minutes à peine, au-dessus de sa tête, comme un trophée. Puis le collage encadré de Georgia : « Pourquoi tu t'appelles Keefer », avec une photo du bébé coiffé d'un bonnet de feutre en forme de tournesol, d'où une flèche partait pour rejoindre une photo de Gordon étant petit, grimaçant d'un sourire édenté, tandis que Georgia le ceinturait d'un bras potelé. « Il était une fois un petit garçon qui n'arrivait pas à dire le prénom de sa sœur. » Comment avait-il fini par appeler Georgia « Keefie », et pas seulement quand il était tout petit, mais jusqu'à la sixième, alors qu'elle menaçait de lui filer une raclée s'il n'arrêtait pas ? Il lui arrivait encore de se tromper, surtout après la naissance du bébé, et de les appeler toutes les deux « Keefie ». Gordon posa une main sur ses yeux et coinça l'agenda de Ray dans la poche arrière de son pantalon.

C'est irrespirable ici, se dit-il. On se croirait dans une serre.

Le matin, quand il s'était réveillé tout habillé sur sa couette, Gordon avait jeté quelques mots sur une page de son carnet à spirale : « Une chahuteuse qui aimait faire la fête, une fille à la fois dévouée et rebelle, une sœur parfaite et un vrai tyran, la meilleure des amies, généreuse, idéaliste. » Et aussi : « Georgia ne faisait pas de quartier. Il a fallu la magie de Raymond Nye Junior pour l'amadouer, la transformer. Mais si seulement Ray était là, il vous dirait qu'il savait bien qui était le patron. » Lamentable.

Il aurait beau faire de Georgia un Albert Einstein ou une Mère Teresa, comment prétendre que sa sœur avait beaucoup compté pour le monde en général ? Non. Elle n'avait pas eu le temps d'accomplir sa vie. Juste celui d'aimer Ray, de faire un enfant, d'aider son frère, de rendre ses copains heureux… le seul vide qu'elle laissait vraiment, c'était en lui.

Jamais plus ils ne s'amuseraient à singer leur père dans son dos en imitant sa démarche d'échassier. Jamais plus Georgia n'enverrait à Gordon son cadeau de Noël deux semaines avant l'heure, pour l'appeler et l'obliger à l'ouvrir pendant qu'elle était au téléphone, tellement elle était impatiente. Et Georgia n'entendrait plus jamais son bébé dire « Keefer ».

À quoi bon ressasser ? Les gens ployaient déjà sous la tristesse. Tout cet aspect solennel demandait un tel effort, c'était comme de hisser un casier à homards hors de l'eau. L'eau est un élément bien plus lourd qu'on ne peut le penser à première vue. Carl Jurgen s'en plaignait assez, l'été où avec Ray, ils avaient vécu seuls tous les trois en bord de mer et qu'ils tiraient les casiers pour le vieux Leo.

Il hésitait à rester plus longtemps ou à décamper lorsqu'une pensée lui traversa l'esprit, que d'autres auraient trouvée exagérée, sinon suspecte. Mais Georgia aurait compris. Ray aussi. C'était sans doute à sa sœur qu'il devait d'avoir eu des tas de petites amies, sans jamais approfondir ni aller au-delà du rituel éprouvé, celui des amours sincères mais éphémères : concert symphonique, dîner chez l'Italien, première nuit d'amour, relation suivie, week-end sous la tente, dénouement. Georgia avait pris plus de place dans sa vie qu'une sœur ne l'aurait dû. Même la bonne et loyale Lindsay Snow lui avait une fois reproché avec véhémence de boire chaque parole de sa sœur.

Non, il ne buvait pas ses paroles. Mais il n'avait jamais éprouvé le besoin de confier à une femme les questions qui le tourmentaient. Sur le plan intellectuel, il s'en remettait à son père, et sur le plan affectif, à Georgia.

Quant à sa mère, discuter avec elle était superflu. Elle lisait ses pensées. En fait d'intimité, cela lui suffisait.

C'était bête, mais les soirs de sortie entre copains et copines, quand il rentrait tard chez lui, il éprouvait un grand réconfort en voyant clignoter le voyant du répondeur. Il rappelait. Et Georgia lui parlait toujours, même quand il la réveillait. Une fois sur deux, il faisait un saut jusqu'ici. Et il leur arrivait de s'endormir aux premiers chants des oiseaux.

Ces derniers mois, il n'avait fait que s'occuper de Georgia et de Keefer. Les rares nuits où il avait retrouvé Lindsay à la dérobée, il avait failli lui demander de se mettre au lit sans préliminaires. Quand l'état de Georgia avait empiré, il s'était dit que le temps qu'il passait à lui éponger le front, à l'aider à faire ses enregistrements et à lui lire *Les Hauts de Hurlevent* valait bien les retrouvailles éparses qu'ils auraient partagées au fil des années. Pourquoi n'avait-il pas songé à ce qu'il dirait le moment venu ? Pourquoi n'avait-il pas réclamé son aide à Georgia ? Aurait-elle pris un malin plaisir à rédiger secrètement son propre éloge funèbre ? Ou bien cela leur aurait-il trop coûté, à tous deux, d'admettre implicitement la défaite ?

Gordon s'aventura dans la chambre. Dans son étui en plastique, la robe de mariée prenait la place de trois manteaux d'homme. Sur une étagère, caché sous des rouleaux de papier cadeau, Gordon découvrit un gros livre plein de photos en couleurs : un guide d'érotologie. En ouvrant machinalement des tiroirs, en découvrant les soutiens-gorge de Georgia, les immenses caleçons de Ray qui ressemblaient à des toiles de tente, il se sentit gagné par une terrible compassion. Les morts n'ont plus d'intimité. Quand il serait vieux, il brûlerait tous ses écrits et documents privés. D'ailleurs, ils tiendraient sans doute dans une boîte à chaussures.

Il revit Ray, venu le tirer du lit un matin, après son deuxième rendez-vous avec Georgia.

— Il faut qu'on parle, tous les deux. Est-ce qu'elle t'a appelé ?

— T'as vu l'heure ?

— Est-ce qu'elle t'a parlé de moi ?

— Mais tu as passé la nuit avec elle, non ?

Tout empourpré, Ray avait secoué la tête.

— On est restés assis toute la nuit. Sur la plage. Jamais je n'avais ressenti ça. C'est elle, mon vieux. Allez, raconte-moi tout. Parle-moi de ce qu'elle aime, de ce qui lui fait peur, les cafards ou les serpents. Sa couleur préférée, et si elle en a connu un autre avant moi qui a compté… tu sais…

À leur mariage, Ray s'était penché vers lui, tandis qu'ils attendaient les premières notes de la marche nuptiale. « Je l'aime plus que ma vie », avait-il murmuré. À la fin de la réception, Georgia était réapparue en jean et elle avait couru vers Gordon pour lui dire au revoir, tandis qu'il titubait dans son habit fripé, ivre et morose, clignant des yeux, car les lumières s'étaient soudain toutes rallumées pour signaler la fin de la fête. *Embrasse-moi, comme ça je ne te manquerai pas...*

Juste avant que Gordon prenne un congé d'un mois pour raisons de famille, il s'était réveillé une nuit chez ses parents. C'était un froid week-end de printemps et Ray était présent, mais il devait prendre l'avion tôt le lendemain matin pour Atlanta, aussi Gordon avait-il dormi là pour garder le bébé lorsque sa mère emmènerait Georgia chez le médecin. Au milieu de la nuit, alarmé par des bruits venant du couloir, Gordon s'était levé et il avait trouvé Ray sur le seuil de la maison, portant dans ses bras Georgia enveloppée d'une couverture.

— Elle est malade ? Tu l'emmènes à l'hôpital ?

— Mais non, on va juste faire un tour.

— Un tour ?

— Elle n'arrive pas à dormir. Et c'est l'anniversaire de nos fiançailles. Ça fait deux ans qu'elle m'a dit oui, une nuit. On va rouler jusqu'à Hat Lake et contempler les étoiles... peut-être folâtrer un peu. Après tout, nous sommes encore jeunes mariés.

Gordon avait aperçu le bras malingre de Georgia sortant de la couverture, couvert de vilains bleus à cause des prises de sang, son sourire engourdi, et il n'avait su que dire. Il y avait tant de choses qu'il respectait sans les comprendre.

La dernière fois qu'il avait longuement parlé avec elle, c'était pour se disputer. Ça remontait au jeudi... Non, au week-end précédent. En tout cas, c'était après la petite crise qui l'avait conduite à séjourner une semaine à l'hôpital, à cause d'un sinistre marqueur disant que la fin approchait. Elle était devenue revêche, irritable. Qui ne l'aurait été, à sa place ? Elle toussait, haletait, car la maladie avait gagné ses poumons, ses os, et Gordon s'était dit : c'est bien de Georgia d'utiliser son dernier souffle pour me chapitrer. Se rendait-il compte que les autres donneraient n'importe quoi pour être comme lui ? avait-elle lancé.

Homme, femme ou animal, ils succombent tous à ton charme, avait-elle déclaré, et tu trouves ça normal. Ça ne te demande aucun effort. Tu sais te faire aimer, tu es doué pour ça...

— Toi aussi, tu as plein d'amis, Georgia.

— Mais je me suis démenée.

— Moi aussi. Je suis gentil avec les gens.

— Les gens sont gentils avec toi, et tu les laisses faire. Toi tu t'entraînes, pour garder ta ligne athlétique et être agréable à regarder, tu tentes des expériences, tu vis des aventures, afin de pouvoir les raconter aux autres. Voilà ce que tu offres au monde, Gordie. Tu es toi-même ton cadeau...

Elle s'était interrompue, et sa respiration était devenue si profonde, si lente que Gordon avait cru qu'elle s'était soudain endormie.

— Tu dois faire en sorte que Keefer te ressemble, avait-elle repris.

— Tu voudrais que Keefer soit comme moi ?

— Oui. Tout est facile pour toi.

— Mais non.

— Plus que pour moi.

— Non, pas vraiment.

Elle avait tourné vers lui son visage ravagé et lui avait souri.

— Je ne parlais pas de ça. Je sais que ce n'est pas facile.

— À mon avis, elle sera comme Ray, avait dit Gordon.

— Eh bien non, avait répliqué sa sœur. Ce n'est pas ce que je souhaite. Je n'ai pas envie qu'elle ressemble à ces gens qui font si grand cas de l'amour qu'ils n'en décrochent pas. Je veux qu'elle sache se faire aimer, qu'elle ait ce don elle aussi. Alors, tu t'arrangeras pour qu'elle soit comme toi ?

Qu'avait-elle voulu dire ?

Que quelque chose clochait en lui ? Qu'il était trop égocentrique ? Il était quand même professeur, par essence un métier altruiste. Il contribuait à tous les combats écolos de la planète. Il n'était pas égoïste. Si ? Pourquoi préférait-il une certaine légèreté dans ses relations et répugnait-il à s'appesantir ? Ce n'était pas vrai. Tim et lui étaient des amis de quinze ans. Lindsay et lui... bref. Fallait-il prémunir Keefer contre une trop grande dépendance affective, comme on inocule un vaccin contre un virus ? Mais, s'il n'avait pas résisté, il se serait déjà fiancé dix fois !

D'accord... tout n'était pas reluisant chez lui. Il affectait avec les filles une attitude timide et mélancolique qui lui permettait de rompre sans trop de problèmes. Il évoquait rêveusement son immaturité fondamentale, la peur qu'il avait de s'engager, une possible mutation en Australie... Tout cela comme à regret. Avec le temps, qui sait, il changerait peut-être... Sa méthode avait un effet quasi hypnoptique. Les femmes qui auraient dû le brûler en effigie se réjouissaient de rester ses amies. Quel soulagement. Et alors ? Il estimait ces femmes, il aimait se souvenir de leurs corps tous différents qui tanguaient, se balançaient, de leurs courbes, de leurs angles, de leurs mamelons dressés tels les pistils de fleurs à l'infinie variété. Et il était sincèrement heureux de les revoir, à l'occasion. Seulement elles interprétaient son sourire comme une invite, et il fallait de nouveau recourir à la bonne vieille méthode, celle du mufle qui joue sur du velours, comme disait Tim. Un mufle, lui ? Non. Si.

Bon Dieu, il était jeune !

Il n'aurait jamais dû revenir habiter ici. Du temps où il travaillait pour Enviro Treks, l'amour était nonchalant, facile, plein d'enseignements, d'échanges fructueux… un vrai paradis. Pourquoi était-il revenu à la maison ? Sa mère lui avait écrit pour l'informer du poste qui se libérait au collège. Et il avait eu envie d'être là pour la naissance du bébé. Alors qu'il aurait pu se contenter d'envoyer une corbeille de fruits !

Rien ne clochait chez lui. Il avait ses amis, sa bonne vieille Fender 1972 sur laquelle il apprenait enfin à jouer, ses élèves, une bande d'abrutis où perçait parfois une lueur d'intelligence. Il n'était pas solitaire.

Mais voilà où ça clochait.

Il le serait… maintenant.

Gordon eut soudain envie d'en finir au plus vite, de fuir cet endroit, et il se mit à fouiller dans le bureau de Georgia, sa bibliothèque, son coffret à bijoux. Il trouva un autre exemplaire de son testament dans un classeur qui contenait aussi des notes manuscrites sur les possibles dispositions de Keefer à certaines allergies. Ainsi qu'une brochure venant d'une agence de Boston nommée Families United. Jamais entendu parler. Il emporta le tout. C'est irrespirable ici, se dit-il. On se croirait dans une serre.

Pourquoi attacher tant d'importance à ce qu'il dirait à l'enterrement, en fin de compte ? Les seuls mots qui lui venaient à l'esprit étaient si poignants qu'il ne pourrait les prononcer sans pleurer. (« Elle a dit oui, Gordée ! Tu te rends compte ! Tu seras mon témoin. Je suis si heureux que j'en ferais dans mon froc. ») Ils paraîtraient vulgaires ou dénués de sens. Sauf pour les deux personnes qui n'entendraient jamais Gordon les dire.

Sacrée Georgia.

Ray et elle avaient une vie à eux, qui ne le concernait pas le moins du monde, mais elle n'avait pas voulu renoncer à son ascendant sur son frère. Elle avait été aussi égoïste que lui.

Elle avait exigé sa gratitude. Honore ta sœur, qui te sauve régulièrement de ton laxisme indécrottable et de ses conséquences.

Mais elle ne l'avait pas fait que pour ça.

Elle l'avait aimé, avait tenté de colorer ses blancs, ses vides, à force de tendresse.

Heureusement qu'elle était revenue à la maison. Et si elle était morte en Floride ? Georgia en était venue à détester le Sud autant que Ray l'aimait. Même Ray n'avait pu la convaincre d'y élever leur enfant.

Gordon referma la porte derrière lui et roula jusqu'à son appartement, quelques rues plus loin. Sa tanière, son taudis. Il ouvrit la porte et se jeta sur le canapé, en pensant à Georgia lui disant :

— Tu te rappelles la fois où tu voulais faire bonne impression sur quelqu'un et que tu n'avais pas le temps de préparer ton appartement ? J'ai fait tout le ménage, alors que j'étais enceinte de huit mois, tu te souviens ?

Voilà une chose qu'il pourrait dire. Le mariage l'avait transformée, apprivoisée, elle qui s'habillait souvent dans la voiture avec ce qu'elle avait acheté en chemin, quand elle était invitée à une fête. Georgia était devenue une vraie perle, elle faisait du pain avec un levain provenant de la famille Nye, tapissait les murs à la main. Elle aimait modeler l'espace de son appartement à sa manière, et façonner son frère pareillement. Gordon, qui n'avait jamais possédé que deux paires de chaussures, une pour la ville, une pour le sport, s'était laissé entraîner dans les magasins pour acheter des mocassins italiens, ainsi qu'un bon matelas et un vrai sommier. Il s'était senti minable, avec sa guitare, sa bicyclette appuyée contre son matériel de plongée dans le salon, et ses agrandissements des photos sous-marines qu'il avait prises à la grande barrière de corail, punaisés sur le mur.

Il ne l'avait jamais vraiment remerciée. Il avait même prétendu lui accorder une faveur, en lui de permettant de défouler ainsi son trop-plein d'hormones sur son pauvre frère célibataire, en l'absence de Ray.

Mais il le comprenait maintenant, durant ces quelques mois qui avaient suivi leur retour à Tall Trees, avant la naissance de Keefer, ils étaient enfin arrivés au même niveau, après tout ce temps où il avait suivi sa sœur. Les yeux dans les yeux, si proches, désormais.

Du coup, il lui avait presque pardonné d'être devenue adulte si brusquement, et sans lui.

Et voilà qu'elle avait recommencé, elle était partie la première, sans lui, encore une fois.

Le téléphone sonna. Gordon se rendit compte qu'il avait failli s'endormir.

Il laissa sonner jusqu'à ce que le répondeur prenne le relais. Il y avait vingt-trois messages sur la bande, dont quelques-uns qu'il avait entendus par hasard. Des femmes. Son cousin Dan. Deux de ses élèves, qui l'avaient profondément touché, et trois de Tim, qui semblait croire que Gordon était près de mettre fin à ses jours et proposait de passer.

— Eh, disait sa propre voix, sa voix d'avant. Selon qui vous êtes, laissez un message pour Gordon ou M. McKenna, et ne racontez pas votre vie.

La voix de Lindsay succéda à la sienne.

— Gordon, Gordo ? dit-elle d'un ton pressant. C'est moi. Je suppose que tu n'es pas là, mais si tu as besoin de moi…

Tiens, Lindsay pourrait m'aider à écrire ce truc, songea-t-il soudain. Elle et Georgia étaient amies d'enfance. Il décrocha et ne dit rien.

— Gordo, c'est toi ?

Non, personne ne pouvait l'aider. Il raccrocha et laissa de nouveau ses pensées dériver.

Après avoir identifié les corps de Ray et de Georgia, son père avait dormi douze heures d'affilée. Gordon avait proposé d'y aller à sa place, mais, réflexion faite, Mark s'était rendu seul à la morgue.

Tout ce qu'il avait vu, lui avait-il rapporté à contrecœur, c'était une photo en gros plan de la main gauche de Georgia portant sa bague de fiançailles en diamant ; la main était intacte, à part la grande cicatrice en forme de croissant que Georgia s'était faite autrefois en se disputant avec Gordon pour un maillet de croquet qui s'était fendu en deux. Puis on avait montré à Mark le profil de Ray le moins abîmé, faiblement éclairé derrière une baie vitrée. Le reste de la tête et du corps était recouvert d'un drap blanc.

— Mais on voyait bien que la forme allongée n'était pas vraiment normale… À mon avis, il est inutile que Keefer apprenne ça un jour, avait conclu son père.

Gordon rêva de Lindsay. Elle s'agenouillait près du lit, et ses longs cheveux roux lui chatouillaient la joue.

C'était bien elle. Gordon se rendit compte qu'il avait fini par s'endormir. Dehors, le soleil était bas. Il se redressa, en nage, frissonnant.

— Tu es là ? demanda-t-il. Comment es-tu entrée ?

Lindsay s'assit sur les talons, et sa robe d'été couleur

pêche s'enfla autour de ses genoux comme un parachute.

— C'est ta mère qui m'a donné la clef, dit-elle. Tu ne répondais pas au téléphone. Elle était complètement paniquée, Gordon, si tu veux savoir. Et moi aussi.

Lindsay lui avait apporté de quoi manger. Du jambon, de la salade de pâtes, une pâtisserie. Il dévora, et pour une fois la sollicitude de Lindsay ne lui inspira que de la gratitude, sans qu'il s'y mêle aucune défiance. Il prit une douche tandis que, assise sur le siège des toilettes, elle lui lisait la notice nécrologique ; elle lui conseilla de mettre un T-shirt et une veste en lin ; selon elle, Mark n'aurait pas la présence d'esprit de remarquer que son fils ne portait pas de cravate. Quand Gordon se fut habillé, Lindsay prit sa voiture pour les conduire. Cela signifiait qu'ils se retrouveraient seuls, ici, plus tard dans la soirée, se dit Gordon, à moins qu'il ne s'éclipse en prétextant qu'il devait rentrer chez ses parents. Moyennant quoi il ne serait pas là où il devrait être, c'est-à-dire au lit avec Lindsay, et il avait tort de penser à ça, mais elle était belle, merveilleusement familière, et il ne put s'empêcher de lorgner la bretelle de son soutien-gorge blanc par l'ouverture de sa robe sans manches. Dans quelle mesure son sentiment pour Lindsay était-il né de la constance et de la dévotion qu'elle lui portait ? En était-il le reflet ? Gordon décida de mettre cette question en tête de toutes celles qu'il avait à élucider.

Quand ils franchirent la crête de la colline où était située l'entreprise de pompes funèbres, en dehors de la ville et à l'orée des bois, Gordon n'en crut pas ses yeux : chaque côté de la route était bordé d'une longue file de voitures qui faisait presque un kilomètre. Il y avait deux camions de télévision munis d'antennes paraboliques.

Lindsay dut freiner car des gens traversaient la route d'un pas décidé, en se hâtant comme s'ils se rendaient à un concert ou à une vente aux enchères.

Gordon s'accouda bras croisés sur le tableau de bord et se cacha le visage.

— Qu'est-ce qu'il y a ? s'écria Lindsay en lui prenant la main. Tu ne te sens pas bien ?

Il fit non de la tête.

— Tu es surpris ? Tu ne t'attendais pas à ce qu'il y ait autant de monde, aimée comme elle était ?

Non, pensa-t-il en pressant la main de Lindsay, comme plus tard ce soir-là il lui tiendrait la taille et sentirait ses petits seins contre sa poitrine, empli de chagrin et de gratitude, sans regretter d'avoir renoué ce qu'il n'aurait pas dû renouer... non, pensa-t-il. Je ne pensais pas que ça irait si loin.

Si loin et si vite. Si vite qu'il n'arrêtait pas de dégringoler sans trouver de point d'appui, le temps de reprendre ses esprits, pendant que ses craintes et ses doutes dévalaient sur lui comme sur une paroi de roche friable.

Après cette nuit, il ne serait plus en mesure de s'appuyer sur sa sœur pour combler ses manques et ses lacunes. Il devrait rappeler ceux et celles qui lui téléphonaient, sinon il serait seul. Seul avec ses parents et Keefer, dans une vie qu'il n'avait pas prévue.

Il deviendrait adulte par la force des choses. Il ne traînerait plus avec ses élèves après les cours pour les épater en jouant au Frisbee. Il devrait se presser de rentrer à la maison, comme Chris Ebbets, Mary Hermanson et tous les autres... parents qu'il connaissait.

Il ne serait plus jamais libre. C'était monstrueusement égoïste, mais il avait imaginé qu'il reviendrait à son ancienne vie, après la mort de Georgia.

Non, il ne retrouverait jamais sa vie d'antan. Elle ne s'était pas suspendue, mais terminée, le jour où sa sœur était tombée malade.

Pire encore, il n'en aurait pas voulu s'il avait pu la reprendre.

C'était une vie stupide. Une vie qu'il avait surtout aimé raconter. Or son public avait disparu, emporté à jamais.

Il serait peut-être heureux à nouveau ; en voyant Keefer faire ses premiers pas, par exemple. Ou en tombant amoureux. Mais ce ne serait plus ce bonheur pur, sans nuages, cette insouciance qu'il éprouvait parfois et avait tant chérie.

Georgia l'aurait compris, elle aussi avait aimé en lui cette insouciance qu'elle n'avait pas vraiment connue.

Oui, j'ai aimé ton insouciance, lui fit-il dire, des paroles qu'elle n'avait pourtant pas prononcées. Il se rappelait sa voix. Il pouvait encore se la rappeler.

Il fallait bien ça pour te supporter, lui fit-il ajouter, car Georgia n'aurait jamais fini sur une note aussi niaise.

Comme ils sortaient de la voiture, une femme qu'il ne reconnut pas tout de suite l'étreignit avec vigueur, le submergeant d'une moiteur lourde, parfumée. Delia. Quand elle le libéra, sa fille lui tendit la main d'un air digne.

— Je suis Alex, dit-elle, on s'était vus au mariage. Je suis désolée pour votre sœur. Georgia était quelqu'un de vraiment…

Gordon eut envie de lui tapoter la tête, mais elle avait passé l'âge. Il lui serra la main.

Ils contournaient les haies qui bordaient l'entrée du bâtiment quand un homme fit signe à Gordon, d'un air gêné. Il lui était vaguement familier. Un ami de son père ? Non, le père d'un de ses élèves. Comment s'appelait ce gamin, déjà ? L'homme se confondit en excuses.

— Je sais que je ne devrais même pas vous aborder dans un moment pareil, d'ailleurs, en principe, je ne devrais pas vous en parler du tout. Mais je… Voilà. J'ai rencontré votre sœur et son mari…

— Il faut que j'entre, maintenant, lui dit Gordon tandis que Lindsay le tirait doucement par le bras.

Il aperçut sa mère dans le vestibule ; elle serrait contre elle sa tante Daphne.

— Je suis avocat, poursuivit l'homme, voici ma carte. Et je vais devoir m'entretenir avec les parents de M. Nye, au sujet du testament et des notes que j'ai prises. Rien n'a été vraiment fixé. Nous avions un rendez-vous vendredi à cette fin. Avec les parents. J'aidais Ray à préparer… son… leur… et je ne sais pas du tout ce qu'il en ressortira. Je suppose que la famille parviendra à un accord… mais je voulais vous en parler, par simple politesse et de ma propre initiative, parce que vous avez été un bon professeur pour mon fils…

— Jules, dit Gordon.

— Julius, précisa l'homme. Mon fils. Il va à Platteville, maintenant. Il joue au basket-ball. Mais il suivra des études scientifiques.

— J'ai le testament de ma sœur, expliqua Gordon. Ray et Georgia ont tout revu avec moi.

— Ils ont révoqué ce testament, annonça l'avocat. Il y a quelques semaines.

Gordon se tourna vers Lindsay.

— N'en parle pas à ma mère, dit-il.

5

Dale Larsen était adossé au fond de l'église. De là, il pouvait regarder sans que son uniforme fasse tache dans l'assistance. Les enterrements constituaient l'un des devoirs de sa charge et il aimait bien cela, d'habitude. Pour ce dernier voyage, sa voiture métallisée conduisait le cortège des véhicules, étincelante de propreté, son gyrophare bleu tournant en silence et au ralenti ; ils dépassèrent l'hôpital, l'école, le collège, le parc, la piscine, la rivière, le Wild Rose, l'atelier de réparation électronique Soderberg, le Noon Buffet, lieux chargés de mémoire et contenant les impressions de toute une vie. Un témoignage de respect.

Ce n'était pas pour autant un devoir facile, ni un service s'apparentant le moins du monde à un jour de congé. Car Dale prenait cela très au sérieux.

Même à son âge, il préférait devoir embarquer un soûlard agressif plutôt qu'être confronté à la douleur des proches, une douleur si aiguë que même la ronde des ans et des saisons ne saurait l'émousser, semblait-il. La mort des enfants Redmond, tués par un chauffard en état d'ébriété alors qu'ils allaient acheter des pop-corns. Celle de David Abel, qui venait juste d'obtenir une bourse d'études pour entrer à l'université de Madison, et avait fait cinq tonneaux en rentrant chez lui d'une beuverie à Two Chimneys. C'était le seul enfant de Debbie Abel. Trois autres jeunes y étaient passés aussi.

Dire que sa fille Stephanie était de la fête. Elle aurait très bien pu faire partie du lot, tout comme Georgia. Mais Georgia se gardait de prendre certains risques, tandis qu'à l'époque Stephanie était complètement déboussolée.

Larsen observa les porteurs des deux cercueils : Kip Sweeney, Pat Chaptman et le cadet des fils Upchurch, un vaurien nommé Tim, ou Tom. Le grand blond à l'accent du Sud était un copain de Ray qui venait de Floride. Il y avait aussi Craig, son cousin… également le parrain de Keefer, si Dale s'en souvenait bien. Et Gordie. Gordie avait aidé à porter les cercueils. Dans son costume gris, on l'aurait dit habillé pour une remise de diplôme.

Comment une famille pouvait-elle encaisser tant de coups durs ?

D'habitude plein d'entrain, le père Victor Barry peinait à accomplir les gestes du rituel ; aujourd'hui, il faisait ses quatre-vingts ans.

Nous nous étions préparés au deuil, disait-il, parlant de Georgia et de sa maladie. Mais ce que nous affrontons aujourd'hui est si inattendu, si accablant… Une petite fille a perdu ses père et mère. Deux familles ont perdu leurs enfants. Nous n'avions pas imaginé un drame d'une telle ampleur. Comment voir cet événement comme émanant d'un Dieu de miséricorde ? En vérité, nous ne le pouvons ni ne le devons. Dieu est là pour nous consoler tous autant que nous sommes, comme un père console son enfant dans la détresse, alors même qu'il a tout fait pour le protéger…

Le regard du père Barry s'abaissa sur Lorraine, qui avait détourné les yeux. La petite avait grimpé sur ses genoux et s'était endormie en suçant son pouce.

Heureux les affligés, car ils seront consolés…, reprit le prêtre. Prions d'abord en silence, afin de puiser le réconfort que nous cherchons.

Stephanie était là, avec Sheila, la femme de Dale, et Trina, leur cadette. Elle murmurait à l'oreille de cette gentille fille qui tenait le bar au Wild Rose, Katie Savage, une videuse hors pair, malgré son petit gabarit. Il devinait ce qu'elles se chuchotaient. Stephanie était enceinte, mais depuis si peu de temps que ça ne se voyait pas ; et elle avait la veille au soir assuré à son père qu'elle et Devon, le gars avec qui elle vivait, se marieraient. Évidemment, Devon appartenait à l'une des deux familles portoricaines de tout le nord du Wisconsin… Stephanie aurait fait n'importe quoi pour se singulariser, tous les moyens étaient bons. Mais c'était un brave garçon, très apprécié.

Dale songea que son petit-fils s'appellerait sans doute Salazar.

Stephanie…

Elle avait déclaré que, quand elle finirait par décrocher son bac, elle ferait de la thérapie artistique. Toutes ces heures d'assistance sociopsychologique passées dans l'un de ces bureaux gris et rose… C'est sans doute là qu'elle se sentait le plus à l'aise, à l'époque.

En terminale, elle avait plus de trous dans les oreilles que de cheveux sur la tête, des cheveux brûlés par les décolorations et teintures successives. Après l'accident où les quatre jeunes avaient trouvé la mort, Georgia s'était calmée, mais pas Stephanie. Elle racolait des saisonniers et des cow-boys de rodéo qu'elle ramenait à la maison. Avec ses bottes de combat et les blouses de serveuse qu'elle achetait d'occasion, ouvertes sur un soutien-gorge noir en dentelle, Stephanie semblait vous menacer comme une maladie vénérienne. Dale voyait bien les autres membres du Rotary Club échanger des regards entendus quand ils le croisaient dans la rue. Et les jeunes gars qui constituaient le comité chargé d'élire chaque année la reine de la fête du collège avaient sournoisement choisi Stephanie, quand c'était Georgia qui aurait dû être élue, puisqu'elle réunissait toutes les qualités requises, étant à la fois une fêtarde et une activiste au sein des associations d'élèves. Outrée, Stephanie avait promis de se venger en enfilant le soir de la fête un simple négligé noir sans rien en dessous. Alors Georgia s'était pointée le samedi en annonçant qu'elles allaient faire des courses. Les jours suivants, il y avait eu beaucoup de coups de téléphone, de remue-ménage et d'allées et venues, entre la maison des Larsen et Merril Street, sans parler des expéditions à la ferme de Nora Nordstrom, connue pour ses talents de couturière.

Le soir du bal, personne, pas même Sheila, la femme de Dale, n'avait été admis dans la chambre de Stephanie. Et puis elles en étaient sorties toutes les deux, Georgia échevelée et rose d'excitation, en T-shirt et jean coupé. (« Je me changerai plus tard, avait-elle déclaré à Sheila, ce n'est pas moi la reine. »)

Quant à Stephanie, dans la longue robe bustier bleu nuit qui épousait merveilleusement son corps mince et souple, on aurait dit Audrey Hepburn dans sa jeunesse. Pour tout bijou, elle ne portait qu'une perle fine à chaque oreille.

— On l'a trouvée dans une boutique de troc ! avait

exulté Georgia en parlant de la robe. Elle est merveilleuse, hein ? Et regardez !

Sur les cheveux fins de Stephanie, redevenus d'un beau châtain lustré comme à leur origine, elle avait posé le diadème.

— C'est nous qui l'avons fabriqué ! Avec une couronne de mariée dont on a enlevé les fausses fleurs. Comme ça, Steph n'aura pas à porter ce truc toc en faux diamants qu'ils fichent sur la tête de la reine ! Vous avez vu ça, on dirait une Française ! Elle est splendide, non ?

— Elle… elle est parfaite, avait soufflé Dale.

Quant à Sheila, à travers ses larmes, elle n'avait pu prononcer un mot.

La situation avait évolué après cet épisode. À l'égard de la nouvelle Stephanie, les gens avaient montré une certaine déférence et elle-même avait changé. Elle mettait de grosses lunettes noires et enfilait les chemises blanches de Dale par-dessus des pantalons corsaires rétro, dix ans avant qu'ils ne deviennent à la mode. Et elle s'était inscrite aux Beaux-Arts pour passer sa licence.

Dale Larsen savait qu'un journaliste du *Messenger*, ayant eu vent de l'anecdote du bal, avait tenté de cuisiner Georgia et Stephanie à ce sujet.

Il savait aussi que Georgia avait refusé de parler. Confusément, sans qu'il eût envie de creuser la chose, Dale sentait qu'il devait à Georgia la vie de sa fille.

Depuis, les liens entre les deux familles s'étaient relâchés, Georgia et Stephanie étaient devenues adultes. Ils avaient tous fait l'impasse sur cette période troublée. Pourtant Dale proposait toujours à Mark de venir disputer un poker à l'occasion, même si Mark était le plus piètre joueur que Dale eût jamais rencontré.

Les yeux du père Barry s'embuèrent. Il parlait du

baptême de Georgia, de son mariage, du baptême de Keefer, tous célébrés à ce même autel devant lequel gisaient maintenant les deux cercueils, côte à côte.

— Je ne saurais vous donner les réponses que réclament vos cœurs endeuillés. En vérité, ces réponses éventuelles ne me satisfont pas moi-même…

Pour Dale, Tall Trees n'avait plus de secrets et, en douze ans de service, les murs de la ville avaient presque tous perdu leur opacité. Il avait acquis le savoir et l'instinct que possèdent les mains du médecin qui ausculte. Parmi les querelles domestiques, il distinguait celles qui devaient rester privées de celles qui intéressaient la justice.

Ces derniers mois, il était passé des dizaines de fois devant la maison de Cleveland Avenue, tous feux éteints. Rien qu'à l'éclairage, il devinait si c'était une nuit « ordinaire », ou une nuit « difficile ». De la lumière dans la chambre de Georgia, c'était normal. S'il y en avait dans la cuisine, c'est que Lorraine veillait. Si la lampe de chevet de Mark était allumée, alors c'était une très mauvaise nuit. À part surveiller, il n'avait su que faire.

— J'ai connu autrefois cette petite fille, racontait le père Barry, elle devait faire une lecture à l'église. Elle avait appris par cœur le Psaume XXIII. Elle s'est levée, toute confiante, et elle a commencé : « Le Seigneur est mon berger… » Et là, plus rien. Elle a réessayé. « Le Seigneur est mon berger… » Sans pouvoir se rappeler la suite. Alors elle a regardé l'assemblée et a dit « Eh bien, ce sera tout pour l'instant. » Et c'est ainsi, me semble-t-il, que nous devrons approcher ce drame…

Gordon avait pris la place du père Barry à l'autel et il ajustait le micro.

À la vue de son fils, Lorraine s'alarma. Il avait une mine affreuse, des paupières rougies dans une face blême, et ses cheveux blonds portaient encore les marques humides du peigne, comme ceux d'un petit garçon. Il commença d'une voix assurée.

— Je suis ici pour vous parler de Georgia O'Keeffe McKenna Nye, ma... ma sœur... qui était quelqu'un de bien. Et je m'en vais tout d'abord vous lire un passage de l'espèce de journal que j'ai tenu durant sa maladie. Ce ne sera pas long.

Il ouvrit un carnet à spirale vert.

— Assis au chevet de Georgia, au centre hospitalier universitaire du Minnesota, le 3 avril au matin. Ray est de l'autre côté du lit, couché sur un petit lit de camp d'où ses grands pieds dépassent. Il essaie de dormir un peu, durant le bref instant de répit dû à l'injection de morphine qu'on a faite à Georgia. Timmy Upchurch est dans le salon réservé aux visiteurs, couché sur un divan... J'entends le souffle poussif de Georgia qui tente de respirer entre deux quintes de toux. Ça la prend toutes les dix minutes environ. Je fais semblant d'être d'accord avec elle quand elle déclare : « Je me sens mieux aujourd'hui », en partie à cause de nos parents. Ce n'est pas quelqu'un de naïf, mais cette saloperie de maladie a eu raison de son célèbre sens de l'humour cynique. Il lui arrive de gémir en douce. Mais elle ne renonce jamais à son sourire. Tout ce qu'elle désire, c'est rentrer à la maison pour avoir de nouveau Keefer dans ses bras. Elle refuse de voir Keefer ici. Elle croit que cela ferait peur au bébé. À mon avis, il n'y a rien chez Georgia qui puisse effrayer Keefer. La petite ne verrait que le sourire de sa mère. Quand nous sommes arrivés ici pour relayer Ray, l'infirmière du service m'a demandé si les dents de Georgia étaient vraies ou fausses, tellement elles sont parfaites. Georgia est la femme la plus courageuse que j'aie jamais rencontrée.

Gordon reposa le carnet.

— Je ne pense pas que ma sœur ait été quelqu'un de remarquable pour le monde entier. Elle n'en a pas eu le temps. Mais pour moi, elle l'était. Elle fut pour Ray une épouse remarquable, acceptant qu'il soit tout le temps sur les routes quand d'autres s'en seraient plaintes. Elle était très fière de lui. Nous étions très fiers d'elle.

À la dérobée, Diane Nye détaillait Lorraine. Il fallait qu'elle fixe son attention sur quelque chose, sinon elle se mettrait à hurler.

Lorraine était quasiment comme l'autre jour, à part son tailleur gris rayé (enfin, tailleur, si l'on peut dire) et ses gants gris (des gants ! en plein mois de juin !). Elle n'avait pas une once de maquillage et avait dû se coiffer dans le noir. Quel manque de respect ! se dit Diane en baissant les yeux sur son cantique.

Ce n'est pas beau ni gentil de ma part, de penser ça, se reprocha Diane. Georgia était leur enfant. Ils devaient ressentir ce qu'elle ressentait. Mais ils ne pouvaient éprouver dans leur chair cet arrachement inéluctable qui lui donnait envie de hurler. Même Big Ray ne pouvait pleinement connaître le manque d'une mère qui a conçu son enfant, l'a porté en son sein, l'a senti bouger et grandir… Une faculté qu'aucun génie ne peut surpasser. Cette mort était un crime contre la création. Heureusement, Keefer Kathryn, leur consolation, était si attendrissante dans la robe blanche brodée de marguerites qu'ils lui avaient achetée, avec ses petits souliers vernis blancs. Elle avait refusé de porter le bandeau assorti ; quatre fois, Diane le lui avait glissé sur la tête, et quatre fois Keefer l'avait enlevé en clamant : « Non ! Non ! » À bout de nerfs, Diane avait fini par lui dire de le mettre pour faire plaisir à sa maman, mais Big Ray était intervenu en lui disant d'arrêter. Il avait raison. Diane se souciait parfois trop des apparences, elle le savait. Selon Shelby, cette façon de tenir à l'ordre extérieur des choses était une dérobade qui lui permettait de ne pas s'occuper de ses désordres intérieurs. Et Shelby avait sans doute raison.

— Ils ne l'habillent pas avec autant de recherche, chérie, avait dit Big Ray.

Bon, avait pensé Diane. Quelle importance, au fond. Ces pauvres gens ont d'autres choses à penser. Elle aurait dû venir ici quand Georgia était tombée malade. Mais Lorraine s'était crispée, sur la défensive ; et les McKenna avaient si bien confisqué Georgia que même Raymond s'était senti exclu. Pourtant, ils avaient fait… l'impossible, il fallait le reconnaître. Comment elle-même aurait-elle réagi si son Alison s'était ainsi dégradée au fil des jours ? Diane ne pouvait l'imaginer.

Mais Keefer était si farouche ! Un vrai petit animal. Big Ray l'avait portée dans l'église, et ils s'étaient tous assis au premier rang, mais, dès qu'elle avait vu Lorraine, Keefer avait traversé l'allée en gênant ceux qui portaient les cercueils, et elle était montée sur ses genoux. Un beau bébé rond et rose, le portrait de Raymond au même âge, songea Diane en la contemplant. Elle ne ressemble pas du tout à Georgia. D'ailleurs, que Dieu lui pardonne, mais Diane avait pensé que Raymond pourrait sans mal recommencer sa vie, quand ce serait fini. Il avait tant de succès auprès des femmes, avant de se marier ! Et de belles filles avec ça, intéressantes, des journalistes, un mannequin…

Quant à Georgia, elle n'avait pas voulu fréquenter les épouses des autres golfeurs, et elle exigeait de Raymond qu'il reste à la maison pour jouer au Scrabble avec elle, quand Big Ray et Diane savaient pertinemment qu'il aurait dû se montrer dans certains endroits pour le bien de sa carrière. On aurait dit que, pour Georgia, le talent de Raymond équivalait à un travail qu'on cesse à la fin de la journée. Le comble, c'était quand ils avaient quitté la Floride pour venir habiter ici, décision qui avait mis Ray complètement hors jeu. Lui qui aurait figuré parmi les trois premiers, à coup sûr parmi les dix premiers, du Knockout Tour deux ans plus tôt, si Georgia n'avait pas été si pressée d'avoir un bébé. Raymond leur avait annoncé la nouvelle avec un petit sourire rêveur : « Voilà, c'est comme ça, c'était écrit, maman. » Ensuite, après la naissance du bébé, Georgia avait tanné Raymond pour qu'ils aillent vivre auprès de sa mère.

Les joueurs de golf pros ou semi-pros ne vivent pas au Wisconsin. Ils n'habitent pas dans des bourgs comptant trois misérables pubs, où l'unique terrain est géré par la paroisse catholique, avec des fairways aussi durs et secs qu'un parc pour alligators.

Dorénavant son fils dormirait là, dans cette terre froide et inhospitalière, et Diane ne pourrait plus le protéger. Elle avait envie de taper des poings contre ces murs hideux, cette église qui ressemblait à un pavillon de chasse, envie de cogner sur ces gens trapus et bedonnants avec leur accent de bouseux et leurs costumes sinistres. Raymond avait été si seul ici ! Elle l'avait senti à sa voix.

Depuis qu'elle et Big Ray avaient pour la première fois vu le miracle s'opérer en leur fils, quand il avait six ou sept ans, ils l'avaient protégé, comme on protège une fleur rare. Il n'avait jamais rien su des troubles neurologiques qui l'avaient conduite à consulter Shelby, ces migraines, ces douleurs dans les hanches et dans les jambes qui obligeaient certains matins Big Ray à la soulever pour la mettre dans la baignoire. Il n'avait rien su des frasques de Big Ray, pris du démon de midi, avec son « assistante de direction », ce gros tas originaire d'Apalachicola. Non, Raymond n'avait rien su de tout ça. Et c'était bien ainsi. Il avait un don, et ce don était une priorité absolue, il passait avant tout.

En larmes, Gordon levait les mains comme pour exhorter l'assistance à la patience.

Pauvre garçon. Il n'y était pour rien. Il avait aimé jouer au golf. Il avait aimé Ray. Et ce n'était pas non plus la faute de Georgia, qui avait elle aussi des bons côtés. Delia et elle étaient devenues si proches…

Lorraine était debout, maintenant, le bébé dans les bras, et elle hochait la tête en regardant Gordon. En raison de la chaleur qui régnait dans l'église et des lourdes vapeurs d'encens, Diane avait l'impression d'étouffer, comme si on lui collait une éponge sale contre la figure. Si Raymond ne les avait pas appelés, la mort dans l'âme, le mois précédent, pour tout leur avouer, ils n'auraient jamais su les pressions que Georgia, Lorraine et Mark lui avaient fait subir afin qu'il nomme un tuteur pour Keefer, en l'occurrence les McKenna. Comme si Keefer n'était pas une Nye, comme si aucun d'eux n'avait existé dans sa vie. Et si Big Ray n'avait pas aidé Raymond à prendre un avocat, ils auraient risqué de la perdre elle aussi. Elle était leur petit soleil… la seule chose qui aiderait Diane à tenir. Dès qu'ils étaient revenus à l'hôtel, après cette terrible scène chez les McKenna, Keefer s'était animée. Elle ressemblait trait pour trait à ses cousins, Brent et Brooks.

— Les derniers mots que ma sœur m'a dits pourraient sembler bébêtes, sans intérêt, c'était juste une formule que ma mère nous disait toujours quand on la quittait, conclut Gordon, quelque chose comme « embrasse-moi »... bref, ça n'a pas d'importance. Au fond, ces mots disaient que si l'on prend le temps d'aimer quelqu'un tant qu'on le peut, ce quelqu'un vous manque moins quand il n'est plus là. Je crois pourtant que Georgia nous manquera toujours, car elle était l'un des piliers de notre vie, comme Ray. Et je voudrais vous demander à tous de nous aider à élever Keefer Kathryn Nye, qu'elle se souvienne elle aussi de sa mère et de son père.

Tim Upchurch s'en voulait à mort de penser à des trucs pareils alors que son meilleur ami était près de s'effondrer en public, mais il ne pouvait s'empêcher de lorgner Lindsay du coin de l'œil.

Elle lui faisait un effet dingue ! Tim aurait tout donné, ne serait-ce que pour lui toucher la main, l'approcher, danser avec elle. Il passait des heures à son bureau à rêvasser : il dégrafait son soutien-gorge pour libérer ses petits seins et humer leur odeur chaude, ou bien elle prenait son bain et il rinçait ses longs cheveux roux avec de l'eau parfumée à la lavande. Il l'adorait à genoux. Il lui apportait une tisane quand elle avait ses règles. Il mettait sa chanson d'Abba préférée chaque fois qu'elle montait en voiture à côté de lui. Et jamais il ne lui demandait de se lever pour aller lui chercher une bière...

Mais voilà, en ce moment même, elle contemplait Gordon comme s'il était un mélange de Tom Cruise et de Jésus-Christ. Les larmes lui allaient à merveille. C'était une vraie déesse, et il devait jouer au frère avec elle, tout ça parce qu'elle était la copine de son meilleur ami. Enfin, quand son meilleur ami ne courait pas après une autre…

Être le meilleur ami de Gordon McKenna était une expérience typiquement masochiste. En principe, Tim n'était pas spécialement balourd. Il avait eu sa part d'aventures, depuis les premiers pelotages, les flirts de collégiens, jusqu'à sa liaison torride avec Cara, une étudiante italienne qui l'avait conduit sur des chemins défendus ; mais entrer dans un pub ou dans un night-club avec Gordon, c'était se retrouver dans la peau de l'Homme invisible. Une fois, ils devaient avoir dans les dix-huit ans, et encore… ils étaient allés dans une boîte de strip-tease à Madison. La plus jolie fille s'était penchée, complètement nue à part un petit gilet aux couleurs du drapeau américain, pour laisser tomber un mot sur les genoux de Gordon, l'informant qu'elle quittait son travail à dix heures. Qu'avait-il donc, ce Gordo ? Bien sûr, il était beau gosse, mais c'était autre chose. Cette nonchalance, ce je-m'en-foutisme qui vous faisait sentir qu'il n'avait besoin de personne pour être là et être bien. Par exemple, quand il dansait, il dansait pour lui, sans s'occuper de ses partenaires, et il entrait quasiment en transe tellement il avait le rythme dans la peau. Du coup, elles étaient toutes après lui…

Gordo vivait dans l'instant, alors que Tim se faisait tout le temps du mouron ; avant même de se rendre à un premier rendez-vous, il imaginait le pire. D'habitude, ça ne le dérangeait pas. Car autrement, Gordon était le copain idéal, toujours prêt à délirer et bourré d'idées saugrenues. Comme de se promener à poil avec Jessica et Libby Dickensen dans les bois derrière Fidelis Hill (il avait le chic pour faire se déshabiller les filles), ou de sauter de trente mètres de haut dans la rivière comme la fois où ils avaient campé au Colorado, ou encore de fumer de la ganja les nuits de printemps en Floride et de se retrouver sur la plage à rouler comme des fous dans la superbe décapotable de Jurgen… Non, Tim n'aurait renoncé pour rien au monde à ses aventures avec lui. Et il aimait les McKenna. Quelle guigne, ce qui était arrivé à Georgia ! Elle était comme une sœur pour lui, qui n'avait eu que des frères. Avec elle, on pouvait bavarder comme avec un garçon.

Si seulement Lindsay pouvait lui sortir de la tête ! Et c'était pire depuis que Gordon était revenu vivre à Tall Trees. Il s'était remis avec elle, et du coup Tim la voyait régulièrement. Et il ne pouvait plus faire comme si elle était encore la fille tout en jambes qui avait grandi juste derrière chez lui, si timide qu'elle portait toujours un grand T-shirt par-dessus son maillot de bain. Non, c'était une vraie femme, chic, bien roulée…

Doux Jésus, pria Tim, faites que j'arrête de bander pour Lindsay Snow comme un chaud lapin. Faites que je sois là pour mon copain, qui a besoin de moi.

Durant le peu de temps qui lui restait avant de se lever de son banc pour s'adresser à l'auditoire, Ray Nye Senior s'évertua à retrouver son calme. Une pulsation frénétique lui martelait le cou. Il songeait aux mains de son fils, ces mains magnifiques qu'il imaginait maintenant sous le couvercle luisant du cercueil, closes sur sa large poitrine. Il revoyait Raymond à sept ans, si costaud qu'il était devenu trop grand pour jouer avec les clubs raccourcis que son père lui avait offerts à sa sortie de maternelle. Même à sept ans, la prise Vardon, que la plupart des jeunes mettaient des années à acquérir, lui était aussi naturelle que de respirer.

Big Ray n'avait pas vu d'un bon œil le mariage de son fils. Il le reconnaissait volontiers. Ils étaient trop jeunes tous les deux, et le jeu de Raymond trop fragile. Quand ils étaient venus lui faire part de leur décision, il leur avait doucement suggéré de s'installer d'abord, il avait même proposé à Georgia de financer son projet, un service qui consistait à faire de la décoration intérieure en rénovant du mobilier que les gens possédaient déjà. Il leur avait rappelé que la vie n'est pas une course contre la montre. Mais il se souvenait aussi que lui et Diane, âgés tous deux de dix-neuf ans, n'y auraient jamais renoncé. Et même s'il lui était arrivé voilà longtemps de le regretter, il n'aurait pu imaginer de vivre sans sa Diane à ses côtés.

Juste avant leur départ de Floride, Big Ray avait trouvé Georgia assise sur une colline, derrière la maison de Sandpiper. Elle regardait Raymond s'entraîner. Quand il était rentré déjeuner, cinq heures plus tard, son fils s'entraînait toujours, ce qui ne l'avait guère étonné. Tout ce qu'il faisait, il le faisait avec une concentration absolue. Même bébé, quand ils le couchaient, il s'endormait en moins d'une minute et se réveillait douze heures plus tard. Un matin de Noël, il avait préféré finir de lire son illustré plutôt que de descendre ouvrir ses cadeaux... Non, ce qui l'avait stupéfié ce jour-là à Sandpiper, c'est que Georgia était restée là, elle aussi, et quand Big Ray s'était approché, il s'était aperçu qu'elle pleurait. Georgia lui avait alors confié qu'elle n'était pas triste, seulement émue. Par les mains de Raymond. Qui avait les mains d'un Michel-Ange.

Big Ray avait su alors qu'elle comprenait, et qu'elle était la meilleure épouse que son fils puisse trouver. Il n'aurait pas dû en douter, son fils tapait toujours en plein dans le mille.

Avec raideur, des bourdonnements dans les oreilles, Raymond Nye Senior se leva et se dirigea vers le lutrin. Il toucha doucement l'épaule de Gordon et prit sa place devant l'auditoire.

— Je n'ai guère cité la Bible, depuis mes années de catéchisme. Aussi me pardonnerez-vous si je commets un impair. Mais… « ceci est mon fils bien-aimé, en qui j'ai mis toute mon affection », dit Ray en étendant la main comme pour répandre un baume sur le cercueil.

Il feuilleta une liasse de journaux et en sortit un numéro de *Life*.

— Certains ont peut-être lu cet article publié sur Ray, il y a quelques mois. Je ne l'ai pas apporté pour me faire mousser, mais parce que je suis fier de mon fils, qui nous a donné tant de joie durant sa courte vie. Mon fils jouait au golf. Oh, il a fait des tas d'autres choses dans sa vie, dont des études de mathématiques. Et il avait des tas d'amis, comme Carl Jurgen et Gordie, ici présents. Des garçons que nous considérions comme nos fils, qui remplissaient la maison et mangeaient comme des ogres… Mais au golf, mon fils figurait parmi les meilleurs de sa génération. Et il progressait. Il faut que vous sachiez que notre fils faisait tout à son rythme, un rythme lent et constant. On en parlait même dans la presse. « Lentement mais sûrement, Nye tient ses promesses », disaient les journalistes. Son backswing était si lent qu'on aurait dit qu'il avait oublié en plein milieu ce qu'il était en train de faire. Mais il ne l'oubliait jamais. Maintenant, je ne sais si vous autres, gens du Nord, connaissez grand-chose au golf, ajouta Big Ray, ce qui déclencha un frisson de rires contenus. Mais il n'y a rien de tel qu'un jeu parfait. Arnold Palmer raconte que ça lui est arrivé une fois, et qu'alors il s'est réveillé.

Il y eut encore quelques semblants de rires.

— Trois fois seulement dans toute l'histoire de la PGA [1], un joueur a fait un score de soixante, reprit Big Ray. C'est arrivé à David Duval et à Al Geiberger [2]. Mais on ne peut pas faire cinq pars et treize birdies. Ce n'est pas humain. Quoi qu'il en soit, tous les joueurs s'efforcent d'acquérir ce jeu parfait. Et selon moi, mon fils y est parvenu. Ce fut durant l'événement que rapporte ce magazine. En avril dernier, Ray était tout près d'emporter la compétition la plus importante de sa carrière et il ne lui restait plus qu'une partie à disputer, quand il a appris en fin de journée que sa femme, qui était gravement malade, avait eu une crise. Et Ray savait ce que ça voulait dire. S'il attendait, même un jour, sa femme risquait de… risquait de tomber dans le coma et de ne plus jamais le revoir.

« Alors il est parti, mes amis. Il a posé son club et il s'est rendu à l'aéroport, en déclarant aux journalistes qu'il y aurait beaucoup d'autres parties de golf, mais qu'il était aussi un père et un mari, que sa femme avait besoin de lui, et que c'était ce qui comptait le plus dans sa vie… Tout est dit là, dans le journal. Même si on ne peut comprendre ce que cela a vraiment signifié pour lui, de renoncer à ce moment crucial de sa carrière. Il n'a pas hésité une seconde. Voilà comment était Ray.

« L'état de Georgia s'est amélioré. Pas beaucoup, mais… Et il s'est avéré que le sacrifice de Ray avait été superflu. Mais je suis là aujourd'hui pour vous dire que

1. PGA Professional Golf Association, Association des joueurs de golf professionnels. *(N.d.T.)*

2. Grands joueurs de golf américains. *(N.d.T.)*

je suis content qu'il l'ait fait. Même si… même si finalement, il n'a plus l'occasion de concourir ni de disputer d'autres parties de golf… Même si sa mère, ses sœurs et moi pleurons du fond du cœur notre Ray, qui est couché là aujourd'hui, au lieu d'être auprès de nous, auprès de la petite fille qu'il aurait dû élever…

Lorraine détourna les yeux. Big Ray mâchait son chagrin, et il avait du mal à avaler. Elle baissa les yeux sur Keefer endormie dont le petit corps s'étalait avec confiance, et se dit qu'elle n'avait pas souvent contemplé sa petite-fille dans son sommeil. Les paupières closes, c'était le portrait de Georgia.

Big Ray se racla la gorge et Lorraine sentit Mark frémir.

— Alors, malgré ce qui est arrivé, reprit enfin Big Ray, je suis content que Raymond Junior ait fait ça. Il a réussi dans sa vie ce qu'aucun joueur de golf ne peut réussir sur le terrain. Un jeu parfait. Et je suis fier de lui. Nous sommes tous fiers de lui. Merci.

Poussant un cri étouffé, Diane tendit les mains vers lui.

Toutes les têtes se penchèrent pour cacher leur émotion, tandis qu'un chœur tumultueux de hoquets, de toux et de pleurs montait de l'assemblée, à gauche, à droite, du fond de l'église, comme un orchestre dont les instruments s'accordent à la diable. Les catholiques se signèrent, les autres rassemblèrent leurs affaires, manteaux, sacs, et puis la feuille imprimée pour la circonstance, qu'ils n'avaient pas l'intention de garder, mais qu'ils ne pouvaient supporter de laisser derrière eux, et qui finirait couverte de gribouillis, sur le comptoir de la cuisine ou près du téléphone. Et alors qu'ils se tournaient tous comme un seul homme pour quitter les lieux, l'orgue les prit par surprise, avec un clair vibrato de ténor. Ils levèrent les yeux, s'attendant à voir Mme Wilton au clavier. Mais c'était Carl Jurgen qui siégeait là-haut, vêtu de blanc et de bleu, dans un rai de lumière dorée, et il jouait ce vieil air de jazz, *Georgia*.

6

— Tu as remarqué que Carl Jurgen s'est pointé sans valise, comme ces espions au ciné, disait Tim.

Gordon ne répondit pas tout de suite. Il lui fallut sortir de l'état de transe où il végétait pour comprendre ce que son copain venait de dire. Ils se trouvaient dans la Maxima de Tim, sur l'une des routes embryonnaires de Wood Violet Hollow, la nouvelle subdivision qui faisait la fierté de Tim, lequel s'enorgueillissait d'être le deuxième plus jeune directeur des travaux publics de la nation. Après avoir déposé Jurgen à l'aéroport, Tim s'était arrêté le temps d'acheter deux doubles cheeseburgers. La mastiquation énergique de son camarade faisait frémir Gordon et l'odeur des cheeseburgers lui soulevait le cœur.

— C'est vrai, je ne comprends pas comment il fait, admit-il. Pourtant il s'est changé deux ou trois fois. Et il portait un pantalon en lin, à l'enterrement.

— Ouais, le genre de futal qui me serait remonté aux genoux au bout d'une demi-heure, remarqua Tim, la bouche pleine.

— Pourrais-tu ouvrir la vitre pendant que tu manges, Church ? Ou, encore mieux, sortir de la caisse pour bouffer ? Je vais finir par dégueuler.

Tim mordit dans son hamburger sans se démonter, et un peu de mayonnaise coula sur son menton.

— Pour être toujours impec comme ça, faut être un gosse de riches, si tu veux mon avis, poursuivit-il. Les riches ne sont pas comme nous, Gordo.

Il y eut un silence, sans doute détendu et complice pour Tim, mais terriblement éprouvant pour Gordon. Ce n'était pas le calme qui le dérangeait. Il avait eu largement son compte de parlote, depuis deux jours. Mais un mic-mac de pensées et d'anecdotes se bousculait dans sa tête, le pressant de rentrer à la maison, pas chez lui mais chez ses parents, à Cleveland Avenue.

— Je crois que je ferais mieux de rentrer, murmura-t-il. Mes vieux ont sûrement besoin de moi. On a disparu toute la nuit. J'ai l'impression d'avoir joué dans une pièce… une production d'un genre un peu spécial que nous aurions montée pour les autres. Et voilà. La représentation est terminée.

Gordon se souvint des actualités régionales qu'ils avaient regardées la veille à la télé. Comme si toutes les tragédies familiales avaient droit à une telle couverture médiatique.

— Nous avions fait la connaissance de la petite Keefer Nye l'an dernier, à l'occasion d'un événement particulièrement émouvant, avait déclaré la présentatrice, Jane Hampton. Des athlètes de premier plan et de simples citoyens avaient organisé ensemble une grande collecte de fonds destinée à soutenir la lutte contre le cancer, maladie dont souffrait la maman de Keefer, Georgia McKenna Nye, à seulement vingt-six ans. Son mari, Ray, était un joueur de golf plein d'avenir, participant au Knockout Tour. Et voilà qu'une terrible nouvelle est tombée. Keefer Nye vient de perdre et son père et sa mère.

Mike Albert, le chroniqueur sportif, avait conclu sur une note optimiste :

— Keefer a la chance d'avoir quatre grands-parents aimants toujours en vie. Qui sait, peut-être sera-t-elle membre de la LPGA [1], quand elle sera grande…

— T'as une aspirine, Church ?

Tim secoua la tête en mastiquant. Gordon était bon pour une sacrée gueule de bois. Cette réunion entre copains lui avait semblé à la fois futile et nécessaire, c'était une pause obligée avant que chacun replonge dans son quotidien. Deux conversations surtout lui étaient restées dans l'esprit.

Tout d'abord, il y avait eu les propos tenus par Delia Cady, la cousine de Ray, lors d'un dîner improvisé réunissant les plus jeunes.

À ce moment-là, Gordon avait sombré dans une hébétude dont il espérait qu'on l'attribuerait aux effets du choc et non à son ébriété. Au début, il ne s'était pas rendu compte que ces commentaires lui étaient destinés. Delia avait commencé par affirmer que Ray croyait en la vie éternelle.

— Et je sais que Georgia partageait cette foi, ajouta-t-elle en rejetant les boucles noires qui encadraient joliment son visage. N'est-ce pas, Gordon ?

— Je n'en sais rien, répondit-il en se tortillant avec gêne, tandis que les autres se taisaient.

— C'était ta sœur, le tança Delia. Nous en avons

1. Ladies Professional Golf Association. *(N.d.T.)*

souvent discuté. Elle était certaine que Dieu dirigeait sa route.

— Dieu était son copilote, intervint Tim, sa tentative d'alléger le ton de la discussion tombant comme du plomb dans le silence.

— Nous ne discutions jamais de religion, expliqua Gordon. Je sais qu'elle s'y intéressait plus que moi, mais…

— Je me demande si Keefer sera élevée dans la religion catholique, l'interrompit Delia. Tu sais, les Nye ne le sont pas.

— Mes parents le sont, répliqua Gordon. Socialement, du moins.

— C'est bien autre chose que du simple folklore, poursuivit Delia. C'est une grande responsabilité, l'une des plus importantes dans l'éducation d'un enfant.

— Eh bien, nous n'avons pas vu si loin pour l'instant, Delia, avait reconnu Gordon avec lassitude.

Bien sûr, il avait supposé, surtout après avoir appris l'histoire du testament annulé, qu'il y aurait une concertation au sujet de Keefer, une réunion de famille. Mais les McKenna étaient ses tuteurs désignés. Tout le monde le savait. Par respect pour leur chagrin, il n'avait pas rapporté à ses parents son entrevue avec l'avocat. En fait, il avait mal pris qu'on l'ait distrait de son propre chagrin par de ridicules suppositions. Ça l'avait mis en colère. Mais les propos de Delia n'avaient fait qu'accentuer ses doutes : ses parents s'étaient-ils également tu, par égard pour lui ? En étaient-ils à se cacher des choses, tous les trois ?

La deuxième conversation avait eu lieu le matin même, avec Carl Jurgen, durant l'aube embrumée d'une longue nuit. Car une beuverie avait suivi le dîner, avec au moins deux des frères Upchurch (autant qu'il s'en souvenait), Pat Chaptman, Kip Sweeney, Lindsay, ainsi que Stephanie Larsen et son copain ; ils avaient ingurgité des litres de jus de fruits, de vodka et de Triple Sec, pour finir par de la vodka pure. Au petit jour, l'assemblée s'était réduite à Gordon, Tim, Jurgen et Kip.

Jurgen semblait avoir unitaléralement décidé qu'il allait dormir chez Tim, et celui-ci, qui ne l'avait rencontré qu'une fois lors d'un séjour en Floride, avait fini par l'inviter de son propre chef, comme s'ils se connaissaient depuis toujours. Jurgen produisait sur les gens un effet dont Gordon s'étonnait toujours. Lui-même passait pour prendre les choses à la légère, mais Carl avait des nerfs d'acier, ou de soie.

Dans la nuit, l'esprit embrouillé et pas mal éméché, Gordon avait pris la décision de se confier à lui. Après tout, Jurgen était presque avocat, et l'un de ses rares camarades d'université à ne pas avoir suivi des études de sciences ou de mathématiques.

Il avait donc attendu, en tentant de participer à l'évocation des jours dorés que ceux de Tall Trees avaient passés dans le Sud du temps de leurs études, et qui semblaient rétrospectivement, à travers les vapeurs de l'alcool, s'étirer comme un long baiser langoureux sur une plage infiniment blanche. Avec une élégance qui tranchait sur le décor ambiant, les boîtes de conserve bourrées de mégots et de joints, les mouches noyées dans le jus de fruits qui maculait la table basse (ou plutôt l'ancien rouleau de câble qui servait à Tim de table basse), Jurgen avait pris la parole.

— Ce soir, malgré toutes ces… festivités pas toujours très convenables, nous avons tous pris un coup de vieux. Aussi, rappelons-nous le temps de notre folle jeunesse. À la mémoire de mon copain bien-aimé, Ray Nye Junior.

Et Jurgen avait continué avec une précision dans le récit beaucoup plus aiguë que la perception qu'avait Gordon des choses du passé. Ensuite ils avaient tous enchaîné des anecdotes, des aventures, qui les avaient menés jusqu'à l'automne où Georgia était venue vivre en Floride. Pour Gordon, un gars du Nord entiché de la langueur du Sud, la vie d'alors touchait à la perfection. Dans le cercle de nouveaux amis que formaient les Evans Scholars, Georgia avait pris le rôle de la petite sœur, elle organisait des matchs de softball, des soirées dansantes habillées. Lors du premier Thanksgiving qui avait suivi son arrivée, après que « Georgia eut conquis la Floride », comme disait Jurgen, un grand tournoi de golf se disputait. Ils étaient donc une dizaine à n'avoir pu rentrer chez eux pour les vacances.

Georgia avait préparé le dîner rituel et, en guise de bénédiction, elle avait chanté de sa douce voix d'alto la vieille chanson de Louis Armstrong, *What a Wonderful World*, leur tirant des larmes. Sur ce, ils s'étaient rués sur le téléphone pour appeler leurs mères.

À l'aube, quand la marée des souvenirs se fut retirée pour laisser place à des nuages d'un rose nacré, Gordon avait demandé à Carl de le rejoindre sur le balcon de chez Tim.

— Tu sais, on n'a pas encore vraiment décidé, pour ma nièce. On s'en occupera tous les trois, je suppose. Enfin, surtout moi, commença Gordon.

— J'y ai réfléchi, déclara Jurgen d'un ton sentencieux qui fit frissonner Gordon. Je ne me verrais pas élever un enfant tout seul, un bébé, qui plus est.

— Moi non plus. Mais ce n'est pas n'importe quel bébé, c'est Keefer.

— Et Big Ray et Diane, ils sont d'accord ?

Gordon revit avec un pincement de cœur ce père

d'élève, M. Liotis, maître Liotis. Il eut envie de demander à Jurgen si le dernier testament, même révoqué, avait force de loi. Et s'il leur fallait absolument résoudre ces problèmes sur-le-champ, une fois pour toutes. Mais ses paroles ne franchirent pas ses lèvres. Georgia s'éloignait de lui à toute vitesse, comme un train qui s'estompe au bout d'un long tunnel.

— Ma sœur et Ray nous ont nommés tuteurs, avança-t-il. C'était leur volonté.

— Nous..., répéta Jurgen.

— Les Nye n'en ont pas parlé ?

— Si, ils en ont parlé, convint Jurgen.

— Et peut-on savoir ce qu'ils ont dit, si tu n'y vois pas d'inconvénient ?

— Seulement qu'ils allaient rencontrer l'avocat de Ray vendredi. C'est-à-dire aujourd'hui... J'ai supposé que c'était pour la succession.

— Georgia et Ray ne possédaient pas grand-chose, et tout est à Keefer. Enfin, ce qu'on pourra tirer de l'appartement pour payer ses études, etc.

— Ils avaient pris un contrat d'assurance. Comme l'aurait fait tout parent responsable... étant donné l'état de Georgia.

— Ça ne m'a pas effleuré l'esprit.

— Évidemment, dans ta situation...

— Crois-tu que les Nye... ?

— Quoi ?

— Eh bien, crois-tu qu'ils pourraient envisager de réclamer la garde de Keefer ?

— Oui, ça se pourrait.

— Et tu trouverais ça... ?

— Je suis mal placé pour en parler, Gordo. Ray était mon meilleur ami, depuis l'enfance. J'ai connu les Nye quand j'étais au cours préparatoire. Il n'y a pas plus gentils sur terre. Et ils aiment la petite. Mais tes parents sont tout aussi adorables.

— Et Keefer a passé près d'eux pratiquement tous les jours de sa vie.

— C'est un argument de poids. Je suis sûr que les Nye souhaitent le mieux pour elle.

Le ton de sa voix alerta Gordon. S'il y avait conflit, de quel côté serait Jurgen ? Serait-ce le Sud contre le Nord, l'amitié contre l'histoire ?

— Moi aussi j'en suis sûr, finit par bredouiller Gordon, assez stupidement.

— Vous êtes tous des gens bien et je suis persuadé que vous pourrez sans mal résoudre cette question.

En était-il vraiment convaincu ? Gordon lorgna le profil anguleux de Jurgen. Son ami paraissait serein. Alors Jurgen poussa un soupir.

— Je suis tiraillé, tu comprends…

Tiraillé, se dit Gordon. Oui, tous ces liens formaient un vrai sac de nœuds. Gordon avait appris par hasard que Jurgen avait dépucelé Alison Nye par une nuit brûlante, sur le green neuf de Sandpiper. Ça n'avait pas duré, et Alison s'était mariée avec Andy quelques années plus tard. Et au mariage de Georgia, paraît-il, Jurgen avait failli mal prendre que Ray ait choisi Gordon comme témoin…

Mais quel sens tout cela avait-il, ici et maintenant, alors que Ray et Georgia étaient morts et que lui-même se retrouvait dans une voiture, en pleine cambrousse, suant et nauséeux, à l'orée du jour et de sa peine ?

Gordon poussa son copain du coude.

— C'est vendredi, non ? Tu ne dois pas aller bosser ?

— J'ai demandé à mon patron trois jours de congé pour raisons de famille, grogna Tim.

— On n'est pas de ta famille, dit Gordon.

— C'est tout comme.

— Nous… nous te sommes très reconnaissants, tu sais, pour tout ce que tu as fait.

— *De nada*.

— Bon, il faut que je rentre, Church. Mes parents ont besoin de moi. Et moi, j'ai besoin d'une aspirine et d'une tartine de beurre de cacahuète.

— Pas de problème.

Cleveland Avenue était aussi calme qu'un dimanche matin. Je suis prof, se dit Gordon. À cette heure-ci, je devrais être en train de dormir. Tim se gara et ils restèrent un instant tous les deux à somnoler sur la banquette, avec *A Love Supreme*, de Coltrane, en sourdine.

— Ta mère est sur la pelouse, et elle a l'air de gueuler, Gordo, maugréa Tim.

Gordon baissa la vitre, moite et puant la sueur. Le climatiseur était en surchauffe.

Effectivement, sa mère se tenait sur la pelouse, en T-shirt et bermuda, et elle s'époumonait en vain, comme une forcenée.

— Viens tout de suite ! hurlait Lorraine.

À sa grande honte, Gordon aperçut leurs voisins, les Dwors, penchés à la fenêtre. Il leur fit un signe de la main.

— Dépêche-toi, Gordon, on a besoin de toi. Salut, Tim, dit sa mère, et elle s'escrima à ouvrir la portière comme s'ils étaient des mômes de six ans.

— Arrête, maman, dit Gordon, qui s'y efforçait de son côté. Je n'arriverai jamais à sortir si tu continues.

Tim s'esquiva, sa voiture disparut, et Gordon se retrouva enfin face à sa mère, sur la pelouse.

— Ils ont droit à cinq cent mille dollars ! s'écria-t-elle.

— Qui ça ?

— Les enfants ! Ray et Georgia ! Ils ont droit à cinq cent mille dollars et l'enquêteur de la compagnie d'assurances vient de m'appeler… La compagnie pense qu'ils se sont suicidés !

— Rentrons à l'intérieur, maman. Qui est là ?

— Ton père. Nora.

— D'accord. Essayons de prendre les choses calmement…

Nora et Mark étaient assis à la table de cuisine, munis chacun d'un annuaire et d'un crayon noir bien taillé.

— Il faut que l'on contacte un avocat, l'informa Lorraine. Tu as une idée ?

— J'en connais bien un, mais justement, on ne peut pas faire appel à lui, répondit Gordon, qui se pencha pour embrasser sa tante sur le front, puis, après un temps d'hésitation, posa un baiser sur la joue de son père.

Il lui fallut presque une heure pour leur raconter sa rencontre avec l'avocat, père de son ancien élève, le rendez-vous pris par les Nye, l'histoire du testament annulé, car Nora et Lorraine l'interrompaient toutes les trente secondes pour s'exclamer, s'indigner, et il n'arrivait pas à finir ses phrases. De toute évidence, ils ne s'étaient doutés de rien.

— Pourquoi Ray et Georgia auraient-ils voulu changer leur testament ? demanda Nora.

— Je n'en ai aucune idée, je sais seulement ce que m'en a dit l'avocat, répondit Gordon. Et Carl m'a appris que les Nye devaient le voir… aujourd'hui.

— A-t-il dit qu'ils avaient signé un nouveau testament ? s'enquit son père.

— Non, seulement qu'il les aidait à le rédiger.

— Donc il existe bien un testament dont nous ne savons rien, soupira Mark.

— Diane Nye les a persuadés de lui confier la petite, marmonna Lorraine, dont les cheveux, à force d'être malmenés, n'étaient plus que des frisottis, effet que certains élèves de Gordon obtenaient avec du liquide vaisselle.

— Tu n'aurais pas fait pareil, Lor ? remarqua Mark.

— Non, lui rétorqua Lorraine en se tournant vers son mari d'un air farouche, je n'essaierais pas d'enlever une petite fille de cet âge aux seules personnes qu'elle connaît et aime le mieux ! Et je ne chercherais pas à mettre la main sur son argent !

— Lorraine ! protesta Mark. Là-dessus, nous ne savons rien.

— Qu'est-ce qui permet à l'assureur de penser que les enfants se sont suicidés ? demanda Nora.

— Tu sais, tantine…, expliqua Gordon avec gêne, les gens maquillent souvent leur suicide en accident de voiture.

— Comme Porter Avery.

Ils sombrèrent tous dans le silence à l'évocation de ce fermier, voisin des Nordstrom, qui s'était fait rouler dessus par son tracteur. Un merle siffla par les fenêtres ouvertes, et ils sursautèrent tous en entendant crisser les freins d'un camion.

— C'est le jour des poubelles ! s'exclama Mark. J'avais complètement oublié.

— Ne t'avise pas d'aller sortir ces poubelles, l'avertit Lorraine.

— Mais ça va puer, Lor. Avec toute cette nourriture qu'on a jetée…

— Je vais m'en occuper, proposa Nora.

— Mais non, j'y vais, l'interrompit Gordon.

— Fichez la paix à ces putains de poubelles, éructa Lorraine. Est-ce que je suis la seule ici à réaliser que si on ne réagit pas, et vite, en décidant d'un plan, Keefer parlera bientôt avec l'accent du Sud ?

Gordon n'avait jamais entendu jurer sa mère. Il était sidéré qu'elle ait su dire « putain ».

Le téléphone sonna, mais personne ne répondit. Ils écoutèrent tous la voix suave de Diane Nye parler sur le répondeur.

— Nous avons un rendez-vous à dix heures, Lorraine. Ensuite, nous aimerions passer prendre Bébé pour l'emmener à l'hôtel, qu'elle voie ses petits cousins. Ils doivent rentrer chez eux ce soir, je crois. D'accord ? Bon. Et puis nous verrons ensemble comment nous organiser pour emmener Bébé chez nous, à Jupiter. Pour la cérémonie du souvenir que ses collègues organisent en mémoire de Raymond. Bien sûr, vous êtes tous invités. Est-ce que vous allez bien ? Moi, j'ai un peu dormi. Remerciez votre médecin.

Après l'enterrement, Diane avait eu la migraine et Eve Holly, du centre de médecine générale de Pine Grove, qui était de service, lui avait fait une injection.

— Bon. À tout à l'heure, conclut Diane.

Alors qu'ils restaient les yeux braqués sur le téléphone comme si c'était un chien enragé, Keefer entra dans la cuisine, la couche pendante, sa brassière remontée au-dessus du ventre, et tenant sous le bras la grenouille en éponge qu'elle câlinait et mordillait au gré de ses caprices.

— Dory ! s'exclama-t-elle, rayonnante, et elle grimpa sur les genoux de Gordon, l'inondant aussitôt d'une giclée de pipi chaud. Lélé ?

— Elle veut dire télé, précisa Lorraine.

— Je sais, maman, répliqua sèchement Gordon.

C'est parce qu'on a regardé *Le Magicien d'Oz* la semaine dernière.

Nora prépara les céréales au lait que Keefer mangeait tous les matins, puis elle lui enleva sa couche et l'installa sur sa chaise haute.

— Veut yer ! ordonna Keefer.

— Elle dit qu'elle veut sa cuillère rouge, maman, lança Gordon d'un air de défi.

Mais Lorraine feuilletait l'annuaire.

— Est-ce qu'il nous faut un avocat qui s'occupe des droits de succession ou des questions d'adoption ?

— Eh bien, la sœur aînée de Bradie ne peut pas avoir d'enfant à cause d'une endométriose, commença timidement Nora. Elle est en train d'adopter une petite Chinoise, figurez-vous. Et je sais qu'ils sont passés par une agence de Morehouse. Je vais l'appeler, pour voir…

Nora prit son bloc et se dirigea vers la petite véranda de l'entrée qui servait de bureau à Mark.

— On peut comprendre que la compagnie d'assurances considère ça comme un suicide, maman, commença Gordon.

— C'est insultant, répliqua Lorraine.

— Mais non, c'est logique. Ray était très déprimé. Pas seulement à cause de Georgia. Il avait renoncé à sa plus grande victoire…

— Bon Dieu, si on me parle encore du miracle de Coachman's Hill, je vais dégueuler ! s'exclama Lorraine. Ray Nye aurait dû quitter ce putain de tournoi à la minute où elle est tombée malade, Gordon.

— Il fallait bien qu'ils aient de quoi vivre !

— Je sais. Mais ce n'était pas sa seule motivation. C'était une sorte de fuite. Il n'arrivait pas à faire face. Il s'est reposé sur nous. Il savait bien qu'on s'en chargerait. Tu as souvent vu Diane et Big Ray s'occuper de ta sœur ? Diane n'est pas venue une seule fois. Elle envoyait juste ses saloperies d'écorces par courrier, et encore, même pas par Chronopost.

— Maman, écoute…

— C'est vrai, quoi ! Et maintenant ils rappliquent, et ils n'arrêtent pas de dire Bébé, Bébé, Bébé, comme si Keefer n'avait pas de prénom…

— C'est juste une expression du Sud…

— Et de parler de leur fils, ce grand héros.

— Maman, Ray aimait Georgia.

— Ray aimait Georgia, mais Ray a continué sa petite vie, Gordon ! Pas nous ! J'ai pris un congé, tu as pris un congé, ton père a dû délaisser son travail, sans parler de Mike et de Nora, nous avons tous suspendu nos vies, Gordon. Même Lindsay et Tim…

— Comment aurions-nous pu faire autrement ?

— Justement ! Et maintenant, s'ils veulent Keefer, c'est juste parce qu'elle les relie génétiquement à Ray.

— C'est vache de dire ça, maman.

— D'accord, d'accord. Mais je n'ai pas à être rationnelle, Gordon. Ma fille est morte. Elle est couchée de l'autre côté de la rue, sous la terre. Et nous devons trouver un moyen de rester unis, de ne pas séparer ce qu'il nous reste de famille.

Nora revint en brandissant son bloc, triomphante, comme une bonne élève qui a fini ses devoirs avant les autres.

— J'ai trouvé ! leur dit-elle. J'ai le nom de l'agence. Et aussi celui de l'avocat. Il s'appelle Greg Katt et exerce à Merrill.

— Appelons-le, murmura Lorraine. Ils ne vont pas tarder à arriver… Quelle heure est-il ?

— Attendez un peu, souffla Gordon, au bord de la

nausée. On ne pourrait pas d'abord en discuter avec les Nye, tout simplement ?

— Nous devons trouver comment nous assurer la garde de Keefer, expliqua Lorraine, lentement, comme à un enfant de six ans. Il faut entamer les démarches avant eux.

— Nous avons déjà, de droit, la garde de Keefer. Moi aussi, ça m'angoisse, maman. Je n'ai pas arrêté d'y penser. Mais à mon avis, on ne devrait pas tout de suite sortir la grosse artillerie.

— Gordon, ton père et moi avons presque soixante ans. Tu crois qu'un tribunal va nous donner un bébé à élever ? On ne vivra pas éternellement ! On a encore du temps devant nous, bien sûr, ajouta-t-elle en se radoucissant, mais nous ne sommes pas des gens aisés, mon chéri. Contrairement à Big Ray, qui fait sortir de terre des villages tout équipés, avec terrain de golf, comme des champignons.

— Maman, tu ne veux pas parler de... de cet argent qui reviendrait à Keefer ? s'enquit Gordon. (Il lança un coup d'œil à sa nièce, qui lui sourit follement en brandissant sa cuillère vers lui. Il sentit ses yeux lui piquer.) Tu ne veux pas dire qu'on a besoin de cet argent pour l'élever, conclut-il.

— Ce que je veux dire, Gordon, c'est qu'un tribunal ne va pas déclarer : tiens, donnons donc cette petite à cette vieille prof de dessin et à son mari, le vendeur de vitamines. Désolée, trésor, ajouta-t-elle en lançant un coup d'œil à Mark. Mais tu me comprends. Alors que le même tribunal pourrait la confier à ce riche promoteur et à son épouse distinguée, qui n'étaient même pas majeurs et vaccinés quand ils ont eu leur premier enfant.

— Maman, tu pousses un peu ! La vérité, c'est que tu ne peux pas sentir Diane, c'est tout.

— C'est beaucoup plus que ça, rétorqua Lorraine.

— Oui, beaucoup plus, approuva Mark, même si nous manquons sans doute d'objectivité...

— Ne commence pas à faire ton justicier au grand cœur, tout ça pour qu'on paie les pots cassés, Mark, gronda Lorraine entre ses dents.

Gordon en resta pantois. Sa mère et son père se disputaient ! La dernière fois, c'était quand Mark avait laissé Gordon dormir chez Davey Ober, alors que les deux frères de Davey tuaient des corbeaux à la carabine. Lorraine avait fait une descente chez les Ober avec un sourire forcé et elle avait tiré Gordon par le bras en expliquant à Mme Ober qu'ils avaient oublié une réunion de famille prévue depuis longtemps. Puis elle l'avait jeté sur le siège avant et, en arrivant à la maison, elle avait incendié Mark : « Ne t'avise plus jamais de laisser ton fils aller chez des gens où des armes à feu sont à portée de main ! »

Georgia était venue s'asseoir à côté de lui, sous la véranda. *Tu vas être privé de sorties pendant au moins quinze jours*, avait-elle dit en souriant. Alors il avait compris comment ses parents avaient su, pour les carabines des fils Ober. Mais il n'avait même pas été puni, en fin de compte. Lorraine était sortie sur le perron et l'avait pris contre elle en lui disant : je n'ai qu'un Gordie, sous le regard dédaigneux de Georgia.

— Tu as toujours su que ce serait toi, non ? lui demanda sa mère.

— Quoi, moi ?

— Qui allais adopter Keefer.

Il s'en était douté, bien sûr. En théorie et en pratique. Mais c'était devenu un fait. Pressant, exigeant.

— Keefer a besoin d'un vrai père, pas seulement de

grands-parents, dit Lorraine d'une voix qui sembla à Gordon faible et lointaine.

— Je ne sais pas si je suis prêt, maman.

— Moi non plus, soupira-t-elle.

— Bien sûr qu'il est prêt, intervint Nora. Tu ne seras pas seul, Gordie. Nous serons tous là. Et Georgia t'aidera.

Gordon contempla le visage de sa tante, ses yeux d'un bleu délavé, et il n'eut pas le cœur de s'étendre sur le sujet.

— Écoutez, poursuivit Nora, je ne voulais pas en parler tout de suite, mais j'ai aussi appelé l'agence d'adoption. L'assistante sociale envoie dès aujourd'hui tous les formulaires, et elle m'a assuré qu'ils allaient aujourd'hui même ouvrir le dossier pour étudier le cas au plus vite.

— Il va falloir que tu déménages, déclara Lorraine à son fils en écrivant sur son bloc. Les Wilton ont un joli appartement, au troisième étage du grand immeuble le Victorian, qui est sur la Première Avenue. Leur fille Judy est institutrice. Elle doit avoir dans les quarante ans, maintenant. Elle vit au deuxième. Helen Wilton dit que c'est un logement plaisant, avec une seule chambre, mais très spacieux, pas comme ta...

— ... piaule infâme, finit Gordon.

— Garçonnière, corrigea Lorraine d'un air compassé.

— Je ne vais pas déménager, je viens juste d'arranger mon studio, affirma Gordon d'un air buté, tout en songeant à sa sœur.

Oh, Georgia, tout ce que j'ai fait, c'est encadrer mes posters.

— Arranger, c'est beaucoup dire, Gordie, corrigea sa mère. Et il n'y a pas assez de place pour une famille.

Une famille. Elle avait raison. Où dormirait Keefer ? Sur le canapé ? Dessous ?

— Quoi qu'il en soit, continua Nora, l'assistante sociale viendra mardi. Ça ira, Gordie, ce n'est pas trop tôt ?

Si, bien trop tôt, songea-t-il.

— Je ne pense pas que tu puisses déménager d'ici mardi, Gordie, continua sa tante, mais Hayes, Rob, les garçons et moi, on va t'aider à donner un grand coup de balai, que tout soit propre et reluisant.

— Tu as tout dit à l'assistante sociale ? demanda Lorraine à sa belle-sœur.

— Sur Georgia et Ray ? Elle était au courant. Elle a vu les actualités à la télé.

— Non, je parle de Big Ray et de Diane.

— Je lui ai dit la vérité, déclara Nora avec aplomb. Je lui ai dit que nous allions adopter un bébé. Elle arrivera chez Gordon à une heure de l'après-midi.

Lorraine se pencha sur la table pour prendre dans sa menotte la grande main rugueuse de Nora.

— Tu es une sainte, Nora.

C'est tout comme, songea Gordon en prenant l'enfant sur ses genoux.

7

Le jour qui aurait dû être le deuxième anniversaire de mariage de Georgia et Ray, Lorraine et Mark descendirent d'un avion à huit places sur la piste de l'aéroport de Jupiter, après avoir volé par étapes de Wausau à Milwaukee, de Milwaukee à Tampa.

La chaleur était paralysante. Lorraine sentit sa peau se racornir au premier souffle d'air. Comment les gens faisaient-ils pour supporter cette canicule ?

— L'air conditionné, lui répondit Mark. Six mois sur douze, ils ne sortent pas. Mais nous non plus, Lor. Même si c'est pour la raison inverse.

En fait, Mark appréciait cette chaleur. Cela faisait des semaines qu'il avait froid.

Ils s'assirent dans la zone de livraison des bagages. Lorraine se sentait moineau parmi des paons. Sa manière de s'habiller était d'une élégance discrète, citadine, fait rare à Tall Trees. Mais en Floride, hommes et femmes arboraient des couleurs vives, un vrai festival.

— Tu as vu, cette année, la tendance mode est au bleu canard, dit-elle à Mark.

Il marmonna un « mmmm », sans manifester le moindre intérêt. Lorraine eut une bouffée de rage. Pourquoi était-ce toujours à elle d'alimenter la conversation ? Il n'était pas le seul à songer que vingt-quatre mois plus tôt, à cette heure même (vingt-quatre mois représentant un très court laps de temps, un après-midi de vie, et encore, surtout quand on était comme eux sur le versant de l'existence), ils étaient assis au premier rang de l'église Our Lady of the Lake, tandis que Georgia chassait ses larmes en promettant d'honorer et de chérir Raymond, son mari, toute sa vie durant. Ils avaient pleuré, puis ri quand Georgia, après un long baiser, avait jeté un coup d'œil furtif au diamant donné au fils premier-né par Kathryn, la mère de Diane, qui était assise de l'autre côté de l'allée. Avec sa peau lisse et hâlée, c'était presque le sosie de sa fille.

La bague était maintenant dans la chambre de Lorraine. La pierre, d'une nuance inhabituelle, cachait ses reflets verts dans le tiroir de sa table de nuit ; Bud Chaptman l'avait ôtée du doigt de Georgia, et sa femme Natalie, en larmes, l'avait ensuite glissée dans la main de Lorraine lors du petit souper qui avait suivi l'enterrement.

Pour Keefer.

Toute la semaine passée, Mark avait dormi seize heures par nuit, alors que c'était Lorraine qui avait juré de jeter l'éponge… Pourquoi se retrouvait-elle soudain la meneuse de l'équipe ? Le matin même, elle avait soigneusement calé ses précieux flacons de pilules parmi ses dessous, au fond de son sac de voyage. Pour tenir le désespoir à distance, il fallait une vraie armada pharmaceutique. Quand pourrait-elle enfin se coucher et se laisser aller à son chagrin ?

Le lundi, leur premier rendez-vous avec l'avocat

s'était très bien passé. L'épouse de Greg Katt était justement l'une de ses anciennes élèves. Katt avait manifesté un vif enthousiasme qui les avait tous rassurés. Un article propre à la loi du Wisconsin devrait permettre à Gordon de faire une requête d'adoption accélérée et d'obtenir la garde immédiate de Keefer. Il s'appliquait à tout membre de la famille proche, grands-parents, tante, oncle, sœur, frère. Quel soulagement pour Lorraine ! L'étude de foyer serait effectuée à partir de leur dossier, à savoir le gros paquet de formulaires qu'ils avaient reçu le samedi précédent, et cette étude jouerait en faveur de la famille que l'enfant mineur connaissait déjà et aimait, avait expliqué Greg Katt, qui avait aussi photocopié la copie du seul testament connu des McKenna, et promis d'entrer en contact durant la semaine avec l'avocat qui l'avait préparé, un nommé Stacey Sweeney que Lorraine ne connaissait pas, ainsi qu'avec maître Liotis, le nouvel avocat de Ray.

— Les passions s'échauffent vite dans ce genre de circonstances, avait-il prévenu, mais ne vous inquiétez pas outre mesure. En premier lieu, je vais déposer une requête afin d'obtenir la garde temporaire pour vous et Mark. Cela va de soi. Et si les Nye font de même, très bien. Vous vivez près de Keefer. Et le premier arrivé est le premier servi, le premier qui dépose la requête obtient une réponse en priorité. Cela ne devrait pas poser de problème. N'importe quel juge comprendra qu'il faut du temps à une famille pour s'organiser. Vous avez l'intention de donner aux Nye le même droit de visite et d'hébergement concernant votre petite-fille qu'ils l'auraient fait pour vous si leur fils avait survécu, n'est-ce pas ?

Ils avaient tous acquiescé.

— Alors je ne vois pas de grande difficulté, avait

ajouté l'avocat. À moins que, chez les Nye, l'un des enfants parmi ceux ou celles qui sont mariés ne postule pour obtenir la garde. Et même, on privilégiera alors le bien-être de Keefer. Du point de vue psychologique, s'entend.

Il leur avait ensuite posé des questions. Combien de fois Caroline et Alison étaient-elles venues à Tall Trees passer du temps avec Keefer ? Étaient-ce surtout elles qui s'étaient occupées de la petite durant son séjour en Floride ?

Ils avaient fait de leur mieux pour lui répondre. Mais Lorraine s'était alors rendu compte que la maladie et la vie de Georgia avaient formé comme une bulle et qu'au cours de l'année précédente les événements extérieurs lui étaient passés au-dessus de la tête. Gordon se souvenait seulement des visites des parrains de Keefer, Delia et Craig, qui étaient venus de Madison en voiture au moins une dizaine de fois, en amenant souvent avec eux Alex, la fille de Delia, une adolescente qui avait apporté à Keefer toutes ses vieilles poupées Barbie.

— La loi du Wisconsin privilégie ce qu'on appelle les meilleurs intérêts de l'enfant. Et tout dans cette affaire semble indiquer que l'intérêt d'un enfant en bas âge qui a traversé une… telle épreuve, c'est de rester là où il se sent le plus en sécurité, avait conclu Katt.

Le mardi, il avait déposé la requête. Et le juge avait accordé une autorisation temporaire, accompagnée de conditions à reconsidérer dans un délai de quatre-vingt-dix jours.

Donc, ils l'avaient. Légalement, sinon physiquement. Lorraine avait songé à écrire aux Nye, mais elle avait jugé que ce serait indélicat. Et dangereux. Pour l'heure, Keefer se trouvait en Floride, entre leurs mains. Et Mark disait que, dans la majorité des cas, possession vaut titre, en matière de loi. Lorraine avait donc décidé, pour les prévenir de la décision du juge, d'attendre que les parents de Ray aient assisté à la cérémonie du souvenir en l'honneur de leur fils… et que Keefer fût sur le siège arrière de leur voiture de location, en route vers l'aéroport.

Le mercredi, alors que Cindy Rogan, de l'agence Adoption Alliance, rencontrait Gordon dans son appartement soudain meublé en rustique ancien, Lorraine et Mark s'étaient fait coincer par l'enquêteur de la compagnie d'assurances Northern Mutual, qui avait passé deux heures à les cuisiner sur l'état émotionnel de Ray. C'était un tout petit homme, typique de sa profession, hâlé, propret et pourvu d'une maigre moustache. En soupirant, presque à regret, il les avait informés que Ray avait payé rubis sur l'ongle les primes des trois mois de la police en question. Et il leur avait annoncé que la compagnie s'efforcerait de mener une reconstitution de l'accident, à laquelle les McKenna pourraient assister s'ils le désiraient.

— Pourquoi ferions-nous ça ? avait rétorqué Mark.

Quant à Gordon, il s'était senti en confiance durant son entrevue. Lorraine le tenait de Lindsay Snow, qui était passée chez lui juste après le travail. L'assistante sociale reviendrait quand Keefer serait rentrée, pour observer ses rapports avec son oncle.

Il y avait un bémol. Heureusement que Gordon allait déménager, avait ajouté Lindsay avec tact, car Cindy Rogan avait trouvé la rue trop bruyante. Lorraine avait donc passé toute la matinée à pister Helen Wilton afin de la convaincre de ne pas louer l'appartement du Victorian au photographe qui devait archiver le site archéologique précolombien découvert à Wood Violet Hollow. Un homme qui n'était dans la région que depuis quelques mois… Gordon serait plus stable comme locataire, avait assuré Lorraine. Il se passerait des lustres avant qu'il puisse s'acheter une maison. Helen restait sceptique, car le photographe était célibataire et à peu près du même âge que sa fille Judy, elle-même célibataire endurcie. Mais, costaud comme il était, Gordon les aiderait à entretenir les lieux. Et puis c'était un garçon charmant. Et puis il y avait le bébé… Bref, Helen était finalement revenue sur sa décision. Il ne restait plus qu'à convaincre le propriétaire de Gordon de résilier son bail, ce qui devrait aller tout seul, car c'était l'un des plus anciens adjoints de Dale Larsen.

Pour Keefer… Le motif qui avait poussé Lorraine à se dépasser jusqu'à un point qu'elle n'aurait pas imaginé, à user de cajoleries, de complots, de stratégies, alors qu'une image fugitive de Georgia, son portrait de bachelière au tournant de l'escalier, par exemple, la faisait se plier en deux et se boucher les oreilles, comme pour assourdir un bruit intolérable. Pour Keefer. Pour Keefer.

Une semaine qu'ils ne l'avaient pas vue. Big Ray et Diane étaient arrivés avec une valise à roulettes bourrée de vêtements d'enfant. « Des petits ensemble d'été, Lorraine, avait expliqué Diane. Là-bas, elle fondrait, dans ces salopettes. » Et si les larmes avaient commencé quand Lorraine avait tendu Keefer à son autre grand-mère, Diane avait sagement poursuivi son monologue sur la piscine que Bébé aurait pour elle toute seule, une piscine en plein air, car là-bas il faisait beau tout le temps ! Timidement, Keefer avait fini par leur dire au revoir en agitant la main. Elle partie, c'était comme si la veilleuse s'éteignait. Aucun d'eux n'en parlait, mais leur lit les happait comme un vide aussi froid qu'un champ de neige. Voilà ce qu'ils deviendraient, songeait Lorraine tandis que Mark l'entourait machinalement de son bras droit, un vieux couple condamné à l'attente dans le musée figé de son passé, suspendu, en état d'hibernation volontaire. Gordon reprendrait sa vie de jeune célibataire fatalement égoïste, aménageant à sa guise son travail, son plaisir. Keefer. Keefer. La nostalgie qui la prit fut si poignante qu'elle se réfugia dans un sommeil lourd, abruti, et, pour la première fois depuis l'accident, elle dormit vraiment.

Gordon les réveilla. « Ça y est, elle est partie, n'est-ce pas ? » En voyant son air défait, Lorraine se poussa, et il s'allongea à côté d'eux. Ils restèrent tous les trois couchés là jusqu'à ce qu'il fît sombre au-dehors, et dans l'obscurité rassurante, ils se levèrent. Puis ils passèrent trois heures à faire le ménage, sans raison précise, et ils décidèrent ensuite d'aller à l'appartement de Georgia et de Ray prendre quelques meubles assez anonymes pour être transportés dans le nouveau logement de Gordon.

On avait fait changer les serrures.

Furieuse, Lorraine voulut appeler les Nye tout de suite, de la cabine la plus proche. Mais Gordon réussit à grimper sur la terrasse du deuxième étage et à entrer par une fenêtre. Ils trièrent les affaires : serviettes, argenterie, casseroles et marmites de Georgia, belles, lourdes, émaillées. Puis ils mirent dans des cartons toutes les casquettes de Ray pour les envoyer à ses parents, sauf une, celle des Evans Scholars, que Gordon désirait garder. Le lendemain matin à sept heures, Lorraine avait appelé le serrurier pour faire de nouveau changer les serrures.

Une heure après leur descente d'avion, Mark et Lorraine attendaient toujours la personne qui devait venir les chercher. Mark insista pour louer une voiture, et ils rassemblaient leurs affaires quand Leland, le mari de l'une des filles Nye, apparut en secouant la tête.

— Mille excuses, les amis, dit-il. Mais c'est infernal entre ici et le Texas, à cause des travaux sur l'autoroute. Big Ray et Diane vont me maudire. Ça fait longtemps que vous attendez ?

— Oh non, répondit Mark.

Après leur entrée au pays des palmiers et des Porsche, Leland alluma judicieusement la radio pour meubler le silence et stimuler la conversation. Il leur parla de Keefer, de son teint de pain d'épices. Caroline assurait qu'elle savait nager. C'était chez elle que se trouvait Keefer et il les y conduisait. Tous les autres étaient au club, où ils s'occupaient des détails de dernière minute pour la cérémonie. Combien de temps comptaient-ils séjourner en Floride ? Mark hésitait, il avait pensé naviguer un peu et pousser jusqu'à cap Canaveral, où un lancement de navette était programmé pour le samedi. Avec amertume, Lorraine perçut dans la voix de son mari un accent enthousiaste.

— Super, commenta Leland en sortant des lunettes de soleil nacrées de la boîte à gants. Keefer va être rudement contente de vous avoir un peu.

Mark échangea un regard avec Lorraine, puis il lui prit la main.

La voiture se gara devant une maison de style espagnol, sur un boulevard ombragé, bordé de cyprès. Leland leur ouvrit la portière. Lorraine s'avança sur la pelouse et s'arrêta soudain pour écouter. Elle entendit Keefer s'exclamer : « Zozo ! Zozo vole ! »

— Voilà qu'elle fait des phrases, murmura-t-elle à Mark.

Leland leur proposa de déposer leurs bagages à l'hôtel où ils avaient réservé leur chambre, malgré les protestations de Big Ray, qui voulait les accueillir chez lui.

— Allez-vous retourner au bureau ? demanda Lorraine, qui ignorait tout du métier de Leland, mais voyait bien à son allure qu'il n'était pas un travailleur manuel.

— Non, répondit Leland en baissant la tête. En fait, j'habite à mon club d'anciens étudiants, en ce moment. Caroline et moi, nous… essayons de résoudre certains problèmes. Nous avions prévu cette séparation avant la mort de Ray, mais avec cette épreuve… Il va sans dire que j'aime beaucoup les Nye, poursuivit-il, et la famille, c'est la famille.

— Nous sommes désolés, dit Mark.

— Oh, ce n'est pas un drame. Caro est la meilleure amie que j'aie jamais eue. On s'en sortira.

Et Keefer apparut, avec Caroline sur les talons, elle traversa la pelouse pieds nus en courant, fit la culbute et se releva aussitôt. Mark la couvrit de baisers avec une ferveur, une exubérance que Lorraine ne lui avait jamais vues. Il n'avait pas pleuré de joie depuis… la naissance de Gordon. Ils s'assirent tous dans la véranda impeccable et glaciale, et burent du thé à la menthe en s'extasiant devant les jouets que Keefer venait poser l'un après l'autre sur les genoux de sa grand-mère, comme à la parade.

— Vous avez vu mes parents ? s'enquit Caroline avec entrain.

— Non, Leland nous a juste déposés ici, lui répondit Lorraine. Nous pourrons aller à l'hôtel en taxi, j'imagine. Je prendrais bien un bain, et on emmènera Keefer à la piscine. Vous devez avoir tant de choses à faire.

— À mon avis, elle a eu son compte de baignades ! plaisanta Caroline.

— Nous sommes désolés, avança Lorraine en

hésitant. Leland nous a parlé de votre… séparation, reprit-elle après un silence gêné.

— Tout va bien, je vous assure, ça fait longtemps que ça traîne et… après la mort de Ray et de Georgia, j'ai décidé qu'il était temps pour moi de commencer ma vie sans faire comme si elle allait durer toujours. J'ai vingt et un ans et jusqu'à présent j'ai toujours filé doux ! C'était comme si j'avais trois vies, une pour moi, une pour les parents de Leland, une pour mes parents, mais, comme par hasard, ma part à moi allait toujours en diminuant.

Les McKenna en restèrent cois, et alors Keefer s'exclama : « Zozo ? »

— J'ai un pinson, expliqua Caroline, et c'est devenu son meilleur ami. Elle est si mignonne. On dirait un petit koala, on a toujours envie de la câliner. C'est le portrait de Ray étant gosse. Mais vous savez à qui elle ressemble le plus ? À la mère de mon père, grand-mère Nye. Elle n'était plus en vie quand Ray et Georgia se sont mariés, il me semble.

— Non, je ne crois pas, confirma Lorraine.

— Ça me donne envie d'en avoir un à moi un de ces jours, poursuivit Caroline d'un air dégagé, et Lorraine se retrouva soudain en sueur dans la pièce glaciale. Mais pas tout de suite ! Il me faudra d'abord refaire ma vie. Manifestement, Lee et moi n'aurons jamais d'enfant.

— Ça va peut-être s'arranger, dit Lorraine. C'est si dur d'être des jeunes mariés. On n'est pas encore un couple, pas tout à fait une famille.

— Le problème, c'est qu'il est homo… Et ses parents mangeraient plutôt du verre pilé que de l'admettre. Sans parler des miens. Mais Ray le savait. Et il m'avait bien dit de ne pas me laisser piéger. Maintenant, je n'ai plus mon grand frère pour prendre ma défense et me pousser à réagir. Maman et papa le prennent mal, mais je n'en peux plus de faire semblant. Et puis ils auront de quoi s'occuper, avec ce petit trésor. Fini pour moi de faire le bébé.

— Et vos parents, ont-ils... ne m'en veuillez pas de vous demander ça, mais... ont-ils fait des projets au sujet de Keefer ? demanda Mark.

— Ils ont transformé une pièce en chambre d'enfant... Rien n'y manque. Elle a même un toboggan qui mène à son lit, n'est-ce pas, trésor ? Mais ne vous en faites pas. Ça ne risque rien.

— Chez eux ?

— Andy et Ali n'arrivaient pas à se décider. Franchement, je trouve qu'Ali a déjà de quoi faire, avec ses deux petits monstres...

— Il est temps d'aller à l'hôtel, annonça Lorraine sans transition. Nous allons prendre un taxi.

— Vous ne voulez pas manger ou boire quelque chose ?

— J'ai juste envie d'un bon bain, dit Lorraine en ramassant d'un air absent les objets épars qui semblaient appartenir à Keefer. Vous savez comment c'est quand on voyage... On se sent si sale. Où se trouve son sac pour les changes, Caroline ?

— Maman l'installe sur son pot.

— Mais elle n'a que quinze mois !

— Elle s'en tire très bien !

— Peut-on passer un coup de fil, pour le taxi ?

— Oh, je vais vous déposer. Toute la famille a rendez-vous à quatre heures, pour une séance de soutien psychologique. C'est tellement..., hésita Caroline, et son visage se plissa de chagrin. Perdre Ray. Pour nous, c'est inimaginable. Ray était notre héros. Et je ne devrais peut-être pas vous en parler, mais… vous savez, aujourd'hui, c'est le jour où ils se sont mariés.

Lorraine se leva.

— Je connais la date du mariage de ma fille.

— Je ne voulais pas dire ça.

— Je m'en doute… nous sommes tous à cran. Bon, la cérémonie a lieu demain à midi, c'est ça ?

— Oui, mais maman vous attend ce soir pour dîner.

— Vous savez, Caroline, je… je ne me sens pas très bien, dit Lorraine. Je ne crois pas que ce soit possible. Et puis nous avons envie de refaire connaissance avec Keefer. Passer un peu de temps avec elle.

— Maman et papa apprécient vraiment ce que vous avez fait pour elle. Vous et Gordie, ajouta-t-elle en secouant ses boucles blondes. Gordie est-il célibataire ?

— Il est fiancé. Pas officiellement. Mais vous ferez la connaissance de Lindsay, assura Lorraine tandis que Mark la fixait d'un air ébahi. Ils s'aiment depuis toujours.

— Il est super, s'enthousiasma Caroline. Et bourré de charme.

— Ça oui, renchérit Lorraine en souriant. Bon, alors à demain, Caroline.

Elle prit Keefer dans ses bras ; les jouets, les bouteilles de jus de fruits tombèrent à terre. Mark s'agenouilla pour les ramasser.

— Laisse, Mark, lui murmura Lorraine alors que Caroline était partie chercher ses clefs de voiture. Filons d'ici.

Mark installa Keefer dans le siège bébé, à l'arrière de la Mustang de Caroline, et prit place à côté d'elle. Avec ses genoux remontés sous le menton, il avait l'air d'une marionnette. Quand ils furent devant l'hôtel, Lorraine sortit le siège bébé.

— Au revoir, Kathryn, dit Caroline en posant un baiser sur sa menotte. Keefer Kathryn.

Mark et Lorraine se retrouvèrent debout en plein soleil et Mark lui prit la petite, qui gigotait dans son siège. Ils avancèrent en clignant des yeux dans la pénombre du hall, où de grands jets d'eau couvraient presque le son de leurs voix.

— Montons à la chambre, lança Lorraine.

Mark revint un instant plus tard, l'air penaud.

— La note a été réglée d'avance, et on pourra rester le temps qu'on voudra.

Escortés par un liftier taciturne, ils prirent un ascenseur ressemblant à une cage de verre.

Une fois dans la chambre, Keefer fit du trampoline sur le lit géant tandis que Lorraine essayait de trouver un annuaire.

— On aura du mal à trouver un vol pour partir d'ici dès ce soir. Mais on pourra rouler jusqu'à Tampa. Ou ailleurs, peu importe…

— Attends, intervint Mark en posant la main sur le combiné, je sais ce que tu penses, et je pense de même. Mais nous devons assister à la cérémonie.

— Pourquoi ? Ils seraient capables de nous faire arrêter par des gardes du corps.

— Je ne plaisante pas, Lor.

— Moi non plus, Mark.

— Nous déciderons demain, après une bonne nuit de sommeil. Appelons Gordie.

— Je ne sortirai pas de cette pièce.

— Commandons de quoi manger.

Mark grignota des côtelettes peu appétissantes, tandis que Lorraine boudait son cocktail de crevettes. Gordon n'était pas chez lui. Ils ne quittèrent pas la chambre, ne prirent pas la peine d'installer un lit d'enfant. Keefer s'endormit entre eux, en suçant son pouce. Au matin, ils lui mirent la robe aux marguerites, qui paraissait encore plus nette que lorsque Diane l'avait sortie de son papier de soie, à Tall Trees. Peut-être était-ce un double du même modèle, se dit Lorraine. On les appela, puis une voiture vint les chercher. À Sandpiper Reserve, le parking du club était bondé, et des groupes de jeunes hommes qui se ressemblaient tous, avec leurs cheveux blonds, leurs cravates rouges, attendaient au soleil, en se balançant d'un pied sur l'autre. À l'intérieur, juste à l'entrée de la salle de bal, deux immenses couronnes étaient posées, formées d'un entrelacs de roses blanches autour d'un cercle de roses rouges en bouton. Sur le ruban on lisait : « Bonne piste, Raymundo. Tes copains du Knockers. »

— C'est un peu… tape-à-l'œil, dit Mark.

— Ils ne sont pas connus pour leur bon goût, mais pour leur jovialité, répondit Lorraine.

Elle n'avait jamais parlé ouvertement de la gêne que lui inspirait le sponsor de son beau-fils, une chaîne de restaurants que ni Mark ni elle n'avaient jamais fréquentés, où des serveuses en bikini évoluaient sur des patins à roulettes en cuir noir, aux gaines montant jusqu'au genou. Mais le Knockers était un grand circuit, aussi important que le Nike Tour.

Carl Jurgen les repéra depuis l'autre bout de la salle et traversa l'immense parquet pour les accueillir, suivi d'une Diane Nye à l'air éteint, en jupe noire et chemisier blanc, les cheveux plats et montrant même, au grand effarement de Lorraine, des racines jaunies.

— J'ai une mine effroyable, dit Diane comme si elle lisait dans ses pensées. Je touche le fond. C'est fini. Jamais plus il n'entrera chez nous par la porte de derrière pour me prendre dans ses bras…

Submergée par la pitié et le remords, Lorraine lui ouvrit les bras et Diane se laissa étreindre.

— Est-ce que vous avez parfois l'impression que vous allez perdre l'esprit, Lorraine ? Qu'il va se désagréger peu à peu ?

— Chaque jour.

— Que faites-vous ?

Je pense à Keefer, se dit Lorraine, à Keefer. Et à Gordon.

— J'essaie de me tourner vers le futur, pour échapper au passé. Je ne supporte pas de penser aux jours heureux.

— Dieu n'existe pas, Lorraine.

— Il m'arrive aussi d'en douter. Mais je veux y croire.

— Est-ce que vous prenez des antidépresseurs ? demanda Diane.

— Pas encore, murmura Lorraine en songeant à son stock de pilules.

— Dieu n'existe pas, ou alors il est fou, continua Diane. Bonjour, Mark. Bonjour, mon bébé adoré. Que Dieu nous en prenne un, passe encore, mais les deux… Raymond était… c'était un cadeau du ciel.

— C'était un gentil garçon, acquiesça Lorraine, tout en se disant que Gordon avait raison, que des gens de bonne volonté peuvent trouver des compromis.

— Elle ne deviendrait jamais l'amie de Diane, mais elles pourraient partager leur attachement pour Keefer, tisser autour d'elle un lien d'amour.

— Pourrez-vous dîner avec nous, ensuite ? demanda Diane. Rien que nous quatre.

— Bien sûr, répondit Lorraine. Bien sûr.

— Big Ray et moi avons vraiment envie de vous parler, de grands-parents à grands-parents. Nous voulons tout faire pour que ça marche, pour que vous comptiez toujours beaucoup dans la vie de la petite, ajouta Diane en plongeant dans les yeux de Lorraine, qui vit l'iris de Diane se dilater. Si seulement vous ne viviez pas au pôle Nord ! Pardonnez-moi, mais nous voulons qu'elle grandisse avec tous les... vous me comprenez, Lorraine. Vous aussi vous lui souhaitez le meilleur. Je le sais.

Un arpège de guitare s'égrena, pour signifier aux gens de prendre place. Immense et solennel dans son costume gris, Big Ray hocha la tête en direction des McKenna et fit signe à Diane.

— Je veux que tu m'écoutes, murmura Mark à l'oreille de Lorraine, d'une voix égale. Garde ton calme, surtout, pas d'esclandre. J'ai entendu. Je sais ce qu'elle a dit. Maintenant, je vais quitter cette pièce posément. Toi, prends Keefer sur tes genoux, et, quand je reviendrai, je te promets que je me serai arrangé pour qu'on rentre à la maison. Je te le promets.

Lorraine sentit son cœur flancher dans sa poitrine. Elle afficha un sourire et s'agenouilla pour prendre Keefer dans ses bras. Le guitariste jouait une romance espagnole, triste à souhait. Puis ils entendirent tous au loin le bourdon d'une cornemuse, et le son se fit de plus en plus proche. Un jeune homme revêtu d'un kilt du Black Watch, le régiment écossais, s'avança lentement dans la salle. Il se mit face à l'assemblée et joua l'air que Ray et Georgia avaient choisi pour leur marche nuptiale, une vieille ballade irlandaise, *Wild Mountain Thyme*. Les yeux noyés de larmes, Lorraine alla s'asseoir à côté de Diane et plaça Keefer entre elles deux.

Carl Jurgen se leva pour prendre la parole.

— Vous tous qui êtes ici aujourd'hui, vous avez bien connu Ray Nye, très bien connu, même. Sur le terrain de jeu, à l'école, dans la maison où il a grandi et où ses parents vivent toujours. Je n'avais pas pensé que je serais si jeune le jour où je ferais l'éloge funèbre de mon meilleur ami, en admettant que ce soit lui qui parte le premier. En vérité, Ray Nye Junior était un phénomène. Il pouvait boire tous les soirs, attendez, je ne dis pas qu'il le faisait, Ray et Diane, mais il pouvait boire tous les soirs, rentrer au foyer des Evans Scholars et aller de l'un à l'autre, aider Gordie quand il coinçait sur des équations différentielles, ou me rappeler en quoi Locke diffère de Hume. Je n'ai jamais vu Ray étudier. Pourtant, c'était un puits de science et il en faisait profiter tout le monde.

« Et, comme je crois qu'il me regarde en ce moment même de tout là-haut, je vais vous raconter une petite histoire, qui date du temps où nous étions étudiants de seconde année. On trouvait que nos pères ne nous filaient pas assez d'argent de poche pour mener la grande vie. Alors on faisait une virée à Pelican Point, et on se baladait gentiment sur le green, on s'exercait au putting pendant des heures, jusqu'à ce que des gars se ramènent... Ray les voyait venir de loin, peut-être parce qu'il était confiant en la nature humaine, à sa façon. On est étudiants, et on fait ça pour s'amuser, leur disait-il. C'étaient des types de Plum, en Pennsylvanie, ou d'Iron River, dans le Michigan. Et on commençait, sérieux comme des papes, raides comme des piquets. Tous ceux qui ont vu jouer Ray savent combien son swing était incroyablement lent. On se disait : pas possible, cette balle va tomber du tee en dégoulinant comme de la moutarde sur la cravate d'un vieillard.

« D'ailleurs, pour dire la vérité, au début on faisait exprès de jouer comme des manches. Diane, bouchez-vous les oreilles si vous n'avez pas envie d'entendre ça...

Mais Diane souriait, tout comme Alison, qui s'était assise près de sa mère avec ses deux petits garçons bien peignés, en costume d'Eton.

— Il envoyait exprès la balle sur la route ou dans un arbre, et prenait des points de pénalité, poursuivit Jurgen. Et à un moment donné, c'est nous qui leur proposions de jouer à six points le scotch…

Et Mark, depuis combien de temps était-il parti ? songea Lorraine, en espérant que personne ne l'avait remarqué. Non, ils étaient tous sous le charme de l'orateur, de sa jeunesse dorée.

— Ray convenait qu'il ne jouait pas bien, et c'était vrai. On arrivait au départ du cinquième trou. Et c'est là que Ray suggérait tout doucement de passer à un dollar le point, disant qu'on voulait tous les deux se refaire. D'accord ? me lançait-il alors, et ma partie à moi, c'était de secouer vigoureusement la tête en disant non, non, pas question. Mais alors ces messieurs s'étaient tellement pris au jeu qu'ils n'avaient pas besoin qu'on leur force la main. Ray se relevait, il mettait dix minutes à faire un backswing, et il envoyait la balle à trois cents mètres, pas plus… Pelican Point était un par quatre, de trois cent vingt mètres… C'était là que Ray puttait pour l'eagle. Et il disait, Dieu ait son âme, je me sens plus détendu maintenant, si on doublait l'enjeu ?

« Ray Nye Junior n'a jamais eu besoin de s'escrimer pour jouer au golf, pas plus qu'il n'avait besoin d'étudier pour décrocher les meilleures notes quand nous parvenions laborieusement à avoir la moyenne. Pour le paradis, c'est pareil. Il n'aurait pas dû se presser à ce point, lui qui était tout désigné pour y entrer.

L'odeur monta au nez de Lorraine à l'instant même où Diane, en pleine extase, tiquait et se détournait d'un air dégoûté. Rouge de concentration, Keefer poussait, accroupie sur la chaise pliante.

En murmurant de vagues excuses, Lorraine la prit et l'emporta, puante, vers la sortie, en exultant intérieurement. Merci, Keefer, merci. Mark l'attendait à l'entrée, près des couronnes géantes, et ils se mirent à courir. Leur course dura neuf heures, et elle ne s'arrêta que lorsqu'ils tournèrent la clef dans la serrure de leur maison de Tall Trees, pour voir la lumière rouge du répondeur clignoter dans le noir.

8

Ce coin de Spirit Lake était à eux. Ils l'avaient décrété, depuis la nuit où ils avaient fait l'amour, chacun pour la première fois. Quel flop ! C'était fini avant même de commencer. Après coup, Gordon s'était senti affreusement gêné, mais Lindsay l'avait réconforté malgré la douleur, *j'en avais envie, Gordie, tout va bien, ne t'en fais pas*, et ils avaient dû frotter son sweat-shirt blanc couvert de sang. Ça remontait à… au moins huit ans. Dans la mémoire de Gordon, c'était un moment de complète innocence, aussi tendre et candide qu'un Noël de son enfance. Lui n'avait même pas seize ans, et Lindsay, deux ans de plus. Lindsay, la seule « fille bien » à n'avoir pas laissé tomber Georgia durant ses joyeuses folies. Avant ça, toute l'expérience sexuelle de Gordon s'était bornée à peloter Annie Toffer sur la table de billard à l'anniversaire de Tim, pendant que Mme Upchurch préparait des sandwiches dans la cuisine, à dix mètres de là. En tant qu'élève de première, Lindsay était inaccessible. « Mais c'est toi qu'elle veut », lui avait assuré sa sœur, et Georgia les avait accompagnés, pour déjouer la méfiance des parents.

Ils étaient allés au cinéma voir un film suédois sous-titré, et juste avant d'entrer dans la salle, comme convenu entre le frère et la sœur, Georgia les avait plaqués pour rejoindre ses mauvaises fréquentations. Lindsay et Gordon n'étaient pas restés jusqu'à la fin. Ils trouvaient le film ennuyeux et surtout leurs mains enlacées étaient brûlantes de fièvre.

Quand Lindsay avait accepté d'aller faire un tour à Spirit Lake, Gordon s'était figé sur place, soudain frappé à l'entrecuisse d'une érection monumentale. Lui qui avait compté tout au plus la prendre par la taille au clair de lune… Et c'était Lindsay qui avait mené le jeu, comme toutes les filles qu'il aimerait par la suite. Elle lui avait tiré la chemise du pantalon pour que leurs peaux se touchent là où elles étaient le plus douces, et il n'y avait pas eu de retour en arrière. Ni de préservatif… C'est bien connu, une fille ne tombe jamais enceinte la première fois. Voilà tout ce qu'il en savait, à l'époque.

Le lendemain, au cours d'instruction religieuse, son sourire béat n'avait pas échappé à Tim. « Non, McKenna, ne me dis pas ça… Si, ça te voit à ton air. Putain de bordel de merde. »

Gordon était sûr que la petite crique sableuse de Spirit Lake était fréquentée par des tas de promeneurs, couples d'amoureux, ados avec packs de bière et joints dans la poche, enfants équipés de seaux et de pelles, personnes âgées munies de jumelles. Mais Lindsay et lui n'y avaient jamais rencontré âme qui vive. Elle l'attribuait à la magie, lui, à la chance.

À présent, ils avaient chacun leur appartement, et pourtant, ils y venaient toujours. Aujourd'hui par exemple, le 4 Juillet. Il était si tôt que même le chant des oiseaux était encore confus.

Peut-être que ce lieu ne leur appartiendrait plus jamais comme avant, songea Gordon.

Toutes ces semaines marquées par la mort, envahies par les conflits juridiques et la paternité à assumer, il s'était senti vieillir en accéléré. Profite des quelques jours de liberté qu'il te reste, s'était-il dit. Essaie. Ces jours où Keefer dormait chez ses parents et où il pouvait se lever, paresser, aller à son rythme, lire le journal d'un bout à l'autre, s'amuser avec Church et les copains.

Mais des accords sinistres avaient sonné le glas de son insouciance, ouvrant une ère de responsabilité. Sa mère lui avait fait écouter le message laissé par Diane Nye sur le répondeur après leur fuite, que Gordon avait jugée un peu hystérique. Malgré son onctuosité, le ton de Diane vibrait d'une rage contenue.

— Nous regrettons que vous soyez partis si vite, Lorraine, mais nous nous reverrons bientôt. Ce que nous vous aurions dit, si nous en avions eu l'occasion, c'est que Big Ray va prendre du temps libre, et que Delia et Craig nous ont trouvé un joli logement à Madison, où je pourrai séjourner cet été. Au moins cet été…

La voix de Big Ray grommelait en fond, inintelligible.

— Et puis nous allons déposer une requête pour obtenir la garde permanente. Je m'en fiche Ray, ce n'est pas un secret, et tu sais que c'était aussi ce que désiraient les enfants, nous avons les notes que maître Liotis avait préparées avec eux pour le nouveau testament… c'est une Nye, Lorraine. Vous le savez…

On entendait encore Big Ray marmonner, puis Diane concluait d'un ton cassant :

— J'ai dit que je m'en fichais, Ray. Bon, prenez soin de vous, et embrassez notre bébé pour nous.

Sa mère avait dû se repasser le message une bonne dizaine de fois pour chercher dans la moindre inflexion des signes, des présages. Elle s'adonnait aux manies superstitieuses de grand-mère Lena. Ne mets pas un chapeau sur le lit, Gordie, ça porte malheur. N'ouvre pas la fenêtre, des oiseaux nichent dans le pommier sauvage. Et quand un oiseau entre dans une maison, c'est signe que quelqu'un de la famille va partir… Bref, elle lui portait sur les nerfs. Son seul réconfort, c'était de voir que l'« affaire » semblait atténuer la léthargie qui s'était emparée d'elle depuis la mort de Georgia. Elle avait retrouvé un peu de son énergie d'antan, l'énergie du désespoir.

C'est surtout sa mère qui communiquait avec Greg Katt. Gordon ne se sentait pas assez mûr pour « avoir » un avocat.

D'ailleurs, d'après lui, ces inquiétudes étaient sans fondement. Maintenant qu'ils avaient tous joué cartes sur table, les Nye ne pouvaient que différer l'inévitable. En septembre, Gordon serait le père de Keefer. Avec ou sans résidence à Madison, les Nye venaient d'ailleurs et Keefer les connaissait à peine. Le premier testament était le seul à avoir été signé, et c'était lui qui prévaudrait. Même lorsque Katt téléphona à Gordon et à ses parents pour les informer que Delia et Craig Cady parlaient de déposer une requête d'adoption concurrente, il ajouta aussitôt que c'était une bonne nouvelle, en réalité. De simples cousins au second degré n'étaient pas considérés comme appartenant à la famille proche.

Les documents se mirent à affluer.

Les Nye déposèrent un dossier dans le comté de Dane, pour obtenir la tutelle permanente. Mais, selon

Katt, les Nye n'étant pas résidents, la requête des McKenna, déposée la première, avait priorité. Point, contrepoint.

Bien sûr, Katt devrait se rendre sur place pour une audience, car même des requêtes sans objet devaient être entendues, et c'était le genre de choses que les avocats ne faisaient jamais gratuitement… D'où des frais de déplacement, même si les choses en restaient là.

Ensuite, ce fut le tour des Cady, avec leur demande d'adoption. Gordon avait eu un frisson d'angoisse ; l'étude de foyer venait seulement d'être lancée, et il n'avait pas eu l'occasion de déposer un dossier ! Mais cela démontrait justement qu'il en avait l'intention, leur rappela Katt. Dès lors qu'un oncle revendiquait le droit de garde (et hormis la requête officielle, Gordon avait déjà entrepris toutes les démarches en ce sens), toutes les autres demandes paraissaient caduques. Avantage : McKenna.

Katt l'avait appelé un soir directement, sans passer par Lorraine et Mark, pour le questionner sur ses relations avec les parents Nye.

— Eh bien, avant ça allait, mais ça s'est gâté depuis, répondit Gordon.

— Y aurait-il maintenant des objections à ce que Ray et Diane entretiennent des rapports de grands-parents normaux avec Keefer ? poursuivit Katt.

Après tout ce qui s'était dit ou fait, l'avocat comprenait que Gordon puisse avoir des réserves, mais d'un autre côté, montrer une volonté d'ouverture, et ce pour le bien de Keefer, renforcerait leur position aux yeux du tribunal.

Gordon passa du non au oui, pour finir par dire qu'il n'en savait fichtre rien… si les Nye se comportaient comme des monstres d'égoïsme, c'est sûr, ils n'approcheraient pas la petite. Mais s'ils redevenaient comme avant, une fois que chacun aurait commencé à faire son deuil, les choses s'apaiseraient peut-être et finiraient par retourner à la normale.

— Ça ne sera jamais tout à fait comme avant, remarqua Katt.

— Je veux dire : à la normale étant donné les circonstances.

— Bien sûr.

— Alors oui, je pourrais envisager qu'ils… la voient de temps en temps.

Gordon se sentit soudain investi d'un pouvoir colossal, et dans la peau d'un imposteur. Des mots tels que « accès » et « droit de visite » sonnaient mal dans sa bouche… Ne fallait-il pas plutôt consulter son père ou sa mère à ce propos ? Mais il ravala ses doutes et, d'une voix égale, il assura à Katt que oui, en théorie, il aimerait que Keefer puisse fréquenter toute sa famille. « Nous verrons ça », conclut Katt, et en raccrochant Gordon se demanda s'il parlait sérieusement. La brèche qui se creusait et engloutissait des liens familiaux qui avaient semblé immuables pourrait-elle jamais se combler ?

Pourrait-il jamais se fier à Ray, à Diane, à Delia et à son mari en ce qui concernait Keefer ?

D'ailleurs, leur avait-il jamais fait confiance à ce sujet ? Avait-il même reconnu à Ray ce qui lui revenait de droit, en tant que père ? Cette pensée le cloua sur place, en plein milieu de la pièce, comme un coup de poing dans la poitrine. Gordon avait assumé une si grande part des tâches paternelles ! S'était-il considéré, bien avant la mort de Georgia, comme le père de Keefer, son père de remplacement ?

Les factures commencèrent à arriver. Il y avait toutes ces audiences, plus le coût d'un expert en adoption :

« Une grosse pointure de Madison, leur dit Katt. Même si on n'en a pas vraiment besoin, autant l'avoir de notre côté, non ? » Ça n'irait pas chercher bien loin, d'après lui. À peu près ce que des gens paient pour adopter un enfant.

Gordon avait quelques économies. D'après lui, ses parents étaient aisés, mais il n'avait pas pensé à eux de ce point de vue, depuis le jour où ils avaient refusé tout net de lui acheter une moto. L'argent n'était pas un problème, sinon ils lui en auraient déjà parlé. En plus de l'étude de foyer menée par la débonnaire Cindy Rogan, Gordon devrait se soumettre à une évaluation psychologique. Mais il n'y avait aucun souci à se faire, disait Katt, c'était une procédure courante, qui permettait de prévenir toute contestation. À cette fin, un psychologue privé serait désigné par le tribunal. Katt avait fixé la date pour… juillet. On avait le temps.

Tu parles d'une affaire. Gordon s'inquiétait davantage des examens de santé accompagnant l'étude de foyer. En particulier du test de dépistage du sida. Il en avait passé un avant d'être engagé comme professeur, qui s'était avéré négatif. Mais un seul test, ça ne voulait pas dire grand-chose. Son inquiétude lui venait d'un souvenir confus, celui d'une nuit aux Galápagos et d'une fille incroyablement belle, une métisse à la peau noire, aux traits asiatiques, aux yeux verts, dans une paillote de plage, avec une musique lancinante, un breuvage qui se buvait comme du petit-lait et qui lui avait complètement tourné la tête… Bon Dieu. Il ne fallait pas qu'il meure. Même pas dans vingt ans. Il devait à Keefer de vivre longtemps. Il était resté étendu sur son lit à écouter Keefer babiller, songeant au sida, au virus Ebola, et à toute cette nature sauvage où il avait bourlingué à la merci des coupures, des piqûres d'insectes, du soleil et de ses feux, sans penser qu'un jour il serait le père d'une petite orpheline légère comme une plume. Soudain, il avait pris Keefer dans ses bras et, posté devant la fenêtre, il l'avait bercée jusqu'à en tomber de sommeil, tandis qu'elle restait toute guillerette.

Des trucs idiots qui lui étaient sortis de la tête depuis des lustres lui revenaient, il revoyait le frère de la grand-mère McKenna, l'affreux Harold, demandant à Lorraine devant lui (d'accord, il n'était qu'un gosse, mais il n'était pas sourd) s'il y avait eu des cas de folie dans la famille dont il était issu.

Pas jusqu'à ce jour, avait répondu sa mère d'un ton glacial.

Qu'avait-il fait pour provoquer la remarque de son grand-oncle ? Une bêtise de môme, la guillotine pour poupées Barbie qu'il avait inventée avec Pat Chaptman. Et un vieillard mauvais avait projeté ses idées tordues sur un petit garçon. C'est le professeur qui parlait en Gordon. Les adultes sont tout-puissants, et ils peuvent causer tant de mal... Ses collègues ne s'en privaient pas, ils appelaient « zonards » tous les parents qui ne répondaient pas à leurs critères étroits, et croyaient que les gosses ne s'en rendaient pas compte. Les gosses, rien ne leur échappe.

Étant petit, quand Gordon traversait le parc à caravanes en vélo, il croyait voir sa mère biologique dans toutes les blondes fatiguées qui fumaient leur clope sur le marchepied. Ça ne l'inquiétait pas plus que ça. Ses parents lui avaient appris son prénom, Heather. Elle avait quinze ans lorsqu'il était né. Il n'était encore qu'un bébé quand Lorraine lui avait expliqué que la trace de Heather s'était perdue quelque part à Milwaukee. Un peu sur la défensive, elle avait assuré qu'ils avaient fait de leur mieux, surtout dans le contexte de l'époque, quand les services d'adoption invoquaient des motifs fumeux pour placer sous scellés ce genre d'information. Gordon s'en fichait pas mal. Sauf quand on enfonçait le couteau dans la plaie. À l'école primaire, par exemple. *Tu veux dire que Mme McKenna n'est pas ta vraie mère ? C'est qui, alors ?* avait demandé ce couillon de Ryan Reilly. *Olivia Newton-John*, avait répondu Gordon. Ce fut sa première bagarre à coups de poing.

Enfant, Gordon ne se doutait pas que l'adoption, qui lui semblait une chose banale, pourrait devenir un sujet brûlant et épineux quand il serait adulte. Georgia et lui n'en avaient jamais fait une affaire, même si, adolescente, sa sœur s'était plu à inventer des chimères. Quant à lui, était-ce par peur de ce qu'il pourrait découvrir et par crainte d'offenser ses parents qu'il n'avait jamais creusé la question de ses origines ? Ou bien s'en fichait-il, tout simplement ?

Le conflit en cours n'enlevait rien au fait que lui et Keefer s'entendaient à merveille. Elle s'accrochait à son cou et à ses cheveux quand ils traversaient Wilton's Market, et il sentait sur lui le regard des gens. Ouais, je suis avec la petite et c'est moi son papa. Il achetait un chausson fourré chez le Thaïlandais et lui donnait la becquée, comme une maman oiseau nourrit son petit. Quand Keefer dormait chez lui, ils disaient bonne nuit à la photo de mariage de Georgia. Au début, elle restait là un soir par semaine. Mais vite, ils étaient passés à trois soirs, le but étant que, d'ici l'audience, sa vraie maison soit pour Keefer l'appartement de son oncle, et non plus la demeure de ses grands-parents.

Quand sa nièce dormait à Cleveland Avenue, Gordon trouvait une excuse pour appeler et lui parler au téléphone, tout en sachant que c'était complètement débile. « Allô, Keefer, tu es là, coucou ! » Il l'entendait vaguement crachoter dans l'appareil et appuyer sur les touches, mais quand sa mère reprenait le combiné pour lui dire : « Tu la verrais, elle te fait un gros sourire », il était si ému qu'il en restait coi.

Et l'idée qu'il avait eue pour la chambre de Keefer, dans le nouvel appartement… Il en était tout fier. À l'extérieur de sa propre chambre se trouvait une immense penderie de plain-pied. En effectuant des courses avec Lindsay un soir pour acheter un rideau de douche, il était tombé sur un grand panier pour chien doublé de peau de mouton, qui s'encastrait parfaitement dans l'un des coins de la penderie. Il faisait sombre et frais là-dedans, alors que dans le reste de l'appartement, situé juste sous les toits, c'était l'étuve. Il n'avait jamais essayé de la mettre au lit ; quand Keefer cédait enfin au sommeil, il était si épuisé qu'ils dormaient tous les deux à même le sol, la télé allumée.

Jusqu'alors, Delia et Craig leur avaient rendu des visites éclairs, ils faisaient toute la route depuis Madison pour emmener Keefer au McDonald's pendant une heure. Et voilà qu'ils avaient téléphoné pour demander de la garder plus longtemps, au moins une nuit.

— Acceptez, avait conseillé Katt. Dans les affaires de garde, ceux qui savent partager l'emportent.

Quand Delia et Craig vinrent chercher Keefer, leur attitude était si dégagée, au lieu de la gêne escomptée, que Gordon et ses parents auraient dû se méfier. Leur requête pour obtenir la garde devait déjà être prête. Gordon aurait-il pu s'en douter ? Évidemment, le tancerait plus tard une voix intérieure, celle de Georgia, exaspérée.

— Il vaut mieux qu'on ne se parle pas, Gordie, prévint Delia sur un ton d'excuse quand il sortit les rejoindre sur la pelouse de ses parents, avec Keefer dans les bras.

Assis sur la balancelle de la véranda, complètement figés, Mark et Lorraine avaient l'air de mannequins. Delia et Craig refusèrent d'emporter le nouveau lit en peau de mouton. Ils avaient un berceau qui avait appartenu à Alex. Mark leur rappela que Ray et Georgia n'avaient jamais couché Keefer dans un berceau. Mais Craig déclara qu'elle s'y ferait... les bébés et les berceaux, ça va ensemble.

Personne n'avait rien pu faire.

Le pire, ce fut quand Gordon avait dû décrocher Keefer de son cou en desserrant un par un ses petits doigts. Elle s'était mise à haleter, puis à sangloter : « Non, Dory, non, non ! » À ce moment-là, Nora les avait rejoints, et elle tenta vainement de tous les convier à prendre un café. N'y tenant plus, Lorraine finit par se lever d'un bond pour disparaître dans la maison.

Mais, à la grande admiration de son fils, Mark descendit posément les marches et dévisagea les Cady d'un œil scrutateur, tandis qu'ils essayaient à tour de rôle de calmer Keefer, qui hurlait comme un animal qu'on égorge. Pour finir, Alex, la fille de Delia, prit Keefer dans ses bras et la câlina en lui promettant de lui présenter ses deux petits chatons, le noir et le blanc.

Rouge brique, Delia jetait à Gordon des coups d'œil éperdus, tandis que Craig, agrippé à son volant, regardait obstinément devant lui.

Après leur départ, Gordon fonça à l'intérieur de la maison pour s'ouvrir une bière. Lorraine chargeait le lave-vaisselle, si brutalement qu'elle cassa une tasse. Quant à Nora, elle demeurait le nez dans son café. Des mouchoirs en papier usagés s'entassaient sur la table, à côté d'elle.

— Tous les bébés de cet âge ont peur des étrangers, fit-elle remarquer. Toi aussi, tu étais comme ça, Gordie.

— Elle sentait quelque chose, dit Lorraine.

— Mais non, Lor, intervint Mark, dans cinq minutes elle aura tout oublié et s'amusera comme une folle.

— Cette petite Alex a l'air mignonne, dit Nora.

— Manifestement, c'est le cerveau de la bande, marmonna Lorraine.

Et pourtant, leur comportement était encore ridiculement civilisé, à l'époque.

Connaissant Diane, et même Delia, comment avaient-ils pu être assez bêtes pour supposer que les Cady ramèneraient le bébé ? Et si Diane prenait l'avion pour Tampa ou pour les Antilles ? Ils mettraient peut-être des années à récupérer Keefer. Ce genre de chose arrivait tout le temps… Ce type de Californie qui avait caché sa fille pendant dix-sept ans, sans même sortir de l'État où habitait son ex-femme ! Et ce médecin qui s'était enfui aux Pays-Bas avec son fils… Que pouvait-on faire contre la volonté de parents prêts à tout pour emmener un enfant, quitte à finir en prison ? Pourquoi n'avaient-ils même pas évoqué ce risque ? Parce que ce n'était pas leur genre, de s'enfuir aux Pays-Bas, ou d'alimenter les colonnes des journaux à sensation ? Pas encore, du moins. Mark aurait jugé de tels soupçons inconvenants, sinon injurieux. Les McKenna savaient se tenir et prêter à autrui des intentions louables, comme si la bonne volonté devait fatalement triompher.

Plus tard, à l'automne, les différends juridiques se heurteraient avec une telle violence que ce soir de la mi-été leur paraîtrait paisible. Gordon avait même été assez bête pour se réjouir de ces quelques heures de répit, qui lui permettraient d'achever une bonne fois son déménagement.

Son sentiment le plus fort ce soir-là, après le départ des Cady, quand ils s'étaient retrouvés seuls dans le bleu et or du crépuscule embaumé par les buissons de viorne qui bordaient Cleveland Avenue, ç'avait été la pitié qu'il éprouvait pour ses parents. Lorsqu'ils s'étaient tous assis consciencieusement pour boire le sempiternel café de Nora, il avait vu pour la première fois Mark et Lorraine comme des gens âgés méritant protection. Ils ne supporteraient pas d'autres nuits d'angoisse comme celle-ci. Comment avait-il pu changer à ce point, lui qui quelques semaines plus tôt respirait la jeunesse, contrairement à ses cousins du même âge dont les vestons de bureaucrates cachaient déjà une bedaine ? Tout à coup, il se sentait le père de tout le monde.

Durant cette première nuit sans Keefer, Gordon s'offrit avec gratitude douze heures de sommeil. Le deuxième soir, il alla jouer au billard avec Church. Puis il rentra seul, un peu dans les vapes à cause des bières qu'ils avaient bues. Après avoir écouté deux des trois messages de Lindsay, et estimé qu'il était trop tard pour la rappeler, il avait d'abord goûté au silence, mais soudain il avait été pris d'un tel cafard qu'il était allé chercher la couverture brodée de Keefer et l'avait pliée pour s'en faire un oreiller. Malgré ça, il n'avait pas fermé l'œil de la nuit.

Il était debout depuis une heure le lendemain matin quand Lindsay était passée le prendre pour pique-niquer aux aurores. Elle portait une blouse paysanne d'un blanc diaphane, laissant voir en transparence un minuscule soutien-gorge.

— Tu es à croquer, lui dit-il.

— Commençons par casser la graine, répondit

Lindsay en disposant sur une nappe l'un de ses incroyables pique-niques, fromage, sandwiches à l'avocat, et champagne au jus d'orange.

Ils mangèrent quelques bouchées, puis ils se déshabillèrent en prenant le temps de plier leurs vêtements, ce qui donnait parfois à Gordon l'impression qu'ils étaient devenus un vieux couple. Ils entrèrent dans l'eau saumâtre de Spirit Lake, jouèrent à s'asperger et à se battre, jusqu'à ce que les mamelons de Lindsay durcissent et se dressent comme pour réclamer un baiser. Gordon inspira de l'air et plongea entre ses jambes pour la taquiner, l'exciter ; elle se tortilla, fit mine de le repousser, mais ouvrit bientôt ses cuisses lisses, piquetées de taches de rousseur. Ils sortirent de l'eau, il se coucha sur le sable encore tiède du soleil de la veille et Lindsay l'enfourcha souplement, lui offrant ses seins, sa bouche. Puis vint l'interlude du préservatif que Lindsay prévoyait toujours et qu'il fallut chercher dans le panier. Quand il eut joui, il versa du champagne sur le ventre de Lindsay et la lécha tant que ses lèvres sèches le supportèrent, puis, guidant ses doigts, elle gémit et se détendit dans un soupir. Ils ne venaient jamais ensemble. Lindsay se souciait trop du plaisir de Gordon quand il était en elle pour se laisser aller. Comme en toute chose, elle était dans ce domaine attentive, calme et docile. Cela ne le contrariait pas. Il aimait faire l'amour avec elle, de même qu'il aimait toutes les douceurs de la vie, dormir dehors, ou manger la compote de pommes de sa tante Nora. Baiser Lindsay, c'était comme de s'envelopper dans une serviette chauffée au soleil. Après, il se sentait plus propre.

Pourtant certaines fois, les yeux fermés, il se surprenait à penser à Liza, la strip-teaseuse qu'il avait connue l'été d'après sa sortie du lycée, quand lui et Lindsay étaient convenus de fréquenter d'autres gens. Dans les bras de Lindsay, il se rappelait les cris rauques de Liza qui s'emballait, leurs gestes frénétiques, leurs deux corps unis presque par accident.

Ensuite, ils enfilèrent leurs chemises et finirent de pique-niquer en regardant le soleil se lever, énorme, et d'un orange si intense qu'il paraissait en trois dimensions. La brume qui donnait son nom au lac s'élevait en volutes. Lindsay semblait fatiguée ; elle travaillait aujourd'hui chez Bulle de Savon, où, après avoir longtemps hésité, elle s'était laissé convaincre de remplacer Georgia quand celle-ci était devenue trop malade. Le propriétaire de la boutique lui avait fait des tas de compliments, et Lindsay était ravie ; bientôt son poste de gérante adjointe deviendrait permanent. Pour rien au monde elle n'aurait voulu quitter Tall Trees, ses parents, sa sœur mariée. Durant ses deux dernières années d'études à UW-Stevens Point, elle avait eu terriblement le mal du pays.

Aujourd'hui, les vacanciers venus de Big Heart Lake débarqueraient en masse ; il y aurait une braderie dans la grand-rue piétonnière et la boutique ne désemplirait pas, dit-elle à Gordon. Ils avaient un nouveau produit qui se vendait comme des petits pains, un énorme bloc de savon incrusté d'étoiles et de paillettes, qu'on découpait en morceaux. Gordon la regardait. Lindsay lui évoquait un chat, avec ses pommettes hautes, ses yeux verts aux longs cils fauves comme l'herbe brûlée qui bordait le lac. Quand elle se maquillait et relevait son épaisse tignasse rousse, ce qu'elle faisait rarement, les hommes se retournaient sur son passage, frappés par sa beauté, mais Lindsay ne le remarquait jamais. Son cœur était en paix avec Gordon. Pourquoi n'éprouvait-il pas la même chose ? Elle souriait, fermant les yeux au soleil, et il remarqua de fines ridules aux coins de ses yeux. Combien elle avait attendu, et pardonné...

— Tu sais pourquoi il est si gros ? lui dit Gordon, parlant du soleil. C'est une illusion d'optique. Les yeux le perçoivent ainsi à cause de ce qui l'entoure sur l'horizon, les arbres, les poteaux téléphoniques. Quand il est haut, on ne les voit plus.

— Si c'est juste une illusion, comment se fait-il qu'on ne puisse pas la combattre ?

— C'est comme l'eau sur la route quand il fait chaud, on a beau savoir que c'est un mirage, on la voit quand même.

— Laisse le soleil être le soleil, Gordie. Il est si beau, ce matin.

— Comprendre ce phénomène n'enlève rien à sa beauté.

— Si, un peu.

Comme en réplique, un nuage vint tout obscurcir et cela mit fin au pique-nique.

— Keefer revient aujourd'hui ? lui demanda Lindsay en se rhabillant.

— Oui, plus tard dans la journée.

— Ce qu'elle est intelligente ! s'enthousiasma Lindsay tout en remballant le couvert. Tu as vu comme elle apprend vite à parler ? Elle connaît au moins quinze mots, maintenant.

— C'est de ma sœur qu'elle tient ça. Georgia était la plus futée.

— Je... je n'arrive pas à parler de Georgia, se troubla Lindsay, et de grosses larmes perlèrent à ses yeux. Toute la journée, je n'arrête pas de penser à elle. Il y a toujours des enseignes écrites de sa main, sur le mur de la boutique. Bon, il faut que j'y aille. Je te déposerai en passant. Ça va, je suis présentable ?

— Tu es parfaite. Sauf qu'on voit tes nichons à travers la chemise…

— Je vais me changer, répondit Lindsay, ravie de la pointe de jalousie qui transparaissait dans sa remarque. Tu seras un super-papa, Gordie.

— Je l'espère.

— Et tu n'es pas seul. Je suis là.

— Oui, je te vois bien devenir maman par l'opération du Saint-Esprit.

— Je crois que je ferai une bonne mère… Mais je ne suis plus vierge. Grâce à toi.

— À moi et à quelques autres. David Robb et… comment s'appelait-il déjà, ce gars qui avait la vieille Silver Cloud ?

— Wesley Tanco.

— Tu vois ? Tu pourrais être Mme Tanco, à cette heure.

— Je ne l'ai jamais fait.

— Quoi ?

— Je n'ai jamais… couché avec lui.

— Allons, Lins. Ça m'est bien égal.

— N'empêche.

— Enfin, tu es restée avec Tanco au moins… un an.

— Ce n'était pas sérieux. On s'est juste amusés un peu. Mais on ne faisait pas l'amour.

— Qu'est-ce que tu veux dire ?

— Que je ne l'ai jamais fait qu'avec toi.

— C'est… bon sang, Lins ! Tu n'avais pas besoin de me le dire.

— Pourquoi, tu n'es pas content ?

— Bien sûr que si…

Gordon s'interrompit. Était-il fier de recevoir comme un dû ce vœu de tempérance, lui qui n'avait jamais rien demandé ?

— Bien sûr que, si, je suis content. Mais ça ne compte pas tellement pour moi. Nous sommes ici, maintenant. C'est nous.

— Ah bon ? Tu considères qu'on est ensemble ?

— Oui, à moins que je ne me sois fait enlever par une nymphe des bois jusqu'à ce lieu retiré…

— Tu sais très bien ce que je veux dire.

Oui, il le savait, et il aurait préféré se faire arracher une dent plutôt que de commencer ce débat maintenant, sans savoir où il les mènerait, ni ce que lui-même voulait. Je t'en prie, pensa-t-il. Pas maintenant. Quel dilemme.

Il devait en finir.

Il n'avait pas envie d'en finir.

Il n'avait pas envie de s'engager.

Pourquoi ne pas goûter à l'instant ? Pourquoi renoncer à savourer pleinement ces moments que leur caractère passager ne rendait que plus exquis, car on ne pouvait les figer, les congeler, les étiqueter en marquant « frais pour toujours » ?

— Lins, dit-il, je ne sais pas qui je suis, où j'en suis, ni ce que l'avenir nous réserve. Je sais seulement que je vais vivre avec Keefer. Et je sais que je suis avec toi, maintenant, là où j'ai envie d'être.

— Que suis-je pour toi ?

— Mon Dieu, Lindsay, tu es mon amie, je t'aime. Tu le sais. Je ferais n'importe quoi pour toi.

C'était la pure vérité. Par exemple, en ce moment même, il aurait tout fait pour téléporter Lindsay sur son lieu de travail avant de dire quelque chose qu'ils regretteraient tous les deux.

— Je ne veux pas être ton amie.

— Trop tard, répondit Gordon d'un ton enjoué, mais il s'en voulut aussitôt.

Il lui devait bien ça, ce n'était pas loyal de faire l'idiot.

— Je sais, reprit-il. Tu ne veux pas seulement être mon amie. Mais je ne peux pas affirmer : tiens, dans un an, nous ferons ci ou ça…

— Ce n'est pas ce que je te demande…

— Tu veux savoir quel sens ça a ?

— Oui. Alors ?

— Je ne le sais pas plus que toi, Lins. Ça ne dépend pas que de moi, mais de nous deux, non ?

Il voulait y croire. Croire qu'il n'était pas ce profiteur de bas étage, ce séducteur impénitent… Lui qui était père, ou presque ! Quand Keefer serait grande, il refuserait qu'on la mène en bateau. Et si un jour Keefer aimait un égoïste dans son genre ?

C'était différent. Keefer était son enfant.

Mais Lindsay elle aussi était l'enfant chérie de ses parents. Que dirait Al Snow s'il savait comment Lindsay s'était offerte à lui, et comment il avait croqué ce fruit étourdiment, sans y penser, pour goûter ensuite à d'autres fruits… ?

Les beaux yeux de Lindsay s'agrandirent, comme si, au fond d'elle-même, quelque chose avait cédé.

Elle le déposa sur First Street et il regretta soudain de s'être levé à cinq heures du matin un jour férié. Il se sentait épuisé.

— Ne t'en fais pas, lui dit-elle en le retenant.

— À quel propos ?

— Pour… l'évaluation. Ça se rapproche, Gordie. La semaine prochaine.

— Inutile de me le rappeler, lança-t-il d'un ton cassant.

Bon sang, ils le prenaient tous pour un benêt ! Sa

mère le lui rappellerait aussi pendant les feux d'artifice, ce soir-là, alors qu'il tiendrait Keefer contre lui.

Keefer descendue des genoux de Mark pour monter sur les siens quand la première fusée avait explosé. Ému, Gordon l'enveloppa dans son sweater en coton et songea à l'année précédente, quand il avait tendu à Georgia une Keefer minuscule par la fenêtre qui donnait sur les toits, pour grimper derrière elles et regarder d'en haut les feux d'artifice. Ray était absent, il participait à un tournoi au Mississippi ou en Alabama.

Lorraine s'était mise en colère. Et si le bébé tombait ? Elle ignorait que sa sœur et lui étaient devenus de vrais alpinistes à force de griller des centaines de cigarettes sur le toit de la maison, durant toute leur jeunesse. Tandis que Keefer poussait des cris aigus en lui donnant de petites tapes comme pour le rassurer, il avait revu le visage de Georgia tourné vers les feux, illuminé de vert et d'or… Regarde, Keefer, les diamants dans le ciel…

Bien sûr qu'il se souvenait du rendez-vous. Comment aurait-il pu l'oublier ?

9

Il avait oublié.

Faith était toujours sidérée que des gens puissent oublier un rendez-vous pris des mois à l'avance. Ceux-là mêmes qui juraient avec des larmes dans la voix que leurs enfants comptaient plus pour eux que leur propre vie, ce dont elle ne doutait pas un seul instant, manquaient ensuite les entrevues susceptibles de leur faire obtenir gain de cause.

Faith avait sonné poliment, deux fois, puis elle était restée le doigt appuyé sur la sonnette un bon moment, pour finir par descendre à l'étage au-dessous se renseigner chez le voisin.

— Oui ? tonna une femme peu amène en arrachant presque la porte d'entrée de ses gonds.

Quand Faith lui expliqua la raison de sa visite, la femme en question, une certaine Judy Wilton, qui était aussi la propriétaire de l'immeuble, se radoucit et lui expliqua que, normalement, elle n'aurait pas dû être là, mais qu'elle était revenue prendre une douche avant sa visite annuelle chez le gynécologue. Faith n'en demandait pas tant.

Quand Gordon ouvrit la porte, il était en short (une chance, il aurait pu être en caleçon), et Keefer arriva en trottinant derrière lui, toute nue.

— Quelque chose qui ne va pas ? demanda-t-il humblement, alarmé par l'expression sévère des deux visiteuses.

— Tout va bien, puisque vous êtes là, répondit Judy Wilton. Vous ne répondiez pas.

— On était sous la douche.

— De toute évidence, commenta l'autre femme. Je m'appelle Faith Bogert. Ça ne vous dit rien ?

Elle vit alors sur son visage qu'il comprenait enfin. La visite de l'assistante sociale... Entre-temps, Judy Wilton s'était éclipsée et descendait pesamment l'escalier.

— Puis-je entrer ? demanda Faith.

— Bien sûr, excusez-moi.

Gordon ôta une pile de linge du canapé pour lui faire de la place. Un super-beau gosse, songea Faith. Le genre d'homme qui ne la remarquait jamais. Elle aurait beau faire, descendre l'allée d'une église complètement nue, par exemple, son regard la transpercerait sans la voir. Faith était réaliste dans ce domaine ; sa mère y avait veillé. À quoi bon se bercer d'illusions ? Les beaux garçons ne tiennent pas la route ; elle le savait depuis les premières années de collège, avant d'avoir entendu parler de personnalité narcissique. Ce matin encore, elle s'était sentie si grosse qu'elle avait recouru à son bon vieux caleçon et à son ample tunique, la tenue classique des femmes qui ont quelque chose à cacher entre le cou et les genoux. Ce souvenir lui valut une pointe d'agacement, qu'elle réprima.

Bon. Ce type était là où il devait être. Malgré sa présence, il avait fait attention à la petite et ne l'avait pas laissée sortir dans le couloir, à cause des escaliers. C'était sûrement un brave gars.

Restait à découvrir s'il ferait un bon père.

Faith avait été baptisée (à son grand désespoir, elle s'appelait Angel de son deuxième prénom) et élevée avec un soin jaloux par une mère qui n'était pas faite pour ça, de l'avis général. Et si Faith était allée à l'université alors que rien ne l'y prédisposait, pour devenir, qui plus est, psychologue (ce que certains n'auraient jamais imaginé, ne lui prêtant ni la volonté ni les capacités nécessaires), cela venait précisément de son éducation. Fille unique d'une mère célibataire, elle avait mieux tourné que les gens de Plano, dans le Nord-Dakota, ne s'y attendaient. Son enfance avait joué en sa faveur dans l'obtention de son poste, un poste de grande responsabilité. Elle n'avait que vingt-sept ans, l'encre de son diplôme de doctorat était encore fraîche, et elle, toujours en période probatoire. Mais son patron lui confiait les affaires dites « hasardeuses », des évaluations dans le cadre de divorces conflictuels, ou des enquêtes suivant des accusations de négligence. Faith en avait déjà beaucoup vu durant ses stages publics et privés : une élève de troisième dont l'enfant se trouvait doté de quinze pères putatifs, des grands-mères qui allaient jouer au bingo en laissant des bébés de six mois endormis sous la garde de dobermans qui mordaient l'adjoint du shérif. Et pire, bien pire. Un bébé de neuf mois dont la bouche portait les symptômes d'une maladie vénérienne. Une petite fille de cinq ans, objet d'une lutte sans merci entre deux parents divorcés. Un petit prodige qui faisait des claquettes, mais se mettait à hurler dès qu'il voyait une cigarette.

La mère de Faith était pauvre, elle avait travaillé comme serveuse jusqu'à sa mort trois ans plus tôt : alors qu'elle rentrait chez elle en voiture, après sa journée, un chauffard l'avait percutée de plein fouet. Grâce à ses origines, Faith avait le don de voir au-delà des apparences, de déceler malgré les cheveux sales ou les guenilles l'amour inculte mais dévoué, et, sous les vêtements pour bébés dernier cri, la saleté qui n'apparaît pas sur une photographie. Elle connaissait ses propres préjugés et arrivait la plupart du temps à ne pas se laisser guider par eux.

Elle avait déjà visité l'appartement étincelant des Cady : dans la future chambre de Keefer, le papier peint à motifs de sirènes était déjà posé, et la chambre de l'autre fille était peinte en blanc, vierge de toute influence adulte en matière de décoration. C'était bien vu, il fallait le reconnaître, et Faith en était favorablement impressionnée. En outre, Delia dirigeait de chez elle son entreprise de cosmétiques, et Faith admirait en elle la femme d'affaires qui gagnait plus d'argent que son mari, mais veillait à préserver l'équilibre de son couple en restant aussi femme au foyer. En cela, Delia tenait un peu de la mère de Faith, elle alliait la fierté à la prudence. Mais pour Faith, une famille comprenant deux parents n'avait pas forcément l'avantage. Tout ce qu'il faut à un enfant, c'est l'amour absolu d'un parent relativement sain d'esprit.

Au sein de la famille Cady, Craig n'occupait pas la première place. Il était un peu coincé. Ses rapports avec Alexis Tyson, la fille que sa femme avait eue d'un premier mariage et qui vivait chez eux, à part les deux semaines qu'elle passait chez son père chaque été, étaient manifestement une source de tension. Il avait dû rester chez ses parents un peu trop longtemps ;

trente-cinq ans, c'est tard pour une première union. Cependant, malgré leur foi partagée, aucun des Cady n'exigeait d'Alexis qu'elle aille à l'Église évangélique avec eux le mercredi et le dimanche. La jeune fille avait aussi refusé de suivre le catéchisme. « Encore des cours ? Non merci, j'ai mon compte ! »

Une forme de rébellion douce, bien moins pénible que d'autres. Delia et Craig semblaient le savoir, et ils prenaient soin de la déposer devant la piscine ou la bibliothèque munie de son téléphone portable, à tout hasard, montrant là une souplesse et une ouverture d'esprit qui ne vont pas toujours de pair avec un engagement religieux : après tout, c'est à la maison, pendant que les parents sont absents, qu'ont lieu la grande majorité des expériences sexuelles prématurées, chez les ados.

Ce qui ressortirait sans doute de son évaluation, c'était une légère tendance obsessionnelle chez Craig et Delia. Dans son rapport à la tutrice représentant les intérêts du mineur au cours de la procédure, Faith expliquerait que les résultats des Cady sur le questionnaire n'étaient pas tout à fait fiables, sans que cela ait rien d'alarmant : ils ne se contentaient pas d'afficher leurs bonnes intentions, comme tous ceux qui veulent obtenir la garde d'un enfant. Dans leurs réponses codées sur les listes interminables de questions, ils péchaient par excès de zèle. En tant qu'évangélistes, ils se devaient d'être moins méfiants envers leurs semblables.

Pour Faith, le moment le plus révélateur dans l'évaluation des Cady avait été la séance de jeu. Là, impossible de tricher. Et Delia s'était avérée une bonne mère sachant jouer avec un petit, comme il se doit, ce qui consiste surtout à le suivre, lui tendre une éponge quand il referme son poing sur une fourchette, changer d'activité toutes les trois secondes, et garder son flegme quand il dépasse les bornes. Les prises de courant étaient protégées, mais le meuble qui contenait les Tupperware restait accessible.

Durant la séance de jeu, Craig avait aussi fait ce qu'il fallait, c'est-à-dire rien. Il était demeuré en retrait et avait regardé sa femme. S'ils n'avaient pas eu d'enfant, avait-il confié à Faith, c'était parce que Delia avait une santé fragile, due à une faiblesse musculaire et craignait que ce soit une sclérose en plaques, comme pour sa tante. Faith aurait parié que c'était à cause du stress.

L'intérieur de Gordon était également soigné, sinon accueillant pour un enfant. Des verres d'eau à moitié vides s'éparpillaient un peu partout, ainsi qu'un tas de matériel de sport, raquettes, battes, clubs de golf, de quoi remplir un gymnase. Les prises de courant étaient à la hauteur des yeux du bébé, mais celles qui ne servaient pas avaient des caches en plastique.

Pourtant, Keefer n'habitait pas encore là à plein temps.

Gordon commença à lui montrer les lieux. Il semblait très fier du panier pour chien, et Faith esquissa un sourire.

En revanche, elle ne sourit pas quand Gordon, par deux fois, laissa son bras lui effleurer l'épaule un instant de trop. Il la testait pour savoir si elle était célibataire, et disponible. Peut-être sans même s'en rendre compte. Faith lui proposa de prendre la petite le temps qu'il s'habille.

— Je ne sais pas si elle acceptera.

— D'habitude, ça se passe bien, répliqua Faith en soulevant Keefer et en se tournant d'un seul mouvement pour lui montrer le rouge-gorge qu'on voyait par la baie vitrée du salon, nourrissant sa nichée dans le bouleau. Regarde, des bébés oiseaux, lui dit-elle, et Keefer se mit à pépier.

— Je n'en reviens pas, dit Gordon, et Faith sentit qu'il était déçu.

— Profitez-en avant qu'elle change d'avis, lui ordonna-t-elle.

Il revint deux minutes plus tard, toujours mouillé, mais décent.

— Je m'excuse d'avoir été encore sous la douche quand vous êtes arrivée, commença-t-il. Notre rendez-vous est inscrit sur le calendrier. Mais elle n'a pas dormi de la nuit. Elle a attrapé un rhume chez les Cady. Je sais, ce n'est pas objectif. Mais j'ai l'impression que dès qu'elle est loin de moi, on ne veille pas sur elle comme il faudrait.

— Qu'avez-vous fait à ce sujet ?

— Que voulez-vous, je ne peux pas les tuer.

— C'est une plaisanterie, je suppose.

Il lui lança un regard froid.

— Évidemment. Les Cady sont de braves gens. Simplement, ils ne connaissent pas très bien Keefer.

— Je parlai de son rhume.

— Eh bien, la coutume dans ce cas-là, c'est de lui donner des nouilles au beurre. Ça la requinque. Et puis je la mets au lit avec moi… vous n'avez rien contre ?

— Des tas de gens dorment avec leurs enfants.

— Et alors, on chante.

— Vous chantez ?

— Enfin, je fais une sorte de ronron, comme un petit moteur. Et elle s'y met aussi. Je lui caresse la tête, et au bout d'un moment elle s'endort. Le problème, c'est qu'après je ne peux plus bouger.

— Bouger ?

— Je suis obligé de rester couché à côté d'elle. Pour

qu'elle ne tombe pas du lit. Hier soir, par exemple, je devais préparer mes cours, mais je n'avais pas posé mon cahier sur ma table de chevet avant qu'elle s'endorme. En plus, il m'arrive à moi aussi de m'endormir, quand on chante. Il faut dire que je suis un gros dormeur. C'est sûrement pour ça que j'ai oublié. Pourtant ma mère me l'a encore rappelé hier soir, au feu d'artifice.

— La petite n'a pas eu peur ?

— Non… Elle n'a peur de rien, déclara Gordon en se rengorgeant, sauf quand on la donne à quelqu'un qu'elle ne connaît pas.

Et il raconta que l'année d'avant, lui et sa sœur avaient grimpé sur le toit avec Keefer pour regarder les feux au-dessus de Rotary Park.

— Ma sœur et moi, on avait l'habitude de monter là-haut l'été pour fumer et discuter…

— Vous êtes fumeur ?

— Euh… je ne parle pas de cigarettes. Ça remonte à loin. On était jeunes, on faisait encore nos études. Avec Keefer, on a simplement regardé le feu d'artifice.

— Ahhh.

— Vous savez, je n'ai pas tellement donné là-dedans. Ma sœur non plus, en fait.

— Loin de moi cette idée, assura Faith avec chaleur.

— Bon, dit Gordon, et il expira longuement. Keefer, Keefer… En entendant son nom, la petite trottina vers eux et vint se coller contre les genoux de son oncle.

— Vous savez, on a des tas de sujets à aborder et tous ces trucs à remplir, soupira Faith en sortant sa liasse de formulaires. Ça va nous prendre des heures. Qui va surveiller le bébé ?

— Ben moi, répondit Gordon en ouvrant de grands yeux.

De vrais yeux gris, songea Faith, pas comme ces yeux

changeants dont on dit qu'ils sont bleus ou verts selon les cas. Elle s'obligea à revenir aux dossiers.

— Vous aurez besoin de toute votre concentration, j'en ai peur, s'excusa-t-elle. Comme pour l'examen d'entrée à l'université. Si jamais vous cochez par erreur une mauvaise case…

— Je risque de finir dans la catégorie de ceux qui préfèrent tuer des animaux plutôt que de construire des cabanes à oiseaux, dit-il. Ou s'habiller en femme et appeler police-secours pour faire des blagues.

— C'est à peu près ça. Il s'agit d'un inventaire de personnalité.

— Je n'en ai qu'une.

— Une quoi ?

— Personnalité.

— C'est ce que nous allons voir, répliqua Faith.

— Je vais appeler ma mère.

— Elle est… au travail ?

— Non, l'été, elle est chez elle. C'est un prof, comme moi. Mon papa aussi l'était, dans le temps. Maintenant, il est marchand de vitamines. Il en vend à toutes les boutiques diététiques de la planète. Il travaille à Medi-Sun.

Gordon appela Lorraine, qui promit d'arriver dans dix minutes.

— D'accord. En attendant, on va s'occuper d'un ou deux points qui méritent quelques éclaircissements, poursuivit Faith.

— Ça fait sérieux.

— Ça l'est.

— Allons-y.

— Vous êtes un enfant adopté, commença-t-elle quand ils furent installés et que Keefer, affublée d'une couche, eut planté ses cubes musicaux entre les pieds de Gordon.

— Je… oui, au départ, reconnut-il, et Faith perçut la tension qui l'habitait.

— Bien sûr.

— Comme ma mère dit toujours, vous savez, ce n'est pas une condition à vie.

— Évidemment. En fait, je voulais surtout savoir si vous pensez que cela va vous aider à élever Keefer, vous rendre plus perspicace.

— Sans doute. Mes parents m'ont toujours tenu des propos du genre : On t'a tellement voulu qu'on a dû se démener pour t'avoir…

— En l'occurrence, cela ne vaut pas pour Keefer.

— Non. Enfin, oui et non. J'aurais pu faire comme Caroline et Alison Nye, les sœurs de Ray.

— En choisissant de ne pas demander la garde… mais elles ont déjà une famille…

— Pas Caro. Et puis c'est quand même égoïste.

Faith sentit sa panique.

— Égoïste, ce n'est pas le mot, ajouta-t-il pour se rattraper. Je veux dire que Keefer est aussi la fille de leur frère. Mais Caroline est sur le point de divorcer. Quant à Alison… à vrai dire, je ne la connais pas bien. Je suppose qu'elles ont leurs raisons.

— Vous auriez souhaité qu'elles montrent plus d'intérêt ?

— Non. Je ne vois pas ça comme une compétition.

— Vous avez toujours eu l'intention d'adopter Keefer ?

— Je crois. Oui, bien sûr.

— Pourtant, élever un bébé, ce n'est pas une mince affaire. Sans parler d'aller devant les tribunaux pour en obtenir la garde.

— Ouais. Maintenant, c'est devenu une grosse affaire. J'espère encore qu'ils se retireront et que ça n'ira pas si loin. Ce serait pénible. Delia et Craig sont des gens charmants. Mais…

Gordon scruta le visage de Faith, qui se composait une mine à la fois impassible et attentive.

— Je préférerais passer l'été autrement.

— Comment ?

— Oh…, répondit Gordon en étirant ses jambes bronzées, voyager, par exemple. J'ai travaillé pour EnviroTrek, une agence qui emmenait des familles ou des comités d'entreprise sur des croisières semi-scientifiques. En fait, c'étaient des vacances. On finit par voir du pays… ça change.

— Vous n'en aurez plus beaucoup l'occasion, maintenant.

— Non, soupira Gordon. Je suppose que non.

Faith attendit la suite, la conclusion obligée, à savoir que Keefer valait bien ça. Mais elle ne vint pas.

— Si je comprends bien, tout cela est un peu écrasant.

— Oui, un peu. Je ne parle pas de Keefer. Je me suis toujours occupé d'elle parce que… sa mère, ma sœur, était malade, et son père souvent absent. Nous ne lui en voulions pas. Ray faisait du golf. Et ça commençait tout juste à marcher. Georgia était d'accord. Elle voulait qu'il continue.

— Mais être parent, c'est très lourd, renchérit Faith en se penchant en avant et en posant ostensiblement son bloc à côté d'elle, pour bien montrer qu'elle ne comptait pas prendre de notes.

— Ouais. Ça vous prend tout votre temps. On n'a pas une minute à soi. Avant, je me la coulais douce, ajouta Gordon en riant.

— Tout le monde n'en dirait pas autant.
— Comment ça ?
— Eh bien, le fait d'avoir été adopté...
— Vous savez, il n'y a rien de difficile là-dedans.
— Mais il y a des problèmes.
— C'est une tarte à la crème. Tout pose problème, à notre époque.
— Eh bien, disons que c'est un élément que les autres enfants n'ont pas à prendre en compte.
— Avez-vous été adoptée ?
— Non.
— Alors qu'en savez-vous ?
— On a beaucoup écrit là-dessus.
— Et d'où vient cette littérature ?
— Je ne saisis pas.
— Elle vient d'études portant sur des gens qui avaient effectivement des problèmes d'un certain ordre, autrement ils n'auraient pas fait appel à un psychologue, n'est-ce pas ?
— Non, répliqua Faith, ces études portent aussi sur des adoptés normaux, équilibrés.
— Vous voyez. Rien que ce mot « adoptés ». C'est comme si on avait un membre ou quelque chose en moins.
— Monsieur McKenna, pour en revenir à ce qui nous occupe, j'essaie de savoir comment vous espérez aider Keefer à comprendre son propre passé.
— Ça n'a rien à voir avec ma situation.
— Comment ça ?
— Je fais partie de sa famille d'origine.
— Je vois ce que vous voulez dire. Même si, objectivement, ce n'est pas le cas.
— Maintenant, c'est moi qui ne vous suis plus.
— Vous connaissez Keefer depuis sa naissance,

mais vous n'êtes pas membre de sa famille biologique, puisque…

— Sa mère était ma sœur. Je ne vois pas comment on pourrait être plus proche.

Faith se renfonça dans son siège pour l'inciter à poursuivre.

— Je comprends ce que vous voulez dire, convint Gordon, mais Georgia et moi, on a grandi ensemble. J'étais là quand Keefer est née. En conséquence, je suis bien placé pour savoir, d'une part, tout ce qui concerne l'adoption, d'autre part, tout ce qui touche aux parents biologiques de Keefer, et donc…

— Et donc ?

— Et donc, conclut Gordon avec un sourire d'une sérénité déconcertante, je suis parfait.

Alors on sonna à la porte, et Faith songea : c'est ce qu'on verra.

10

Au moins ils savaient à quoi s'en tenir, maintenant. Mais quand Craig et Delia eurent clairement révélé leur intention d'adopter Keefer, même Mark, qui s'était juré de ne pas céder à la rancœur, ne put réprimer son dégoût.

Prendre Keefer, qu'ils connaissaient à peine, à ceux qui l'avaient élevée, et bien élevée, qui plus est.

C'était indigne. Et pour qualifier la conduite des Cady, Mark avait usé de qualificatifs étrangers à son vocabulaire, les traitant de tartuffes, de cyniques, d'hypocrites, de sournois.

En revanche, à l'égard de Diane Nye, il gardait un silence éloquent. Quant à Lorraine, elle ne pouvait plus penser à cette femme sans un frémissement de honte. Lorsqu'elle avait fini par perdre son sang-froid, elle lui avait sorti des horreurs. Mais c'est Diane qui avait attisé le feu.

Tout l'été, sous une pression constante, Lorraine, Mark et Gordon s'étaient contenus et soutenus à tour de rôle, en s'efforçant de maintenir fermé le couvercle de la bouilloire, d'où s'échappaient par à-coups quelques sifflements aigus. Un jour, Nora avait dit en passant que la lavande était en pleine floraison et que personne n'en avait mis sur la tombe de Georgia, qui l'aimait tant. Au crépuscule, la tombe était jonchée d'un monceau de fleurs mauves, que les McKenna voyaient depuis la baie vitrée du salon. Chacun d'eux s'en était chargé, sans consulter les autres.

Leurs rapports avec Greg Katt restaient courtois, au prix d'un grand effort de volonté. Dernièrement il semblait s'ingénier à multiplier les coups de théâtre et les convoquait à des séances de procédure interminables, durant lesquelles ils ne parlaient jamais, n'y comprenant pas grand-chose.

Hormis la famille, ils évitaient les gens et on les évitait, comme si, par son ampleur, le désastre McKenna défiait toute logique humaine et risquait d'être contagieux. Natalie Chaptman, Karen Wright, Sheila Larsen et d'autres cessèrent de leur apporter des petits plats mitonnés. Les mots de remerciements de Lorraine étaient secs, et les amis eurent à la longue l'impression de gêner plus que d'aider. Mark et Lorraine, accompagnés parfois de Gordon et de Lindsay, dînaient les dimanches soir à la ferme, chez Nora et Hayes. Le bout de la table était réservé à la haute chaise de Keefer, même quand elle était à Madison, chez les Nye. C'était devenu une habitude, sans qu'on en dise rien. Les Nordstrom les avaient simplement invités un dimanche, ils y étaient allés, puis ils étaient revenus le dimanche suivant. Le troisième dimanche, leur couvert était mis.

En privé, il leur arrivait de craquer. De se défouler sur un punching-ball. De décapiter des rhododendrons. De regarder par la fenêtre de la chambre la lune paresseuse monter, puis descendre, près d'un album photo ouvert, montrant Georgia à la fête du comté, déguisée en petite

Indienne, avec deux dents en moins, son perroquet perché sur sa tête. D'enfouir le visage dans l'oreiller pour pleurer en secret.

Diane n'avait pas cherché à faire sauter le couvercle. Mais le résultat fut que la bouilloire explosa soudain, sous la pression de toute cette angoisse réprimée.

D'abord, Lorraine n'en crut pas ses yeux quand elle vit Diane débarquer un week-end pour venir chercher Keefer. Sans doute agissait-elle sur le conseil de leur avocat. Ou alors c'était une nigaude, qui ne se rendait pas compte qu'elle tombait chez eux comme de la chair fraîche dans la fosse aux lions.

La famille paternelle de Keefer avait le droit de la prendre deux fois par mois à dix-sept heures le vendredi. Il était environ quatorze heures quand Diane arriva.

Lorraine était à son bureau dans le salon, elle préparait tant bien que mal ses cours de la rentrée, à partir d'exercices de l'année précédente. Avant la maladie de Georgia, elle débordait d'enthousiasme et d'idées nouvelles, convaincue que ses dernières années d'enseignement seraient les plus audacieuses. Avec l'aide de Mark, elle avait même commencé à aménager une petite chambre noire dans une penderie désaffectée de l'atelier, afin d'organiser un stage de photographie en noir et blanc. Les photographes du *National Geographic* qui travaillaient sur la fosse commune du peuple des Woodlands, découverte à Wood Violet Hollow, lui avaient fait don de trois vieux appareils en parfait état de marche. L'un d'eux était même prêt à apprendre à Lorraine comment colorier les photos à la main. Des photos coloriées, quels cadeaux formidables pour les parents d'élèves !

Désormais, elle ferait tout ce qu'elle pourrait pour tenir jusqu'à la retraite. Ce ne serait pas facile de donner ses cours en somnambule, c'était le signe qu'une partie d'elle-même était morte.

Lorraine venait de se lever pour s'offrir un thé à la menthe et un comprimé antidéprime quand on sonna à la porte.

Cela lui réchauffa le cœur de voir que Diane avait pris dix ans et quelques kilos.

— Bonjour, dit Lorraine. Vous êtes en avance.

— Je n'ai jamais eu la notion du temps et des distances, expliqua Diane, qui proposa d'attendre jusqu'à cinq heures, assise dans la voiture.

— Mais non, vous pourrez prendre Keefer plus tôt que prévu.

Lorraine avait le siège de voiture de Keefer. Elle suggéra à Diane de la suivre dans son propre véhicule, mais Diane répondit qu'elle était sûre de se perdre. Elle ajouta que « les enfants », autrement dit Delia, avaient tout ce qu'il fallait pour le bébé, une panoplie de jouets et de vêtements. Lorraine avait vu les Polaroid qu'on avait comme par hasard fourrés dans le sac de changes de Keefer, pour bien leur montrer les largesses de la bonne vieille éducation chrétienne de droite, à la mode du Sud. Pourquoi Georgia, si fine, si impétueuse, s'était-elle entichée de cette Delia ? Parce qu'elle était seule, se répondit Lorraine, loin de Lindsay et d'eux tous, de son foyer, loin de Gordie, toujours en vadrouille, seule, coincée sur une langue de sable, avide de compagnie. Vouloir se sentir aimée et acceptée, c'était depuis toujours le point faible de Georgia, son talon d'Achille.

Avant de partir, Lorraine appela Gordon pour le prévenir de mettre de côté l'oreiller de Keefer, que Nora avait fait en rembourrant une chemise de flanelle appartenant à Ray, ainsi que son jeu de construction en bois et ses marionnettes de la famille canard.

— C’est important pour elle d’avoir ses jouets familiers, dit Lorraine à Diane. Delia le sait sûrement.

— Delia a toutes les compétences, acquiesça Diane avec une complaisance exaspérante.

Elles partirent. Diane se tenait toute raide sur son siège, comme pour un tour de montagnes russes. En l’apercevant de profil, Lorraine vit combien l’architecture de son visage s’était affaissée, le menton surtout ; il ne restait plus que l’ombre de sa beauté ancienne, perdue, tel un fantôme qui ignore encore sa fin. Lorraine se sentit souillée, écœurée. Aucun bien ne sortirait d’un duel verbal entre elles. Lorraine aurait pu démolir Diane en lui jetant négligemment : « Dieu merci, vous avez retrouvé l’appétit, Diane », mais c’eût été tellement facile…

— Vous pouvez tout me dire, Lorraine, lâcha Diane. Je sais bien que vous n’appréciez pas la manière dont les choses ont tourné.

— Rien n’est joué, Diane, répliqua Lorraine en gardant les yeux fixés sur la route. Il n’y a pas encore eu de décision. De toute façon, c’est une sale période pour moi. Ce différend entre nos deux familles ne fait qu’empirer les choses. Ma fille ne reviendra plus.

— Ni mon fils.

— Ni votre fils. Aucune de nous ne pourra les remplacer… par Keefer.

— C’est un problème de famille.

— Oui, mais cela concerne Keefer, et ce qui est le mieux pour elle. Pas pour vous, Ray, Mark ou moi. Il faut tous nous placer de son point de vue.

— J’espère que vous n’en faites pas quelque chose de personnel, Lorraine, lança Diane.

— C’est on ne peut plus personnel.

— Mais non. C'est une question de loi. La loi, c'est la loi.

— Ah oui ? Il n'y a pas eu crime, me semble-t-il. Personne n'a transgressé la loi.

— Je ne suis pas libre d'en discuter.

— Très bien, rétorqua Lorraine, furieuse. N'en parlons plus.

Mais Diane insista.

— Je regretterais que vous preniez cela comme une critique à votre égard. Ce n'est pas dirigé contre vous en tant que personne.

— Non, bien sûr, je le sais. Pour nous, pour Gordon, c'est la même chose. Il veut juste ce qui est le mieux pour Keefer.

— Si vraiment il en est ainsi, Gordon en viendra à partager notre point de vue. Et j'espère que vous y viendrez aussi, Lorraine. Que Dieu vous donne sa paix comme Il nous l'a donnée en nous faisant connaître ses intentions…

Manifestement, Diane avait inhalé les vapeurs mystiques que dégageait Delia.

— Êtes-vous si sûre d'avoir bien compris son message ? lança Lorraine d'un ton acerbe, puis elle s'en voulut.

Et si Diane avait sur elle un magnétophone pour enregistrer leurs propos ? Katt les avait régalés d'anecdotes de ce genre.

— Diane, avança-t-elle prudemment en s'engageant dans First Street, je ne sais pas ce que Dieu pense de tout cela, je sais seulement que nous essayons de faire ce qui nous paraît juste, tout comme vous.

— Mais vous n'avez pas idée de ce que nous ressentons !

— Ray et vous ?

— Nous tous ! Keefer Kathryn est notre chair et notre sang !

— Pour nous aussi, Diane.

— Mais non, répliqua-t-elle avec une petite moue chagrine, digne d'un dessin animé.

Lorraine se sentit soudain trempée d'une sueur froide. Elle eut envie de frapper Diane. Au lieu de ça, elle s'arrêta en plein milieu de la rue déserte et se tourna pour lui faire face.

— Qu'avez-vous dit ?

— Rien. Allons chercher Keefer Kathryn.

— Qu'avez-vous dit ? répéta Lorraine en scandant chaque syllabe.

Diane émit un long soupir.

— Vous m'y aurez forcée, Lorraine. Je veux dire simplement qu'elle n'est pas du même sang que vous, en vérité. Même si vous en avez l'impression. Je sais que vous aimiez Georgia, mais c'était une enfant adoptée. Keefer Kathryn est une Nye.

Un jour qu'ils étaient allés à Hat Lake, les enfants avaient ramassé sur la plage des escargots d'eau douce qu'ils avaient mis dans des gobelets en carton. Puis ils avaient oublié leur trésor sur le siège arrière de la voiture, en plein mois d'août. Deux jours plus tard, dans le garage, Lorraine avait ouvert la portière et la puanteur l'avait assaillie comme un coup de poing en pleine figure. Elle avait chancelé jusqu'aux poubelles pour vomir. Elle était folle de rage, comme maintenant.

Diane ne s'en doutait pas. Avec faconde, elle continuait à enfiler les perles de son implacable logique : Lorraine ne savait pas ce que c'était, de porter un enfant dans son ventre, de sentir à quel point il fait partie de vous.

— Nous nous sommes montrés compréhensifs,

Lorraine. Maintenant, c'est à vous de faire un effort, de regarder la réalité en face.

— La réalité, répéta Lorraine d'une voix soudain très calme.

Il y avait une Lorraine moite et tremblante, qui ouvrait frénétiquement les tiroirs pour fouiller dans ses dessous et mettre la main sur ses précieux flacons de pilules. Mais il y avait aussi une autre Lorraine, et celle-là, tout en conduisant, regardait Diane depuis une hauteur infinie.

Une chose était sûre : dans un monde où vivaient de tels fous dangereux, elle aurait besoin de tous ses esprits. Finis, les tranquillisants. Elle ferait ce qu'elle aurait dû, depuis des mois : elle s'entraînerait mentalement, avec la ténacité d'un coureur de marathon.

— Delia est comme ma fille, poursuivait Diane, et elle ne peut pas avoir d'enfant. Vous la voyez aller en Chine ou au Pérou pour adopter le bébé de quelqu'un d'autre ? Pas question. Mieux vaut ne pas avoir d'enfant du tout. Et pour Craig, c'est la même chose. Ils ont envie d'adopter Bébé, de l'accueillir dans leurs cœurs parce qu'elle est de leur sang. Ils n'envisagent pas une seconde d'adopter un enfant qui ne le serait pas. Voilà pourquoi ils ont réagi comme ça. Ce n'est pas de la mauvaise volonté. C'est la famille.

Lorraine avait calmement garé la voiture et détaché le siège de Keefer. Elle n'avait pas répondu à Diane, qui continuait à pérorer. Quand Gordon apparut à l'entrée de l'immeuble avec Keefer dans les bras, Lorraine embrassa la petite, puis elle dépassa son fils en silence et monta l'escalier jusqu'à l'appartement. Elle décrocha le téléphone, appela Greg Katt et insista pour lui parler immédiatement.

Lorsqu'ils eurent fini leur conversation, elle rentra

chez elle et jeta toutes les pilules de la maison dans les toilettes. Elle ne garda que quelques analgésiques, par superstition, pour le jour où elle souffrirait peut-être d'un mal physique dont elle voudrait vraiment se débarrasser.

Gordon et Tim Upchurch roulaient dans la nuit afin de rejoindre Blackwolf aux premières heures du jour, pour le départ du tournoi de golf.

— Elle l'a envoyée au diable, dit Gordon.

— Eh ben, ça a dû chauffer, remarqua Tim.

Plus tôt dans la soirée, ils avaient joué au softball, puis s'étaient arrêtés pour manger un morceau. Church était allé téléphoner et il était revenu tout sourire. Apparemment, un membre de leur club manquait à l'appel. Il fallait être à Blackwolf à sept heures du matin. Gordon appela Lindsay pour décommander leur dîner en tête à tête, invoquant cet incroyable coup de chance, lui qui n'avait pas joué de tout l'été... Elle fut distante, mais il fit mine de ne pas le remarquer, tellement il était excité. Enfin un jour sans bébé ni avocat, où il ne ferait que jouer, sans penser à rien d'autre.

Ils ne savaient pas où ils dormiraient, sûrement pas à l'auberge de Kohler, en tout cas ; une simple chambre coûtait ce que Gordon payait tous les six mois pour l'assurance de sa voiture. On verrait ça plus tard. L'improvisation était l'essence même d'une virée réussie.

— Ma mère a ajouté que les Nye n'avaient rien compris, puis elle a appelé Katt. On y est allés et on a officiellement rempli ma demande d'adoption. Il devait être cinq heures. Le clerc était fou de rage. Pour finir, elle a annoncé que mon père et elle partaient camper.

Camper ! La dernière fois qu'ils ont fait du camping, je devais avoir dix ans.

— Bon Dieu ! Et elle a dit pourquoi ?

— Pourquoi quoi ?

— Pourquoi elle en voulait tant à Diane ? demanda Tim en regardant autour de lui avant d'ouvrir la bouteille de bière qu'il avait nichée entre ses jambes.

La route était encombrée de gens roulant en sens inverse, vers le nord, pour le dernier long week-end de l'été.

— Non. Et je n'ai pas eu envie de lui demander. Ma mère a toujours eu un fichu caractère…

— Et Diane est une sacrée salope. Pourtant, Ray était un super mec.

— Un des meilleurs.

— Comment peut-on être si différent de ses parents ?

— Je le suis bien, moi.

— Pas tant que ça. Toi et tes vieux, vous êtes très proches. D'ailleurs ça me faisait bizarre, quand on était mômes. Tu étais du genre à dire : Non, je vais rester à la maison avec mon père, on va faire une expérience… je ne sais pas, moi, changer la couleur d'un légume, par exemple. Et tu restais chez toi, alors qu'on ne t'y obligeait même pas. Au lieu d'aller t'amuser dehors avec les copains.

— C'est qu'on faisait des tas de trucs rigolos. À l'époque, je croyais que tous les parents accordaient autant d'attention à leurs enfants. Mais tu n'as pas vu papa dans ses grands moments… Comme la fois où Georgia et moi, on avait lavé l'escalier du sous-sol au jet d'eau. C'était une idée à moi. Je lui avais dit qu'il y avait des bouches d'évacuation juste au pied des marches, et que l'eau s'en irait par là…

— Vous avez inondé le sous-sol, je parie.

— C'est allé dans la cour, et jusqu'au jardin des voisins. L'eau est tellement montée qu'elle est sortie par le soupirail. Pendant ce temps-là, on était en haut, on regardait notre feuilleton préféré à la télé.

— Alors ton père s'est mis en pétard ?

— Georgia et moi, on est restés en bas à écoper et à passer la serpillière jusqu'à quatre heures du matin. Je venais de me coucher quand papa m'a réveillé en me secouant. Il fallait s'occuper du jardin des voisins. Tout de suite. Ça lui arrive d'être comme ça. À ses heures, il peut se montrer intraitable et se fermer comme une huître.

— Toi aussi, ça t'arrive.

— Pas à ce point. Je ressemble plus à ma mère. J'ai la langue bien pendue.

— Oui, mais… Parfois, tu es distant.

— C'est ce que me dit Lindsay, soupira Gordon.

— Pourtant, tu lui fais la bise, à ton père.

— Ouais, ça se peut. Pas toi ?

— Moi, embrasser mon paternel ? Je ne me rappelle même pas la dernière fois que c'est arrivé.

Ils burent en silence. Church fouilla dans les cassettes pour mettre Echo and the Bunnymen, puis il dansa un peu sur son siège en se tortillant.

— Et Lindsay et toi, dans tout ça ? Tu vas lui passer la bague au doigt ?

— Eh, pas si vite.

— Mais vous êtes ensemble… Vous pourriez élever la petite à deux. Keefer aime Lindsay.

— Oui, ça pourrait être pire, dit négligemment Gordon.

En entendant Tim grogner, il se tourna.

— Qu'est-ce qu'il y a ?

Church ne répondit pas, il fit mine de frotter une

goutte de résine de pin incrustée sur la vitre. Il y eut un long silence, puis Tim marmonna quelque chose au sujet de Diane, et Gordon se sentit obligé de saisir la balle au bond pour alimenter la conversation.

— Ils vont tous essayer de nous mettre des bâtons dans les roues, dit-il.

— Pourquoi ? Ce n'est pas comme si vous preniez Keefer pour aller vivre en Alaska.

— Eh bien, ils retrouvent Ray en Keefer… Elle est tout ce qui leur reste de lui.

— Pourtant elle ressemble beaucoup plus à toi et à Georgia.

— À Georgia, oui. Mais à moi ? En tant qu'enfants adoptés, Georgia et moi nous n'avions aucun lien génétique.

— C'est vrai, mais je ne vous ai jamais vus comme ça. Pour moi, vous étiez les McKenna. Et pour toi, ce n'était pas pareil ?

— Très franchement, j'en ai assez de discuter de ça. La psychologue qui est venue me voir n'a pas arrêté de m'interroger là-dessus. Je me suis senti presque coupable de ne pas lui avouer une terrible névrose, liée à mon problème d'identité. Elle aurait voulu que je lui dise : « Je ne sais pas qui je suis. »

— En tout cas, Keefer le saura, puisqu'elle est déjà des vôtres.

— Ce sera quand même une enfant adoptée.

— Pas vraiment.

— Mais si, Church ! Tu sais, ce n'est pas si terrible… En l'occurrence, c'est d'avoir perdu ses parents de cette façon, qui est terrible…

— Quand j'étais petit, mon frère Kevin me disait souvent qu'on m'avait adopté. Comme, dans la famille, j'étais le seul à avoir les yeux marron, je le croyais et ça me faisait pleurer. Il disait : « Si maman et papa t'ont pris, c'est parce que personne ne voulait de toi. C'est la police qui t'a amené ici. Et ils peuvent revenir n'importe quand pour te reprendre. C'est la loi. »

— Et tu avais la trouille…

— Ben oui. C'était comme si je n'étais plus de nulle part.

— Les gens s'imaginent que c'est ce qu'on éprouve quand on est adopté.

— Je parie qu'il y a des familles où c'est le cas.

— Il y a aussi des couples qui se détestent et qui restent mariés pendant quarante ans.

— Comme mes grands-parents.

— Et en plus, ça leur plaît.

— Faut croire.

Ils dépassèrent un restaurant. Tim freina et fit demi-tour. La pancarte disait : « Dînez en musique. Ambiance garantie. » Gordon regarda l'heure à sa montre. Neuf heures et demie. Ils s'aventurèrent à l'intérieur.

Il l'aurait remarquée de toute façon. Elle n'était pas belle, mais elle avait une de ces silhouettes déliées, effrontées, qui lui rappelaient toujours Liza. Elle dansait avec ses copines, en refaisant sans cesse la même spirale souple et déhanchée, comme pour se dévisser du sol. Les hommes tentaient de l'approcher, mais elle rejetait la tête en arrière, riait et se tournait vers ses amies. Quand l'orchestre fit une pause, elle passa les doigts dans ses cheveux moites et marcha droit sur eux.

— Puis-je avoir mon verre ? Il est juste derrière vous.

— Qu'est-ce que vous buvez ? demanda Tim.

— De l'eau glacée.

De près, elle faisait plus vieille. Gordon regarda ses mains, petites, robustes. Des bagues, mais pas d'alliance.

— Je vous connais. Vous êtes de Tall Trees, n'est-ce pas ? lui lança-t-elle.

Il hocha la tête en la dévisageant, remarquant les ridules au coin des yeux, cherchant à estimer son âge.

— Et vous ? fit-il.

— Non. Je suis de Merrill. On a un chalet, dit-elle en désignant ses amies. On participe au tournoi de golf. Pour les pompiers.

— Votre mari est pompier ?

— Non, moi, je suis pompier.

— Sans blague, dit Tim, éberlué.

La femme, qui mesurait moins d'un mètre soixante, releva alors sa manche de chemise, découvrant des biceps ronds et durs comme deux gros galets.

— Où allez-vous passer la nuit ? leur demanda-t-elle.

— Dans la voiture.

Sur ces entrefaites, ses copines la rejoignirent et l'entraînèrent. Elle s'appelait Alicia Rafferty. Rafferty..., songea Gordon. Ça lui disait quelque chose. Et puis ce visage ne lui était pas inconnu. Tim et lui s'assirent à leur table et l'orchestre se remit à jouer. Alicia tira Gordon sur la piste de danse. Merci de m'avoir appris à danser le swing, Georgia, songea-t-il, haletant. Les filles finirent par leur proposer de dormir par terre au chalet, s'ils promettaient d'être sages. Alicia monta à l'arrière de leur voiture, ils traversèrent un petit centre-ville de carte postale, puis roulèrent longtemps dans une forêt domaniale jusqu'à une falaise escarpée, dominant le lac Michigan qui mugissait en dessous.

Les lumières n'étaient pas éteintes depuis dix minutes quand elle vint le trouver.

— Viens, j'ai quelque chose à te montrer.

Elle l'entraîna sur un terre-plein, au bord de la falaise.

Là, tout simplement et sans dire un mot, elle enleva son jean. Forcément, elle était plus vieille que lui. Les filles de son âge le dévoraient tout cru, ou alors elles jouaient les timorées. Mais Alicia le maniait avec délicatesse, de ses petites mains expertes. Et, juste au moment où il s'apprêtait à lui rendre la politesse, en un éclair aveuglant il se rappela où il avait vu son nom. Sur la liste de ses futurs élèves.

Elle se redressa.

— Ne le prends pas mal, lui dit Gordon.

— Euh… bon, si tu le dis.

— Je n'ai pas le cœur à ça. Tu es superbe, sexy et tout, mais…

— Je suis plus vieille que toi.

— Ce n'est pas du tout le problème.

— On ne se connaît pas.

— Je suis professeur de biologie. Kelly Rafferty va être mon élève à l'automne.

— C'est ma fille. Mais ça ne fait rien, je suis célibataire.

— Moi aussi. Enfin, si on peut dire. Même si je fréquente une fille adorable, qui m'en voudrait si elle me voyait en ce moment. Mais surtout, je suis dans une… drôle de situation.

— Le procès.

Ébahi, Gordon se rendit compte qu'elle savait exactement qui il était.

— C'est ça.

— Tu es plus d'humeur à faire le papa.

— À fond.

— Comment elle est, cette petite ?

— Irrésistible. Et super-drôle. Elle commence juste à savoir marcher à reculons. Et je lui ai appris à faire bip-bip…

— Comme les camions quand ils reculent ?

— Oui. Elle ne s'en lasse pas. Moi non plus, d'ailleurs... L'autre nuit, je l'ai trouvée dans la salle de bains, elle avait joué avec le tube de dentifrice. Y en avait partout. Elle m'a regardé et elle a dit « Dory ! sale ! Non, Dory, non ! » Comme si c'était moi le coupable...

— Tu as l'air de bien l'aimer.

— Je l'aime... plus que tout, renchérit Gordon, surpris de sa propre ferveur.

— Bon, dit Alicia, qui s'était rhabillée, en lui tendant la main. Alors c'est d'accord ? Ma fille n'aura que des bonnes notes cette année ?

— Il n'en est pas question.

— Qu'est-ce que j'aurai gagné dans l'histoire... Un ami ?

— Sans conteste.

— Bon, on n'en a jamais trop, dans cette vie.

Quand elle eut rejoint ses copines qui dormaient à poings fermés dans le grenier, Church se redressa sur sa couche.

— Qu'est-ce qu'elle voulait ? demanda-t-il d'une voix un peu cassée.

— Elle... voulait me montrer quelque chose, répondit Gordon avec légèreté.

— Et tu voulais lui montrer quelque chose.

— Mais non. On a surtout parlé.

Tim rejeta sa couverture et se glissa au-dehors. Gordon vit son profil se détacher sur la nuit étoilée.

Bon Dieu, se dit-il.

Les yeux perdus dans les milliers d'étoiles, Tim Upchurch songeait à Lindsay Snow, un goût amer dans la bouche. Il sentait son cœur se fendre en deux moitiés bien nettes, comme un cœur en chocolat, creux en dedans.

Au même moment, Mark McKenna pensait à sa fille, couché sur le dos, la tête sur ses bras croisés. Tout près, dans la tente minuscule, Lorraine dormait profondément, ce qui ne lui était pas arrivé depuis bien longtemps. Quand elle était remontée du sous-sol avec la tente et les duvets, Mark avait été enchanté de cette surprise. Ils iraient à la petite crique de Spirit Lake, le refuge secret, inconnu du reste du monde, où ils se baignaient tout nus les nuits de pleine lune quand ils étaient jeunes, et où ils avaient emmené les enfants après les avoir sortis du lit par une douce nuit de printemps, pour leur montrer un grand duc qui nourrissait ses petits. Dans la tente, Lorraine et Mark avaient fait l'amour pour la première fois depuis la mort de Georgia. Même s'il en avait eu le désir, il n'aurait pas eu le cœur de le montrer. C'est Lorraine qui avait pris l'initiative, en recourant à leur langage familier et silencieux.

Sans doute parce qu'ils étaient loin de la maison, il avait échappé à l'entrelacs des souvenirs pour se perdre dans la souplesse mouvante que formaient les bras et les jambes de Lorraine, dans l'odeur de sa peau, moins ferme qu'autrefois mais tout aussi douce.

À présent, il se sentait terriblement triste, et ce n'était pas dû au simple contrecoup physiologique qu'éprouvent tous les mammifères après l'amour. Ils avaient bien réussi, toute leur vie, à protéger leur union en gardant une distance par rapport aux enfants et en se réservant du temps, même à l'époque où Georgia était une adolescente impossible. Il n'avait jamais menti à Lorraine, sauf une fois, quand il avait prétendu avoir connu une autre femme avant elle. Une petite vantardise de timide. Et il n'avait récidivé que tout récemment. Quand il lui avait dit sa gratitude de ne pas l'avoir perdue, elle, Lorraine.

C'était un mensonge. Car sa fille était l'astre rayonnant, central de sa vie, même si apparemment il s'était davantage occupé de Gordon. La chaleur, la complicité qui unissaient Mark depuis l'enfance à son frère et à sa sœur, sa passion pour Lorraine (le mot n'était pas trop fort), son travail… tout cela comptait beaucoup pour lui, mais n'approchait pas la puissance de son attachement pour Georgia.

Il ne s'en serait pas douté, au tout début, quand, paniqué, il avait fini par consentir au désir qu'avait Lorraine d'adopter un enfant. De par son métier, il savait que les caractéristiques génétiques s'inscrivent dans une vie avec la force du destin, pour former une carte très précise et détaillée. Les études portant sur les jumeaux du Minnesota avaient démontré que ces enfants, pourtant élevés dans des foyers d'adoption séparés (quelle barbarie !), choisissaient des métiers similaires, se coiffaient de la même façon et développaient les mêmes maladies pratiquement aux mêmes moments. À l'époque, il savait, avec une absolue certitude, que le débat « nature contre culture » était spécieux, que l'éducation d'un enfant ne fait que renforcer ou atténuer un schéma prédéterminé. Un enfant adopté ne lui ressemblerait pas. Il resterait un mystère. Talents, traits de caractère, maladies…

Maladies.

Mais alors, la femme de la famille d'accueil qui avait pris soin de Georgia avait déposé le bébé dans ses bras. L'assistante sociale envoyée par le bureau de placement familial, qui dépendait des services sociaux catholiques, était en retard. Une demi-heure, une heure avait passé. Mark avait insisté pour emmener le bébé et rentrer chez eux. S'il y avait un problème, et qu'on veuille le leur reprendre ? En route, ils avaient croisé l'assistante sociale qui roulait en sens inverse. Cela avait fait rire Lorraine. Pas Mark. Il n'avait d'yeux que pour Georgia, le duvet auburn qui recouvrait son petit crâne, ses yeux noirs perçants, ses petits membres déliés.

Il reconnaissait sa Georgia, son enfant.

Il avait oublié un fait essentiel de la biologie des primates. Le débat « nature contre culture » était spécieux, effectivement, mais pas pour les raisons qu'il avait supposées. Georgia et lui étaient des individualités distinctes que rien ne reliait génétiquement. Mais il entrait dans sa nature à lui de l'élever, de la nourrir, de la protéger. Envoûté, il était incapable de penser à rien d'autre. Son entourage l'avait-il soupçonné ?

Quant à Lorraine, sa joie touchait à la folie, il émanait d'elle comme un parfum puissant. Le jour où l'agence d'adoption avait appelé, elle était revenue à pied de la bibliothèque, les bras chargés d'ouvrages spécialisés sur les nourrissons, et elle avait oublié pendant deux jours qu'elle avait laissé sa voiture sur le parking. Avec des litres de peinture lavable, elle avait peint les murs de la chambre de Georgia d'énormes éclaboussures framboise, or et bleu métallique ; cette profusion de couleurs avait presque inquiété sa sœur Daphne, dont le mari était neurologue, et qui craignait que le bébé n'en soit trop stimulé.

Lorraine ne s'était même pas souciée de savoir si Mark sympathisait avec la petite. Elle avait choisi son prénom. Quand il avait regimbé, trouvant que Georgia, c'était peut-être « un peu trop », Lorraine lui avait rétorqué sèchement qu'elle avait seize ans quand elle s'était juré d'appeler Georgia la fille qu'elle aurait un jour, en hommage à Georgia O'Keeffe [1], et, par Dieu, elle tiendrait parole.

Et c'était le nom idéal. Deux ans plus tard, son fils était né, le jour où l'homme avait marché sur la Lune. Ils ne connaissaient même pas l'existence de Gordie la nuit d'été où, comme tous leurs amis, ils avaient mis le réveil à sonner pour regarder la séquence à la télévision. Mais six mois plus tard, Mark avait copié sa femme et nommé son fils d'après un célèbre astronaute, pour commémorer l'événement historique qui avait marqué le jour de sa naissance.

Leurs prénoms allaient si bien aux enfants. C'était du cousu main, brodé de la même initiale.

Mark avait dû voyager pour son travail plus longtemps qu'il ne l'aurait souhaité, jusqu'à ce que Gordie ait presque un an. Il lui avait fallu du temps pour réaménager son poste à Medi-Sun. Mais où qu'il se trouve et quelles que soient les circonstances, dîner d'affaires ou autre, il lâchait tout pour appeler chez lui à six heures, juste après le repas du soir. Certaines fois, sa femme n'avait pas grand-chose à raconter. À cette époque, c'était un exploit d'élever deux petits de moins de trois ans tout en exerçant un emploi à plein temps. Le métier de Lorraine était exigeant, et elle n'était pas du genre à faire les choses à moitié. Mary Dwors, leur voisine, lui donnait volontiers un coup de main pour s'occuper des enfants et elle avait une aide-ménagère, mais ça ne remplaçait pas un père à la maison. Mark ne s'était jamais rendu compte que Lorraine avait dû rogner sur

1. Georgia O'Keeffe, femme peintre américaine née en 1887. *(N.d.T.)*

bien des heures de sommeil pour tout assumer en son absence.

Georgia avait quatre ans lorsqu'il avait quitté la route pour de bon. Des années plus tard, Lorraine et lui se demandèrent avec émerveillement comment ils avaient fait.

Mark était persuadé que ses coups de téléphone avaient aidé. C'était une ancre, un repère. Quand Georgia avait su parler, il demandait à Lorraine de la lui passer et leur fille devenait soudain mélancolique, quelle que soit son humeur. Cela exaspérait Lorraine :

— Elle était en train de bombarder le bébé avec ses cubes en mousse et il faisait semblant de tomber par terre ! Ils riaient comme des fous. Et tu verrais sa tête maintenant ! Tiens, je te passe Sarah Bernhardt. Dis à papa comme tu t'amusais bien, Georgia.

— Ma Georgia ? lui disait Mark d'un ton câlin. Ça va, ma Georgia ?

— Mon papa… Nan. Je suis triste.

— Pourquoi tu es triste ?

— Pasque t'es pas là.

— Je vais bientôt rentrer à la maison.

— Pourquoi t'es pas là ?

Alors il lui expliquait, en choisissant des mots à sa portée, que son métier, c'était de donner des vitamines aux gens pour qu'ils restent forts et en bonne santé, qu'ils n'attrapent pas des méchants rhumes en hiver. Elle répondait quand même : « Papa, je suis triste. » Et il la croyait sur parole. Une vie heureuse peut contenir une immense tristesse, et les émotions des enfants comptent autant que celles des adultes, songeait-il. Pour un petit, les murs d'une chambre sont les frontières de l'univers. À Phoenix, Milwaukee, Trenton, il s'asseyait un instant et s'imaginait Georgia, cernée comme lui par quatre murs, et séparée de lui par tant de distance.

Quand Georgia était tombée malade, Mark s'était dit que quel que soit le temps qu'il lui resterait, il vivrait de l'autre côté, isolé de son propre cœur par un mur infranchissable, et il l'avait accepté. Le cran et la volonté dont Lorraine faisait preuve dans la lutte qui les opposait aux Nye l'incitait à résister vaillamment, à rester debout, à applaudir le courage de sa femme. Mais il n'en avait pas le goût. Il espérait que personne ne se rendait compte de son détachement. Il espérait faire sa part.

Les Nye avaient tort, il en était convaincu.

Pour le reste…

Il était sûr qu'aucune intelligence ne survit à la mort.

Au moins, il n'aurait pas à vivre en songeant au chagrin de Georgia, coupée de lui, si loin. Sa poitrine s'emplit de petits coups répétés et il se mit à haleter. Les signes prémonitoires d'une attaque ? se demanda-t-il avec une vague curiosité. Mais non, c'est seulement qu'il pleurait, enfin, des larmes chaudes qui coulaient sur ses joues, dans ses oreilles.

— Mark ? maugréa Lorraine en remuant. Ça va ?

— La petite me manque, réussit-il à dire en se forçant au calme, à l'immobilité, pour ne pas l'alarmer.

— Lundi, soupira Lorraine. Elle sera là lundi. Rendors-toi.

11

— Dodo dodo dodo dodo, psalmodiait Gordon avec obstination.

Il n'osait pas tousser ni respirer, encore moins bouger l'oreiller pour le caler plus confortablement entre ses genoux, certain que Keefer l'entendait penser.

Pourquoi faisait-on si peu de recherches dans ce domaine ? S'il ne songeait qu'au sommeil, Keefer y glissait doucement. Mais s'il laissait son esprit divaguer d'un sujet à l'autre, une descente de ski, ses cours du lendemain, un point qui le grattait à l'aine, le nombril d'Alicia quand elle jouait au volley-ball (il s'était engagé dans l'équipe en insistant pour qu'ils n'aient que des rapports d'amitié, et elle lui avait damé le pion en lui demandant d'un air sincèrement étonné ce qu'il voulait dire par là), ou à une bonne bière bien fraîche, Keefer s'agitait.

Ça commençait par un simple gémissement, celui d'un petit chiot qui passe sa première nuit dans une maison encore inconnue. Suivait un silence, durant lequel Gordon invoquait toutes les forces de l'univers.

Une fois sur cinq, selon des statistiques précisément établies par lui, Keefer soupirait, enfonçait son pouce tout au fond de sa bouche, là où pointaient les terribles molaires, et s'affalait sur sa couche comme un manche à air dégonflé. Gordon avait essayé de décrire à Lindsay son intense jubilation lorsqu'il la voyait enfin tomber de sommeil. Quand le soleil se lèverait, il ne serait pas hagard, désespéré, farouche, il n'aurait pas les yeux rouges. C'était un cadeau du ciel, une nuit de gagnée sur toutes celles qu'il passait à regarder des feuilletons débiles à la télé tout en massant les petits pieds de Keefer.

Au début, elle dormait si bien que Gordon était gonflé à bloc, persuadé qu'il serait capable d'assumer pleinement la paternité. « Elle est couchée à huit heures, et c'est parti pour la nuit », clamait-il, tout fier, à qui voulait l'entendre.

Mais les molaires avaient commencé à percer. Et Keefer s'était réveillée soudain en poussant un cri strident qui lui déchirait les tympans.

La première fois, terrifié, Gordon avait appelé sa mère, et celle-ci lui avait demandé d'approcher le téléphone de la tête de la petite, afin d'identifier les cris. « C'est du chiqué, Gordie, avait commenté Lorraine d'un ton las. Bon, laisse-moi dormir, je travaille demain. »

Mais Keefer avait continué à vagir et, pour finir, Gordon l'avait enveloppée dans son blouson fourré en nouant les manches pour la maintenir immobile et au chaud ; il avait roulé jusqu'à la permanence médicale du comté, où une jeune femme médecin d'origine asiatique, Michelle Yu, lui avait expliqué que c'était classique : dure période pour tous les parents, il s'y ferait, la percée des molaires était très douloureuse pour les petits, car elles poussaient plus tard que les incisives, à un moment où leur sensibilité s'était accrue.

Au fil des jours, il se surprit à piquer du nez pendant ses cours. Les élèves le remarquèrent. L'un d'eux, un certain Dennis, appartenant à la nombreuse tribu des Reilly, le réveilla en montant au maximum le volume de son lecteur de CD, sur un riff de guitare électrique qui faillit jeter Gordon à bas de son tabouret.

— Un ange est passé, monsieur McKenna.

Gordon réprima son envie de le frapper et tenta de lui répondre avec humour.

— Je me fais vieux, Reilly.

— Non, vous avez l'âge de mon frère.

— Ahhh... Oui, sir Ryan Reilly. Nous avons survécu à la communale ensemble.

— Il paraît que vous étiez un tombeur de première.

— En CM2 ? Je n'aurais su comment m'y prendre. Moi aussi je suis catholique, tu sais.

Ouf. Les voilà qui riaient. Avec un peu de chance, ils oublieraient peut-être qu'il avait failli s'endormir.

— Non, plus tard, ici même, à Wilwood. Il dit que vous avez effeuillé plus de roses que...

— Eh, p'tit gars, pas si vite ! L'accouplement est bien prévu au programme, mais pas avant Thanksgiving.

Quelques gloussements. Bien. Ils savaient que « l'accouplement » était le titre d'un exercice de génétique, effectivement prévu au programme.

— Et puis je suis casé, maintenant. Je suis devenu papa.

— Vous êtes marié, monsieur McKenna ? s'enquit

Kathleen Zurich, une petite coquette qui faisait partie de l'équipe de supporters.

Elle était assise juste à côté de Kelly Rafferty. Rafferty. Mon Dieu…

— Non, je ne suis pas marié, finit-il par répondre.

— Alors c'est un accident ? Une dame qui vous a mis dans le pétrin ?

Toute la classe éclata de rire.

— Non, je suis en train d'adopter ma nièce, qui n'est encore qu'un bébé. Ma sœur et son mari sont décédés.

— Mais oui… On en a parlé à la télé.

— Et je me retrouve avec un bébé à élever. Le plus fabuleux des bébés, sauf qu'en ce moment elle est du genre nocturne. Quand je pense à tes parents ! dit-il en s'adressant à Reilly. Combien êtes-vous dans la famille, dix, onze enfants ? Quelle santé ! Comment font-ils ?

— Ils doivent varier les plaisirs, je suppose…, répondit Reilly d'un air désinvolte qui déclencha des rires plus rauques.

Gordon recibla sa question.

— Moi, avec un seul gamin, je dors debout. Comment font-ils pour tenir ?

— Ils boivent, mugit Reilly.

Gordon ne buvait pas. Lorsque Lindsay passait chez lui, il la suppliait de bien vouloir sortir Keefer pour qu'il puisse dormir une heure. Les samedis soir, quand Keefer était chez ses parents ou chez les Cady et compagnie, il avait juste la force d'acheter des plats à emporter chez le traiteur, de louer une cassette vidéo, et il s'endormait en regardant le film. Dans la glace, il croyait voir des reflets gris à ses tempes. Sa patience à l'égard des petits tracas quotidiens s'était singulièrement émoussée.

Au Wild Rose, un soir, il avait presque failli se battre avec deux crétins du genre cadre dynamique, sans doute invités par Medi-Sun. Tandis que Gordon et Tim jouaient aux cartes, eux discutaient au bar en enflant leur voix, pour être sûrs d'être entendus, tout en s'enfilant des cocktails dispendieux qu'ils compteraient sans doute dans leurs notes de frais. L'un des deux se moquait de la fille de son patron, qui était naine.

— Et tu sais pas la meilleure ? Elle vient d'annoncer à son vieux qu'elle allait se marier et qu'elle voulait un grand mariage en blanc avec tout le tralala…

— Nan ! s'exclama l'autre en partant d'un gros rire.

— Son futur est aussi un nabot, figure-toi ! Je peux te dire qu'on attend tous avec impatience d'assister à ce grand événement !

Gordon se leva, n'y tenant plus.

— Savez-vous seulement ce que c'est, le nanisme ? jeta-t-il à la face du gars. Savez-vous que les gens qui en sont atteints dépassent rarement quarante ans ? Vous rendez-vous compte du courage qu'il a fallu à ces parents pour élever leur fille en la persuadant qu'elle pouvait vivre comme une femme normale ?

L'autre type fit mine de jouer du violon.

— Gros salopard ! siffla Gordon.

Alors Katie Savage, qui tenait le bar, s'était interposée en les prenant tous les deux par le collet. Kate était sa copine d'enfance. Au temps où Gordon et Kip Sweeney se nichaient dans le fortin qu'ils avaient construit dans un arbre, elle leur apportait les *Playboy* de son père.

Bref, Gordon ne parvenait pas à récupérer. Debout à cinq heures, il préparait son équipée et se sentait un peu dans la peau du Père Noël : sac de livres, sac de changes, porte-documents, peluche… Et en route jusque chez sa tante. En début d'année, il avait demandé à Lorraine à qui ils confieraient Keefer pendant la journée.

— Quelles sont tes préférences ? avait questionné Lorraine, et il avait cru qu'elle le faisait marcher.

N'avait-elle pas prévu la chose ?

— Je ne la vois pas aller à la garderie, avait dit Gordon.

— Moi non plus, acquiesça Lorraine.

— Elle a eu assez de changements ces derniers mois.

— C'est aussi mon avis.

— De plus, la garderie est gérée par l'Église évangéliste. Ça ne m'inspire pas. Les catholiques n'en ont pas. Pourquoi ?

— Ils ont des grands-mères, rétorqua-t-elle.

— Alors tu vas prendre un congé sans solde, comme l'année dernière ?

Sa mère l'avait regardé par-dessus les lunettes qu'elle mettait pour lire.

— Certainement pas, Gordie. Au cas où tu ne l'aurais pas remarqué, toute cette bataille juridique nous revient cher…

— Eh bien, l'assurance de Keefer pourrait en payer une partie.

— Mais non. Ces frais nous incombent. Ce serait illégal. Et puis l'enquête est toujours en cours.

— Ça peut durer encore longtemps ? interrogea-t-il.

— Aucune idée.

— À mon avis, c'est à l'un de nous de s'occuper de Keefer.

— Alors prends un congé. Je gagne davantage que toi, Gordon. Encore deux ans à tenir, et j'aurai droit à une retraite anticipée.

— Ce n'est pas possible, maman. Je suis en train d'adopter un enfant. Tu crois que le juge verrait ça d'un bon œil ?

— Sans doute pas, soupira Lorraine.

— Alors…

— Eh bien, Nora pourrait la garder chez elle, dans un premier temps. Mais ils sont en pleine cueillette. Il faudra qu'elle porte Keefer sur son dos. Comme dans un roman de Pearl Buck.

— Il y a aussi Bradie, à la ferme. À part cuisiner, elle ne fait pas grand-chose de ses journées.

— Appelle Nora pour lui en parler.

— Fais-le, toi.

— Non, c'est toi qui as une faveur à lui demander.

Bon sang, qu'est-ce qui lui prend ! songea Gordon. Qu'est-ce que j'ai fait ?

Pour finir, Nora s'était proposée, grâce à Dieu. Mais Gordon devait tout de même se lever avant l'aube s'il voulait faire un brin de toilette avant d'aller à ses cours. Une ou deux fois par semaine, Mark le relayait pour emmener Keefer à la ferme, en allant à l'usine. Pourquoi pas tous les jours ? s'interrogeait Gordon. Après tout, son père était vice-président, sa journée de travail ne commençait vraiment qu'à une heure de l'après-midi, quand celle de Gordon était largement entamée. Mais Mark tenait à faire son jogging trois fois par semaine.

Son jogging… À coup sûr, son père lui survivrait.

Gordon était si maigre et si flapi que, les rares fois où il avait assez d'énergie pour aller à Merrill jouer au volley-ball, ses jambes étaient comme du coton. Même les jolies fesses rondes d'Alicia et de ses coéquipières ne le stimulaient plus. Il avait fait preuve d'une remarquable retenue avec Alicia, aidé en cela, il fallait le reconnaître, par le fait qu'il avait appris son âge entre-temps : trente-sept ans. Malignement, il avait envie de s'en vanter auprès de Lindsay. Celle-ci l'aidait, mais il lui restait des tas de choses à faire. Par exemple, il passait ses soirées à plier les vêtements de Keefer. Elle avait des centaines de socquettes, apparemment toutes dépareillées.

Quant à ses cours, qui naguère étaient pour lui un jeu d'enfant, ils avaient viré au cauchemar.

Au début du premier trimestre, Keefer dormait encore la nuit. Deux semaines plus tard, Gordon était à bout de nerfs.

— La biologie porte essentiellement sur la reproduction, dit-il un jour. Ceux qui se reproduisent le mieux s'amusent le moins. Ils n'ont pas le temps de se distraire. Au commencement, avant les dinosaures, les vers de terre, les chats, avant l'ADN, avant M. Reilly ici même, il y avait l'ARN. L'acide ribonucléique. Et ces p'tits gars de l'ARN, qui vivaient il y a quatre milliards d'années, étaient limités dans leurs façons de s'amuser. La planète était relativement neuve à cette époque, et personne ne connaissait encore les bons plans…

— D'où est-il sorti ?

Cette fine mouche de Reilly, évidemment.

Par bribes, Gordon se rappellerait plus tard cette journée de classe et il admettrait qu'il ne l'avait pas volé. Il avait asticoté Dennis, parce qu'il était lié dans son subconscient à son frère aîné, cet enfoiré de Ryan, qui l'avait un jour tourmenté à propos de son adoption.

— L'ARN ? demanda Gordon.

— Ouais, d'où venait-il ? Si les cellules ne peuvent venir que d'autres cellules, d'où vient la première cellule ?

Question par ailleurs assez pertinente.

— Je l'ignore. Mais on peut supposer qu'à la longue ces substances ont tellement changé qu'un mode de reproduction tout à fait nouveau est apparu, un peu plus sophistiqué…

— Une sortie au resto et un ciné avant de passer à l'acte, lança Kye Olstadt, un bon gars qui jouait au foot.

— C'est ça. Et après avoir essayé et échoué, essayé et échoué pendant un bon milliard d'années, voilà que l'un de ces gars de l'ARN a trouvé l'ADN.

— Je croyais que c'était James Watson et Francis Crick qui l'avaient trouvé, réitéra Reilly. Et j'ai un scoop. Watson pense que l'homme n'a pas pu évoluer si vite à partir d'une simple créature unicellulaire. D'après lui, il y a des extraterrestres là-dessous.

— Ce qu'il veut dire, expliqua Gordon, c'est qu'il est possible qu'il y ait eu une forme de vie originaire d'une autre planète que la Terre, un supervirus par exemple. Il ne s'agit pas de petits hommes verts. Vous savez, l'évolution, ce n'est rien d'autre que le changement. Et ça peut arriver très vite. Regardez comme une bactérie devient vite résistante aux antibiotiques... Des phénomènes de microévolution se déroulent tous les jours sous nos yeux.

— La théorie de l'évolution de Darwin s'est révélée fausse, déclara Dennis Reilly. J'ai un cousin en Géorgie qui peut se faire dispenser de cours quand on parle de l'évolution, car sa famille n'y croit pas.

— Ce n'est pas une référence, répliqua Gordon.

Il n'avait pas envie de s'engager sur ces chemins périlleux. Surtout pas dans l'état de fébrilité agressive que lui valait son manque de sommeil. Pourquoi diable n'avait-il pas commencé l'année par l'écologie, les courants marins, les gros méchants pollueurs et les gentils dauphins, comme les autres profs de bio ? Il avait tenu à débuter par l'évolution, persuadé que l'être humain s'intéresse plus à lui-même qu'au reste du monde et décidé à se servir de ce thème des origines comme d'un appât pour accrocher ses élèves, puis les captiver. Pourtant il avait appris l'année précédente que c'était un chemin miné, où à chaque tournant il risquait de piétiner les croyances de ces petits provinciaux. Aujourd'hui, il n'avait pas la force d'assumer son choix. La salle était étouffante. Et ses élèves paraissaient tous relever d'un patrimoine génétique régressif.

— Eh bien, certains (des crétins finis, se dit Gordon à part lui) pensent que Darwin s'est trompé, poursuivit-il patiemment. D'autres trouvent qu'il a fait du bon boulot, étant donné les outils dont il disposait il y a cent cinquante ans.

— Mais il y a cet intervalle de temps d'une dizaine de millions d'années, insista Reilly, où tout est supposé avoir évolué de bactéries à animaux complexes. Ça paraît court, par rapport à des milliards et des milliards d'années...

— Ça s'appelle l'explosion cambrienne, dit Gordon. Prenez par exemple le virus du sida. L'épidémie est restée stationnaire pendant quarante ans, et d'un coup, après les années 1980, elle s'est répandue partout...

— Et où est la trace fossile du chaînon manquant ? Le chimpanzé qui a décidé de devenir humain ? demanda Reilly.

— Eh ! j'suis pas un con de chimpanzé, lança Gunther Woffling, dont Gordon aurait juré qu'il roupillait cinq minutes plus tôt.

— Si, à quatre-vingt-dix pour cent, lui répliqua Gordon.

— Ça va pas ! Traitez-moi de singe pendant que vous y êtes !

Non, songea Gordon tandis que Woffling rassemblait bruyamment ses livres pour les fourrer dans son sac à dos, ce ne serait pas gentil pour les singes.

— Le cours n'est pas fini, Gunther, dit-il posément.

— Si tout ça est vrai, ajouta Dennis Reilly, alors pourquoi les chimpanzés n'évoluent pas pour se rapprocher des humains ?

— Parce qu'ils sont très bien dans leur peau de chimpanzés, ça leur convient, soupira Gordon. Écoutez, revenons à la remarque de Gunther. Si vous étiez un petit enfant et que vous dessiniez un chimpanzé et un humain, ils se ressembleraient beaucoup, non ? Plus qu'un chimpanzé et un poulet. Qu'en concluez-vous ?

— Pourquoi les lézards ne cherchent pas à se rapprocher de nous ?

— Parce qu'ils n'en ont pas besoin ! Les êtres humains ne sont pas l'espèce la plus évoluée sur terre.

— Mais si ! Ils sont capables de penser !

— En fait, il y a sans doute des bactéries au fond de l'océan Atlantique bien plus évoluées que les êtres humains... parce qu'elles ont disposé de plus de temps.

— Vous dites qu'un être humain ne possède rien de plus qu'une simple bactérie ! s'exclama Woffling.

— Écoutez, les gars, l'évolution n'est pas une théorie. C'est un fait. La partie théorique ne porte que sur la façon dont ça s'est passé exactement, parce qu'on n'était pas là pour le voir. Je l'ignore moi-même. Je ne suis ni pasteur ni curé. Je ne suis qu'un prof de sciences...

— Vous croyez en Dieu ? demanda Reilly. Einstein croyait en Dieu, ajouta-t-il.

— Peut-être que Dieu a créé l'évolution pour nous donner quelque chose à faire, entonna Kelly Rafferty.

La sonnerie annonçant la fin du cours retentit. Oui, Dieu existe, songea Gordon, soulagé.

— Lisez le chapitre quatre pour demain, lâcha-t-il, accablé.

Comme ils sortaient tous en trombe, il entendit

Gunther déclamer à tout venant qu'il n'était pas une bactérie ; si l'homme ne valait pas mieux que le singe, pourquoi Dieu l'aurait-il fait à son image ? Demain, il y aurait un gentil coup de téléphone de Mme Woffling. Gordon avait la tête entre les mains quand il sentit une présence près de son bureau. Kelly Rafferty.

— Monsieur McKenna, dit-elle timidement, maman m'a parlé de… (la nuit au cabanon, pensa Gordon. Ça y est, c'est la fin de ma courte carrière) … de votre petit bébé. (Le cœur de Gordon se remit à battre.) Je ne peux pas le garder, je dois prendre le bus pour venir à Tall Trees. Mais Melinda Gallo et Kathy Zurich font tout le temps du baby-sitting. Et elles proposent de vous aider, si vous voulez. Vous avez l'air un peu fatigué, ces derniers temps.

— Deux jours par semaine après les cours, et le dimanche, ce serait possible ?

Kelly battit des cils.

— Je vais le leur demander.

De son côté, Gordon alla consulter Hart Rooney, le proviseur, pour savoir s'il enfreindrait de quelque manière le règlement en engageant l'une de ses élèves comme baby-sitter. Rooney n'avait pas pris une ride depuis l'époque où Gordon lui tondait sa pelouse.

— Où trouver des adolescentes autrement qu'au lycée ? lui répondit Rooney en souriant. Méfie-toi seulement qu'elles ne boivent pas ta bière et n'empruntent pas ta voiture.

Et donc elles étaient venues dans leurs pantalons flottants, ses anges gardiens, Melinda et Kathy, les mercredis et les vendredis. Elles emmenaient Keefer au parc ou l'aidaient à construire des châteaux avec ses cubes en bois pendant deux heures. Lui-même débranchait le téléphone et s'écroulait sur le premier divan venu. Ainsi avait commencé une nouvelle ère de paix, aussi courte que trompeuse.

Jusqu'à la nuit où Keefer avait saigné du nez.

Au départ, elle avait piqué une crise de rage. Le motif ? Elle avait trouvé comment faire marcher l'embout de la mousse à raser et il l'avait laissée en projeter une ou deux giclées dans la baignoire, mais alors elle s'était mise à en bombarder les murs, le sol, et il lui avait pris la bombe en lui donnant à la place l'une de ses peluches. C'est alors qu'elle avait piqué sa crise. Hurlante, elle avait glissé sur la mousse à raser et était tombée sur le carrelage. « Oh, mon bébé, mon bébé », s'était-il écrié en voyant qu'elle saignait. Et il l'avait prise contre lui. Mais le sang n'arrêtait pas de couler. La tenant d'un bras, il avait pris de la glace dans le freezer et une serviette pour lui tamponner le nez. Keefer hurlait toujours quand il avait entendu frapper à la porte. Trois coups. Forts et secs.

— Cette fois je n'hésiterai pas à appeler la police, dit Judy Wilton.

— Quoi ?

— Je voulais juste vous informer que je n'hésiterai pas à appeler le shérif ou les services sociaux, continua sa voisine d'en dessous. Non, mais regardez-la !

Il avait baissé les yeux sur Keefer, ensanglantée, qui hurlait en tapant des poings sur sa chemise tachée de sang.

— Judy, fit-il d'un ton apaisant, elle pique une crise de rage.

— Ce n'est pas normal. Je l'entends tout le temps hurler ou pleurer à fendre l'âme. Je ne sais pas ce qui se passe, mais…

— Elle s'est mise en colère parce qu'elle voulait

jouer avec la crème à raser et que je la lui ai confisquée. Elle en mettait partout.

En le disant, il sentit que Judy Wilton ne le croyait pas. Et il commença à se sentir pour de bon dans la peau d'un menteur.

— Ne vous fiez pas aux apparences. Elle est tombée et a saigné du nez, voilà tout.

— Je ne vais pas vous laisser faire ça à un enfant.

— Faire quoi ? Voyons, Judy, j'aime Keefer. Je ne lèverais jamais la main sur elle. Vous le savez. Vous nous avez vus ensemble.

— Je vous entends, surtout. Je l'entends pleurer. Et je vois toutes ces femmes qui défilent sans arrêt chez vous.

— Quoi ?

— Cette Snow. Et ces gamines.

— Ce sont mes élèves ! Elles viennent garder Keefer. Quant à Lindsay, c'est ma petite amie depuis des années. Et puis, bon Dieu, faites-vous une vie à vous au lieu de vous mêler de la mienne ! Vous en êtes à dresser la liste des gens qui viennent chez moi ?

Sans desserrer les lèvres, elle avait répondu par un petit hochement de tête. Une heure plus tard, le shérif Larsen rappliquait, visiblement contrarié.

— Ne t'en fais pas, Gordo, il n'y a pas de quoi fouetter un chat.

— Elle a appelé ?

— Eh oui.

À regret, le shérif lui expliqua la procédure. Quand quelqu'un déposait une accusation de mauvais traitements envers enfant, ce quelqu'un aurait pu être sa propre mère que Dale Larsen aurait quand même été tenu légalement d'en alerter le comté. Cela n'avait rien d'inquiétant, mais un employé des services sociaux viendrait visiter Gordon pour avoir un entretien avec lui…

— La plainte sera enregistrée et figurera dans un dossier, n'est-ce pas ?

— En effet, ne serait-ce que pour dire que l'accusation était sans fondement. Ça arrive à des tas de gens. Des voisins qui agissent par dépit. Ou qui s'imaginent des choses…

— Et si le juge déclare que je suis coupable de mauvais traitements envers enfant et que je perde Keefer à cause de ça ?

— Si l'accusation se révèle infondée, c'est réglé une fois pour toutes. Un juge est légalement tenu de considérer cette enquête comme complète et valable, tout comme moi, tu comprends ?

— Je n'ai pas fait mal à Keefer ! Elle s'est cogné le nez par terre en essayant d'attraper la crème à raser !

— Judy se plaint qu'il y a sans arrêt du grabuge, ici.

— C'est une vieille bique à l'esprit mal tourné qui guette tout ce qui se passe chez moi pour avoir un peu de distraction. Tu la connais ?

Oui, Dale Larsen connaissait bien Judy Wilton. Il savait qu'elle avait eu une liaison tumultueuse avec Liz Kildeer, une joueuse de tennis professionnelle ; ses adjoints avaient dû passer ici même plus d'une fois pour mettre fin à de violentes empoignades. Il détestait faire ça à Gordon, mais la loi était la loi…

L'employé des service sociaux qui vint le lendemain passa un quart d'heure avec Keefer et Gordon, auquel il assura ensuite avec compassion qu'il ne voyait aucun signe de mauvais traitement ni de négligence envers cette enfant manifestement choyée, et qui avait de toute évidence confiance en son papa.

Mais Gordon était certain que Faith Bogert serait

mise au courant et qu'elle s'en servirait contre lui au procès. Aussi, même quand Keefer recommença à mieux dormir la nuit, lui-même n'arrivait-il pas à céder au sommeil sans les somnifères que sa mère lui fournissait en quantité, mais qu'il ne s'autorisait que de temps en temps, par crainte de ne pas entendre Keefer si jamais elle s'éveillait en pleurant, contrairement à Judy Wilton, qui, elle, ne manquerait pas de l'entendre.

En fait, Faith Bogert ne fut informée de la plainte que beaucoup plus tard. Quand elle arriva pour la deuxième séance, elle savait des choses pour lesquelles elle n'avait pas eu besoin de formulaires, même si les tests avaient confirmé ses impressions. Elle savait de Gordon qu'il était d'une intelligence brillante, d'un naturel apparemment optimiste et qu'il ne montrait aucune pathologie déclarée ; si on l'y avait poussée, Faith aurait décrit sa personnalité comme légèrement narcissique, ce qui n'était pas en soi un problème. Quant aux Cady, on ne pouvait s'appuyer pleinement sur les résultats des tests qu'ils avaient passés, ce qui ne constituait pas non plus un problème. En effet, leurs croyances évangélistes leur inspiraient une foi en la bonté humaine totalement démesurée. Le mari montrait par ailleurs une agressivité assez marquée, mais il ne fallait pas s'y fier. Les officiers de police, par exemple, sont souvent animés d'une indignation vertueuse qui, chez quelqu'un d'autre, pourrait indiquer une nette tendance à la paranoïa.

Pourtant, tandis qu'elle observait Gordon, qui s'évertuait à ramener l'attention de la petite sur ses cubes, Faith se demandait si l'égocentrisme de Gordon, ou plutôt son doux narcissime, l'empêcherait de consentir aux sacrifices nécessaires, ceux que la mère de Faith, qui l'avait élevée seule, avait acceptés. C'était un « moi je ». Et aussi un homme très occupé. Les appels se succédaient sur le répondeur. « Monsieur McKenna, c'est Molly et Kathy. Alors, toujours d'accord pour nous filer ces super notes en bio ? Bon, on arrive. Préparez-vous pour le grand plongeon. » Et vingt minutes plus tard : « Gordie ? Chéri ? C'est Lindsay. Rappelle-moi quand elle sera partie, d'accord ? Je n'en peux plus. » Et cinq minutes plus tard : « Salut, beau gosse, le pompier Rafferty à l'appareil. Tu te seras débarrassé du petit monstre pour le tournoi de samedi ? T'inquiète, on va se les faire. Je te rappelle. »

Cramoisi, Gordon s'était empressé de lui expliquer :

— Ce sont mes baby-sitters. Quand elles sont là, je dors. C'est ce qu'elles entendent par « grand plongeon ». Quant à la dernière, c'est ma coéquipière de volley-ball.

— Ne vous inquiétez pas, répondit simplement Faith. La vie est compliquée pour tout le monde.

— Je meurs de soif. Vous voulez quelque chose ? lui dit-il en gagnant le réfrigérateur. J'ai de la bière. De l'eau. Du jus de fruits.

— Non merci. Je suis au régime.

C'est vrai qu'elle a minci, remarqua Gordon, mais elle porte toujours ces malheureux caleçons. Merde, voilà que Keefer défaisait tous les boutons de sa robe. Il avait mis un temps fou pour l'habiller, alors qu'elle se tortillait comme un serpent.

— Bon sang, Keefer ! s'écria-t-il sans réfléchir.

Faith Bogert regarda ailleurs. Puis elle puisa dans son sac pour en sortir un stylo.

12

Pour un juge, la chose à éviter, c'est d'avoir la grosse tête. L'ego est un piège abêtissant par excellence, songeait Emily Sayward. Et ici, au comté de Trempeauleau, où sa présence ne passait jamais inaperçue, ce piège la menaçait plus qu'il ne l'aurait fait à la Cour suprême de l'État du Wisconsin. Il lui suffisait d'entrer pour boire une limonade, ou pire, une bière, dans n'importe quel pub de Wausau, Morehouse, Conover ou Tall Trees pour que les conversations s'interrompent, puis se reforment derrière son sillage. Emily priait pour que l'attention dont elle était l'objet ne réussisse qu'à la rendre plus méthodique et plus scrupuleuse.

Son grand handicap, c'était d'être jolie. Le visage et la silhouette qui lui valaient tant de satisfactions dans la vie privée l'embarrassaient beaucoup dans la vie publique. Son physique avantageux ne collait pas avec la gravité majestueuse de sa charge. Dans sa robe de magistrat, elle faisait déguisée.

Emily et son mari Jamie étaient venus vivre à Hat Lake trois ans plus tôt, dans leur maison en bois construite sur pilotis, quand Jamie, après avoir posé sa candidature sur un coup de tête, avait obtenu le poste de conseiller juridique à Medi-Sun. Ce n'était pas un emploi « pépère ». Le marché des vitamines et des herbes médicinales étant en pleine expansion, il s'ensuivait tout un tas de procès intentés par des gens qui abusaient de ces substances sans se rendre compte qu'il ne s'agissait pas de produits bénins à consommer sans restrictions, malgré la posologie et les mises en garde figurant sur les notices. Jamie devait donc faire appel à toutes ses compétences pour assumer sa tâche, et il était payé en conséquence, ce qui avait grandement amélioré le train de vie de la famille Sayward, après des débuts difficiles.

En tant que procureur du comté, Emily avait mis Tom Collins à l'ombre pour vingt ans, après un retrait de permis définitif et une condition irrévocable d'absolue sobriété, obtenue sous serment. Une décision très bien accueillie, qui l'avait rendue populaire. Tom Collins avait beau avoir quantité de relations, par sa faute les vies des Redmond avaient été effacées. Six semaines après le procès Collins, le gouverneur, un conservateur assez éloigné des sympathies libérales d'Emily, l'avait nommée à la place du défunt juge Crabtree. Deux ans plus tard, Emily avait gagné ; elle était confirmée dans ses fonctions.

Elle avait alors coupé ses longs cheveux pour adopter un carré bien net, et n'était plus sortie sans son blazer. Mais elle se savait jeune et sa silhouette lui donnait une allure juvénile, un peu garçonne et très séduisante. Quand les dealers ou les brutes qui tabassaient leurs femmes s'adoucissaient en l'écoutant, Emily cachait mal son dépit.

Le soir qui précédait l'audience de l'affaire Keefer

Nye, Emily se promena le long du lac, vint trois fois vérifier si son fils de cinq ans s'était bien endormi, et finit par appeler son père. Arthur Sayward, juge lui aussi, exerçait dans le New Hampshire. Il ne prodiguait ses conseils à Emily que lorsqu'elle l'en priait, et sa fille buvait alors ses paroles comme du petit-lait.

Sans se permettre aucun commentaire, il écouta Emily lui expliquer comment les requêtes avaient afflué la veille au soir à son cabinet, à une heure où elle aurait dû normalement être déjà partie : d'abord, celles émanant des deux couples de grands-parents, qui retiraient les demandes qu'ils avaient déposées au préalable pour obtenir la tutelle permanente. Puis celle des Cady pour obtenir cette tutelle, et leur demande de rejet de la requête d'adoption déposée par Gordon McKenna, au motif que Gordon, à l'origine lui-même enfant adopté, ne répondait pas aux exigences de l'article de la loi du Wisconsin autorisant une procédure d'adoption aux seuls beaux-parents et membres de la famille proche, c'est-à-dire du même sang. Ensuite, l'avocat de Gordon avait envoyé une demande pour obtenir que sa requête d'adoption soit examinée lors d'une audience séparée et que les Cady soient exclus de la procédure, car, n'étant eux-mêmes que des cousins au second degré par rapport à l'enfant, ils n'étaient pas en position de s'opposer à quoi que ce soit. Ces requêtes successives venaient après celle déposée par les Cady pour obtenir la tutelle et après la demande d'adoption faite par Gordon, qui l'avait suivie de quelques jours.

Tous ces démêlés tournaient autour de la petite Keefer Nye. Une enfant brutalement privée de ses père et mère, devenue soudain un enjeu vital pour ses aînés, et projetée dans la tourmente d'intérêts et d'égoïsmes contradictoires, tous animés par une détresse bien compréhensible.

Aucun vilain méchant dans l'histoire.

Ces familles avaient traversé tant d'épreuves ! Dans le comté, et même dans le Wisconsin, on connaissait les malheurs successifs qui avaient frappé les McKenna. Il fallait y mettre un terme, clore une bonne fois cette tragédie, pour que la vie reprenne ses droits.

Cela, elle pourrait le leur donner.

— Ils voudront être reçus séparément, mais je vais les entendre tous ensemble, papa, déclara Emily. Pour mieux maîtriser la situation.

— Sage décision.

Depuis le couloir où elle se trouvait, elle jeta un coup d'œil au porte-documents qu'elle avait posé près de son lit, croyant presque entendre geindre et protester toutes les requêtes qu'il contenait.

— Pas d'extrapolation, Emily, l'avertit son père. Attache-toi uniquement aux points que tu es chargée d'examiner. Bien sûr, tu devras aussi tenir compte des conséquences qui peuvent découler de ta décision, mais ce n'est pas à toi de les prévoir ni de les contrôler. Ne te laisse pas happer par les sentiments des familles impliquées, si émouvants soient-ils. Tu n'as pas peur que ta décision soit cassée… ?

— Je n'en ai pas peur, mais…

— Mais cela t'a traversé l'esprit.

— Évidemment. Toi aussi, cela t'aurait traversé l'esprit, en l'occurrence.

— J'envisage toujours cette éventualité, Emily. Mais sans céder à la peur. Ce qui peut t'atteindre en tant que personne ne doit pas te distraire de tes fonctions de juge.

— Je sais, mais je ne peux m'empêcher de penser aux souffrances que va endurer cette famille…

— Veux-tu répéter devant moi ?

— J'aimerais bien, mais... Jamie me l'a déjà proposé, et je ne crois pas que j'aurais la force de le faire deux fois.

— Tu agiras comme il se doit, j'en suis convaincu.

Emily et son époux tenaient entre leurs mains une tasse de café fumant. Elle commença :

— Voilà, je vais dire que l'interprétation de cet article de loi n'est pas celle à laquelle j'aurais souscrit personnellement, mais que, le législateur ayant établi une distinction entre parents par le sang et par adoption, même si cette distinction me paraît sans fondement, elle existe bel et bien, et je dois m'y conformer. Si les gens ne sont pas d'accord avec les lois que leurs représentants ont votées...

— Ils doivent en appeler au législateur pour qu'il les change, termina son mari.

— Oui. Ensuite j'essaierai d'avancer en allant droit au but pour assurer au mieux l'avenir de cette enfant. Inutile d'épiloguer... Je ne vais pas entendre par le menu le point de vue de chacun des intéressés... La question n'est pas là.

— Ce ne sera pas si simple de leur faire entendre raison. Ils vont s'enflammer...

— Pas dans ma salle de tribunal, rétorqua Emily.

— Em..., dit Jamie en l'attirant contre lui. Personne ne voudrait être à ta place, si cela peut te réconforter.

— C'est maigre.

— Tu vas t'attirer des foudres.

— Je sais.

— Ça ne change rien.

— Ça ne change rien.

Ils veillèrent tard et virent la lune se voiler, puis se révéler dans toute sa splendeur dorée. Emily prit une seconde tasse de café, ce qui ne l'empêcha pas de dormir comme une masse.

Le lendemain matin, au palais de justice du comté, les bancs du hall s'emplirent comme ceux d'une église au service dominical. Tout le monde avait l'air abattu. Gordon, qui avait porté plus souvent un costume ces six derniers mois que durant toute son existence, savait que cette journée serait éprouvante. Il attendait avec impatience le moment où il reviendrait dans cet endroit pour devenir père officiellement. C'était pour bientôt, assurait Katt. La joviale Cindy avait approuvé l'étude de foyer. Tout était en ordre. Ce jour béni, il serait encore en costume, sans doute, même si ce n'était pas son genre ni celui de Keefer. Lindsay serait sûrement là, ainsi que ses cousins, tantes et oncles. Ce serait un peu comme un mariage convenu entre deux fiancés de longue date ; un sceau serait apposé sur une union qui existait déjà et se poursuivrait comme avant. Gordon eut une bouffée de nostalgie en pensant à Lindsay, qui avait pris un jour de congé et était en ce moment même chez lui, avec sa tante Nora et Bradie, occupée à préparer la cuisine faute d'avoir mieux à faire.

Il aperçut Big Ray, courbé sur un banc plus bas dans le couloir face à une autre salle, vêtu d'une simple tenue de golf. Il avait beaucoup grossi et ses vêtements le boudinaient. Tout au bout du couloir, Diane faisait les cent pas devant une rangée de fenêtres, accompagnée de Delia Cady et d'un troupeau de personnages encostumés, sans doute leurs avocats. Quant à Craig, il fixait résolument le mur. Leur fille Alexis, qui s'était féminisée en diable pendant l'été, lui adressa un petit signe de la main, auquel il répondit.

Lorsque les avocats des McKenna furent arrivés, ils leur présentèrent Stacey Kane, l'experte en adoption, une blonde svelte, aux gestes vifs, saccadés, qui paraissait très tendue. Katt expliqua que, par chance, Stacey avait pu se libérer le matin même et qu'en matière d'adoption sa voix ferait autorité, ce qui leur serait très utile. « Ça ne sera pas une partie de plaisir, mais on va s'en tirer », assura-t-il aux McKenna.

La nouvelle avocate de ses parents était une femme d'un certain âge au visage agréable : May Hendrickson. Elle sortit en trombe de l'ascenseur et leur expliqua qu'elle venait du rez-de-chaussée, où elle avait dû remplir les papiers par lesquels Lorraine et Mark renonçaient en faveur de Gordon. Les Nye avaient fait de même, annonça-t-elle sans préambule. Puis, à la grande surprise de Gordon, elle avança droit sur lui, lui serra la main et lui donna l'accolade.

— Ils ne peuvent pas prétendre que Gordon n'est pas habilité, murmura Lorraine en parlant des Nye.

— Ils se raccrochent à n'importe quoi, lui répondit Katt, ils invoquent une formule, tombée en désuétude.

Stacey Kane renchérit :

— Ils fondent leur argumentation sur une interprétation erronée qui ne correspond pas à l'intention du législateur et n'a jamais été utilisée pour priver une personne adoptée de droits auxquels elle peut légitimement prétendre en tant que membre de la famille à part entière, dit-elle d'un trait, sans reprendre son souffle. Ça n'a pas de sens.

Les gens pénétraient par petits groupes dans l'autre salle. Alors le silence fut tel dans le hall que Gordon entendit un corbeau croasser au-dehors. Depuis la visite explosive de Diane, presque huit semaines plus tôt, aucun Nye n'avait échangé un seul mot avec un McKenna. Même Nora, qui était chargée de porter Keefer jusqu'à la voiture quand les Cady venaient la chercher, avait appris à tenir sa langue, pourtant bien pendue. Le duel de procédures n'avait pas arrangé les choses. Même la température du couloir sembla chuter brusquement. Qu'attendaient-ils donc ? se demanda Gordon.

La tutrice représentant les intérêts de Keefer apparut et sourit à la ronde. Gordon avait oublié son nom. Il ne put s'empêcher de penser que, moins de trois mois plus tôt, eux-mêmes, les Nye et les Cady étaient tombés dans les bras les uns des autres, éperdus de douleur, oubliant leurs griefs.

— Où est donc Mlle Keefer ? demanda Katt, rompant le silence.

— À la maison avec Nora, sa grand-tante et ma belle-sœur, dit Lorraine.

— Bon, approuva-t-il, et son regard se porta plus loin, vers Faith Bogert, la psychologue, qui arrivait.

Elle les croisa d'un pas vif en lançant un « Bonjour tout le monde » et fit signe à la tutrice. On entendit quelqu'un monter bruyamment l'escalier et Upchurch apparut alors, dans sa chemise marron des services de travaux publics.

— Ça va ? demanda-t-il à Gordon.

— Ouais, ça va.

— Je pourrais rester, mais on ne me laissera pas entrer.

— Tim, fit Mark McKenna en lui pressant l'épaule, puis la main, Tim, je suis content que tu sois venu.

L'huissier ouvrit enfin les deux battants de la porte. Lorraine prit la main de Gordon.

— Ça va durer longtemps ? murmura Upchurch.
— Pas très longtemps, je crois, répondit Gordon.
— Gordie ?
— Ouais ?
— Ben, je suis avec toi.
Incapable de répondre, Gordon hocha la tête. Ça y est, ça commence…
Perdue dans sa robe imposante, la femme juge ressemblait à une poupée. Tandis qu'elle leur faisait signe à tous, Gordon vit qu'elle se mordait la lèvre et, sans savoir pourquoi, il se sentit parcouru d'un frisson d'angoisse.
— Affaire 0886896, annonça le greffier, concernant Keefer Nye. Convocations ?
Ils parlèrent chacun à leur tour.
— Raymond Nye et Diane Nye en personne et représentés par leurs avocats, George Liotis et Benjamin Malone.
— May Hendrickson ici présente, pour le compte de Mark et Lorraine McKenna. Les McKenna sont présents.
— Gordon McKenna en personne, représenté par ses avocats Stacey Kane et Gregory Katt.
— Mary Ellen Wentworth, pour le compte de Delia et Craig Cady, qui sont ici en personne.
— Victoria Lindquist, tutrice de l'enfant, et Faith Bogert.
— Très bien, nous sommes tous là, commença le juge Sayward d'une voix aussi fluette que son physique. Et nous avons un tas de requêtes à considérer. En fait, ajouta-t-elle en ajustant une paire de lunettes, ce matin même, Mark et Lorraine McKenna d'une part, et Diane et Raymond Nye d'autre part ont stipulé par écrit qu'ils

renonçaient à obtenir la garde de l'enfant et annulaient leurs demandes précédentes. Est-ce exact ?

— C'est exact, Votre Honneur, confirma George Liotis.

— Et il y a la requête de Lorraine et Mark McKenna pour que la garde temporaire se poursuive durant l'intérim, avec les mêmes conditions de visite pour les deux couples de grands-parents, jusqu'à ce que la décision finale soit rendue, ajouta Mary Hendrickson.

— Mais pour fixer les visites des grands-parents, il faudra une date séparée, précisa le juge Sayward, et étant donné que nous ne sommes pas tout à fait sûrs de l'issue des autres questions… Les avocats pourront-ils être disponibles à la conclusion de cette procédure ? Ou donner au greffier un numéro de téléphone où l'on pourra les joindre, pour fixer cette date ?

Il y eut des murmures et des hochements de tête.

— Revenons à ce qui nous occupe. Les requêtes des Cady et de Gordon McKenna. Les autres parties peuvent dès à présent quitter la salle.

Greg Katt fit signe à Lorraine, qui se rebella d'abord, puis, conduite par Mark, remonta l'allée centrale en se tournant à demi pour lancer à Gordon des regards éperdus. Il dut secouer la tête pour chasser son visage de son esprit. En revanche, Diane et Ray bondirent de leurs sièges pour se presser vers la sortie.

— En ce qui concerne ces deux requêtes, poursuivit le juge, elles ne sont parvenues au tribunal que tard hier soir. L'une réclame l'annulation de la demande d'adoption. L'autre requiert une audience séparée et cherche également à exclure l'autre partie en contestant sa légitimité. Les avocats ont-ils tous des copies de ces actes ?

— Oui, Votre Honneur, répondit Katt, mais le fait

que nous n'avons reçu ces télécopies qu'à six heures du soir devrait figurer dans le dossier.

— C'est tard en effet, approuva le juge Sayward. Maître Katt, quels sont les arguments que vous avancez pour requérir une audience séparée et exclure l'autre partie ?

— Cela tombe sous le sens, Votre Honneur. Selon la loi du Wisconsin, à savoir l'article 48-2 en relation avec le 48-90, les Cady ne correspondent pas aux critères établis par la loi et définissant quels membres de la famille sont en droit de déposer une demande d'adoption.

— À savoir les parents, grands-parents…

— Beaux-parents, frères, sœurs, neveux, nièces, tantes, oncles, ou cousins germains. Seuls ces parents du même sang, tel que définis par la loi, peuvent voir leur demande aboutir sans la période d'attente habituelle de six mois, étant supposé que l'enfant a déjà un lien existant avec eux.

— Exact.

— Or Delia Cady n'est pas cousine germaine de Keefer Nye, Votre Honneur, poursuivit Katt, mais seulement du père de Keefer Nye, Raymond Nye, ce qui fait d'elle une cousine au second degré. D'où notre point de vue, poursuivit Katt. À quel titre les Cady sont-ils là ? En tant que cousins au deuxième degré, ils ne correspondent pas aux critères parentaux.

Emily Sayward se radossa, et elle sembla à Gordon gagner en stature.

— Vous dites donc qu'ils ne sont pas parents du même sang, tel que défini par la loi. C'est la base de votre argumentation ?

— En effet, acquiesça Greg Katt, qui soudain jeta un coup d'œil derrière lui, mal à l'aise, comme à l'approche d'un danger. Seuls ceux qui relèvent de ces critères parentaux sont en droit de s'opposer à la requête d'adoption d'une autre personne.

— Maître Wentworth ?

— Votre Honneur, répondit l'avocate, dans notre action, qui vient en réponse à celle entreprise par la partie adverse, nous avons indiqué que c'est Gordon McKenna qui n'a pas voix au chapitre, car il n'est pas parent du même sang. L'article 48-3 définit bien le lien de parenté exigé, mais il est suivi du 48-85, qui précise que ce parent doit être du même sang. Par ailleurs, mes clients ont déposé un dossier d'adoption sous le code de tutelle, ce à quoi ils ont droit, contrairement à ce que dit maître Katt. Et ils ont entrepris cette démarche deux semaines avant M. McKenna. Par conséquent, si les deux procédures devaient être séparées, la nôtre devrait venir en priorité, me semble-t-il.

— Entendu, confirma le juge en se tournant vers la tutrice. Mademoiselle Lindquist ?

— Eh bien, étant ici pour protéger les intérêts de Keefer Nye, cette question m'intéresse, ainsi que les délibérations du tribunal à ce propos. Gordon McKenna est-il du même sang que Keefer Nye ? C'est à l'origine un enfant adopté. Il n'y a donc pas de lien biologique entre M. McKenna et Keefer Nye. Sa sœur, la défunte mère de l'enfant, était elle-même une enfant adoptée. C'est un point juridique qui a besoin d'être éclairci.

— Sur cette question, maître Katt ?

— Mlle Kane, expert en cette matière, va l'aborder pour nous. Mais je reviens à mon objection de départ... Seuls les gens qui sont en droit d'adopter un enfant sont aussi en droit de s'opposer à la requête d'adoption d'une autre personne. Et, comme nous l'avons démontré, les Cady n'ont pas ce droit.

— Ils n'en usent d'ailleurs pas. Seul votre client a déposé une requête d'adoption accélérée. Maître Wentworth, les Cady savaient-ils que M. McKenna était à l'origine un enfant adopté ?

— Oui, Votre Honneur, mais ils n'ont choisi d'avancer ce fait que lorsqu'ils y ont été contraints par la volonté affirmée des appelants de les exclure de l'affaire.

Le juge Sayward abaissa ses lunettes et observa d'abord Gordon, puis les Cady.

— Nous voilà revenus au jugement de Salomon. Chaque partie conteste les faits allégués par l'autre partie, en invoquant les mêmes raisons.

— L'article auquel recourt la partie adverse est lié à une affaire où des enfants adoptés avaient tenté d'hériter de l'argent de leur grand-père biologique, intervint Katt avec fougue. Et, même alors, le jugement a précisé que le statut de l'enfant adopté assure à celui-ci tous les droits et conséquences légales… C'est insultant, poursuivit Katt en baissant d'un ton. Manigancer une chose pareille la veille d'un procès, à des heures indues ! Cet argument va à l'encontre de tout ce qui, dans notre Code pénal, a trait aux droits des mineurs et à leur famille ; tous ces articles se réfèrent aux enfants adoptés de la même façon qu'aux enfants biologiques.

— C'est très bien. Mais ma question est celle-ci, maître Katt : pourquoi l'article 48-90 parle-t-il d'un parent du même sang ?

— Je l'ignore.

— Eh bien, moi, je le sais. Les législateurs que nous avons élus opèrent une distinction. Ils précisent qu'au moins dans cette situation particulière, la procédure accélérée ne concerne qu'un parent du même sang. Pourquoi ne font-ils pas juste mention d'un parent majeur, tout bonnement ? Avez-vous une réponse, mademoiselle Kane ?

— Votre Honneur, répondit Stacey Kane en posant la main sur l'épaule de Gordon, c'est révoltant. C'est l'argument juridique le plus offensant que j'aie jamais rencontré, et pourtant j'ai consacré ma vie aux problèmes liés à l'adoption. Les Cady souhaitent manifestement adopter leur… filleule, Keefer. Comment peuvent-ils à cette fin réduire les droits d'un autre adopté, qui se trouve être l'oncle de cette enfant ? Quand ils auront adopté Keefer, que lui diront-ils alors ? Nous ne sommes pas tes parents, puisque tu as été adoptée… ? C'est de la démence.

— Personne n'a dit que M. McKenna n'était pas un parent de Keefer, rétorqua Emily Sayward. Simplement il n'est pas parent du même sang, selon la loi qu'il a lui-même invoquée pour adopter cette enfant, ce qui lui aurait donné un avantage sur les Cady.

Elle serra les lèvres et tapota avec impatience les papiers qui se trouvaient devant elle. Stacey Kane reprit :

— Gordon doit être traité comme un parent du même sang. Toutes les lois le disent clairement. Gordon et Georgia ont les mêmes droits que ceux qu'ils auraient eus si les McKenna leur avaient donné la vie. Ils ont été adoptés tout bébés. Si cette loi existe, c'est afin de confier le plus vite possible les enfants dont la situation est analogue à celle de Keefer Nye à ceux qui les connaissent et les aiment le mieux. C'est le cas de Gordon. Gordon, qui s'est occupé de sa sœur tandis qu'elle se mourait, Gordon, qui a aidé ses parents à élever ce bébé et l'a élevée pratiquement seul depuis lors.

Le juge haussa les sourcils.

— Je croyais que les grands-parents étaient les tuteurs principaux.

— En effet, mais afin que l'enfant s'habitue au foyer dont tout le monde pensait qu'il serait le sien, elle a passé du temps avec son oncle.

— Je vois, dit le juge. Je vois.

— Et après une évaluation établie par une agence compétente, Gordon McKenna a été jugé pleinement qualifié pour adopter Keefer.

— Très bien. Si la loi parlait d'un parent sans rien spécifier d'autre, M. McKenna serait considéré comme ayant droit. Mais il existe cette distinction portant sur le lien du sang. Il se peut que moi, vous et le requêteur ici présent ne l'apprécient pas, mais elle n'en existe pas moins, conclut le juge avec un soupir. Et les Cady ne répondent pas non plus à cette définition. Par conséquent, ils ne sont pas non plus en droit de déposer présentement une demande d'adoption.

Elle baissa les yeux sur ses mains, puis reprit :

— Aucune des parties n'étant en droit de le faire, je vais donc rejeter la demande de M. McKenna.

Stacey Kane faillit s'étrangler.

— Votre Honneur, lança Katt, pourriez-vous envisager de remettre votre décision, de sorte que nous puissions prendre un appel interlocutoire tant que cette affaire est en suspens ? Keefer a déjà été confiée aux bons soins de ses grands-parents maternels et paternels, et tout s'est bien passé…

— Je croyais qu'elle vivait chez son oncle, répliqua le juge.

— Elle a aussi été confiée aux Cady, lança Katt, les Nye ayant leur résidence principale en Floride.

— Et donc ?

— Eh bien, c'est très simple, poursuivit Katt en se

forçant à sourire. La cour d'appel pourrait vite intervenir. Imaginez que vous accordiez aux Cady leur tutelle et que l'enfant aille vivre chez eux, puis que nous gagnions en appel et que nous nous retrouvions ici même à statuer sur la demande d'adoption déposée par Gordon… Que se passerait-il ?

— Demandons à maître Wentworth, suggéra le juge.

— Gordon peut-il assister à ce débat ? demanda Katt.

— Assister, mais non participer.

Gordon hocha la tête. Les muscles de ses jambes tremblaient, et il n'aurait pu tenir debout sans appui. Il voyait rouge… du sang rouge. Les cellules sanguines sont les seules cellules du corps humain à ne pas contenir d'ADN. Ce n'est pas là que se trouvent les entrelacs chromosomiques qui relient les criminels à leurs crimes, les parents à… leurs enfants. Le sang. Le sang sur le pare-brise de la voiture, sur la chemise violet et or de Georgia, un lambeau de tissu flottant sur l'eau. Pour échapper à la rumeur de la salle, il se détourna et regarda par la fenêtre l'immense cathédrale.

— D'après moi, mes clients devraient être autorisés à poursuivre leur procédure…, disait maître Wentworth. Tous ces allers et retours entre les grands-parents, un foyer ici, l'autre à Madison… Ce n'est pas bon, une telle discontinuité… La règle d'or, c'est une famille, un foyer…

Une autre voix s'éleva, celle de la tutrice. La tutrice !

— Je représente Keefer. Malgré l'affection dont elle a été l'objet, elle n'est pas dans une situation saine… ces litiges à venir, tout ce temps perdu… C'est un bébé… Les appels simultanés… Cela risque de prendre des mois, deux, trois, davantage… La recommandation du Dr Bogert joue en faveur des Cady. Elle a parlé avec les membres de la famille, avec des amis des deux côtés, et ils ont tous dit la même chose. Gordon est célibataire. Il a vécu chez ses parents pratiquement toute l'année dernière, puis il a changé deux fois de résidence... Les Cady sont propriétaires. Delia travaille à domicile, c'est une femme au foyer... et puis la petite aurait une sœur...

Stacey Kane criait presque.

— C'est grave, Votre Honneur. Dire d'un frère adoptif qu'il ne vaut pas un frère de naissance, c'est saper tous les fondements de l'adoption.

— Dans ce cas, nous déposerons une requête pour obtenir la tutelle, renchérit Katt. Mon client entreprendra les démarches nécessaires...

— Je pense que nous allons traiter la requête qui nous reste, intervint le juge, plutôt que d'autoriser la présentation d'autres requêtes. Il est trop tard. M. McKenna a eu des mois pour se décider, et il a choisi d'entreprendre cette demande d'adoption particulière, plutôt que la demande régulière que ce tribunal n'aurait pas été en mesure de contester.

— Madame le juge, plaida Katt, nous n'avons pas eu le temps de compléter le dossier... J'étais à mon bureau par le plus grand des hasards quand m'est parvenue la demande de rejet concernant l'adoption de M. McKenna, à laquelle vous venez d'accéder.

— Tout comme moi, répliqua sèchement le juge.

— Nous n'avons pas eu la possibilité de nous préparer convenablement pour contrer cette action, insista Katt.

— Vous pourrez faire appel, répondit Emily Sayward.

— Et c'est ce que nous ferons, avec tout le respect qui vous est dû. Notre appel démontrera que les Cady savaient depuis longtemps que Gordon McKenna et sa sœur étaient à l'origine des enfants adoptés...

— Ce n'est pas vrai, intervint maître Wentworth. Je ne l'ai appris qu'il y a quelques jours.

— Mais cela figure clairement dans le rapport que vous avez reçu du Dr Bogert ! s'écria Katt. Ce document cite plusieurs fois mon client et sa conviction qu'en tant qu'adopté il est d'autant plus qualifié pour instruire Keefer du sens et de l'importance de l'adoption. Votre Honneur, lancer cette action à la dernière minute a été une manœuvre déloyale.

— J'entends bien et je comprends votre émoi, répondit Emily Sayward, mais je n'autoriserai pas l'ajournement demandé. Cette enfant a besoin d'un foyer. Si vous faites appel, et si la cour d'appel du Wisconsin démontre mon erreur, nous reviendrons ici reconsidérer la requête. Mais cela prendrait trop de temps. Vraiment trop de temps. Nous allons maintenant examiner l'autre requête, celle de la tutelle déposée par les Cady.

— Doit-il y assister ? s'enquit Mary Ellen Wentworth. Je parle de M. McKenna. Il est comme tous les parents qui se trouvent dans le couloir. Il n'a pas de raison d'être présent.

— Suggérez-vous qu'il existe une loi pour contester la présence de cet homme ? demanda le juge Sayward.

En entendant le ton de sa voix, Gordon la dévisagea et lut dans ses yeux une grande compassion.

— Aux termes de l'article 48-2-99, le tribunal peut autoriser toute personne ayant un intérêt à l'affaire à assister à la procédure. Et il y est intéressé à plus d'un titre. C'est son oncle, ajouta-t-elle en regardant Gordon. Même s'il n'est pas du même sang. Notre code de la famille ne quantifie pas légalement l'amour. C'est une chose impalpable mais bien réelle. Maintenant, poursuivons.

Quand les lourdes portes aux demi-lunes en cuivre s'ouvrirent, les Cady se précipitèrent dans les bras de Diane et de Big Ray. Quant à Gordon, il entraîna sa mère en la tirant par la main. Son père, Church et les avocats les suivirent, puis les encerclèrent.

— Ce n'est pas fini, leur assura Katt. Je veux que vous le sachiez…

Il enleva ses lunettes d'acier et se frotta les yeux.

— Gordon, qu'est-ce qu'elle a dit ? s'enquit Lorraine en posant une main fraîche sur le front de son fils. Tu es brûlant, mon chéri. Qu'est-ce qu'ils ont dit ?

Laisserait-il Katt le rapporter à sa place, et l'expert conclure ? Les faits parleraient-ils d'eux-mêmes, comme il l'avait cru toute sa vie d'adulte ? La pression des faits, cette variable incontrôlée qui oblitère la vérité, l'efface, sans se soucier des conséquences. Il n'en avait pas tenu compte.

Georgia, songea-t-il, et sa propre voix se confondit avec celle de sa sœur pour n'en former qu'une seule, faible, étouffée.

— Ils disent que je ne suis pas le frère de Georgia, souffla-t-il à ses parents. Ils disent que je ne suis pas votre fils.

13

Face à l'évier, occupée à laver la vaisselle du dîner, Nora était certaine que, dans son dos, Hayes faisait semblant de lire son journal. Leur fils Marty incitait son père à lancer une coopérative biologique, et l'idée séduisait Hayes. Les gens pourraient y adhérer au printemps et, chaque week-end, pendant les récoltes, quelqu'un (elle, selon toute vraisemblance) irait leur livrer des produits frais ainsi que de la confiture. Il leur faudrait pour cela acquérir le label « bio », tous les clients potentiels de la région l'exigeaient, mais ce n'était pas un problème. Comme son père et son grand-père avant lui, Hayes prenait grand soin de ses terres.

Ce qui intriguait Nora, ce n'était pas que Hayes fût en train de lire, mais qu'il fût encore debout à cette heure-ci. C'était le signe que quelque chose le tracassait. Plus les jours racourcissaient, plus Hayes se couchait tôt, comme les poules. Normalement, à sept heures, juste après le dîner, il tombait déjà de sommeil, les coudes sur la table.

— Tu veux un peu de café, chéri ? lança-t-elle en se tournant vers lui. J'en boirais bien une tasse.

— Volontiers, Nory, dit-il en repliant son journal.

Décidément, c'était bizarre. Hayes, debout à huit heures du soir, qui acceptait de boire un café et l'appelait Nory, comme du temps où il lui faisait la cour... Peut-être était-il d'humeur folâtre. Elle n'avait rien contre. Tous ses enfants avaient été conçus en hiver, la seule saison, semblait-il, où Hayes et elle ne faisaient pas que se croiser dans l'escalier. Pourtant ces derniers temps, elle avait souvent déserté la ferme pour séjourner en ville. Depuis l'enterrement, Nora avait fini par perdre la notion des jours, ils se confondaient dans la même douleur aiguë, lancinante.

Novembre touchait presque à sa fin. Ces gens viendraient leur prendre Keefer début décembre, à moins que les avocats ne trouvent une façon de l'empêcher.

À présent, elle se rendait tous les jours à Cleveland Avenue, pour garder Keefer et passer des coups de fil avec une régularité guerrière. Mark avait vite compris qu'il leur faudrait une seconde ligne téléphonique. Et Gordon avait appris à sa tante comment se servir de l'ordinateur pour envoyer et recevoir des courriers électroniques. Un jeu d'enfant pour Nora, qui savait manier toutes sortes de machines agricoles et remonter une bicyclette à partir de pièces détachées. Dès la fin des cours, Gordie et Lorraine s'y mettaient aussi, et Lindsay les rejoignait après la fermeture du magasin. Lorsque le journaliste de *Newsweek* était venu, il était resté trois heures et leur avait posé toutes les questions possibles et imaginables, en avalant cinq tasses de café.

Quant aux Cady, ils avaient refusé de lui parler, contrairement aux sœurs de Ray, qui avaient accepté. Pourquoi les Cady se seraient-ils exprimés ? pensait

Nora en dosant le café. Ils avaient eu ce qu'ils voulaient. L'article avait tellement enthousiasmé Greg Katt qu'il s'était abonné à *Newsweek*.

Elle réfléchit à la lettre qu'ils préparaient, une photo de Gordie et Keefer tenant dans leurs bras des chatons nés à la ferme, avec ce sous-titre : « D'après vous, les enfants adoptés ont-ils les mêmes droits que les autres enfants ? » Elle se disait parfois que ces coups de fil, ces courriers électroniques ne servaient à rien et qu'un jour ils regretteraient d'avoir perdu tout ce temps au lieu de profiter de Keefer et de la dorloter.

— Nory, dit alors Hayes, interrompant ses pensées. Viens t'asseoir, j'ai quelque chose à te dire.

Nora s'affola. Le problème de prostate de Hayes avait dû dégénérer en cancer, et il avait attendu ce moment pour le lui annoncer.

— C'est au sujet de toute cette affaire avec Mark et Lorraine, ajouta-t-il.

Nora se détendit et s'adossa à sa chaise, tandis que Hayes se levait de son fauteuil en se dépliant comme un vieux canif. Il avait seulement dix ans de plus qu'elle, mais parfois il se déplaçait comme un vieillard. Pourtant, il abattait l'ouvrage d'un homme de trente ans. Elle lui prit la main et y posa un petit baiser. Il cligna des yeux.

— Nory, je ne sais trop comment te dire ça, parce que j'ai peur de te blesser. Et crois-moi, je n'en ai pas du tout envie. Mark est un chic type, ajouta-t-il en sucrant abondamment son café. Il m'a toujours plu. Et Georgia était un amour, Dieu ait son âme. Mais ce qui est fait est fait. Cette femme n'est pas juge pour rien, Nora. Elle comprend ce qui vaut mieux pour cette enfant.

— Qu'est-ce que tu racontes ?

— J'avoue que je suis assez d'accord avec elle.

Gordie est un brave garçon. Mais c'est un célibataire. Pas plus que nos fils, il n'est fait pour élever une gamine. Tu imagines Marty ou Rob s'occupant d'un bébé de l'âge de Keefer ?

— Il s'en sort à merveille. Et toi, qu'aurais-tu fait si j'étais morte ? Tu te serais retrouvé avec nos garçons sur les bras.

— J'aurais épousé Phyllis Cladley à la première occasion, qu'est-ce que tu crois ?

— Grand bien t'en fasse, Hayes. Ainsi, d'après toi, le juge a pris cette décision parce qu'elle pensait que la petite serait mieux chez ces vagues cousins de Madison ?

— Je ne dis pas ça.

— Alors où veux-tu en venir ?

— C'est surtout que je n'ai pas envie que tu t'en mêles.

— Tu veux parler de l'appel pour obtenir qu'on modifie l'article de loi ? Il s'agit de notre famille.

— Justement. Moi aussi, je me fais du souci pour eux, mais la loi, c'est la loi. Imagine que ce soit ton propre enfant. Ou plutôt, que ce soit ta ferme. Tu voudrais qu'un gosse sorti d'on ne sait où hérite de nos terres ? Et qu'elles échappent ainsi à notre famille pour toujours ? (Il fit un geste, comme pour embrasser l'horizon.) Les biens doivent rester à la famille qui les possédait à l'origine.

— C'est ridicule. Dieu nous en préserve, mais si nos garçons étaient morts et que Georgia soit la seule survivante... ça te contrarierait que nos terres lui reviennent ?

— Pour sûr, affirma Hayes, mais ses yeux s'embuèrent. Non. Non, ça ne me contrarierait pas, se reprit-il, et, lentement, il alla se moucher à un torchon. De toute façon, il était sale, dit-il d'un air contrit, comme Nora lui faisait les gros yeux. Regarde, je le mets dans le panier.

— Tu pourrais aussi le laver toi-même.

— Georgia était un trésor. Mais pour ces gens de Madison, Keefer est très proche. Comme Mark est proche de nos fils. Ils connaissent certaines choses… qui nous échappent. Grâce à eux, elle saura d'où elle vient.

— Keefer est de Tall Trees. Comme toi et moi.

— Jamais vous n'arriverez à persuader ces gens qu'ils se trompent et à le leur faire admettre !

— Ce n'est pas mon avis.

— On ne peut se battre contre les autorités, Nora.

— Mais si. Autrement, à cette heure, il ne resterait plus une seule ferme familiale dans le Wisconsin.

— Ne mélange pas tout.

— Tu as vu Mark et Lorraine, ce jour-là. C'est comme si Georgia était morte de nouveau. Ils ne vivent plus que pour Keefer et Gordie.

— Mais ça nous concerne aussi, Nora. Les gens parlent. L'affaire des liens du sang. Ça s'étale en première page du *Milwaukee Journal* et de *Newsweek*. Tout le monde en ville n'apprécie pas de voir Lorraine en pleurs déclamer : « Ils sont de ma chair et de mon sang, ce sang qui coule dans mes veines, qui irrigue mon cerveau et qui m'a fait les aimer… » Je sais, ça part d'une bonne intention, mais il y a des gens qui ne trouvent pas ça convenable…

— Qui ?

— Des tas.

— Cite-moi des noms, exigea Nora.

— Eh bien, le proviseur du lycée, pour commencer. Tu le connais, c'est une grande gueule. Je l'ai entendu chez Hubbles, l'autre jour. Il envisageait d'écrire au rédacteur en chef.

— Tu as vu les lettres que la rédaction du *Messenger* a reçues ? Toutes nous sont favorables et critiquent la décision rendue par le juge Sayward. On a soixante-dix courriers électroniques sur le portable que Mark a rapporté de l'usine. Même les parents qui n'ont que des enfants « naturels » trouvent ça ignoble. Ils sont tous pour Gordie.

Hayes la fixa sans broncher.

— Très bien. Ça causera notre perte, Nora. Pense donc un peu à ta propre famille.

— Notre perte ?

— Avec toi toujours fourrée en ville. Lorraine qui se démène comme une damnée. Et Gordon… C'est un professeur ! Tu crois que les parents d'élèves voient d'un bon œil qu'un prof se débatte dans un tel sac de nœuds ?

— Ne sors pas du sujet, Hayes. Tu as dit que cela causerait notre perte.

— Tu n'es jamais là. À force de manger la cuisine de Bradie, je vais finir par dépérir.

— Tu n'en as pas l'air.

— Et il y a pire…

— Vas-y, vide ton sac.

— Eh bien, c'est pour Marty et son projet que je m'inquiète. Et pour la ferme. Elle marche bien, mais à cause de tout ce ramdam, les gens vont finir par nous montrer du doigt. Tu as vu ce jeune couple qui s'apprête à ouvrir une boutique de fruits et légumes avec salon de thé, brocante et tout le tintouin ?

— Quoi, tu as peur que ça nuise à tes affaires ?

— Oui. Bientôt, ils vendront aux restaurateurs. Ils me prendront mes clients.

— Tes produits sont remarquables, dit-elle pour l'apaiser. Les gens raffolent de tes tomates, de tes melons, de tes asperges blanches…

— Je ne suis pas le seul à le penser. Ton fils aussi est de cet avis.

— Marty ?

— Oui.

— Eh bien, le jour où je me laisserai dicter ma conduite par Marty Nordstrom, tu pourras sortir la pelleteuse et creuser un grand trou…

— Et moi, dans tout ça ? se récria-t-il. Je suis ton mari depuis vingt-neuf ans. Parfaitement, j'ai fait le compte. Et je dis stop. Il faut que ça s'arrête. Maintenant. Je ne leur veux aucun mal. Au contraire, je leur souhaite tout le bonheur du monde. Ils ont assez trinqué. Et je ne te demande pas de ne plus t'occuper de Keefer…

Soudain, Nora sentit comme un grand vent la soulever de terre pour l'emporter par la fenêtre ouverte par-dessus le pré où, au printemps, leur holstein paissait avec son petit taurillon ; elle passa la crête de la colline et son liseré de chardons, puis vit l'étang en contrebas, là où les saules semblaient relever leurs jupes comme de vieilles demoiselles s'apprêtant à traverser à gué.

Ici, c'était chez elle. Chaque mois d'avril, elle allait avec son grand râteau patauger dans l'eau boueuse pour en tirer les nénuphars lestés d'algues et en remplir sa brouette ; elle déposait cette riche pâte végétale au pied de ses vivaces qui, pleines de gratitude, sortaient des semaines avant les iris, fougères et muguets des voisins. Elle faisait la cuisine, préparait des conserves, binait, chassait les mouches, enduisait les mains de Hayes et les siennes de liniment, nettoyait les bottes et les impers boueux, les mettait à sécher dans la cour. Elle signait des chèques démoralisants, nourrissait les chats, les attrapait pour leur faire leur vaccin, coupait des tulipes dont elle enveloppait les tiges dans du papier journal humide, pour les emporter à l'église et décorer l'autel. En esprit, elle atterrit sur la butte qu'ils appelaient le parc aux daims. C'était là que les biches nichaient avec leurs petits (Nora cuisinait le gibier, mais elle interdisait à Hayes et à ses fils de tuer un daim sur leurs terres), là que les garçons faisaient de la luge étant petits, là que l'on pouvait se cacher parmi les pins et les chênes verts pour regarder les lumières piqueter l'obscurité et les compter comme des notes de musique : celles des Roman, des Cladley, des Zurich, des Rooney, des Woffling. Là que, par temps clair, on apercevait les cimes neigeuses des Snowmounds. Hayes et elle projetaient de s'y construire un chalet un de ces jours, avec une véranda qui en ferait tout le tour. Ils mèneraient une vie paisible, tandis que Dan et Marty dirigeraient la ferme.

Autant qu'elle s'en souvînt, depuis que le père Barry les avait unis, Nora ne s'était pas trouvée une seule fois en désaccord ouvert avec Hayes. Il n'avait jamais levé la main sur elle, ni sur les garçons, malgré tous leurs mauvais coups. Il n'avait jamais rabaissé Rob à cause de ses mauvaises notes, ni reproché à Marty de s'être presque laissé mourir de faim un été, tout ça pour la fille Rooney, et c'était lui qui avait insisté pour qu'ils mettent un peu d'argent de côté tous les mois, afin d'aider leurs fils quand ils seraient en âge de s'établir. Elle n'avait pas dit à Hayes qu'elle l'aimait... depuis leurs noces d'argent. Mais elle l'aimait comme elle aimait ses fleurs, son couple de cerisiers aux branches entrelacées. Ce n'était pas un émoi mêlé d'angoisse qu'elle éprouvait pour ses garçons et pour Georgia, mais le sentiment de grâce et de sécurité que seul un refuge peut procurer.

Pas plus que de marcher sur les airs, elle ne se voyait vivre sans Hayes. Et ce fut le cœur gros qu'elle lui dit :

— Je vais le faire, et ce n'est pas pour te blesser, ni parce que tu ne comptes pas. Je suis désolée que tu le prennes comme ça. Mais je vais le faire, que ça te plaise ou non. Et je ne crois pas que ça nuira à la ferme. D'ailleurs, cela non plus ne m'arrêterait pas.

Sans rien dire, il prit sa tasse de café entre ses mains, et Nora vit ses jointures devenir blanches.

— Tu es bien décidée.

— Si je ne faisais pas tout ce que je peux pour réparer cette injustice, je ne pourrais pas regarder Georgia en face, le moment venu. Dieu déteste les lâches.

— Et les insensés.

— C'est ainsi que tu me vois ?

— Oui, répondit-il lentement, mais je ne dirai pas un mot contre toi.

Submergée de gratitude, elle en resta sans voix, puis elle lui toucha la main, le bras, et ils s'enlacèrent.

Plus tard, Nora ouvrit le tiroir où elle conservait sa chemise de nuit de jeune mariée et ses combinaisons pour en sortir le sweat-shirt de Georgia. Elle le plia contre son ventre et se balança, se balança. Plus moyen de s'arrêter, maintenant. Ils étaient allés trop loin.

Elle regrettait de n'avoir pu assister aux débats dans la salle de tribunal.

Lorsqu'elles avaient appris la nouvelle, Lindsay Snow et elle s'étaient agenouillées près du petit lit où Keefer dormait contre son oreiller en flanelle. Des idioties lui avaient traversé l'esprit, comme de partir avec Lindsay et la petite à l'aéroport, et prendre le premier avion pour Hawaii. Quand Lindsay s'était levée pour verrouiller la porte, Nora n'avait pas eu besoin de demander pourquoi. La rue saupoudrée de neige semblait pleine de menaces. Elles s'étaient postées à la fenêtre pour guetter le retour de Lorraine et de Mark, et quand la voisine à la triste figure, cette Wilton qui avait dépêché le shérif chez Gordie, avait levé les yeux, elles avaient reculé en se collant contre le mur. Mark et Gordie étaient arrivés en voiture quelques minutes après, en disant que Lorraine s'était rendue chez le coiffeur.

Chez le coiffeur. Elle a dû perdre l'esprit pour de bon, s'était dit Nora.

Mais quand sa belle-sœur était réapparue deux heures plus tard, elle avait dû admettre que sa nouvelle coupe au carré lui donnait l'air plus fraîche, plus volontaire, plus forte. Prête pour la bataille.

Le lendemain et le surlendemain, quand les journalistes et les photographes avaient afflué, Nora avait compris que sa belle-sœur était loin d'être folle. En blazer et pantalon bleu marine, Lorraine distribuait les exemplaires d'une photo de Ray et Georgia tenant Keefer, qu'elle avait imprimés durant la nuit. Ce n'était plus du tout la provinciale bohème qui se drapait dans son châle et retenait ses mèches folles avec des piques, mais une femme méthodique, sérieuse, minutieuse, qui inspirait confiance. Le reporter de *Newsweek* vint le samedi, et *CBS News* le dimanche ; ce soir-là, en compagnie de Marty et de Dan, Nora regarda avec effroi Dan Rather, le célèbre présentateur, parler des McKenna, sans mentionner le nom de Keefer, évidemment.

Un premier coup de fil avait déclenché la machine, qui se mouvait depuis, comme propulsée par sa propre énergie. En fait, c'était Nora qui avait suggéré d'appeler leur député. Lorraine et Mark, qui ne votaient que pour les présidentielles, ignoraient jusqu'à son nom. Mais Nora savait qu'il s'appelait Phil Kay, et elle connaissait son adresse. Ils l'avaient appelé chez lui, et Lorraine avait rapporté la conversation : Phil Kay se disait indigné, consterné, et il avait promis de retrouver l'origine de cet article de loi dès le lundi matin, afin de déterminer si le législateur avait sciemment établi une distinction au sein d'une famille entre les enfants adoptés et les autres. Il s'apprêtait à sortir quand le téléphone avait sonné, leur confierait-il plus tard, et en temps normal, il aurait laissé le répondeur enregistrer le message. Mais une intuition l'avait poussé à décrocher.

Lorraine, qui n'avait pas dû dormir de tout le week-end, rédigea une lettre qu'elle se proposait d'envoyer à tous les journaux du Wisconsin et au-delà, aux chaînes de télévision, à la Fédération des familles adoptives, et au président des États-Unis. Ils planchèrent dessus en biffant des passages qui plaisaient à Lorraine mais que Mark trouvait mal venus comme « ignoble injustice », un « système judiciaire corrompu » et, en parlant des Cady, « ces gens que Keefer connaît à peine ».

À l'église, ce dimanche-là, le père Barry lut une partie de la lettre. « Gordon affirme résolument que lui et tous les enfants adoptés sont fiers de leur héritage et qu'ils se considèrent comme appartenant à part entière à leurs familles. Telle quelle, cette loi dénigre non seulement une famille en particulier, mais toute l'institution qui permet à des familles de se créer grâce au principe de l'adoption, lien bien plus profond que le seul lien du sang. » Il demanda qu'on prie pour les McKenna, les Nye, les Cady, et pour le juge Sayward, qui devait être guidée par sa conscience.

Le lundi qui suivit sa prise de bec avec Hayes, Nora se rendit chez Mark et Lorraine au point du jour. Une heure plus tard, Gordie, les yeux rougis et gonflés, arrivait avec Keefer. À contrecœur, Lorraine et Gordie se préparèrent pour aller donner leurs cours. Ils faillirent appeler pour se déclarer malades, mais Mark leur rappela que cela risquait de faire mauvaise impression.

Quand Phil Kay appela, Nora était seule, un téléphone à la main et Keefer juchée sur sa hanche.

Il lui apprit que d'après les recherches effectuées par son bureau, il n'y avait aucune raison de croire que la loi, écrite en 1959, avait sciemment établi une discrimination contre les enfants adoptés. Kay expliqua ensuite que des affaires similaires advenues durant cette période s'accordaient toutes sur l'essentiel, à savoir que les droits d'un enfant adopté et d'un enfant biologique étaient identiques. Il proposerait donc un amendement, afin que la loi précise bien « du même sang ou par adoption ». D'après lui, cette expression malencontreuse était une omission involontaire : le législateur avait supposé, tout comme les McKenna, que « du même sang » s'appliquait aussi à un enfant adopté et devenu par là même un membre de la famille à part entière.

On pouvait espérer que le corps législatif examinerait cet amendement dans l'année, au plus tard dans les deux ans à venir. Nora avait manqué s'étrangler.

— Un ou deux ans ? Mais dans six ou sept mois, les Cady auront de fait adopté Keefer.

— Je sais, répondit Kay piteusement, mais si vous pouviez obtenir une suspension…

— Le juge refusera de nous accorder un seul jour de plus, lui précisa Nora.

— Je ferai tout mon possible, lui répondit le député. Il faut que je réfléchisse pour accélérer le processus.

Elle l'avait remercié. Cela pourrait prendre des années. La plupart du temps, les lois étaient modifiées bien après les drames qu'elles avaient suscités. Mais Phil Kay n'était pas leur seul représentant. Elle contacterait le sénateur. Comment s'appelait-il déjà… Hammersmith ? Quand Gordon et les autres furent de retour, Nora avait retrouvé tout son zèle, mais en leur rapportant les propos de Phil Kay, elle sentit son enthousiasme refroidir devant leur air dépité.

Gordon sortit Keefer de sa chaise haute et l'emmena dans le couloir, où il l'équipa pour sortir d'une combinaison fourrée et de ses bottes. « Maman », lança Keefer en faisant signe à ses grand-mère et grand-tante.

— Elle dit ça quand ils vont au cimetière, dit Lorraine à Nora.

— Mon Dieu, souffla Nora.

— Ça va sans doute la traumatiser pour la vie, commenta Lorraine en haussant les épaules. Mais je m'en fiche. Après tout, je suis une vieille hystérique dont la cupidité passe avant le bien-être de sa petite-fille.

— Ah… cette lettre. Celui ou celle qui l'a écrite n'a même pas eu le courage de signer.

— Après tout, ça vaudrait peut-être mieux pour Keefer, de vivre chez les Cady. Le chagrin fausse notre jugement… Elle aurait besoin d'un nouveau départ.

— Eh bien, moi, je trouve que ce n'est pas le moment d'abandonner. Nous avons tout à y gagner. Et, au pire, une autre famille n'aura plus à passer par là.

— Nora, soupira Lorraine, tu es meilleure que moi.

— Mais non.

— Mais si. Les autres, je n'y pense guère. L'auteur de cette lettre dit que Georgia demandait à tous ceux qui venaient la voir de prendre soin de Keefer. Je n'ai jamais pensé qu'elle voulait la confier à d'autres qu'à Gordie.

La neige s'était mise à tomber, de gros flocons mouillés s'écrasaient contre la baie vitrée et, sur le ciel laiteux, la seule tache de couleur était la combinaison de Keefer, qui trottinait.

— Regarde-les, sourit Nora. N'est-ce pas qu'elle ressemble à Georgia ? Quel pas décidé !

Soudain, Lorraine envoya valser toutes les enveloppes qu'elles avaient remplies et qui s'empilaient sur la table.

— Justement ! C'est bien ça le problème ! fulmina Lorraine, tandis que Nora la fixait, interdite. Vous n'en sortez pas, ni les uns ni les autres. Ah, ce qu'elle lui ressemble ! Tu as vu comme il lui ressemble ? C'est le portrait de son père. Et Mark : on croirait voir sa grand-mère ! Chaque fois que Matt passe la porte, il y en a un pour lancer : « Regardez, on dirait Mike étant petit ! » Alors un autre ajoute : « Quant à Pete, il a les yeux de Debbie. » Et il y en a toujours un pour rectifier : « Non, c'est à la sœur de Debbie qu'il ressemble le plus. » Apparemment, c'est un sujet fascinant, inépuisable. Et ça revient sans arrêt, même si vous vous êtes vus une semaine plus tôt, on a droit à la même rengaine, les fameuses ressemblances de cette précieuse famille...

Était-ce vrai ? Nora essaya de rassembler ses esprits.

— C'est sans mauvaise intention, finit-elle par dire.

— Et mes enfants ? À ton avis, qu'est-ce qu'ils ont éprouvé, toutes ces années ? Ils se sont sentis exclus. Georgia détournait les yeux... Georgia, qui voulait tant qu'on l'aime. Elle s'est toujours efforcée de plaire à tout le monde, que ce soit moi, ses mauvaises fréquentions ou ses professeurs. Quant à Gordon, il n'avait rien de commun avec nous, physiquement. C'est un tel manque de tact ! Sais-tu ce que la femme du Dr Slater a dit un jour à mon fils ? Son garçon et le mien étaient dans la même équipe de foot. Elle est venue nous trouver après un match. « Evan voudrait savoir pourquoi Georgia ne ressemble pas à Gordon, alors qu'ils sont frère et sœur. Je lui ai seulement dit que l'adoption était un geste de bonté envers des enfants sans foyer. » Et puis elle a ajouté : « Georgia peut faire illusion, mais pour Gordon, c'est flagrant. On voit bien qu'il ne peut pas être de vous. »

— Ce Dr Slater a toujours été un crétin de première.

— Mais, Nora, les gens réagissent tous comme ça, le monde entier est un miroir, et s'ils veulent des enfants, c'est pour y retrouver leur propre reflet… C'est pour ça qu'on vous a si peu fréquentés, ajouta Lorraine.

— Quoi ?

— Mark et moi, on restait entre nous, parce qu'on n'en pouvait plus. Apparemment, vous vous fichiez bien de savoir si les enfants progressaient, ce qu'ils faisaient à l'école. Leur seul intérêt à vos yeux, c'était d'avoir le menton McKenna ou les grands pieds des Nordstrom. Ce qui nous était infiniment précieux ne valait rien pour vous ! D'après moi, c'est en grande partie pour ça que Mark était contre l'adoption, au départ. Il savait que vous ne l'accepteriez jamais.

— Nos parents, peut-être, Lorraine. Les vieux sont forcément conservateurs. De leur temps, quand une femme ne pouvait avoir d'enfant, elle se faisait une raison. Je doute même qu'ils aient connu un seul enfant adopté.

— Mais vous, vous n'étiez ni vieux ni conservateurs ! L'adoption se fait couramment depuis les années cinquante. D'ailleurs, cela nous était bien égal d'être différents, mais nous ne supportions plus qu'on le rappelle sans cesse à nos enfants, qu'on leur mette sans arrêt le nez dedans.

— Alors c'est pour ça ?

— Oui.

— On croyait que vous ne nous aimiez pas.

— Nous ? C'est insultant, Nora.

— Mais non, Lorraine.

Au point où on en est, autant aller jusqu'au bout, songea Nora. Deux disputes en vingt-quatre heures, c'était plus qu'elle n'en avait eu en vingt ans. Ainsi soit-il.

— Tu as toujours été si distante avec nous ! ajouta-t-elle.

— Et tu ne vois toujours pas pourquoi ? Même aujourd'hui ? Le monde entier pense comme vous. Le juge Sayward, le législateur… Selon eux, nos enfants sont chez nous comme… des invités, des hôtes de passage. Même si ça fait plus de vingt ans qu'ils y habitent.

— Comment peux-tu croire ça de moi ? lança Nora en se levant. Si c'était le cas, Lorraine McKenna, je ne serais pas là, assena-t-elle en pensant au sweat-shirt orange de Georgia. Georgia m'était plus chère que ma propre vie. Tu nous prends peut-être pour des péquenauds, Hayes et moi, et s'il m'est arrivé de dire à Georgia des paroles blessantes, j'emporterai ce fardeau dans ma tombe. Mais si tu penses vraiment que nous avons voulu vous faire du mal, à toi, à mon frère et à vos enfants, alors je partirai, je sortirai de cette maison pour ne plus y revenir. Dans le cas contraire, tu ferais mieux de reconnaître qu'il y a eu des torts des deux côtés et que ça a assez duré.

Lorraine se détourna et regarda par la fenêtre.

— La neige tombe si fort maintenant qu'on ne voit même plus le cimetière, dit-elle.

— Il fait bon dehors. Keefer va vouloir faire un bonhomme de neige, je parie.

Si Nora ne s'efforçait pas de prendre les choses à la

légère, elle risquait d'éclater en sanglots ou de s'enfuir en courant.

— Nora, dit soudain Lorraine. Je ne t'ai jamais prise pour une idiote. Tu es la péquenaude la plus intelligente que je connaisse.

Nora maugréa entre ses dents tandis que sa belle-sœur continuait :

— Et plus que ça, tu es… tu es mon amie. Tu es ma famille. Sinon, je n'aurais pas été aussi brutale avec toi. Et Georgia t'aimait…

— C'est bon, Lorraine. N'en parlons plus.

— Non. Elle t'aimait autant que moi. Grâce à toi, elle se sentait vraiment de la famille. Il faut que tu me pardonnes. Je ne suis pas… Je ne sais pas comment j'ai pu…

Le téléphone sonna et ce fut Nora, la plus calme des deux, qui répondit, même si dans ses oreilles tintaient encore les propos blessants de Lorraine ainsi que ses paroles apaisantes, autant de mots qu'elle craignait et espérait entendre depuis trente longues années.

Aussi ceux qu'elle entendit lui parurent-ils confus de prime abord. Ils semblaient prolonger la conversation qui venait de se clore, comme lorsqu'on se réveille d'un rêve la tête encore nébuleuse. C'était l'assistante de Phil Kay, une jeune femme qui lui expliqua dans un doux gazouillis qu'elle aussi était une enfant adoptée, comme ses deux frères, et que la même chose pouvait leur arriver, à elle et à ses parents. Or M. Kay avait une idée, une idée un peu bizarre et qui pouvait ne pas marcher : il allait tenter d'ajouter l'amendement en question à un autre projet de loi portant sur l'adoption…

Ensuite Lorraine et Nora se précipitèrent dehors, elles traversèrent la rue enneigée jusqu'au cimetière en criant toutes les deux « Gordon » à tue-tête. Ce fut Nora qui arriva la première et qui réussit à dire, hors d'haleine :

— Phil Kay va présenter l'amendement maintenant ! Avant la trêve de Noël !

— Quand ? demanda Gordon en ôtant sa casquette. Quand ?

— Dans dix jours ! s'exclama Lorraine.

À tour de rôle, ils soulevèrent Keefer et la firent tournoyer parmi les tombes et les stèles dont la neige avait recouvert les noms, les dates, et comblé les crevasses. Plus tard, en repensant à la façon dont elles avaient annoncé la nouvelle à Gordon, à cet instant et en ces lieux, avec Georgia à moins de un mètre d'eux, Nora s'émerveillerait de ce mystère.

14

La dernière fois que Gordon était entré au Capitole du Wisconsin, c'était pour la remise des diplômes, à la fin de ses études secondaires. Lui, Church et Sweeney avaient passé la nuit précédente à jeter des glaçons du septième étage de l'immeuble où ils étaient hébergés sur les filles qui couchaient à l'étage en dessous, dès qu'elles pointaient le nez sur le balcon. Le lendemain, ils en avaient franchi le seuil un peu hagards.

Gordon se sentait à peu près dans le même état quand il arriva avec sa mère à huit heures précises, le matin où Phil Kay devait soumettre le projet de loi 600 à l'approbation de l'Assemblée. Après l'exaltation suscitée par l'appel de Kay, un coup de fil de Greg Katt avait refroidi leur enthousiasme ; l'avocat avait réussi à obtenir une audience pour bloquer la requête d'adoption déposée par les Cady et empêcher qu'on leur confie Keefer tant que la cour d'appel n'aurait pas examiné l'affaire. C'était sans grand espoir. Le juge Sayward serait sur la défensive et elle avait déjà rejeté en substance la même demande.

— C'était avant toute cette publicité, fit remarquer Mark.

— Justement, les juges n'apprécient pas du tout ce genre de publicité, répondit Katt pendant qu'ils écoutaient tous grâce au haut-parleur du téléphone. Elle doit être plutôt remontée. Enfin, ça vaut quand même le coup d'essayer. L'audience a été fixée pour jeudi matin, conclut-il.

Seulement, le jeudi matin, les McKenna seraient à Madison pour voir Phil Kay faire sa présentation devant l'Assemblée... Après réflexion, ils trouvèrent un compromis : Mark resterait à Tall Trees avec Keefer. Quant à Gordon et Lorraine, ils reviendraient dès qu'ils auraient fini de témoigner. Au fait, en quoi cela consistait-il ? Gordon n'en avait pas la moindre idée, mais il sentait confusément que ce n'était pas dans ses cordes.

— Je ne suis pas bon orateur, maman, avoua-t-il dans un instant de panique alors qu'ils venaient de traverser la ceinture de petites villes qui s'agglutinaient sur le pourtour de l'autoroute. Tu leur raconteras toute l'histoire et je serai là pour te soutenir.

— On me prend pour une cinglée, Gordie. Même mes amis m'ont conseillé de ne plus accorder d'interviews. Ça donne la fâcheuse impression que nous voulons faire juger cette affaire par voie de presse.

— Alors il va falloir que j'écrive tout à l'avance.

— C'est ta vie. Tu n'as pas besoin de coucher ça sur le papier.

— Je suis incapable d'improviser comme toi.

— Mais si, c'est ce que tu fais tous les jours en cours. Imagine que tu t'adresses à tes élèves.

C'était la première fois depuis l'adolescence qu'il partageait une chambre avec sa mère. Quand il avait enfin réussi à s'endormir, les ronflements de Lorraine l'avaient réveillé, puis elle s'était redressée, avait allumé la lumière et s'était mise à fouiller dans son dossier rempli de coupures de presse.

— Maman, laisse-moi dormir, grogna-t-il, et elle éteignit. Quelques minutes plus tard, il l'entendit à nouveau fureter dans l'armoire.

— Mais qu'est-ce que tu fabriques, à la fin ? lui lança-t-il.

— Je vais faire un petit tour dehors.

— Tu ne vas pas aller te balader en pleine nuit dans une ville que tu ne connais même pas !

— Ne t'inquiète pas pour moi, Gordie.

— Bon, allume la lumière si tu veux, je m'en fiche.

Ils avaient fini par regarder MTV jusqu'au petit matin. Lorraine n'avait cessé de faire des commentaires bien sentis sur l'image dévalorisante de la femme que véhiculaient les clips vidéo, un vrai concentré de sadisme et de misogynie, selon elle ; à bout de patience, Gordon avait failli lui proposer de jeter des glaçons par la fenêtre, histoire de s'amuser un peu.

Sur le coup de six heures du matin, ils appelèrent son père et, du même coup, réveillèrent Keefer, qui s'était coupé le doigt la veille au soir en cassant un pot de crème dans la salle de bains.

— C'est grave ? s'écria Lorraine en faisant le signe de croix.

— Non, mais ça a pas mal saigné, dit Mark.

— Et où étais-tu quand c'est arrivé ? demanda Lorraine.

— Je la surveillais.

— Ah bravo !

— Du calme, Lor.

Ils se quittèrent en se souhaitant bonne chance.

À sept heures, quand sa mère et lui s'aventurèrent les

premiers dans la salle à manger de l'hôtel, Gordon n'avait encore rien préparé et il se sentait nauséeux. Le projet de loi portait sur de nouvelles clauses devant accélérer les démarches administratives et raccourcir le séjour des enfants dans les centres éducatifs, dans l'espoir de faciliter ainsi leur adoption, mais les médias se polariseraient surtout sur ce qu'on appelait l'affaire des liens du sang. La veille du départ de Lorraine et de Gordon pour Madison, les McKenna avaient regardé les actualités en passant d'une chaîne à l'autre avec un calme surprenant. C'était partout la même journaliste blonde faisant les mêmes commentaires : « Demain, toutes les familles adoptives des États-Unis auront les yeux fixés sur le Wisconsin. Il se peut que notre État devienne ainsi le champion des enfants adoptés, en affirmant qu'ils sont pleinement égaux en droits. Mais il existe une famille pour qui cet amendement au projet de loi 600 revêt une importance particulière et résonne de façon poignante. En effet, pour les McKenna de Tall Trees, cette histoire a commencé il y a déjà plusieurs mois, des mois d'une intolérable angoisse... » Ils s'étaient presque habitués ces derniers jours à voir diffuser des extraits de films vidéo tournés en famille ; mais Mark coupait le son en appuyant prestement sur la télécommande dès qu'on entendait la voix de Georgia lisant des contes à Keefer : cela leur était insupportable.

Un peu avant huit heures, Gordon attendit sa mère sous la rotonde principale. Il contemplait le dôme et les déesses de style Renaissance planant voluptueusement sur le plafond au milieu d'une profusion de fleurs et de fruits, chacune munie d'un objet emblématique figurant le Wisconsin, le lac Michigan, le lac Supérieur, le Mississippi, quand une journaliste lui sauta dessus sans prévenir, suivie de son cadreur, un géant barbu coiffé d'une casquette en cuir.

— Joy Bell, de Channel Four News. Alors, Gordon, que va-t-il se passer aujourd'hui, d'après vous ?

— Je n'en ai pas la moindre idée, répondit-il. Nous espérons que l'Assemblée examinera attentivement ce projet de loi, car il signifie beaucoup, non seulement pour nous, mais pour des tas d'autres gens.

— Madame MacNamara, dit alors la journaliste en voyant Lorraine pénétrer dans la rotonde, vous aussi, vous êtes en colère ?

— Mme McKenna, rectifia Lorraine. Pourquoi serais-je en colère ? Au contraire, je suis reconnaissante envers Phil Kay, notre élu, d'avoir pris sur lui de parler en faveur des familles adoptives, d'où qu'elles soient. Comme il le dit lui-même, il est grand temps.

— Vous pourriez ensuite adopter votre nièce, monsieur McKenna ?

— C'est une longue procédure. Nous sommes en train de faire appel de la décision de Mme le Juge Sayward, et cela risque de prendre des mois. Alors seulement, si nous obtenions gain de cause…

— Merci beaucoup, conclut abruptement la journaliste.

— Encore un morceau de bravoure, grommela Lorraine. Le dimanche précédent, le *Milwaukee Journal* avait sorti une double page avec pour titre « Une famille liée par le deuil, divisée par l'amour ». L'article citait Lorraine, disant qu'elle « ressentait de la haine » envers les Cady. Lorraine s'était révoltée.

— Je n'ai jamais dit ça, avait-elle assuré à Gordon. Seulement que je détestais ce qui était arrivé, et que Keefer doive en passer par là.

Elle avait appelé la journaliste, qui leur avait laissé un

message le lendemain matin en jurant qu'elle avait vérifié ses notes et qu'elle était certaine de ce qu'elle avait écrit.

— Au fait, dans l'édition de l'après-midi, vous trouverez une interview de Raymond Nye, avait-elle ajouté.

« Nous ne ressentons de haine pour personne, disait Big Ray. Tout comme le tribunal, nous savons ce qui vaut mieux pour cette petite. Et à mon avis, cela n'a rien à voir avec l'adoption. Nous avons voulu respecter les volontés de notre fils et de sa femme, qui désiraient la même chose. De ceci, nous avons la preuve. Inutile d'épiloguer. » Il y avait une photo de Big Ray, avec des yeux de chien battu, et une autre de son fils, lors d'une compétition de golf, abaissant son putter.

Cramponnés l'un à l'autre comme des enfants qui traversent une avenue, Lorraine et Gordon se rendirent à la séance de l'Assemblée. À l'entrée, ils furent rejoints par Phil Kay et une dizaine d'autres représentants, dont certains avaient rédigé le projet d'origine, auquel l'amendement avait été ajouté. Ils les entourèrent aussitôt en leur souhaitant bonne chance et en leur exprimant leur soutien.

— Maintenant, les gens se fichent bien de tout le travail que nous avons accompli durant des mois, déclara Kay avec entrain. Tout ce qui compte pour eux, c'est ce qui concerne votre famille !

— Le projet de loi vise dans son ensemble à faciliter l'épanouissement et à favoriser la tranquillité d'esprit des familles comme la nôtre. Soyez sûrs que nous ne l'oublierons pas, lui répondit Lorraine, et Gordon songea que sa mère aurait dû faire de la politique.

Ensuite, Phil Kay conduisit Gordon dans la salle et remonta avec lui l'allée centrale. On ajusta un micro devant lui. Terrifié, il attendit que Phil Kay ait fini son introduction, puis il commença :

— Si ma sœur Georgia a appelé sa fille Keefer, c'est un peu à cause de moi. Elle s'appelait elle-même Georgia O'Keeffe McKenna, mais étant petit, comme je n'arrivais pas à prononcer Georgia, je l'appelais Keefer. Et donc…

Il jeta un coup d'œil à sa mère, qui lui fit un imperceptible hochement de tête. Alors il poursuivit, décrivant la maladie de Georgia, la souffrance de Ray, toutes les fois où Georgia lui avait fait promettre de veiller sur Keefer et d'aider Ray à s'occuper du bébé.

— Je sais, elle a dit la même chose à beaucoup de ses proches. Mais c'est différent…

Il inspira pour essayer d'avaler la boule qui lui nouait la gorge.

— Quand c'est votre grande sœur qui vous le demande, on a intérêt à obéir, non ? Surtout lorsqu'il s'agit d'une chose aussi grave… Et Georgia était ma sœur, malgré ce que peut en dire un juge, ou un article de loi. Alors j'espère de tout cœur que vous trouverez une formulation claire et précise qui enlèvera à cette loi toute ambiguïté. Car ces derniers mois ont été très… durs. Et j'aimerais être sûr que Keefer ne traverse jamais une pareille épreuve… Je voudrais préciser que, quoi qu'il advienne aujourd'hui, je suis déjà le fils de Mark et de Lorraine McKenna. De par la loi, et de par le sang.

Il s'assit. Lorraine lui donna un petit coup de coude. Gordon se releva aussitôt.

— Merci, ajouta-t-il *in extremis*.

Phil Kay leur montra le grand tableau lumineux qui surplombait la salle, et où figuraient les noms des quatre-vingt-dix-neuf représentants de l'État, accompagnés de deux lumières, l'une rouge, l'autre verte. Le vert signifiait un vote positif, leur précisa-t-il. Quant au rouge… Le président se leva et appela l'Assemblée à voter sur le projet de loi 600. Alors le tableau s'anima, avec d'abord un point vert, puis dix, puis cinquante, puis ce qui parut être des centaines de lumières vertes.

Il n'y eut qu'un seul point rouge.

Phil Kay pressa le bras de Gordon, Lorraine appuya la joue contre sa poitrine. Tandis qu'ils tentaient de rejoindre la sortie par l'allée centrale, on leur fit de grandes démonstrations d'amitié. À leur passage, un élu se leva et se mit à applaudir. Alors tous se levèrent. « Bien joué ! » lança un autre. Et ils sortirent sous une pluie d'applaudissements.

— Ce n'est que le premier pas, leur dit Phil Kay pendant qu'ils débouchaient dans la rue où la neige étincelait. Mais c'est un bon début. Le Sénat va prendre le relais. À mon avis, ça ne posera pas de problèmes. Et je ferai tout ce qui sera en mon pouvoir pour que le gouverneur agisse au plus vite. Vous pouvez compter sur moi. Joyeux Noël à vous !

À cause du temps qui empirait, Gordon dut se concentrer sur sa conduite, mais à mesure qu'ils se rapprochaient de la maison, dépassant Plainfield et Stevens Point, il sentit son angoisse se raviver. Qu'en était-il de l'appel ? Lorsqu'ils entrèrent dans Cleveland Avenue, rien ne bougeait, à part Mary Dwors, qui sortait juste pour prendre son journal, et leur adressa un petit signe de tête. La maison de ses parents était silencieuse, les stores baissés.

Il faillit pleurer de soulagement quand Mark apparut sur le pas de la porte, Keefer dans ses bras.

— À votre air, je devine que ça s'est bien passé, fit Mark avec lassitude.

Ils devinèrent aisément que, de son côté, ce n'était pas le cas.

— Le juge Sayward a bien accordé une suspension, leur dit-il, mais elle a refusé de changer l'ordre de tutelle. Cela signifie que les Cady vont venir la chercher. Il n'y a pas que du mauvais, Lor, remarqua-t-il tandis que Lorraine lui prenait la petite. Le juge a aussi décidé qu'ils ne pourraient proposer de l'adopter tant que la procédure d'appel n'aurait pas abouti. Et nous aurons le droit de la voir un week-end par mois.

— Quand viennent-ils ? demanda Lorraine.

— Ils devraient déjà être là, soupira Mark. Delia vient de téléphoner.

— Non, pas aujourd'hui ! gémit Lorraine d'une voix aiguë. Pas aujourd'hui !

— Gordie, va donc dans notre chambre, lança Mark. Tu trouveras des flacons de pilules dans un tiroir de la commode.

— Il n'y en a plus, Mark. D'ailleurs, je n'en ai pas besoin. Ne t'inquiète pas, Keefer. Tout ira bien, assura Lorraine en lui tapotant le dos.

La petite se mit à lui rendre la pareille, et frotta doucement le mascara qui avait coulé sur les joues de Lorraine. Ils regardèrent les aiguilles de l'horloge. Trois heures et quart. Trois heures et demie. Avec un sursaut d'espoir, Gordon se dit que le mauvais temps avait dû empêcher les Cady de progresser. Peut-être avaient-ils fait demi-tour.

Enfin ils entendirent les portières claquer, et Craig Cady apparut sur le perron.

— Elle ne voudra pas aller avec vous, lui dit Mark avec douceur.

— Mais si, elle voudra bien, répondit Craig en tendant les bras.

Keefer se raidit et eut un mouvement de recul.

— Vous n'allez quand même pas la sortir par ce temps sans sa combinaison ? lança Lorraine.

Craig avait l'air dans ses petits souliers, il était tout congestionné, et Gordon le trouvait presque pitoyable.

— D'accord, admit Craig. Alexis ! lança-t-il par-dessus son épaule.

Ce fut très efficace. En apercevant Alex, Keefer se mit à trépigner, tout sourire, en envoyant des baisers.

— Qu'est-ce que je fais, je la prends ? Craig ? Monsieur McKenna ? demanda la jeune fille.

Ensemble, Gordon et elle enfilèrent sa combinaison à Keefer. Il entendit derrière lui, venant de la cuisine, sa mère lancer d'un ton acerbe :

— Et son lit, vous ne l'emportez pas ? Vous ne demandez pas quels sont ses jouets préférés, ni ce qu'elle mange ? Et vous allez repartir à Madison en pleine tempête de neige, avec cette enfant que vous aimez tellement ?

— Elle a tout ce qu'il lui faut, dit Craig. Ne rendez pas les choses plus difficiles. Nous ne cherchons pas à vous faire du mal. Nous prions pour vous.

— Vous priez pour nous ! rétorqua Lorraine avec hargne.

— Alex, murmura Gordon, si vous pouviez dire à votre père que je...

— Ce n'est que mon beau-père, rectifia Alex dans un souffle.

— Si vous pouviez dire à Craig que je voudrais passer un petit moment seul avec Keefer.

— Il va croire que vous voulez vous enfuir avec elle, comme Mark et Lorraine l'ont fait en Floride.

— Je ne m'enfuirai pas.

Il n'avait pas imaginé ce moment, celui où il devrait se séparer d'elle. C'était idiot. Il ne renonçait pas à Keefer. Aujourd'hui était un jour de victoire. Le changement amorcé pèserait sur les débats de la cour d'appel, même s'il savait qu'on accuserait les membres du tribunal de contester la loi telle qu'elle existait au moment de l'audience. Et puis il se rappela que sa sœur estimait Delia, puisqu'elle lui avait demandé d'être sa demoiselle d'honneur. Oui, les Cady chériraient la fille de Georgia et de Ray.

Dans son épaisse combinaison, Keefer se tortillait. Gordon lui prit la main et y déposa un baiser. Elle la lui retira. Il mit les mains derrière son dos.

— Combien de canards ? » demanda-t-il en faisant coin-coin.

Mais Keefer montra du doigt la porte par où Alexis avait disparu.

— D'accord, Keefer, dit-il tout en songeant : ne pense pas plus loin, vis l'instant présent. Bon, je t'aime.

— Dory, répondit Keefer.

— Oui, Dory. Qui t'aime tant.

La petite leva aussitôt les deux mains au-dessus de sa tête en agitant les doigts.

— Oui. Gros comme ça.

Il vit le pansement, un petit sparadrap vert, qui recouvrait la coupure que Keefer s'était faite la veille au soir.

— Montre-moi ton bobo, Keefer, lui dit-il, et quand il retira l'adhésif, Keefer poussa un petit cri.

La coupure, conséquente, s'était déjà presque refermée. Mais juste au coin, là où la croûte ne s'était pas formée, perlait une minuscule goutte de sang.

Gordon prit délicatement le petit doigt de Keefer et y donna un coup de langue.

15

— C'est aujourd'hui qu'on s'accouple, déclara Gordon.

La salle de classe s'emplit de gloussements enthousiastes.

— Tu es à moi, Reilly, miaula Eddie Carlson. Tout à moi !

— Moi, je veux Kelly. Il me la faut ! croassa Kye Olstadt.

Gordon vit avec un certain amusement Kelly Rafferty virer au rouge pivoine, alors que Kye était son petit ami déclaré.

C'était sa mère tout craché. Alicia et lui étaient devenus les meilleurs amis du monde. Par l'intermédiaire de Kelly, Alicia lui avait envoyé une grosse gerbe de fleurs éclatantes, quand le sénateur Hammersmith avait proposé de présenter le projet de loi devant le Sénat de l'État, où il avait reçu un vote unanime. Avec un peu de chance, le gouverneur le signerait avant l'audition en appel. Le sénateur et Phil Kay avaient tous deux écrit au gouverneur du Wisconsin en insistant pour qu'il agisse au plus vite.

Étrangement, toutes ces bonnes nouvelles remplissaient Gordon d'appréhension. Pourtant, il avait enfin de quoi étancher sa soif de solitude…

Ils comptaient avoir Keefer pour Noël, mais Delia avait appelé la veille pour leur annoncer que la petite avait une otite et qu'il valait mieux qu'elle reste « à la maison ».

— Pour nous autres, c'est le Christ qui est au cœur de cette fête, pas le Père Noël, avait dit Delia à Lorraine. Au moins Keefer assistera à la messe, elle verra le chœur d'enfants revêtus de surplis blancs, c'est merveilleux, on dirait de vrais petits anges…

Les McKenna pourraient éventuellement garder Keefer quelques jours la semaine qui suivrait le Nouvel An. Car il fallait qu'elle soit « à la maison » pour fêter la nouvelle année en famille, à l'église de Madison, avait ajouté Delia.

Lorraine lui avait rappelé, poliment selon elle, que les cours reprendraient cette semaine-là, et qu'elle et Gordon travailleraient tous les jours.

Dans ce cas, avait répliqué Delia, attendons le mois prochain. Elle pourra venir chez vous en février.

Furieuse, Lorraine avait appelé Greg Katt, qui leur avait conseillé de ne pas réagir et de se montrer conciliants. Stacey Kane et Charley Borchart allaient incessamment déposer les dossiers pour l'appel. Il valait mieux ne pas faire de vagues, voir plus loin et temporiser.

Ce fut un Noël bien fade, pour ne pas dire sinistre. Toute cette débauche de cadeaux et ces rituels que sa mère avait maintenus contre vents et marées à mesure que ses enfants grandissaient et qui semblaient à Gordon superflus, presque indécents, lui manquaient maintenant, et il fut heureux d'aller le lendemain chez Nora retrouver ses cousins. Après un somptueux festin, ils avaient joué au foot dans la cour en jurant comme des charretiers. Et Gordon, malgré ses anciens préjugés, avait joué sans même s'en rendre compte, en bon gars du Wisconsin. Il s'était senti bien, entouré, intégré.

Seulement, au fil des jours, la déprime l'avait gagné. À présent le linge, sale ou propre, s'entassait sur le divan et le soin jaloux qu'il apportait au ménage du temps où Keefer vivait chez lui avait cédé au laxisme. C'était à ses élèves qu'il consacrait son peu d'énergie, pour rattraper ses négligences des derniers mois. Les cours avaient repris depuis quelques jours.

— Vous avez chacun quatre cartes, leur dit-il. Sur deux des cartes figure un A majuscule, sur les deux autres un a minuscule. Battez les cartes et posez-les face contre terre. Maintenant, retournez la première carte et accouplez-vous.

Les garçons se jetèrent des regards entendus, tandis que les filles se regroupaient instinctivement.

— Allons, choisissez votre partenaire, insista Gordon. Et rappelez-vous qu'on ne doit pas s'accoupler deux fois avec la même personne. C'est tout l'intérêt de l'expérience. Allez-y, les gars. Normalement, à votre âge, on ne se fait pas prier.

Ils éclatèrent d'un rire libérateur.

— Chacune de ces cartes représente un gène allélomorphe, ajouta Gordon. Ce sont des gènes qui déterminent un caractère spécifique, tel que des yeux bruns, et ils peuvent se rencontrer sous deux formes alternatives, ou plus, nommées allèles.

— Ça fait des années qu'on habite le même immeuble, Kistler, lança Carlson à Perry Kistler. Or la proximité est une force d'attraction irrésistible. À mon avis, nous sommes faits l'un pour l'autre.

— Maintenant, voyons ce qu'il en sort, intervint Gordon. Vu l'entourage, j'avoue que je suis un peu inquiet, plaisanta-t-il en leur jetant des regards suspicieux.

Au premier tour, les cartes s'étaient distribuées de façon plutôt égale, comme il l'avait prévu.

— Alors, monsieur Carlson, parlez-moi un peu de votre progéniture… lança-t-il.

— Eh bien, nos rejetons sont A, A… c'est-à-dire à dominante homozygote, répondit le garçon. Il n'y a rien de mal à ça, il faut de tout pour faire un monde, ajouta-t-il, déclenchant des éclats de rire.

Ils passèrent au deuxième tour.

— Ce truc m'échappe, se lamenta Kathy Zurich.

— Ce n'est pas ce qu'on m'a dit ! la taquina Woffling.

— Personne ne le comprend tout à fait, leur expliqua Gordon durant une pause. La science de la génétique a ceci de commun avec la théorie de la relativité qu'elle regorge de détours et d'apparentes contradictions, à tel point que même des biologistes, ce que je ne suis pas, je m'empresse de le préciser, ont du mal à la cerner. Même Mendel, qui en fut le père, finit par abandonner ses recherches quand la méthode d'hybridation qu'il avait tentée avec succès sur les pois jaunes se révéla sans effet sur d'autres plantes. Il démissionna et devint administrateur.

— Vous devriez faire pareil, ironisa Kathy. Je m'y perds complètement. Est-ce que je peux être dispensée de calculs si je fais du baby-sitting pour vous en extra ?

Il y eut un lourd silence, où résonna le mugissement d'une sirène venant de l'ouest, près de chez ses parents.

— C'est malin, lâcha Carlson.

— Oh, je m'excuse, murmura Kathy. J'avais oublié qu'elle n'était plus là.

— Il n'y a pas de mal. Bon, poursuivit Gordon. Vous savez que, parmi toutes les espèces, les êtres humains sont les seules créatures qui échappent à la sélection naturelle. En d'autres termes, les humains conservent leurs mauvais gènes. Ne te sens pas visé, Carlson, ajouta-t-il, provoquant quelques rires. Bon, prenons un exemple, celui d'un bébé affligé à la naissance de phénylcétonurie, un trouble héréditaire qui empêche la conversion des acides aminés. C'est une transformation vitale pour l'organisme, sans laquelle le métabolisme de l'enfant sera gravement perturbé, à tel point que ce bébé sera arriéré mental et mourra prématurément.

— Quelle horreur ! gémit Melinda Gallo.

— C'est aussi l'avis des chercheurs en médecine périnatale. Et donc, après la naissance d'un bébé, on effectue en priorité une analyse d'urine, pour déceler la présence de cet allèle défectueux, dit Gordon. Si l'analyse la confirme, on pourra donner au bébé un régime spécial ainsi qu'un soutien thérapeutique toute sa vie durant, afin qu'il mène une vie normale. Qu'arrive-t-il ensuite ?

— Il grandit, répondit Carlson.

— Eh oui, il ou elle grandit et s'accouple, acquiesça Gordon, et un jour ou l'autre, de cette union sortira un individu qui s'unira avec un autre individu possédant lui-même l'allèle récessif, qui se manifestera de nouveau. C'est ainsi que perdurent des caractères génétiques qui auraient dû disparaître. Maintenant, cela engendre aussi des prodiges, tels que le grand physicien Stephen Hawking et Ludwig van Beethoven, qui souffrait également d'un handicap…

— Et des affreux comme Carlson, commenta Kye Olstadt. Les taches de rousseur sont-elles considérées comme un gène récessif ?

Gordon ne releva pas et poursuivit patiemment :

— Passons maintenant au troisième tour. Vous devriez remarquer certains changements dans la distribution. Vos rejetons sont en plus grand nombre porteurs de gènes récessifs concernant certains caractères. Leur apparence, leur phénotype ne le révèlent peut-être pas, mais ils sont en mesure de transmettre ces caractères…

— Ça y est ! s'écria Reilly, je suis dans la salle d'accouchement ! Mais où est le placenta ? Au fait, mon frère Neal m'a dit que vous en aviez du vrai, monsieur McKenna. Comment vous l'êtes-vous procuré ?

Gordon se déroba.

— Finissons de former les couples et nous en parlerons.

En fait, il avait préparé un sac de bio-conservation pour se débarrasser du placenta. Ce qui l'année d'avant était une facétie semblait presque devenu un blasphème. Cet élément, autrefois vital, aujourd'hui purement démonstratif, avait nourri Keefer, et il venait de sa sœur. Il observa un instant les élèves, penché sur leurs cartes, puis alla ouvrir le congélateur et en sortit le placenta dans son récipient en acier, pour le poser sur le plateau en ardoise du labo.

— L'année dernière, quand ma nièce est née, commença-t-il, j'ai demandé à ma sœur si je pouvais garder ceci. Je ne savais pas si c'était permis ou non, mais elle m'a dit : bien sûr, pourquoi pas ? Certains carnivores mangent le placenta. D'ailleurs certains humains aussi, même si au Wisconsin ça ne se fait pas. Dans bien des cultures, on a pour coutume de garder toutes sortes de reliques après une naissance, le cordon ombilical, par exemple...

— Beurk, fit Kathy.

— Ouais, ce n'est pas ragoûtant, reconnut Gordon en découvrant le placenta, d'un rouge luisant. Mais c'est de cela que se nourrit le bébé. Et c'est ainsi que Keefer s'est développée, entièrement dépendante du corps de ma sœur, et pourtant totalement séparée. À aucun moment de la gestation le sang de la mère ne se mélange à celui du bébé. À l'époque, j'ai eu envie de le conserver pour le montrer à mes élèves. Mais depuis... vous savez que ma sœur n'est plus là.

Vingt-quatre têtes acquiescèrent au même instant.

— Quant au reste, ce n'est plus un secret. Vos parents ont dû en parler avec vous. C'est même passé à la télé.

— Vous avez été adopté par Mme McKenna, le prof du collège, déclara Dennis.

— Oui, mais ça ne date pas d'hier. J'ai été adopté quand j'étais bébé, précisa Gordon.

— Et votre vraie mère ? demanda Kelly Rafferty.

— Je ne la connais pas, répondit Gordon. Mais c'est d'elle et de mon père naturel que je tiens mes vilains cheveux et mes bonnes jambes.

— Et votre sœur, elle était adoptée ? demanda Dennis.

— Tu le sais bien, Den.

— Mais non. Je croyais que vous étiez le seul. Ça doit faire drôle, quand même. Dans ma famille, ils n'arrêtent pas de dire des trucs du genre : tiens, c'est un vrai Reilly, on ne peut pas s'y tromper, tu es bien le fils de ton père...

— Moi, je n'ai jamais connu ça, et je ne le connaîtrai peut-être jamais, sauf si j'ai moi-même un jour des enfants. En fait, comme nous venons de le voir, on peut être le produit génétique de deux individus et ne pas leur ressembler du tout, conclut Gordon. Pensez-y, ce soir, quand vous ferez vos calculs.

— Je trouve que ça craint, lança soudain Dennis Reilly.

— Quoi donc ?

— Qu'on vous ait pris votre bébé. Ça craint un max.

— Et qu'est-ce que tu as dit ? lui demanda Lindsay alors qu'ils étaient lovés l'un contre l'autre dans son lit.

Depuis que Keefer n'était pour ainsi dire plus jamais là, Lindsay restait souvent dormir chez lui, plus que souvent même. Il lui avait donné une clef et elle venait directement en sortant du travail. Ils préparaient le dîner ensemble... *Alors trésor, comment s'est passée ta journée ?*

— Ça m'a coupé la chique, répondit Gordon. J'ai dû vaguement hocher la tête. J'espère qu'il a compris que ça m'avait fait plaisir.

— Ce qu'il a pu t'enquiquiner, celui-là !

— Tout compte fait, c'est un brave garçon. Chez les Reilly, il occupe le dessus du panier.

— Toutes ces histoires de procréation t'ont-elles fait songer à tes propres enfants et à quoi ils ressembleraient ?

— Je ne sais pas encore si j'en aurai un jour, Lins, avoua-t-il, et il la sentit se raidir.

— Pourquoi ? Tu es un beau spécimen, Gordie.

— Merci. Mais je doute un peu de ton objectivité. Non, c'est Keefer qui me préoccupe.

— Pourquoi ?

— Si c'est moi qui l'élève, je me demande ce qu'elle

éprouvera quand nous… quand ma femme et moi, en admettant que je me marie un jour, aurons un enfant. Je ne voudrais pas la blesser. Je sais, c'est bête.

Lindsay se leva du lit et il remarqua une zone plus claire sur ses fesses, là où le bikini recouvrait sa peau. Elle enfila l'une de ses chemises et s'assit jambes croisées au pied du lit. Apercevant entre ses genoux la toison dorée de son pubis, Gordon songea aux collines boisées qui lui évoquaient souvent le sexe féminin.

— Ça ne tient pas debout, Gordie. Si Georgia était née de tes parents, tu n'aurais pas eu pour elle d'autres sentiments.

— Quand j'était petit, j'étais jaloux parce qu'elle ressemblait à ma mère.

— Tu prétends que c'est toi qui tiens de ta mère.

— Oui, au point de vue du caractère. Peut-être justement parce que j'étais jaloux. Les enfants sont comme les petits des autres animaux. Il faut qu'ils fassent leur place au sein de la nichée, et pour cela, ils poussent, ils se bousculent. Quand ils ne sont pas les plus gros, il faut qu'ils soient les plus rapides.

— Moi, je trouve que tu devrais avoir des enfants…

— Pourquoi ?

— Si jamais tu ne la récupérais pas ?

— Je me refuse à l'envisager pour l'instant.

— Bon, admettons qu'on te la rende, tu te contenteras de vivre avec Keefer, et seulement Keefer, pour le restant de tes jours ?

— Je n'ai pas dit ça.

— Et moi ?

— Tu as envie d'avoir des enfants, je présume ?

— Évidemment.

— Il faudra que nous en discutions…

— Très bien, discutons-en.

— Ce n'est pas le moment. Je croule sous les copies à corriger…

— Moi, je trouve que c'est le moment.

— Lindsay…

— Qui est Alicia ?

— Alicia ? fit-il, pris d'un léger frisson.

— Quand je suis entrée, elle laissait un message sur le répondeur.

— C'est la mère d'une de mes élèves.

— Elle demandait si tu avais bien reçu les fleurs.

— Elle m'a fait porter des fleurs par sa fille, quand le projet de loi est passé au Sénat.

— Elle a parlé d'une équipe de volley-ball.

— Tu sais bien qu'il m'arrive d'y jouer de temps en temps. Bon sang, Lins, c'est la seule activité physique que je pratique encore. Je commence à ressembler à mon grand-père Kiss, qui avait des jambes comme des allumettes. Mon père est plus en forme que moi.

— Elle t'a appelé « beau gosse ».

— C'est juste par amitié.

— Tu es sorti avec elle ?

— Non.

— Tu es sûr ?

— On a passé quelques soirées ensemble.

— Tu as couché avec elle ?

— Non !

— Tu l'as draguée ?

Mens, se dit-il. Simplifie-toi la vie. Et puis non, autant ne pas mentir, c'est plus simple, au fond.

— Un peu, une fois. J'étais soûl. Il y a longtemps. J'ai arrêté, par respect pour nous deux. Ça te va, Lindsay ?

— Tu attends de moi que je ferme les yeux encore longtemps ?

— Comment ça ?

— Tu as très bien entendu.

— Lindsay, personne ne t'oblige à être avec moi. Si on est ensemble, c'est parce qu'on en a envie.

— Pendant toutes tes études à la fac, j'étais ton coup pour les vacances et pour l'été. Tu crois que je ne le savais pas ? Et encore, quand tu étais dans le coin…

— À l'époque, on ne s'était pas juré fidélité, que je sache !

— Mais c'était ce que je désirais, et tu le savais bien.

Oui, il le savait.

— Bon ben… nous y sommes, maintenant, dit-il.

Cela sonna un peu creux, même à ses oreilles.

— Et qu'est-ce qui nous attend ?

— J'y ai réfléchi, Lins.

C'était faux, mais les idées lui vinrent en parlant.

— Cela dépendra de ce qui se passe pour Keefer.

— Comment ça ?

— Eh bien, si j'obtiens la garde de Keefer, je resterai sans doute ici, à Tall Trees. Peut-être que j'achèterai une maison. Comme ça, elle continuera à voir mes parents, tantes, oncles, cousins et cousines… Ainsi que les Nye, évidemment.

— Et si ça tourne mal ?

— Alors je ne réponds de rien. Mais je peux te dire que j'aurais envie de me tirer d'ici vite fait. Peut-être que je retravaillerai pour Enviro Treks. Ou alors j'irai vivre en ermite au sommet d'une colline du Montana, pour y collecter des plantes rares et m'adonner à la botanique…

— Tout seul ?

— J'imagine. C'est sans doute de la folie… Ou alors, je reprendrai des études.

— Dans quel but ?

— Un doctorat. Peut-être en biologie cellulaire. Je pense souvent à ma sœur et à son cancer. Pour avoir un cancer du sein à vingt-six ans, il faut que ce soit inscrit dans les gènes. Ce qui signifie que Keefer peut être un sujet à risques. Le projet du génome humain est en cours. Je pourrais travailler dans la recherche…

— Et il te faudra être seul pour faire tes études ?

— Pas forcément. Mais depuis quand veux-tu quitter Tall Trees, Lins ? Tu as bien failli dépérir à la fac tant Laura et tes parents te manquaient. Bientôt, Laura aura des enfants, et tu auras envie de les voir grandir.

— Je serai prête à tout quitter pour te suivre.

— C'est vite dit. Réfléchis bien.

— Je me disais que si tu avais à t'occuper de Keefer, tu aurais besoin de moi. Une fille a besoin d'une mère…

— C'est aussi ce qu'a pensé cette conne de psychologue.

— C'est la vérité, Gordie. Et je serai une bonne mère.

— Tu ferais une mère formidable. Mais ça te suffirait d'élever mon enfant, juste mon enfant ?

— C'est sans issue. Si tu n'as pas Keefer, tu pars. Si tu l'as, tu te fais moine. Que me reste-t-il comme choix ?

— C'est injuste, répondit-il en l'attirant contre lui, et les somptueux cheveux roux se déployèrent comme des fils de soie sur sa poitrine, une caresse de rêve, sensuelle au possible.

Keefer elle aussi adorait enfoncer ses petits pieds dans ses cheveux à lui. Que faisait-elle en ce moment même ?

— C'est injuste, et puis je ne te demande pas d'attendre. En ce moment, je change d'avis comme de chemise. Je n'arrive pas à me projeter dans l'avenir. L'appel est prévu pour la semaine prochaine. Ensuite, il va falloir patienter jusqu'à l'arrêt du tribunal. Si j'étais un type correct, je te dirais de partir en emportant ta brosse à dents et de me laisser en plan.

— C'est ça, lui dit Lindsay en faisant la moue.

Elle se dégagea de son étreinte et s'appuya au rebord de la fenêtre, d'où elle contempla les arbres pailletés de givre. Il huma le mélange de leurs odeurs à tous deux, la senteur de l'amour. Toute cette tirade romantique sur la solitude du chercheur… c'est sans doute de la foutaise, se dit-il.

— Va savoir, lança-t-il, Keefer serait peut-être ravie d'avoir un frère ou une sœur. Elle est folle d'Alex, la fille de Delia…

Oui, ça se tenait. S'il avait un enfant, celui-ci grandirait avec Keefer, comme Georgia et lui avaient grandi. Et les enfants de ces enfants porteraient les caractères de sa sœur et les siens, leur adoption devenant alors une métaphore un peu lourde de la double hélice : les fils non apparentés et les fils génétiques s'entrelaceraient librement et formeraient une tresse, de génération en génération.

Lindsay l'enfourcha soudain.

— Alors c'est oui ?

— C'est un oui, peut-être, et je me sens minable, mais il faudra t'en contenter.

— Oh, Gordie, mon Gordie, susurra-t-elle en le câlinant, en l'excitant.

Il était temps de rendre quelqu'un heureux, songea-t-il. Comme dit la chanson, si on rend quelqu'un heureux, on a une chance de le devenir.

16

Le gouverneur, un petit homme trapu, apprit à Gordon et à ses parents qu'il était né à moins de quinze kilomètres de Tall Trees.

— Ça vous est arrivé, l'été, d'élaguer les sapins ? demanda-t-il à Gordon.

— Oh oui, monsieur, ça m'est arrivé plus d'une fois, répondit celui-ci.

— Quelle corvée, hein ? lança le gouverneur avec un petit rire complice, et ils prirent place sous l'aigle symbolique, dans une salle dont les magnifiques boiseries étaient en cerisier du Wisconsin, devant une table en noyer foncé du Wisconsin, et dans des fauteuils que Lorraine supposa bourrés de caoutchouc-mousse du Wisconsin.

Une jungle de câbles et de trépieds encombrait l'entrée et se déversait dans le hall. Devant les caméras, le gouverneur signa donc officiellement le projet de loi 600. Ensuite il se tourna vers Gordon pour lui tendre un stylo à plume frappé de son nom et du sceau de l'État, puis vers Lorraine, Mark, le sénateur Hammersmith et

Phil Kay. Sur des chaises le long du mur, on voyait Tim, qui s'essuyait les yeux, ainsi que Nora et Lindsay, qui pleuraient à chaudes larmes. Il s'était écoulé deux mois et trois jours depuis le premier coup de téléphone que Phil Kay s'était résolu à passer.

— Êtes-vous républicains ? demanda un journaliste, alors que Lorraine et les siens se frayaient un passage vers la sortie.

— Non, nous sommes des démocrates emplis de gratitude, répondit Lorraine. C'est un grand jour pour les familles adoptives de ce pays, et pour l'histoire de la famille en général. Ce soir, certains dormiront plus tranquilles.

— Et cette loi aidera-t-elle à résoudre votre litige concernant la garde de votre petite-fille ?

— Ce n'est pas mon litige, rectifia Lorraine. Il concerne notre fils, dont personne ne peut plus douter maintenant qu'il est bien l'oncle de Keefer et qu'ils sont du même sang. C'est lui qui espère adopter Keefer Kathryn Nye. Mais nous serons là pour le soutenir à chaque étape de la procédure.

— Gordon, lança une autre journaliste, d'après vous, cette loi va-t-elle avoir une incidence sur l'appel ?

— Nous l'ignorons, répondit-il, car, vous le savez sans doute, l'appel traitera de la décision prise par Mme le juge Sayward avant que la loi ait été modifiée, sans tenir compte de la façon dont elle…

— Merci, trancha la journaliste en souriant.

— Que veux-tu, fils, il faut leur servir des formules toutes faites, sinon ça passe à la trappe, murmura Mark à Gordon.

Sur un coup de tête, avec des allures de coupables, ils longèrent en voiture la résidence pimpante des Cady en s'efforçant d'apercevoir Keefer. Il y avait une maison de jeux rose dans la cour et une balançoire en construction.

— C'est un joli quartier, lâcha Lindsay, et tous la fusillèrent du regard.

Delia et Craig savaient sans doute que le projet de loi serait signé ce vendredi, jour où, après deux longs mois d'attente, les McKenna pourraient enfin recevoir pour la première fois Keefer en visite. Lorraine avait envoyé un mot : étant à Madison pour affaires, ils seraient heureux de prendre Keefer à midi et d'épargner ainsi aux Cady un trajet de deux heures. Delia avait laissé un message : non, le temps alloué aux McKenna ne commençait pas avant le soir, les Cady amèneraient donc Keefer selon les accords convenus, et ils la reprendraient le dimanche après-midi. L'habitude était primordiale pour un enfant, ajouta Delia. Ils seraient surpris de voir comme Keefer avait progressé, au niveau du langage. Elle faisait des phrases de trois mots et disait distinctement « papa », « maman » et « Lexie »...

Jusqu'à ce jour, Lorraine n'avait jamais cru Delia foncièrement méchante. Elle s'obligea à ne plus y penser.

Le samedi, à Cleveland Avenue, ils célébreraient tous ensemble le vote de la loi et les deux ans de Keefer, avec de l'avance, car elle était du 9 mars et ne serait pas avec eux à cette date.

Ils rentrèrent assez tôt de Madison pour que Lorraine puisse donner ses cours de l'après-midi, mais, quand elle arriva dans l'atelier, le silence qui y régnait la surprit. Tous les élèves étaient là, consciencieusement penchés sur leur bloc de dessin, et Lorraine connaissait assez les cinquièmes pour trouver cela louche. Sans un mot, Linda Fry, la principale du collège, lui fit un signe de tête et prit congé. Sur ses gardes, Lorraine s'approcha du bureau. Linda y avait installé un mannequin drapé dans des foulards. Pas un élève ne lui lança un coup d'œil. Seule la petite Rooney ne put s'empêcher de lui décocher un grand sourire.

— Votre attention s'il vous plaît, crachota alors le haut-parleur, nous avons une annonce importante à faire.

Linda. Les enfants bondirent de leurs chaises.

— Parmi nous se trouve une femme qui restera dans l'histoire. Une femme de courage. Une femme dont l'amour et le dévouement ont aujourd'hui à eux seuls changé la loi de l'État du Wisconsin, afin de protéger le bien-être des familles et des enfants, d'où qu'ils soient. C'est pourquoi je vous propose à tous de nous rejoindre, dans le calme et sans débordements, pour célébrer le projet de loi 600 et rendre hommage à notre professeur de dessin, qui est aussi une législatrice hors pair, j'ai nommé Lorraine McKenna !

Les élèves l'entraînèrent vers la sortie en la tirant par les mains, les bras. Il y avait une bannière sur toute la largeur du terrain de basket-ball, clamant « Bravo, Mme M ! ». Et outre ses collègues, Lorraine découvrit Dale, Sheila, Nina et Bud, les Wilton, les Soderbergh et leur fils.

Quand enfin Lorraine rentra chez elle, Nora, sur le pas de la porte, lui fit signe. Elles pénétrèrent dans la cuisine où la table croulait sous les fleurs, et sous la table, il y avait Keefer, qui s'écria : « Nana ! Ze suis là ! », une Keefer toute rose, grandie et mincie, mais visiblement en forme. Devant leurs mines extasiées, elle sortit méthodiquement de son sac de jouets ses poupées Barbie, une par une, puis un camion de pompier rutilant et tonitruant. En revanche, elle bouda les marionnettes de la famille canard. Nora en fut un peu désappointée, mais elle retrouva tout son entrain quand Keefer lui chantonna « Une araillée su le plansser... », et elle accompagna Keefer dans toutes les mimiques qui illustraient la chanson. Quand la petite se fut endormie entre Mark et elle dans leur lit, Lorraine se leva doucement et s'assit à son bureau, où elle rédigea cette lettre :

« Keefer chérie, quelle année tu viens de passer ! Toi qui étais un bébé, tu es devenue une grande fille qui sait parler, marcher et qui ne porte une couche que pour dormir ! Tu as appris plein de chansons en t'amusant avec ta famille, Delia, Craig et surtout Alexis. Nous sommes tous si contents de t'avoir avec nous ce soir ! Demain, il y aura du monde à ton anniversaire de Tall Trees : Gordon, Lindsay, Rob, Bradie, tante Nora, oncle Hayes, et puis Tim, avec le petit chien qu'il vient juste d'avoir et qu'il a appelé Taxi ! Cette année, il s'est passé des choses que ta grand-mère, Gordon et toute ta famille t'expliqueront un jour, quand tu seras plus grande, mais sache que nous aimons tous très très fort notre Keefer... »

Le lendemain, l'incident du gâteau fut la seule ombre au tableau. Quand Nora avait apporté l'énorme gâteau au chocolat fourré à la confiture de fraises et planté de bougies, elle avait voulu prendre Keefer en photo. Mais Keefer avait beau contempler le tout avec de grands yeux émerveillés, elle n'osait pas toucher au gâteau avec les doigts.

— Vas-y, goûte, ne fais pas de façons, l'encouragea Nora.

La petite enfonça un doigt dans le glaçage en chocolat, le lécha, et ils poussèrent tous des hourras.

— Maman ? demanda alors Keefer…

Ils regardèrent autour d'eux, comme si le spectre de Georgia allait apparaître dans la pièce.

— Maman ? répéta Keefer, dont le visage se plissa de chagrin.

— C'est Delia qu'elle veut, conclut Gordon avec amertume.

Quand Nora se pencha pour ôter un peu de crème sur le bout de son nez, Keefer poussa un rugissement et se mit soudain à hurler.

— Je suis désolée, dit Nora d'un ton plaintif. Je ne l'ai pas fait exprès.

— Ne te frappe pas, Nora, elle a toujours piqué des colères, assura Mark. Et puis elle est fatiguée. Avec toutes ces nouvelles têtes…

Personne ne dit rien, mais la phrase résonna dans la pièce comme un coup de gong.

Quand tout le monde prit congé, Keefer était endormie sur le lit des parents, lovée contre Gordon et cramponnée à sa chemise. Mark et Lorraine n'eurent pas le cœur de les déranger ; il coucha sur le divan, tandis qu'elle, après avoir longtemps tourné dans la maison, s'assoupit enfin sur le lit jumeau de son fils.

Le lendemain, Lindsay et Gordon avaient un tournoi de volley-ball (Lindsay avait elle-même rejoint l'équipe), et ils devaient partir pour Wausau en fin d'après-midi. Quant à Mark, il s'était engagé bon gré mal gré à recevoir à Medi-Sun un groupe d'investisseurs japonais. Lorraine se faisait une joie de passer un petit moment seule avec Keefer, avant que Nora vienne la prendre pour la rendre aux Cady. Elle venait à peine de commencer à lui lire un conte quand on sonna à la porte avec insistance. Craig Cady se tenait sur le seuil, avec Alexis à ses côtés, apparemment toute retournée, en T-shirt et jupe, sans même un manteau. Sans réfléchir, Lorraine leur ouvrit en grand et les fit entrer.

— Ma femme n'est pas bien, dit Craig. Il faut qu'elle voie un médecin.

— Voulez-vous qu'on appelle une ambulance ? demanda Lorraine.

— Non, je vais la conduire moi-même à l'hôpital. Madame McKenna, je sais que je ne suis pas en droit de vous demander quoi que ce soit, étant donné la situation, mais… pouvez-vous m'indiquer où il se trouve ?

— Pas loin, à quelques rues d'ici, répondit Lorraine, et elle lui expliqua brièvement l'itinéraire.

— Viens, Alexis, intima-t-il à sa belle-fille, mais il remarqua alors qu'elle tremblait de tous ses membres. Madame McKenna, pourriez-vous la garder chez vous ?

— Bien sûr, acquiesça Lorraine, ne vous en faites pas. On sera bien, toutes les trois, toi, moi et Keefer. N'est-ce pas, Alexis ?

Craig referma la porte et se rua vers sa voiture.

— Alex, corrigea l'adolescente.

— Lexie ! lança alors Keefer en se précipitant dans les bras de la jeune fille, qui la souleva de terre et la fit valser autour de la table de la cuisine, tandis que la petite renversait la tête en arrière et fermait les yeux, en pleine extase.

— Je lui lisais une histoire, avança timidement Lorraine.

— Bon, dit Alexis en reposant Keefer, qui l'entraîna vers le salon. Moi aussi je lui raconte tout le temps des histoires, mais je ne les lis pas, je les invente à mesure.

Elle adore ça. Pas vrai, Choupinette ? Par exemple, celle du petit souriceau qui est tombé de sa nichée quand il était tout bébé et qui a été élevé par des lapins. Il grandit et il saute comme ses petits frères, hop, hop, hop, mais il a le cafard, parce que ses oreilles refusent de pousser… Oh, quelle drôle de crèche ! s'exclama-t-elle en découvrant les figurines de bois primitives disposées sur le manteau de la cheminée.

— Elle me vient de ma grand-mère, qui était hongroise, précisa Lorraine.

— Ah oui, la Hongrie… C'est un pays montagneux, non ?

— La chaîne des Carpates, dit Lorraine. Et Delia, elle a la grippe ?

— Non, c'est toujours son système nerveux. Elle tremble et elle a mal.

— La sclérose…

— Oui, mais il y a autre chose, cette fois-ci, dit Alexis, et elle baissa les yeux pour fixer d'un air gêné ses ongles rongés. Elle s'en remettra. En général, ça passe au bout d'un ou deux jours…

Son regard revint à la crèche posée sur la cheminée.

— Elle est super-chouette.

— Tu peux les regarder de plus près.

— Marie a l'air un peu abîmée…

— Ah, dit Lorraine avec un petit rire. C'est Georgia qui l'a mordillée quand elle était petite.

— Votre fille.

— Ma fille, oui. Et la maman de Keefer.

— J'aimerais bien voir une photo d'elle.

— En voici une, indiqua Lorraine en désignant Georgia, radieuse dans sa robe de bachelière, Gordon à ses côtés.

— Gordon est beau garçon. On dirait une star de ciné.

— Il a horreur qu'on lui dise ça.

— C'est pourtant la vérité. Remarquez, moi, j'ai horreur qu'on me traite de rouquine.

— Tu as de la chance, pourtant. C'est à la mode. Lindsay, la petite amie de Gordon, est rousse elle aussi. Et quand elle avait ton âge, Georgia s'est décolorée plusieurs fois pour avoir les cheveux roux comme toi. Chez les Hongrois, paraît-il, surtout chez les tsiganes, une petite fille rousse est considérée comme une déesse, on l'appelle l'enfant aux cheveux de feu.

— Ah bon ? fit Alexis en s'installant sur le divan à côté de Lorraine. Et alors ?

— Eh bien, tu verras, dans quelque temps, tu seras fière d'être une rouquine. Ma grand-mère Lena disait que les cheveux des rousses leur font une véritable parure.

— La Transylvanie, c'est en Hongrie, n'est-ce pas ?

— Plutôt en Roumanie, juste à côté.

— Le pays de Dracula.

— Il paraît.

— Et les autres enfants, ils vous taquinaient, quand vous étiez petite ?

— À quel propos ?

— Ils ne vous appelaient pas la fille de Dracula ?

— En fait, si, une fois, quand j'ai apporté un costume folklorique appartenant à ma grand-mère. Pendant des semaines, ils se sont moqués de moi en disant : « Lenaaaa… viens par ici qu'on te suce le cou… »

— Lena ?

— Je m'appelais Lena, à l'époque. J'ai changé de prénom au lycée.

— À cause de Dracula ?

— Non, parce que je trouvais que ça faisait trop vieillot. Après la mort de ma grand-mère, j'ai décidé de m'appeler Lorraine.

— Ah, dit Alexis. Moi aussi je vais changer de prénom. Je m'appellerai Alex.

— Mais tu t'appelles déjà comme ça.

— Non. Alexis. Et je trouve ça horrible.

— Pourtant c'est un joli prénom. Celui du dernier tsarevitch de Russie, un petit garçon. Sa mère était Alexandra, la tsarine. Et elle a été assassinée par les révolutionnaires ainsi que tous ses enfants, y compris le petit Alexei…

— Eh ben… Je l'ignorais. Vous avez la radio ?

— Oui. Qu'est-ce que tu aimes, comme genre de musique ?

— J'aime bien Annie Lennox, entre autres. Mais… je n'ai pas le droit d'écouter n'importe quoi. Mes parents sont assez stricts.

— Assez, oui.

— Eux, ils écoutent tout le temps ces programmes religieux qui mettent Jésus à toutes les sauces. J'écoute du rap la nuit, au casque. Remarquez, le rap, c'est niais aussi, dans son genre.

— À qui le dis-tu ! Je connais, j'ai des élèves de cinquième.

Keefer qui sommeillait se mit à couiner.

— Vous ne pourriez pas lui donner un gant de toilette à mâchouiller ? Ça l'aide à s'endormir. Maman ne lui permet pas la tétine. Elle dit que ça déforme la bouche des bébés et que, plus tard, ils doivent porter un appareil dentaire.

Lorraine alla chercher un gant de toilette, qu'elle humidifia un peu, et le donna à Keefer, qui le suçota avec délice.

— Bon, continuez, insista Alex.
— Quoi donc ?
— L'histoire sur les rouquines.
— Ce n'est pas vraiment une histoire… Mais j'en connais une.
— Allez-y. Dodo dodo dodooooo…, ajouta Alex, et Keefer enfonça son pouce dans sa bouche.
— Il était une fois une pauvresse (dans les contes de ma grand-mère, tout le monde est pauvre), qui avait une fille très belle, aux cheveux roux. Toutes les mères du pays les lui enviaient, commença Lorraine. Et l'on disait que cette jeune fille, grâce à ses cheveux de flamme, possédait des pouvoirs magiques. Les femmes qui voulaient séduire un homme achetaient une boucle de ses cheveux pour la glisser dans la poche de leur bien-aimé. Et celles… qui ne pouvaient pas avoir d'enfants…
— Comme ma mère, dit Alexis. Elle n'a eu que moi, avec mon papa, Jack Tyson. Mais maintenant, on a Choupinette…
— Euh… donc, reprit Lorraine, ces femmes venaient voir la jeune fille avec l'espoir d'avoir un enfant roux comme elle, qui leur porterait chance, et elle leur touchait le ventre avec ses cheveux. Bien sûr, la mère était ravie, car cela leur rapportait quelques sous…
Et Lorraine continua son récit tandis que Keefer s'endormait pour de bon.
— Un fléau s'abattit sur le pays. Les cultures séchèrent sur pied, le lait des vaches se tarit, l'eau des sources et des rivières croupit, et il y eut une grande famine. Or le seigneur de ce pays s'appelait Vlad Dracul, et il alla consulter son devin, qui était tsigane, pour lutter contre ce fléau. « Faites quérir la fille aux cheveux de feu, lui conseilla ce dernier. Elle seule peut sauver le pays. Prenez-la pour femme et elle vous donnera un fils. Ce

jour-là, les montagnes et les rivières reprendront vie. » Le seigneur dépêcha ses hérauts qui trouvèrent enfin la hutte où la fille aux cheveux de feu vivait avec sa mère. Ils s'emparèrent de la jeune fille, qui s'appelait Sofia, et la menèrent devant le seigneur, qui l'épousa aussitôt. Mais Sofia pleurait, pleurait, tant sa mère lui manquait. Vlad Dracul était aussi cruel que puissant. Et il avait beau offrir à Sofia de somptueux cadeaux, des bijoux, des tissus précieux, des mets délicieux, la jeune femme le suppliait en sanglotant de lui rendre sa mère et refusait toute nourriture. Le seigneur s'aperçut alors qu'elle était enceinte, et il fit venir la mère afin qu'elle veille sur sa fille.

« En échange, Sofia lui donna un fils, un beau bébé, et, comme le devin l'avait prédit, les rivières et les champs reprirent vie, ce qui remplit le seigneur de contentement. Alors Sofia le pria de permettre à sa mère de demeurer toujours près d'elle, au château. Mais le cruel Vlad refusa. Il jalousait l'amour que son épouse portait à sa mère, et il bannit cette dernière, qui dut retourner à sa pauvre hutte. Folle de chagrin, Sofia s'enfuit une nuit avec son bébé et se réfugia chez sa maman. Là, elles se nourrirent de fromage et de lait de chèvre pour se donner des forces, avant d'entreprendre le long voyage qui les conduirait jusqu'aux rives du Danube, dans une grande ville appelée Budapest, où elles se cachèrent parmi la population et élevèrent le bébé loin de son père.

— Évidemment, Vlad le Cruel l'apprit, intervint Alexis.

— Eh oui. Et il envoya quérir le devin, qui lui dit que seule une sorcière aux pouvoirs maléfiques pourrait lutter contre la fille aux cheveux de feu et la lui ramener, ainsi que son fils. En échange d'une bourse d'argent, ladite sorcière se transforma en un grand corbeau et survola le pays. Elle repéra enfin Sofia, sa mère et le garçonnet, qui cheminaient au bord de la rivière. Et la sorcière, reprenant forme humaine, apparut devant eux…

— Dans un nuage de fumée.

— Quelque chose comme ça, acquiesça Lorraine. Et elle appela de sa voix chevrotante le devin, qui, monté sur un grand cheval noir de bataille, arriva au galop sur la berge, s'empara du petit prince, et ordonna à Sofia de quitter sa mère sur-le-champ pour retourner au château.

— Et Sofia refusa, dit Alexis. Moi, je n'aurais pas quitté ma mère.

— Elle refusa tout net. « Je ne bougerai pas d'ici tant que vous ne m'aurez pas rendu mon enfant. Jamais je ne retournerai chez ce méchant homme et ne le laisserai élever mon fils. » Alors la sorcière la changea en arbre, en l'un de ces bouleaux blancs qu'on voit au bord des rivières, et Sofia resta là, pour l'éternité. Et la sorcière et le devin ramenèrent l'enfant au château. La mère de la jeune fille versa tant et tant de larmes qu'une autre sorcière, gentille, celle-là, eut pitié d'elle et la transforma à son tour en saule pleureur, afin qu'elle puisse demeurer près de sa fille et la protéger de son feuillage. C'est pourquoi le fin bouleau blanc aime à vivre près du saule pleureur. On les voit souvent ensemble, au bord des rivières.

— Eh bien, ce n'est pas gai, comme histoire, dit Alexis. Et le bébé ?

— Il fut rendu à son père, le cruel Vlad Dracul. Oui, ça fiche un peu le cafard. Les Hongrois sont comme ça, ils ne sont heureux que lorsqu'ils dansent ou qu'ils font des expériences scientifiques. Mais en général, ils sont d'humeur mélancolique. Ma grand-mère ne m'a jamais raconté une seule histoire qui finisse bien. Tu sais, Georgia avait la même impression que toi, à tel point qu'elle me disait : « Faisons comme si le petit garçon avait lui-même des pouvoirs magiques. Il est revenu et, grâce à lui, le bouleau s'est transformé en Sofia, et le saule est redevenu Petite Maman. »

— Petite Maman ?

— C'est comme ça que Georgia m'appelait. Petite Maman.

— C'est vrai que vous êtes petite.

— Tu veux boire quelque chose, Alexis ? Euh… Alex ?

— Je veux bien un coca.

— Il n'y en a pas.

— Alors de l'eau.

Elles restèrent assises dans la cuisine, à écouter le tic-tac électronique de la pendule, puis, quand Keefer se réveilla, elles regardèrent *Le Magicien d'Oz*, en particulier les passages sur le petit peuple des Munchkins, et Craig finit par arriver. Il était presque dix heures du soir.

— Je ne sais comment vous remercier, dit-il. Delia va beaucoup mieux.

— Et le bébé…, commença Alexis.

— Tout va bien, coupa sèchement Craig. Bon, allons-y. Je regrette que Keefer soit encore debout à cette heure-ci.

Lorraine embrassa Keefer, qui regarda par-dessus son épaule en appelant : « Dory ? » Et Alexis dit :

— Eh ben, on a entendu une super-histoire. Pas vrai, Choupinette ? Il faudra que je te la raconte, Craig. Ça parle de Dracula, mais je te préviens, ce n'est pas gai gai…

Il soufflait un vent glacial. Lorraine avait refermé la

porte avec quelque difficulté quand elle entendit frapper. C'était Alexis.

— Maman m'a dit de vous remercier de vous être occupée de moi. Remarquez, j'ai presque quinze ans.

— De rien, dit Lorraine.

— Peut-être que je reviendrai vous faire une petite visite, un de ces jours.

— Avec plaisir, Alex, répondit Lorraine en songeant : Mon Dieu, ta mère en serait ravie.

Au lieu de regagner l'intérieur, Lorraine décrocha son châle du portemanteau et resta sur le perron, à regarder Craig et Alexis installer Keefer. Delia était affalée à l'avant, sur le siège passager. La voiture s'éloigna, ses feux arrière s'allumèrent au stop, puis s'estompèrent et disparurent. Une neige poudreuse tombait, et la lanterne colorée du bout de l'allée faisait un halo rose. Georgia disait qu'il lui évoquait le pavot dessiné par son homonyme, Georgia O'Keeffe, avec sa corolle chaude et vibrante comme un visage, et son cœur d'un bleu froid, celui de la lune naissante.

Quand son fils se fut enfin endormi, Emily Sayward se pelotonna sur le divan. Jamie lança la séquence du journal télévisé qu'ils avaient enregistrée le vendredi soir et n'avaient pu visionner plus tôt, pris par les multiples obligations du week-end. En silence, ils virent le gouverneur signer le projet de loi, puis la séquence enchaîna sur les yeux pleins de larmes de Lorraine, le sourire exultant de Gordon, pour finir par quelques plans de Ray et de Georgia berçant leur fille dans sa robe de baptême. Personne n'avait ouvertement critiqué sa décision, ni leurs amis, ni les dames qui s'étaient écartées en murmurant dans la boutique de produits pour le bain où elle était venue acheter un cadeau pour sa mère, ni la fille du supermarché qui avait fermé sa caisse en la voyant approcher, ni le jeune homme de la voirie municipale, qui lui avait répondu sèchement qu'il s'occuperait plus tard du mur de neige qui obstruait l'allée des Sayward. Non, personne n'avait osé. Après avoir jeté un coup d'œil aux dizaines de lettres que son clerc lui avait remises, Emily avait demandé qu'on les versât au dossier. Et les appels téléphoniques, sans personne au bout du fil quand on décrochait… Jamie avait voulu demander un numéro de téléphone sur liste rouge, mais Emily avait préféré attendre, et en effet les appels avaient diminué pour finir par cesser. Elle avait été soulagée de voir que les propos des McKenna cités par les journaux ne la visaient pas personnellement. Leur colère n'était pas dirigée contre un individu, mais contre un symbole. Cela aurait aussi bien pu tomber sur n'importe lequel de ses collègues.

Le journaliste conclut son reportage par une formule bien sentie, s'étonnant qu'un simple mot pût changer l'avenir d'une famille, à qui l'on ne souhaitait évidemment que du bien.

— Voilà qui est fait, murmura Jamie en la serrant contre lui. Et maintenant ? Cela ne signifie pas nécessairement que la cour d'appel…

— Si, lui dit Emily. Mais je m'y suis préparée. La petite fille est là où elle doit être, chez les Cady. Mais c'était une mauvaise loi, et il fallait la changer.

17

Ils attendirent.

Une procédure d'appel impliquant un enfant serait nécessairement « activée ».

La requête fut acceptée par la cour d'appel de la troisième circonscription avant Noël, et Greg Katt dit aux McKenna que les dossiers devaient être déposés sans délai, en temps et en heure, le moindre retard pouvant provoquer le rejet total de l'appel. Se succédèrent dans l'ordre fixé un appel de Gordon, une réfutation des Cady, et un mémorandum « amicus », déposé en faveur des McKenna et à titre consultatif par les représentants du Syndicat de la magistrature s'occupant tout spécialement des questions d'adoption. Ce ne fut que début mai, après l'enregistrement légal de l'amendement au projet de loi 600, que tous les dossiers furent complétés et présentés.

Une commission de trois juges les examinerait, et on leur promit une réponse dans les plus brefs délais. Mais la révision de la décision d'origine, ainsi que les audiences qui la précéderaient, les appels, l'historique des lois régissant le statut des enfants adoptés, tout cela prendrait sans doute des semaines, pour ne pas dire des mois. Si l'un des juges était malade ou en congé, les délibérations s'arrêteraient et ne reprendraient que lorsque la commission se rassemblerait dans son intégralité.

Keefer eut deux ans et trois mois.

Ils attendirent.

Un vendredi soir, Gordon et Lindsay étaient venus chercher Keefer à Madison, car l'état de Delia empêchait les Cady de la conduire à Tall Trees. En passant devant un vide-greniers, Lindsay repéra un tricycle et ils s'arrêtèrent. Le tricycle avait de gros pneus gonflables à l'ancienne, une selle digne d'un western et des poignées en caoutchouc ornées de pompons jaunes et rouges. Ils n'hésitèrent pas longtemps et l'emportèrent pour dix dollars, une aubaine. « Mon vélo, mon vélo », babilla Keefer durant tout le trajet de retour. Dès qu'elle fut juchée sur le tricycle, elle ne voulut plus en décoller. Ils la laissèrent rouler dans l'appartement jusqu'à dix heures du soir, lui donnèrent des céréales qu'elle mangea délicatement à la cuillère, puis ils la couchèrent dans son lit doublé de peau de mouton, devenu un peu étroit. Gordon allait dire à Lindsay qu'elle pouvait rentrer chez elle quand il les vit toutes les deux dans l'encadrement de la porte. Lindsay caressait les cheveux de Keefer... On aurait dit un tableau de Mary Cassatt. Alors qu'elle s'apprêtait à partir et rassemblait ses affaires, il la prit dans ses bras. Ils s'éveillèrent au matin, quand Keefer enfonça un doigt dans le nombril de Gordon en criant pin-pon, pin-pon.

La semaine suivante, Gordon reçut une invitation des parents de Carl Jurgen, le priant d'assister au mariage de leur fils avec Pearson Corcoran, fille d'un certain

Dr Haven Corcoran. Gordon appela son vieux copain dans l'intention de le féliciter et tomba sur le répondeur ; Jurgen le rappela le lendemain soir. Au début, ils parlèrent de tout et de rien, de la santé de leurs parents, du doctorat en droit que Jurgen s'apprêtait à passer, puis, inévitablement, ils en vinrent à évoquer l'affaire. Jurgen avait suivi de près ses développements, et il était resté en contact avec Diane et Big Ray alors qu'ils résidaient à Madison et en Floride. Ces derniers étaient terriblement affectés par le conflit, expliqua-t-il. Pour eux, les histoires de famille se réglaient simplement.

— Mais toi, tu savais que ce ne serait pas simple, avait remarqué Gordon.

— Je le pressentais en effet.

— Et tu les as prévenus. Tu les as aidés à s'y préparer…

— Eh bien, je n'ai jamais été leur conseiller juridique, si c'est ce que tu veux dire. Mais mon père et moi… pouvions difficilement refuser de les aider à trouver les gens qualifiés. J'étais persuadé que le mari d'Alison allait céder et que ce seraient eux qui feraient la demande. Cela aurait été la meilleure solution.

— Ah oui ? En vertu de quoi ?

— Eh bien, ils avaient des enfants à peu près du même âge, et une sœur vaut plus qu'une cousine. Et puis Alison et Andy ont une vie sociale moins prenante que celle de Delia et Craig.

— Tu veux parler de leur engagement religieux ?

— Oui, mais ça n'a pas grande importance, tout compte fait.

— Ça en a pour moi, Carl.

— Je sais, c'est moche. Tu aurais dû t'y attendre. Gordie, je te connais bien, et tu n'as jamais été un exemple de stabilité. D'ailleurs je t'avoue que je m'étonne moi-même, en l'occurrence. Mais Pearson est une fille super. Tu sais, je ne la connais que depuis trois mois. On est sortis ensemble à Pâques pour la première fois, en tout bien tout honneur… Au fait, comment va la charmante Lindsay ? Vous fricotez toujours ?

— Revenons à ce que nous disions…

— Très bien. Surtout ne va pas croire que nous ayons une mauvaise opinion de toi ou de tes parents. Seulement, Gordon… Pour nous, ça coule de source. Ray était très attaché à la famille. Il n'aurait pas reposé en paix sachant que sa petite fille n'avait pas droit à tous les… avantages, tu comprends ? Il s'est toujours senti déplacé chez vous… Nous n'avons pas la même façon de vivre, Gordie. C'est peut-être étrange, mais ici, à Jupiter, tout le monde se connaît…

— Ah oui ? Tu fréquentes beaucoup les gens qui habitent le quartier espagnol ?

Il y eut un silence.

— Je parle du milieu où nous avons grandi, précisa Jurgen.

— Donc tu ne connais pas tout le monde, seulement ceux qui font partie du country club.

Jurgen eut un petit rire.

— Gordie, qu'est-ce que tu racontes ?

— Il ne t'est jamais venu à l'idée que ma sœur a pu ressentir la même chose dans sa ville natale ? Que Keefer avait deux parents ? Que nous-mêmes nous avons notre mode de vie, nos propres conceptions en matière d'avantages et de réussite ? On ne se pourlèche pas sans arrêt en se disant des mon chéri, mon trésor, ma petite poupée en sucre, mais ça ne nous empêche pas d'être proches les uns des autres !

— J'en suis sûr, répondit Jurgen d'un ton guindé.

— Tu peux donc admettre que Ray, au moins à une

certaine époque, a jugé que Keefer serait plus heureuse en vivant parmi les gens qui la connaissaient le mieux ?

— Je sais qu'il était plein de gratitude pour tout ce que vous avez fait pour Georgia, répondit Jurgen d'une voix égale. Bon, Gordie, si on changeait de sujet ? Toi et moi…

— Ray était mon ami.

— Bien sûr qu'il était ton ami.

— Et toi aussi, tu l'étais. Tu étais même plus proche de moi que Ray. Je pensais que tu me montrerais un peu de loyauté. Ou à défaut, que tu resterais neutre.

— Gordie, je n'ai pas envie de parler de ça.

— Moi non plus. Ni d'autre chose, d'ailleurs. Plus jamais.

— Tu ne seras pas toujours dans ces dispositions d'esprit. On a du chemin derrière nous. Je t'attends ici pour m'aider à hisser le…

— Pour nous, le chemin s'arrête là, Carl. C'est fini.

Et Gordon raccrocha d'une main tremblante, qui lui fit penser à son grand-père McKenna. Peut-être qu'un jour j'aurais la maladie de Parkinson, moi aussi, se dit-il. Mais non, suis-je bête. Mon grand-père et moi, nous ne sommes pas du même sang.

Ils attendirent.

À la paroisse, Nora proposa de remplacer Helen Wilton pour s'occuper de la décoration de l'autel. Elle passait des heures dans le silence poussiéreux de la nef à élaborer de savantes compositions florales pour l'office dominical, associant des fleurs sauvages et des herbes dites mauvaises aux fleurs cultivées. Elle écumait les vide-greniers pour trouver des vases, faisait sécher des statices, des cheveux d'ange… Quand le père Barry lui fit remarquer qu'il risquait de se prendre les pieds dans les pots de fleurs qui cernaient l'autel, pendant la communion, elle se calma un peu. Mais Hayes et Marty ayant l'habitude de se débrouiller sans elle, Nora se rendait à l'église tous les après-midi. Peu de gens y entraient durant la journée et elle n'avait pas à se soucier de son apparence. Elle se perdait parfois dans une prière qui l'engourdissait comme le sommeil. À tout hasard, elle priait saint Jude, le patron des causes perdues. Elle priait sainte Anne, la grand-mère bienveillante, sainte Thérèse, qui aimait tant les enfants, sainte Catherine de Sienne, qui croyait en l'action, saint Antoine, le patron de l'adoption, saint Nicolas le martyr, qui avait ramené à la vie des petits garçons dépecés par un boucher psychotique, saint Thomas le sceptique, et saint Fidèle, car c'était le patron de l'église locale.

Plongée dans ses rêveries, elle demandait à Dieu de la rassurer, de lui faire savoir qu'Il pensait à l'appel et ne relâchait pas sa vigilance, et elle ne savait si la plénitude qui l'envahissait était la réponse de Dieu ou l'écho de sa propre supplication. À certaines époques de sa vie, pour lutter contre une tendance à l'orgueil, Nora formulait les prières les plus courtes, les plus humbles, mais elle ne pouvait plus s'en satisfaire. Dieu avait besoin de précisions. À tout moment, ils étaient sûrement des millions à assiéger le ciel, et il n'y avait qu'un seul juge de droit divin.

Les McKenna devaient maintenant à Greg Katt et à son équipe plus de quarante mille dollars, et ce n'était pas fini, puisqu'ils avaient l'espoir qu'un nouveau procès s'ouvrirait, avec tous les frais que cela représentait. Lorraine et Mark allèrent donc voir le fils Soderberg, qui était banquier, et ils hypothéquèrent leur maison de Cleveland Avenue, qu'ils avaient mis tant de temps à acquérir… Mark voyait sans regret la sérénité de la retraite s'éloigner à vue d'œil.

Le soir où ils regardaient un reportage intitulé *Plus fort que le sang ?*, Emily Sayward et son mari envisagèrent un moment de retourner vivre à l'est du pays pour y monter ensemble un cabinet d'avocats. Cela ne dura guère. Jamie aimait son travail à Medi-Sun. Et Emily appréciait la vie tranquille qu'ils menaient sur les bords du lac avec leur fils Emory, qui commencerait l'école à l'automne. Plus tard cette nuit-là, tandis qu'ils se déshabillaient avec ferveur dans le noir, Jamie suggéra que ce serait peut-être le moment de faire un deuxième enfant, un petit frère ou une petite sœur pour Emory. Emily acquiesça avec enthousiasme, mais le lendemain, alors que Jamie s'occupait de remplacer une planche pourrie sur le ponton, elle lui fit part de ses doutes. Elle avait trente-huit ans. Et si elle n'arrivait pas à tomber enceinte, s'il y avait des problèmes ? Quand Jamie lui répondit que, dans ce cas, ils pourraient en adopter un, Emily fut prise d'une bouffée de rage irrationnelle, et elle refusa toute la journée de lui adresser la parole.

Fin mai, à Sandpiper Reserve, aux dernières heures d'un tournoi dédié à Raymond Nye et organisé pour l'octroi d'une bourse d'études à Keefer Kathryn, Big Ray sentit son bras gauche l'élancer, puis s'engourdir, et son cœur se mit à battre à tout rompre, ce qu'il attribua d'abord à la panique. Il se précipita dans la première buvette pour vomir et, le soir même, il était hospitalisé dans une chambre privée du Tampa Memorial, où on lui fit le lendemain matin une angioplastie. Le cardiologue lui reprocha de trop manger et lui conseilla de faire de la marche à pied, plutôt que de se déplacer en voiturette.

Ce soir-là, Diane arriva du Wisconsin et le rejoignit dans sa chambre d'hôpital. En se tordant les mains, elle le supplia de ne pas mourir, disant que c'était plus qu'elle n'en pouvait supporter. Il la tranquillisa, lui prit la main et lui confia que, tandis qu'on lui injectait du liquide glacé dans les veines, le visage de Gordie McKenna s'était imposé à lui.

— Ne monte pas sur tes grands chevaux, dit-il d'un ton bourru. Je me suis juste dit qu'on devrait reprendre contact.

— Reprendre contact ?

— Oui, alors que j'étais couché là, dans cette chambre, en me demandant si j'allais voir le soleil se lever, je me suis rappelé la première fois où Ray a amené Gordie à la maison. Tu te souviens ? C'était pour le mariage de Caroline. Ils ont déboulé tous les deux dans notre chambre à cinq heures du matin et m'ont tiré du lit en hurlant : « Allez, debout, c'est l'heure du petit déjeuner ! On va se faire des œufs au plat avec une bonne bière ! » Ils étaient tous les deux en short, Ray sautait sur le lit, et toi, tu poussais des cris…

— Où veux-tu en venir ?

— Eh bien… quand j'ai cru ma dernière heure arrivée, j'ai réfléchi, Diane. La petite est bien là où elle est, mais… la vérité, c'est qu'une de nos filles aurait dû l'élever, et aucune n'en a eu envie. Contrairement à Gordie. C'est un brave gars, Diane, et mon garçon à moi… notre garçon aimait bien Gordie.

Big Ray s'interrompit pour inspirer prudemment. Il se sentait aussi fragile que les statuettes en cristal que collectionnait sa femme.

— Voilà ce que j'ai à dire. Je voudrais que tu écrives

à Gordie et à ses parents. Pas pour revenir sur notre décision, je souhaite toujours que Keefer Kathryn soit une Nye et grandisse parmi nous. Mais pour faire… amende honorable. J'ai envie d'avoir la conscience tranquille, Diane. De pouvoir dormir sur mes deux oreilles.

— Lorraine McKenna ne…

— Si tu ne le fais pas, c'est moi qui écrirai dès que je pourrai me lever de ce lit.

Le soir même, elle lui avait apporté la lettre qu'elle avait commencé à rédiger.

Un matin qu'il roulait en voiture de bonne heure, Tim Upchurch aperçut Lindsay et Gordon qui promenaient Keefer dans la grand-rue. Chacun d'eux la tenait par une main, et ils la balançaient. Tim avait failli s'approcher d'eux, quand quelque chose l'avait retenu, une réticence inhabituelle. Il avait juste ralenti, et regardé. Les cheveux de Keefer avaient poussé, ils étaient bouclés comme ceux de Georgia. Les yeux de Lindsay s'illuminaient dès qu'elle les posait sur Gordon. Si Lindsay avait été avec lui, il l'aurait traitée comme une princesse. Oui, une princesse. Il les vit disparaître au coin de chez Hubble. Une petite famille, où il n'avait pas sa place.

Greg Katt était gonflé à bloc. De toute sa carrière, il ne s'était jamais senti si confiant. Il se levait à l'aube, embrassait sa femme et ses filles, puis il faisait un peu de jogging, même par temps de pluie, l'une de ces douces et heureuses averses de printemps. Enfin il se rendait en voiture à son bureau en chantant à tue-tête des tubes d'Aretha Franklin. Pour la cause la plus médiatique qu'il aurait sans doute à défendre, il était plein d'ardeur et n'éprouvait pas la moindre peur. Seulement l'envie de se battre.

Ce serait une partie de plaisir.

Ceux d'en face n'avaient plus qu'à s'incliner.

Le mémorandum « amicus » préparé par Rob Greenbaum et Patricia Roe, du Syndicat des magistrats spécialisés en adoption, déroulait le tapis rouge à Gordon McKenna. L'exclusion de Gordon contrevenait à toutes les lois inscrites dans le code des enfants. Rob et Patricia citaient les articles attestant que, suite à une adoption, le lien entre parent et enfant incluait tous les droits, devoirs et autres conséquences légales du lien naturel unissant un enfant à ses parents.

Même la Cour suprême des États-Unis, en 1977, avait déclaré : « L'adoption est reconnue comme un équivalent légal de la parenté biologique. » Aucune loi ne devait être interprétée à l'encontre de cette évidence. Le corps législatif, dans le code des enfants comme dans bien d'autres cas, affirmait clairement que les enfants adoptés devaient être inclus dans toute définition de la famille. Cette inclusion allait tellement de soi que le législateur n'y avait même pas songé, et l'avait sans doute omise involontairement.

Katt s'était concentré sur les détails. Dans sa plaidoirie, il déboulonnait une à une les préoccupations de Mary Ellen Wentworth et de la tutrice de Keefer. L'avocate se complaisait à rappeler comment les Cady, et Ray et Georgia avaient projeté d'acheter un duplex pour vivre à proximité les uns des autres, et comment Ray et Georgia, en nommant les Cady parrain et marraine, « rôle que Craig et Delia prenaient très à cœur », leur avaient conféré la fonction de tuteurs éventuels que ce rôle impliquait traditionnellement. Wentworth attaquait les McKenna, clamant que les Cady avaient protégé l'enfant de l'ouragan médiatique orchestré par Lorraine et de l'obsession malsaine que cette dernière nourrissait à l'égard de sa petite-fille « adoptive ». Wentworth condamnait la tentative de Gordon d'« exclure tactiquement ses clients en recourant à la procédure d'adoption accélérée » et concluait que cet avantage présumé avait éclaté au nez de Gordon comme un ballon de baudruche. Dans une note en bas de page, Wentworth faisait remarquer que, durant l'audience, le juge Sayward avait reproché à l'équipe de Gordon d'essayer de l'emporter sur les Cady au lieu de prendre en compte les intérêts de l'enfant.

Katt répondit point par point. C'était risible. Gordon était l'oncle de Keefer, selon une loi qui l'affirmait maintenant de façon totale et définitive, sans l'ombre d'un doute, et que même quelqu'un d'aussi obtus que maître Wentworth ne pourrait plus mal interpréter. « Gordon était le seul frère de Georgia, la mère de Keefer, et la dernière volonté de sa sœur était que Gordon s'occupe de son enfant, écrivait Katt. Dénier à Gordon son statut d'oncle maternel, même en partie, c'est priver Keefer de son propre héritage. »

Les recommandations du Dr Bogert en faveur des Cady se fondaient uniquement sur le préjugé qui animait la psychologue et sous-tendait tout son rapport, à savoir qu'une petite fille doit avoir une mère. Elle ne mettait pas en doute la relation « aimante et positive » qui unissait Keefer à son oncle, mais plutôt la capacité de Gordon, comme célibataire, à répondre aux besoins d'une petite fille. Pourtant, rappelait Katt, la législation du Wisconsin précisait bien que « tout adulte non marié », homme ou femme, pouvait adopter un enfant mineur.

« Le seul problème qui reste à poser devant ce

tribunal, c'est de déterminer si Gordon, qui fut adopté tout bébé, est en position, légalement, de demander l'adoption de sa nièce », avait conclu Katt. Allait-on refuser à un oncle « adopté » la possibilité qu'on accorderait sans nul doute à un oncle « naturel » ?

— Attendez et gardez la foi, serinait Mary Ellen Wentworth à ses clients pour les réconforter, quand ils l'appelaient. Le temps joue en notre faveur. Chaque journée que Keefer passe chez vous apporte de l'eau à notre moulin. Quelle que soit la suite des événements (annulation ou non de la décision du juge Sayward, nouveau procès permettant à Gordon de présenter sa requête), Keefer grandit et s'attache toujours plus à sa mère, à son père, à sa grande sœur. Au fil des jours, un juge, quel qu'il soit, sera de moins en moins disposé à nuire à l'épanouissement de Keefer en provoquant une rupture alors qu'elle s'adapte harmonieusement à sa famille. Ne vous inquiétez pas, le temps travaille pour nous. Rien ne prévaudra sur les intérêts de l'enfant.

La plaidoirie de Mary Ellen ne reflétait pas la rancœur qu'elle ressentait envers cette sorcière de Lorraine McKenna, dont la ferveur égoïste les avait entraînés dans une spirale médiatique forcenée. Les McKenna gagneraient peut-être, mais ils ne l'emporteraient pas au bout du compte. Victoria Lindquist, la tutrice, partageait les mêmes vues qu'elle, et éprouvait à cet égard le même dégoût.

Le 3 juin, jour anniversaire de l'accident de Lost Tribe Creek Bridge, était aussi la dernière journée de classe, qui se terminait à midi. Après le déjeuner, Nora et Lorraine coupèrent une brassée de lilas et achetèrent deux branches d'orchidées chez le fleuriste avant de se rendre sur place. Arrivées au pont, elles se penchèrent par-dessus le garde-fou, à l'endroit où le métal brillant indiquait l'ancienne rupture, et elles lancèrent une à une les fleurs dans la rivière. Mais une brise se leva et les fleurs, au lieu de tomber, revinrent sur elles, puis allèrent s'éparpiller sur le bas-côté et sur la route elle-même. Les deux femmes se mirent à courir pour les récupérer.

— C'est Georgia, lança Nora en riant. Elle a toujours aimé faire du remue-ménage.

Lorraine réussit à esquisser un sourire. Alors Greg Katt arriva, stoppa brusquement, sortit de sa voiture et avança en chancelant vers elles, les yeux embués de larmes.

— Mieux vaut rentrer chez vous, dit-il. Achetez quelques bonbons en passant. À mon avis, ça ne va plus traîner. Vous aurez bientôt une gamine sur le dos.

La cour d'appel avait annulé la décision du juge Sayward, par un vote de deux voix sur trois. Une nouvelle audience devrait avoir lieu. Et là ce ne serait plus la même chanson.

18

Rien ne leur ferait jamais oublier ce moment de gloire.

Ils recevaient les félicitations des uns et des autres, un peu comme s'ils avaient gagné au Loto grâce à un ticket égaré puis retrouvé dans la poche d'une chemise. Lorraine sentait les gens la suivre du regard quand elle se déplaçait dans la ville, sur le marché en plein air de Fidelis Hill, à la bibliothèque municipale, à la piscine où, après une année languide, elle avait commencé des cours de gymnastique aquatique avec Karen et Natalie.

Oui, pensait-elle en hochant la tête pour répondre aux sourires bienveillants, c'est nous que vous avez vus à la télé.

Nous qui avons gagné. Nous, les gentils, les braves gens.

Un nouveau juge serait nommé, sans doute Aaron Kid.

Greg leur avouerait plus tard qu'au seul nom du juge Sayward, il avait des frissons. Filer une raclée à un juge, c'est jouer un jeu dangereux, même lorsque les deux parties ont fait preuve de réserve. Interviewé par ABC, Katt s'était efforcé de donner à ses propos toute la grâce de David armant son lance-pierres. Si ce jugement n'avait pas été provoqué par la tragédie des McKenna, il aurait été rendu un jour ou l'autre au détriment d'une autre famille, c'était inévitable. Le fait que Gordon ait maintenant voix au chapitre ne compensait pas toute cette souffrance, mais cela mettait un peu de baume ; pour une fois, on était allé en justice poussé par une raison supérieure au seul profit. C'était un sentiment rare, gratifiant.

Dans la ville et au-delà, la nouvelle de cette victoire se répandit comme de l'eau coulant sous une porte, de bouche à oreille, de bureau à bureau, d'une grille d'entrée à la vitre baissée d'une voiture. Des années plus tard, on parlerait encore de cette nuit-là en fanfaronnant. L'affaire des liens du sang... vous vous souvenez ? Nous, on connaît bien cette famille. La Cour suprême a déclaré que leur fils adoptif valait autant qu'un autre enfant, et personne n'a rien osé dire.

Vous en étiez ? se demanderaient les gens en évoquant la fiesta du vendredi soir. Cela avait commencé par un petit barbecue sur la pelouse des McKenna, pour déborder chez les voisins, puis dans la rue. Et ceux qui n'étaient pas en ville ce soir-là poseraient des questions, un peu incrédules : il paraît que des couples ont valsé dans le cimetière ? Oui, on les a vus se détacher sur la nuit comme des ombres chinoises. Et celui qui s'est pointé avec un violon, c'était qui ? Le mari de la fille du shérif, vous savez, Stephanie, celle qui était un peu foldingue, adolescente. Vous n'avez pas idée. Il fallait y être. La fête a débuté toute seule, sans invitations ni coups de fil, les gens sont arrivés spontanément. Oui, il fallait y être. La volupté de cette première nuit de juin, la tiédeur de l'air, la senteur sucrée des pivoines à peine écloses, les femmes qui retournaient chez elles pour prendre les plats qu'elles avaient mis au four une heure plus tôt, le type qui avait apporté un tonnelet de bière en marchant du Wild Rose jusqu'à Cleveland Avenue, et le gâteau couvert de fleurs givrées au sucre glace, et la lune voilée de bleu, les étoiles filantes, les enfants qui s'endormaient sur les chaises longues, la bouche barbouillée de sucre et de pétales...

On raconterait comment Craig Cady était arrivé ce soir-là et comment il n'avait pas bougé de sa Jeep aux vitres fermées, tandis que la jeune rouquine était allée déposer une Keefer endormie dans les bras de Lorraine, pour sa visite du week-end. L'un prêterait à Craig des propos imaginaires, des répliques de mauvais western « On n'a pas dit notre dernier mot ! Vous aurez de nos nouvelles ! », alors que Craig n'avait pas même tourné la tête dans leur direction.

Lorraine avait dansé avec Mark cette nuit-là sur la pelouse. Elle avait oublié combien de verres de vin elle avait bus, mais elle se souvenait avoir dit à Mark qu'elle allait se laisser aller sans retenue au bonheur de cette nuit. Les amis, les voisins se matérialisaient comme par enchantement. Elle fit la connaissance du mari de Stephanie Larsen, un beau garçon aux cheveux d'un noir luisant comme du goudron chaud, et fut saisie de fou rire quand elle voulut prendre Stephanie dans ses bras, une Stephanie énorme, massive, qui vacillait comme un chien sur une vieille échelle.

Sheila s'était approchée.

— Ce sera des jumeaux ! Deux garçons. Je vais être deux fois grand-mère le même jour !

— C'est comme si je devais porter deux seaux d'eau sans perdre l'équilibre, lança Stephanie en riant. On va les appeler Daniel George et Diego Dale. Papa trouve ça horrible, il prétend qu'on dirait des noms de chanteurs ringards. Mais je veux que l'un d'eux porte le nom de Georgia... L'autre nuit, j'ai rêvé d'elle. Georgia grimpait jusqu'à ma fenêtre, mais je n'ai pas eu peur, comme si j'attendais sa venue. Alors, le rêve a changé, et c'était moi qui grimpais avec elle. On avait de nouveau seize ans... Elle me disait : « T'en fais pas, on va pas tomber. » Et on a réussi à monter jusqu'à sa fenêtre, mais elle était fermée, alors on s'est hissées par les gouttières jusqu'à la vôtre, qui était ouverte. D'ailleurs, ça nous est arrivé souvent, dans le temps... On est entrées et on s'est écroulées sur votre canapé. Avant, il était juste à côté de la fenêtre...

— Il y est toujours, confirma Lorraine, qui la poussa à continuer.

— Georgia a dit : « Ça y est ! On est sauvées ! » Et mon rêve a pris fin. Le lendemain matin, j'ai appelé ma sœur et je lui ai dit : Trina, ça va bien se passer. C'est un signe que cet appel va aboutir, conclut Stephanie en hochant la tête d'un air docte tout en se massant le ventre.

Posté près de sa glacière sur roulettes, Tim Upchurch distribuait des bières à la ronde. Une dizaine de Reilly s'échappèrent d'une voiture, et le dénommé Dennis sauta sur le dos de Gordon, lequel en renversa son assiette sur les genoux de Lindsay, qui rentra dans la maison pour se changer.

Lorraine et Nora jouaient avec Keefer en la faisant rebondir sur le lit.

— J'espère qu'elle va t'aller, lança Lorraine à Lindsay, qui avait laissé la porte de la salle de bains entrouverte. Georgia était bien plus ronde que toi.

— Non, répliqua Lindsay. Georgia était plus petite

que moi, mais on s'habillait dans la même taille. On avait toutes les deux des grosses fesses et pas de seins. Gordie pèse seulement cinq kilos de plus que moi.

— Et vous en êtes où, tous les deux ? demanda Nora.

— On n'a pas de projets particuliers..., répondit Lindsay, un peu sèchement. Ma robe est fichue, Lorraine.

— Mais non, dit Nora. Il faut juste un petit coup de détachant. Tu en as, Lorraine ?

— Oui, dans le placard de la buanderie.

— Allez, monte, Keefer ! lança Nora en présentant son dos à la petite. À dada !

Lindsay sortit de la salle de bains. Ses boucles cuivrées se confondaient presque avec la teinte du tissu.

— Elle te va à merveille, remarqua Lorraine. Tu pourras la garder.

— Elle est à Georgia, souffla Lindsay.

— Si elle te plaît, garde-la. Ça me fait plaisir. Justement, ça m'embêtait de ne t'avoir encore rien donné des affaires de Georgia, lui confia Lorraine en cherchant son verre de vin, mais elle se rappela soudain qu'elle l'avait laissé dehors.

« Je suis pompette, se dit-elle, je ferais mieux de tenir ma langue. » Mais elle poursuivit :

— Georgia te considérait comme l'une de ses meilleures amies, Lindsay. Je comptais te donner certaines de ses affaires quand toi et Gordon...

— Vous savez bien que je l'aime.

Lindsay vint s'asseoir près d'elle sur le lit, puis, après une hésitation, lui prit la main.

— Je le sais, dit Lorraine, et je sais aussi qu'il t'aime.

— Je me le demande. J'ai parfois l'impression qu'il regarde par-dessus mon épaule pour essayer de voir plus loin. Je ne parle pas forcément d'une autre fille. Mais...

— Le truc avec Gordie, dit Lorraine en se redressant, un peu chancelante, c'est qu'il faut lui laisser l'initiative. Qu'il ait l'impression de choisir. Il est comme ça. Plus on lui court après, moins on a de chances de lui mettre la main dessus.

— Vous trouvez que je lui cours après ?

Lindsay retira sa main et regarda autour d'elle, comme si elle craignait d'être entendue. Dehors, le violoniste jouait *Georgia*.

— Mais non, pas du tout, assura Lorraine, c'est une façon de parler. Ce que je veux dire, c'est que même si Gordon semble dépourvu de cette espèce de fierté masculine qui reparaît de nos jours chez les jeunes après avoir sauté une génération... Quoique, Mark, Dieu merci, n'ait jamais été un macho...

Quel moulin à paroles, se dit-elle. Boucle-la. Elle avait parlé bien souvent avec Lindsay, de la maladie de Georgia, puis de l'affaire, elle lui avait même révélé sa haine irrationnelle envers Diane Nye. Mais jamais, au grand jamais, Lorraine n'avait parlé de Gordon avec l'une de ses petites amies. Combien en avait-elle rencontré ? Cinq, six ? La surfeuse de Floride, celle qui se mettait des bijoux dans le nombril. La zoologiste d'EnviroTreks, qui avait les cheveux ras. Elle tenta de se souvenir des autres. En vain. C'étaient de vagues silhouettes, à peine entrevues. Susan. Andrea. Taylor. Taylor ou Tyler ? La fille d'Apalachicola. Lisa, Susanna, Susan... Emily... La pauvre Lindsay avait dégusté. Mais malgré toutes ses expériences, épreuves et responsabilités, son fils n'avait que vingt-cinq ans. À vingt-cinq ans, Mark rougissait dès qu'une fille lui montrait un peu d'intérêt. Certains hommes étaient en retard, dans ce domaine comme dans d'autres. Gordon n'était encore qu'un gamin.

Grandement réconfortée par cette pensée, Lorraine eut envie de retrouver son verre de vin. Elle tapota la main de Lindsay.

— Donnez-vous du bon temps, dit-elle. Vous êtes à l'âge où il faut en profiter.

Elle évita résolument le regard déçu de Lindsay. Il sera bien assez temps de me retrouver dans la peau d'une belle-mère, songea-t-elle.

Quand tout le monde se fut retiré cette nuit-là, et que Keefer fut couchée avec son biberon d'eau et son oreiller-doudou près de Mark, Lorraine se leva et fit le tour de la pelouse, ramassant des serviettes en papier, des verres, jouissant de la douceur de l'air qui s'engouffrait sous sa chemise de nuit et caressait sa peau. Si elle n'avait craint d'effrayer Mary Dwors, leur voisine, qui souffrait d'insomnie, elle aurait traversé la rue poussée par la brise pour franchir les murs de brique du cimetière et se rendre sur la tombe de Georgia, où elle s'était souvent assise. À défaut, elle laissa la brise lui porter ses pensées. On l'a, ma chérie. Elle est là, avec nous.

La pièce manquante. La pierre angulaire dérobée au pont tortueux qui reliait cette maison au cimetière. Keefer, la fille de leur fille, qui fredonnait en marchant et aimait taper du pied pour sentir les vibrations du sol. Keefer, la réponse à la question posée par Dieu, une question d'une gravité insupportable, et si dure à accepter : Seras-tu à la hauteur ? Tourmentée, taraudée, tiraillée, quand elle n'avait qu'une envie, s'allonger pour ne plus se relever, Lorraine avait atteint à une autre perception des choses. Elle souleva sa chemise de nuit et s'offrit à l'obscurité mouvante, pour recevoir avec toute l'acuité possible le message porté par la brise et en capter la grâce. Tout ce qu'elle demandait, c'était d'avoir la force de le comprendre.

Au point du jour, elle réveilla Gordon, qui s'était écroulé sur le divan du salon.

— Il faut que tu achètes une maison.

— Maintenant ? demanda Gordon. Qu'est-ce que tu racontes ?

— Tu n'as pas de vraie chambre pour Keefer. Elle a deux ans. Elle ne pourra pas continuer éternellement à dormir dans un placard.

— Et avec quoi je l'achèterais, cette maison ? Et puis quelle importance, au fond ? Elle dort très bien…

— Les Cady lui ont installé un vrai royaume enchanté, Gordie, continua Lorraine. J'ai lu les petites annonces. J'en ai souligné certaines, pour que tu les regardes.

— Tout de suite ? Maman, je me sens vraiment très mal. La dernière fois que j'ai bu autant de bière, j'étais encore à la fac… Tu as une aspirine ?

Lorraine alla chercher à l'étage le dernier flacon de médicaments. Dans la pénombre de la chambre, elle ne réussit pas à lire ce qui y était inscrit. Gordon n'en mourrait pas. Keefer et Mark ronflaient à l'unisson. Bien. Lorraine ne s'était jamais sentie aussi réveillée. Elle redescendit et déposa un comprimé dans la paume tendue de Gordon.

— Du jus de fruits, maman, s'il te plaît, marmonna-t-il. Si je bois de l'eau, je vais dégueuler. Et Lindsay ?

— Elle est rentrée depuis longtemps.

— Aide-moi à me redresser. Dis donc, il ne fait pas encore jour. Qu'est-ce qui te prend ?

— Il faut que tu achètes une maison. Il y a une petite fermette sur Hat Lake…

— Je ne peux pas aller vivre là-bas. Emily Sayward y habite.

— C'est un grand lac, Gordon.

— Ce n'est pas dans mes moyens.

— Elle vaut cinquante ou soixante mille dollars…

— À ce prix-là, ça doit être minable.

— Bon. Il y a aussi un pavillon en brique, sur Mission Street. C'est juste derrière l'école communale. Keefer pourra y aller à pied.

— Elle ne sait pas encore parler, maman.

— Ça viendra. Il faut être prévoyant, Gordie chéri.

— Je sais. Je suis très prévoyant.

— La brique, c'est un bon matériau, joli. Chaud l'hiver. Frais l'été.

— Et combien ça coûte ?

— Quatre-vingt mille.

— Pourquoi pas quatre-vingts millions…

— On trouvera un moyen. Un prêt bancaire à un taux intéressant. Je vais prendre rendez-vous pour me renseigner…

— Tu ne crois pas que c'est un peu… tenter le diable, maman ?

— Nous allons obtenir gain de cause, maintenant.

— Je n'en suis pas si sûr. Tout ce que je sais, c'est que j'ai la tête qui tourne…

— C'est le médicament.

— J'ai déjà pris de l'aspirine, maman. Je dois avoir de la fièvre.

— Gordie, il faut que tu m'écoutes. Cette femme, la psychiatre… elle va revenir nous voir pour une nouvelle évaluation…

— Faith. Elle est psychologue.

— Gordie ! fit Lorraine en le prenant par l'oreille. Écoute-moi. Il faut que tu aies l'air certain que Keefer va vivre chez toi. C'est ce qu'ont fait les Cady. Ils ont foncé. Ils l'ont inscrite à l'école du dimanche. Ils ont mis du papier peint sur les murs. C'est comme ça qu'ils nous ont évincés.

— Bon, d'accord, soupira Gordon. Tu n'as qu'à prendre rendez-vous pour aller visiter la maison de...

— Mission Street. C'est un bon nom de rue, non ? Ça nous portera chance.

— C'est ça, acquiesça-t-il en enfouissant sa tête dans l'oreiller.

— La psychologue va nous fixer un rendez-vous très prochainement, d'après Greg Katt.

— D'accord. Allons-y, fonçons. Maison, papiers peints et tout le tralala...

En réalité, Faith Bogert décida de différer sa visite aux McKenna. Elle voulait auparavant passer un bon moment à Madison, chez Delia et Craig. Pour être au mieux de sa forme, elle fit la route la veille au soir et coucha dans une auberge qui donnait sur le lac Mendota. Avant le dîner, elle fit une petite promenade, suivant les conseils de la nutritionniste qu'elle avait consultée deux semaines, et deux kilos, plus tôt.

Quand Delia lui ouvrit la porte, Faith Bogert ne put dissimuler son effarement. Delia s'était maquillée avec art, mais son extrême pâleur démentait son sourire accueillant, sa cordialité, la fierté avec laquelle elle lui montra Keefer, parée d'une jolie robe blanche dont les boutons étaient en forme de rose. Des roses assorties ornaient le nœud qui retenait une mèche de ses fins cheveux auburn.

— Comment faites-vous pour que ça tienne ? demanda Faith en sortant son bloc-notes de son sac. À cet âge, les petites filles ne gardent pas longtemps un nœud sur la tête.

— Elle a pris l'habitude qu'on l'habille tous les dimanches pour aller à l'église. Et elle fait attention à ne pas se salir, n'est-ce pas, trésor ? dit Delia à Keefer, qui s'appuya béatement contre ses genoux. Et puis j'ai un petit secret. Un truc d'école de beauté.

— Et quel est donc ce secret ? demanda Faith avec une feinte curiosité, pour dévisager tout à loisir Delia et tenter de deviner ce qui lui était arrivé.

C'était une femme plantureuse, mais elle était devenue énorme. Elle avait dû prendre au moins quinze kilos. Était-elle enceinte ?

— Je mets une pointe de colle sur une toute petite partie de ses cheveux pour les faire tenir, avoua Delia avec un petit rire de gorge.

— Et elle n'essaie pas d'enlever le nœud ?

— Elle a vite fait d'y renoncer ! repartit Delia avec une lueur de triomphe dans les yeux. Ça ne lui fait pas vraiment mal. N'est-ce pas, Keefer Kathryn ? Ça tire juste assez pour qu'elle ne recommence plus.

— Et comment faites-vous pour le lui enlever ?

— Eh bien, je coupe la mèche.

— Vous n'avez pas peur de la rendre chauve, à force ? s'étonna Faith, qui s'exhorta ensuite à adopter un ton plus mesuré et inspira lentement pour se calmer.

— Ce n'est pas tous les jours, répondit Delia en prenant Keefer sur ses genoux. Quand elle revient de chez les McKenna, je passe des heures à lui démêler les cheveux. Gordon ne doit jamais la peigner.

— Mais si, répliqua Faith avec douceur. J'ai vu la brosse soyeuse et le petit peigne dont il se sert à cet usage.

— Un homme, ça ne sait pas s'occuper de ces choses-là, n'est-ce pas ? repartit Delia en libérant Keefer, qui se mit à jouer avec les boutons de sa robe…

Chérie, arrête de tripoter ces boutons. Je te l'ai déjà dit. Alexis ! Tu veux bien lui apporter ses puzzles ?

L'adolescente arriva du dehors. Elle était plus grande que sa mère et avait de l'allure, malgré son style débraillé. Elle portait un short en jean et un haut de maillot de bain.

— Un peu d'écran total ne vous ferait pas de mal, lança Faith en découvrant les rougeurs qui marquaient ses épaules.

— Je ne crains pas les coups de soleil, lui répondit aimablement Alexis. Ma peau bronze bien. Mon père a du sang indien.

— Je ne vois pas d'où tu sors ça, remarqua Delia d'un ton acerbe.

— Mais si, maman, tu le sais très bien.

— J'imagine que vous ne parlez pas de Craig, qui a tout du type irlandais, intervint Faith.

— Non, elle parle de son père, qui vit en Caroline du Nord. Jack Tyson.

— Vous comptez aller le voir cet été, Alexis ?

— Alex, rectifia la jeune fille en prenant deux boîtes de puzzle posées sur une étagère basse. Oui, mon père m'a dit qu'on irait aux courses de Daytona.

Delia renifla avec mépris. Alexis s'en aperçut, mais elle sembla n'en faire aucun cas. C'était aussi bien. Delia n'avait apparemment aucune idée de la rage que peut ressentir un enfant quand il entend l'un de ses parents dénigrer l'autre en son absence. En fait, peu de gens s'en rendent compte.

— Viens, Keefer Weefer, dit Alexis en entraînant la petite.

À voir la façon dont la jeune fille s'y prenait, Faith sourit. C'était une vraie bénédiction pour Keefer, et cela mettait du baume sur les souvenirs amers de Faith, sur tous ces irresponsables qui peuplaient tristement ses dossiers, les riches rejetant en général la faute sur leurs parents, les pauvres sur leurs enfants. Elle prit son stylo.

— Et comment appelons-nous cette jeune élégante à la robe fleurie, ces temps-ci ?

— C'est la mère de Craig qui a fait sa robe, précisa Delia. Elle va bientôt venir passer une quinzaine de jours chez nous.

— Et Craig ?

— Il s'excuse, mais il ne pouvait pas être là. Des rendez-vous, des réunions… Vous savez, il a dû tellement rogner sur son travail ! Mais ses collègues le soutiennent. Ils lui disent que la priorité, c'est de garder le bébé…

Faith revint au sujet initial.

— J'ai remarqué que vous l'appeliez par ses deux prénoms.

— Nous essayons progressivement de l'appeler Kathryn, expliqua Delia. Elle tient son prénom de ma grand-mère Kathryn, vous savez. Ma grand-mère et celle de Ray.

— Mais c'est Georgia qui a choisi de lui donner son premier prénom.

— Keefer, ça ne convient pas à une fille. Les deux prénoms ensemble, passe encore. Mais…

— Moi, j'aime bien Keefer, intervint Alexis à bon escient. J'aime bien les prénoms de fille qui font un peu garçon. Plus tard, je me ferai appeler Alex.

— Il te faudra attendre d'être majeure, fit remarquer sa mère avec bonhomie. J'espère que tu n'en feras rien, mais ce sera à toi de décider.

Faith grignota du bout des lèvres le morceau de gâteau à la banane qu'on lui avait servi.

— Et l'été se passe bien, en général ? demanda-t-elle.

— Eh bien, je n'ai pas été très en forme ces derniers temps, admit Delia avec regret. Cette chaleur m'indispose terriblement. Moi, une fille du Sud.

— Et le bébé ? glissa Faith incidemment.

Peut-être Delia allait-elle mordre à l'hameçon et Faith saurait-elle enfin si sa prise de poids était due à une grossesse.

— Elle va très bien. Nous veillons à ce qu'elle soit au calme. Pas de télé. Surtout pas MTV, ironisa Delia.

— Je suis obligée d'aller chez ma copine pour avoir ma dose, observa Alexis.

— Je ne peux pas contrôler les émissions que les autres parents laissent regarder à leurs enfants, dit Delia. Mais je trouve que toutes ces images ne donnent pas une vision saine de la sexualité…

— Je partage cet avis, acquiesça Faith en griffonnant. Alors, que va-t-il se passer si, lors du nouveau procès, le tribunal se prononce en faveur de Gordon ?

— Eh bien, je prie pour que ça n'arrive pas. Mais nous sommes prêts à l'affronter. Mon mari et moi ferons tout ce qui sera en notre pouvoir pour que la petite continue à vivre sous notre toit, selon la volonté de ses parents. Mais, quoi qu'il advienne, nous serons capables de l'accepter.

— Très bien. C'est une bonne façon de garder le moral. Et Craig, est-il lui aussi prêt à s'engager ? La route risque d'être longue.

— Nous avons la même conviction. Nous savons que l'amour de deux parents, même si ce n'est pas ceux que Dieu vous a donnés à l'origine, peut guérir bien des blessures.

— Et vous aiderez la petite à prendre conscience de

ses doutes, à répondre aux questions qu'elle pourrait se poser ?

— Si elle s'en pose, oui.

— Que faites-vous d'amusant, ensemble ?

— Nous sortons tous les samedis soir. Alexis est une merveilleuse baby-sitter. Et elle ne prend pas trop cher.

— Je parlais de vous et Keefer.

— Oh, nous jouons à la maison de poupée, au salon de beauté, aux poupées Barbie. Je donne des leçons de couture à Alexis pour qu'elle leur fasse des habits.

— Vous travaillez toujours ?

— Oui, grâce à Dieu. Cela revient cher d'élever des enfants. Sans parler des frais de justice. Et puis nous envisageons d'acheter une maison plus grande, dans quelque temps.

— Tout va bien, donc. À part votre état de santé, qui laisse un peu à désirer, dites-vous ? la relança Faith.

— J'ai des migraines. Et des douleurs un peu partout. Rien d'extraordinaire, j'y survivrai.

Faith se heurtait à un mur.

Elle prit congé en éprouvant le même agacement irrationnel que lorsque l'un de ses bas filait. Elle avait appris à écouter ses intuitions. Mais, en l'occurrence, il n'y avait aucune raison de se méfier. Delia n'était pas assez malade pour arrêter de travailler. Elle se débrouillait bien et semblait d'humeur plutôt bonne. Peut-être était-elle comme sa tante Mary, qui dévorait dans les moments difficiles et jeûnait quand ça allait mieux. Pas très équilibré comme régime, mais cela aussi aurait une fin. Les Cady sortiraient un jour de cette crise.

Une forte brise s'était levée pendant qu'elle était dans la maison. En posant son sac fourre-tout sur le siège arrière, Faith vit Alexis gagner d'un pas dansant la véranda pour jouir du côté ensoleillé. La brise s'engouffra dans la voiture et les feuilles où elle avait pris des notes s'envolèrent pour se plaquer sur le mur en ciment, sous une fenêtre. Faith courut les récupérer. Elle s'apprêtait à partir quand elle entendit Keefer crier. Un cri de colère, proche des larmes, qui venait de la fenêtre ouverte, juste au-dessus de sa tête. Elle se remémora la disposition des pièces en essayant de garder son calme tandis que Keefer sanglotait « Non, non ! Pas la dousse ! » Faith entendit un bruit d'eau et la voix de Delia, basse, pas vraiment menaçante, mais très sévère. « Maman t'avait dit de ne plus toucher à ces boutons ! Si tu cries encore, tu vas passer à la douche, tu m'entends ? » Bon. Ce n'était pas à proprement parler un mauvais traitement. Sans doute Delia avait-elle la migraine, et avec la rigueur de sa religion, elle menaçait la petite d'une punition. Une punition tout à fait inadaptée, il est vrai, pour une petite fille de deux ans. D'un autre côté, ce n'était qu'une menace. Keefer se calmait déjà, Delia chantonnait ; elle n'avait pas frappé Keefer. Faith n'avait elle-même été giflée qu'une seule fois, quand elle était en troisième et que sa mère l'avait surprise en train de fumer derrière la piscine, avec Jennifer Adderly.

Et elle connaissait d'excellents parents à qui il arrivait de donner la fessée à leurs enfants.

Elle monterait dans sa voiture et partirait. Mais elle le noterait dans son rapport.

Avant de claquer la portière, elle leva les yeux, comme attirée par le regard fixe de l'adolescente, toujours sur le perron. Alexis haussa les épaules.

— Qu'est-ce qui se passe ? demanda Faith, un peu à contrecœur. Ça lui arrive souvent de perdre son calme comme ça ?

— Plus souvent qu'avant, répondit Alex. Maman a les nerfs en pelote, comme dit ma tante.

— Ça vous inquiète pour Keefer ?

— Disons que ça ne me plaît pas. Je n'aime pas qu'elle lui crie dessus pour si peu, tout ça parce que Keefer tripote ses boutons ou tire sur ce nœud ridicule.

— C'est fréquent ?

— Non. Généralement, maman est gentille et douce. Elle aime qu'on lui obéisse, mais elle ne perd pas son calme. C'est depuis... elle n'est pas bien depuis qu'elle est enceinte.

— Enceinte ?

— Oui. Elle ne peut plus prendre de médicaments pour se soulager. Et ses jambes lui font mal tout le temps.

— Depuis quand le savez-vous ?

— Seulement deux mois. Mais c'est arrivé vers Noël, je suppose. Ils ne me racontent pas leur vie sexuelle.

— Encore heureux, dit Faith.

Elle hésitait. Des nuages menaçants s'amoncelaient au-dessus du lac, et elle avait un long trajet devant elle.

— Alex, que fait votre maman à votre avis, en ce moment ? Elle prend un bain ?

— Non, je pense qu'elle doit coucher la petite. Keefer fait une sieste d'une heure tous les jours.

— Alors je vais rester encore un petit moment.

Faith leva la main pour frapper à la porte, avec un fort sentiment de déjà-vu. L'accueil ne serait pas le même. Delia aurait envie de la fuir comme la peste, Faith le savait, et elle y était habituée. Elle devrait parler longtemps et sans détour avec Delia de son état de santé et de ses dispositions d'esprit. Parler de choses intimes qui ne regardaient personne, et surtout pas une étrangère. À moins que cette étrangère, comme Faith, ne détienne une grande pièce du puzzle qui composerait l'avenir d'un enfant.

19

— Je suis consterné, déclara le juge Aaron Kid, sans même s'interrompre pour les salutations d'usage. Consterné par la façon dont les médias ont traité cette affaire.

Il ôta ses lunettes de presbyte, les plia, et les brandit pour désigner le côté de l'allée occupé par les McKenna.

— Je parle de la façon dont vos clients sont intervenus dans les médias, maître Katt et maître Hendrickson. Que je sache, les tuteurs de l'enfant n'ont donné aucune interview, pas plus qu'ils n'ont cherché à gagner la faveur de l'opinion par voie de presse. Au lieu de ça, ils se sont occupés d'élever cette petite ; peut-être leur pudeur a-t-elle aussi motivé cette discrétion, attitude appropriée et tout à fait salutaire, en l'occurrence.

— Ce n'est pas tout à fait vrai, Votre Honneur, intervint posément May Hendrickson, l'avocate des McKenna. En fait, les Cady ont donné plusieurs interviews aux journaux et chaînes de télévision locales, de même que le grand-père paternel de l'enfant.

— J'en suis conscient, répondit Aaron Kid, mais ce

sont des gouttes d'eau dans un océan, contrairement à vos clients, qui ont constamment cherché à s'exprimer dans les médias nationaux et internationaux.

— Excusez-moi, Votre Honneur, mais je me permets de préciser que ce sont les médias qui ont contacté les McKenna, rectifia May Hendrickson. Cela semble logique, d'ailleurs. Ces derniers étant lésés dans cette affaire, la presse a supposé que c'était à eux d'exposer leurs griefs afin de les faire connaître.

— Madame McKenna, avez-vous à un moment ou à un autre contacté les journaux ? demanda le juge Kid.

— Je peux répondre à cette question, proposa Greg Katt.

— C'est à Mme McKenna que je la pose, répliqua Kid, et elle est tout à fait capable d'y répondre. Madame McKenna, avez-vous contacté des journalistes de votre propre chef ?

— Oui, répondit Lorraine, il y a plusieurs mois, au tout début.

— Et ça a lancé la machine... J'ai passé tout ce week-end à suivre la chronique de cette affaire à travers une multitude de documents juridiques, et il m'est clairement apparu que seules la psychologue et la tutrice désignées par le tribunal avaient gardé la mesure ; elles n'ont cessé de rappeler aux adultes occupés à chicaner que la question cruciale, c'était l'intérêt de l'enfant.

— Votre Honneur, puis-je souligner un point qui risque d'être oublié, sauf votre respect ? poursuivit May Hendrickson. La tutrice désignée pour représenter les intérêts de l'enfant durant le premier procès a rejoint Delia et Craig Cady quand ils ont argué de la non-légitimité de Gordon McKenna au titre de parent par le sang ; et c'est sur cet argument que s'est fondé le jugement initial. La tutrice a donc pris nettement position en faveur des Cady. Elle a d'ailleurs déclaré à la presse que la décision d'une cour supérieure de justice serait sans effet sur l'issue de cette affaire. Ce parti pris m'incite à demander si cette tutrice est capable d'exercer sa fonction avec toute l'impartialité requise par ce tribunal.

— J'en prends bonne notc, mais je ne vois pas pourquoi elle ne pourrait plus remplir ce rôle. Dans ses commentaires, Victoria Lindquist a juste insisté sur la nécessité de clarifier cette situation sur le plan légal. Et dans ses propos, elle prend en compte la nouvelle donne que constitue le changement de la loi par rapport au jugement initial et ne fait pas mine de l'ignorer. Non, ce qu'il nous faut maintenant pour clore effectivement cette affaire, c'est un effort de coopération réel entre toutes les parties, afin que les intérêts affectifs des adultes passent après les besoins de l'enfant. Et cela concerne également la vie privée de cette mineure. D'après moi, ce fut la principale préoccupation de la tutrice.

May Hendrickson hocha la tête, mais son léger haussement d'épaules et la façon dont elle leva très vite les yeux au ciel démentirent son acquiescement.

— Je ne veux plus de ça, assena le juge. Officiellement, à partir de maintenant, j'interdis à chacune des parties de s'exprimer devant la presse à propos de ce procès et de cette affaire. Il est inexcusable d'exposer l'intimité et le fragile équilibre d'un petit enfant à un tel voyeurisme.

— Votre Honneur, intervint Mary Ellen Wentworth, la tutrice et moi-même, nous sommes très préoccupées par cette manipulation médiatique, préjudiciable selon nous à la bonne marche d'un procès. Les Cady ont fait des efforts méritoires pour protéger cette enfant, tout en sachant que leur discrétion risquait de les déprécier aux yeux de l'opinion publique. Aussi vous demanderais-je d'inclure dans votre interdiction toute interview portant sur ce qui a pu se passer depuis la mort des parents de Keefer Kathryn, quand bien même elle traiterait de choses extérieures à ce litige.

— Cela me paraît raisonnable, répondit Kid, qui déplia les branches de ses lunettes avant de les camper sur son nez. Bon, nous venons de passer quinze ou vingt précieuses minutes à débattre d'une question subsidiaire. Plus d'ingérence qui risquerait de nous distraire de ce qui nous occupe en favorisant la confusion. Est-ce bien compris ? fit-il avec un mouvement du menton vers les avocats, qui baissèrent les yeux, comme en prière. Maître Katt ? insista le juge. Je peux vous assurer que ce tribunal ne sera pas influencé, si ce n'est de façon défavorable, par toute critique émanant des médias.

— Entendu, Votre Honneur, répondit Greg Katt. Mais vous devez admettre que c'était nécessaire, étant donné les circonstances, et le déficit de la loi telle qu'elle était énoncée…

— Je n'évoque pas ici le passé, maître Katt, ni les mérites ou démérites de l'énoncé de telle ou telle loi. Je parle de ce qui se déroulera dorénavant devant ce tribunal.

Dans ses calculs, Gordon n'avait rien prévu de tout cela.

Après l'arrêt d'annulation, il avait imaginé un monde où tout se réorganiserait autour d'une ligne médiane. Il voyait une table présidée par un juge, sorte de sage ou de père, qui serait bienveillant envers Craig et Delia comme envers les McKenna (avec peut-être un petit penchant pour ces derniers). Comment pourrait-il en être autrement ? Puisque, selon la loi, Gordon était maintenant l'oncle de Keefer, les prétentions des Cady s'avéraient sans fondement, et elles se dissiperaient comme l'odeur de la cordite après les feux d'artifice. Il s'était passé quelque chose de grandiose, de triomphal. Les avocats qui consultaient leurs emplois du temps pour fixer une limite au dépôt des requêtes et à la communication des listes des témoins rappelaient à Gordon ces soldats cachés dans les grottes d'une île et qui, privés de contact radio, se préparent pour la bataille sans savoir que la guerre est finie depuis des mois.

Un nouveau procès ? Pourquoi pas cinq, tant qu'on y était ! Keefer aurait sa licence de droit, d'ici là… Gordon avait eu envie de hurler, comme lorsqu'il devait patiemment écouter sa première petite amie lui affirmer que les pyramides de Gizeh n'étaient pas juste des constructions, mais d'immenses aimants.

Pourtant cette situation avait été si embrouillée par tous les gens impliqués que la simplicité n'était plus de mise. Ce juge n'était qu'un homme, soumis lui aussi aux tiraillements de son ego et de sa loyauté corporatiste. Lui aussi marquerait son territoire. Pourquoi aurait-il voulu réparer le mal fait aux McKenna ?

Delia était malade.

Malade et enceinte.

La « nouvelle mère » de Keefer serait malade, pas autant que sa mère biologique, mais elle resterait peut-être malade après l'accouchement. Et, privée de l'amour de ses parents, de sa vertu équilibrante, Keefer devrait maintenant partager l'amour de substitution qu'elle recevait avec un autre enfant, un bébé.

« Ce ne sont pas des obstacles insurmontables, avait écrit Faith Bogert, mais ils ne favorisent pas l'épanouissement de Keefer. Delia Cady est sous pression, et cette pression aura naturellement un impact sur la stabilité affective de Keefer. Elle n'aura pas nécessairement un effet permanent et néfaste, mais c'est un facteur d'angoisse. » Faith Bogert avait aussi souligné que les aptitudes paternelles de Gordon s'étaient considérablement développées, et que, par conséquent, lui et les Cady pouvaient maintenant être considérés comme des candidats également acceptables, même si les McKenna restaient la « famille psychologique originelle » de Keefer. Pourtant, Faith Bogert avait hésité à recommander Gordon sans réserve. Elle insistait pour que « tous les adultes qui comptent dans la vie de Keefer œuvrent ensemble et trouvent des solutions, des arrangements pour s'occuper d'elle et l'aider à grandir ». Pourtant, ce serait loin d'être parfait. Selon le Dr Bogert, Keefer ne jouirait jamais entièrement d'une vie de famille traditionnelle ; au fil de sa croissance, elle aurait un modèle de famille étendue, comme beaucoup d'enfants de sa génération. Et elle aurait sans doute besoin d'une assistance psychologique, à mesure qu'elle revivrait les deuils de sa petite enfance à chaque stade de son évolution.

Quand ils prirent connaissance du rapport, seule Nora fut assez brutale pour dire tout haut ce qu'ils pensaient tout bas.

— Je suis désolée pour eux, mais cela devrait les exclure, non ? demanda Nora. À cause d'eux, Keefer risque de revivre l'épreuve qu'elle a déjà traversée.

Gordon n'en était pas fier, mais il avait espéré que Delia serait rapidement frappée d'incapacité, de façon irréversible, et qu'elle deviendrait invalide au point de ne plus pouvoir donner à Keefer les soins maternels qu'elle lui prodiguait.

Car pour lui, la grossesse de Delia était une trahison qui lui laissait un goût amer dans la bouche. Une insulte délibérée, sournoise, personnelle, comme de trouver

Lindsay au lit avec un autre. Keefer ne leur suffisait pas. Ils avaient voulu un bon gros bébé bien à eux, qui leur soit encore plus proche par le sang et qui, fatalement, évincerait Keefer. C'était imminent, puisqu'il devait naître dans trois mois !

Évidemment, la tutrice trouverait ça merveilleux, et l'inscrirait dans la liste d'atouts jouant en faveur des Cady : un frère ou une sœur pour Keefer, plus proche d'elle en âge qu'Alexis…

Durant la première audience du juge Kid, Alexis s'était installée au fond de la salle de tribunal avec Keefer, et ses longues jambes, ses pieds chaussés d'absurdes souliers compensés en toile gênaient l'huissier dans ses déplacements. La petite tendait un doigt qu'Alexis faisait mine de mordre avec rage, et Keefer éclatait alors d'un rire sonore. Chaque fois que cela se produisit, tous les membres de l'audience ne purent s'empêcher de sourire, attendris. Tous sauf le juge Kid, qui finit, exaspéré, par déclarer que ce n'était pas un endroit pour un enfant. Craig hocha la tête et Alexis quitta la salle, Keefer dans les bras.

— La seule chose rassurante, c'est qu'il a l'air de détester tout le monde, pas seulement nous, dit Lorraine à Greg Katt pendant qu'ils mangeaient des sandwiches chez Hubbles.

— Il est juste sous pression, répondit Katt, la bouche pleine. Pour Kid, la loi passe avant tout. Il est très tâtillon et ne tolère aucune dérive. Il ira dans le bon sens. Il n'a pas d'autre choix. Mais il faut à tout prix éviter de nous le mettre à dos en intervenant encore dans la presse. Gardons toutes les chances de notre côté, en espérant que les Cady ne feront pas appel de la décision du tribunal.

— Vous croyez que c'est possible ? demanda Gordon.

— Si j'étais leur avocat, je leur déconseillerais de faire appel. Cela leur donnerait le mauvais rôle. Si Wentworth est intelligente, elle leur dira de se tenir tranquilles. Et puis ils ont d'autres chats à fouetter, en ce moment.

— Personne ne l'a obligée à tomber enceinte maintenant, lança Lorraine.

Katt eut l'air gêné et Gordon devina ses pensées. Ce genre de propos pouvaient faire croire que Lorraine était bien la sorcière décrite par certains. Gordon eut envie de la serrer dans ses bras, de lui faire sentir qu'il savait qu'elle était juste très, très fatiguée, mais pas malveillante.

— À mon avis, ça va aller, dit Katt en se penchant pour s'emparer des mains de Lorraine. Celles-ci étaient petites et rouges, indice qui signifiait qu'elle s'était remise à ses travaux artistiques. Quand ils étaient enfants et que leur mère travaillait à sa peinture, ils s'en plaignaient. D'abord, elle avait moins de temps à leur accorder, eux qui étaient si exigeants, et puis ses mains perdaient leur douceur, elles devenaient rêches ; le soir, lorsqu'elle leur savonnait le dos, ils se hérissaient à son contact. Un jour, pour la fête des Mères, ils lui avaient offert un plein panier de crèmes et de laits hydratants. Mais à présent, cela prouvait que Lorraine sortait enfin de son chagrin pour s'impliquer dans autre chose. Gordon en fut si ému qu'il eut envie de l'acclamer. Bravo, maman. Continue.

Lui-même était incapable de transformer sa colère en énergie. Il se sentait mal, physiquement, et il savait que cela venait de l'effet subversif de ses émotions sur son corps. Migraines, douleurs menstruelles, crampes d'estomac, crises d'angoisse, mal des transports... jusqu'à présent, il mettait toutes ces afflictions psychosomatiques dans le même sac. Le genre de maux qu'une personne un tant soit peu énergique peut aisément surmonter, pensait-il.

Il constatait maintenant qu'il n'y parvenait pas lui-même. Malgré tous ses efforts de volonté, il se sentait mal. Et il n'avait plus d'opinions aussi tranchées sur les maladies psychosomatiques.

Les nuits où Keefer n'était pas avec lui, il restait allongé sans fermer l'œil. Parfois, même avec Lindsay lovée contre lui, il n'arrivait pas à se détendre. Il avait encore maigri et était devenu osseux, efflanqué, comme son grand-oncle Harold. Au moment où il glissait dans le sommeil, des images de Keefer surgissaient. Bien sûr, elle était futée, super intelligente, mais surtout, c'était un petit bandit. Sa Keefer, son trésor, sa chaleur. C'était juste une apparition, comme une présence toute proche, mais hors de sa portée. Alors Gordon se levait. Puis se recouchait. Il était trop mal pour sortir se promener, trop agité pour rester allongé. Trop maladroit pour gratter sa guitare, trop nerveux pour lire. Un autre jour se lèverait, et il devrait lui faire face la bouche sèche, tout faiblard. Il n'avait pu surmonter le moment où il l'avait perdue. Il lui fallait maintenant construire une façon de vivre sans elle. Mais comment vivre sans elle ?

Il vivrait, un point c'est tout. Il ferait des tas de choses intéressantes grâce à sa liberté, et tant qu'il le pourrait, il prendrait Keefer comme complice. Il jouerait un rôle important dans sa vie.

Il mourrait.

Il vivrait, homme vieilli dans la fleur de l'âge, les nerfs usés et le cœur sec.

Les Cady marqueraient Keefer, ils la sacrifieraient

sur l'autel de leurs bondieuseries, ils transformeraient son petit bandit en fille docile, bêtifiante. Elle deviendrait timide avec lui. Il l'ennuierait. Elle se plaindrait de l'odeur de térébenthine qui régnait dans la maison de Lorraine. Elle grandirait, deviendrait une minette au glamour cheap, se marierait tôt. Et puis elle se ferait maquilleuse ou esthéticienne.

Il mourrait sans elle. Quand Gordon pensait à sa vie d'avant, il s'imaginait prenant des poses, comme l'un de ces adeptes de la musculation, un mannequin nu, le sexe en érection, excité en permanence.

Il pourrait renoncer à Keefer avec dignité.

Abandonner, s'écarter pour qu'elle puisse devenir quelqu'un d'autre. Il en était capable. Il avait bien perdu Georgia et continué à vivre.

Mensonge. Il n'avait même pas commencé à pleurer Georgia. Il n'en avait pas eu le temps. Il avait dû la mettre de côté et mener une lutte opiniâtre pour garder ce qui était déjà à lui. Sa Keefer.

Et il les avait perdues toutes les deux !

Comment de telles choses peuvent-elles arriver ? Gordon avait songé à en parler avec son père, qui semblait avoir atteint à un état de tranquille acceptation. D'où lui venait cette force d'âme dont Gordon n'avait pas hérité ? De l'expérience. Des plaies successives qui font oublier la première blessure… Il y viendrait. Il apprendrait.

Cette nuit-là, une nuit torride, il avait mal au cou et ressentait des bourdonnements dans l'oreille gauche dès qu'il se couchait. À bout, il se rendit en voiture aux services des urgences. Le médecin de garde était encore Michelle Yu, la jeune femme asiatique qui l'avait accueilli quand il avait amené Keefer pour ses dents.

— Je mettais ça sur le compte du stress, mais

maintenant j'ai bien peur d'avoir un problème neurologique, déclara-t-il.

— Le stress est un problème neurologique, répondit-elle en lui souriant. J'ai peine à vous reconnaître. Vous êtes l'ombre du garçon qui est venu ici il y a deux mois, dit-elle en frottant la face de son stéthoscope entre ses mains pour la réchauffer avant de la poser sur la poitrine de Gordon. Vous avez un pouls sacrément rapide, pour quelqu'un de votre âge. Quatre-vingt-quinze, au repos. Et comment va votre fille, anciennement votre nièce ?

— Elle est redevenue ma nièce, remarqua Gordon.

— Comment se fait-il ?

— On a rompu, dit-il, et il se mit à pleurer, en ravalant les sanglots qui montaient en lui et qui l'obligèrent à baisser la tête.

À son honneur, le Dr Yu n'esquissa aucun geste de réconfort, elle ne chercha pas à lui tapoter le dos, mais se cala sur un haut tabouret en métal et déclara posément :

— Vous manquez de sommeil.

— Comment le savez-vous ?

— À cause de vos yeux cernés. Et puis il est deux heures du matin et vous êtes là, en train de me parler au lieu de dormir.

— Exact.

— Je pourrais vous faire passer un électrocardiogramme. Et des analyses, au cas où vous auriez une mononucléose. Mais vu l'absence de fièvre, de maux de gorge, de vomissements...

— Je vomis... la nuit.

— Nausées persistantes... Eh bien, mon garçon, conclut Michelle Yu, je vais vous prescrire de l'Alprazolam pour quinze jours. C'est assez proche du Valium... De quoi dormir d'une traite. Sommeil garanti.

Il dormait béatement depuis quatre heures sous l'effet du tranquillisant quand le téléphone sonna. C'était Lindsay.

— Ta mère n'arrivait pas à te joindre. Alors elle m'a chargée de te prévenir que le juge a prévu une téléconférence à quatorze heures cet après-midi.

Gordon la pria d'attendre un instant, il posa le combiné, tituba jusqu'à la salle de bains et ouvrit la bouche sous le robinet.

— Recommence, lui dit-il, une fois revenu.

— Il souhaite une médiation.

— Le juge Kid ?

— Oui. Il veut que toi, tes parents et les avocats… où étais-tu ?

— Quand ça ?

— Cette nuit… Où étais-tu ?

— Tu veux savoir si j'étais avec une autre ?

— Oui. Non. Si, dis-moi.

— J'étais aux urgences, Lins. On m'a donné des somnifères.

— Gordie, je t'aime.

— Je sais, moi aussi. Mais j'aimerais bien me rendormir, si c'était possible.

— Je t'appellerai à midi.

— D'accord. Ne te sens pas obligée.

Mais elle avait appelé et elle était venue s'asseoir à côté de lui, près de l'horloge où défilaient les chiffres rouges. À quatorze heures pile, Greg Katt appela et le mit en attente tandis qu'il accédait à la ligne de conférence. Gordon crut sentir l'air se rafraîchir quand les Cady furent eux-mêmes branchés sur la ligne.

Le juge Kid fut bref.

— Je voudrais que vous vous rencontriez. Et que vous vous efforciez honnêtement de résoudre ce conflit entre vous afin de trouver une solution, comme la famille que vous êtes, pour le meilleur et pour le pire.

— Nous avons fait tous les efforts possibles…, commença Mary Ellen Wentworth.

— Essayez encore, coupa le juge Kid. Écoutez, je ne plaisante pas. Je vais finir par penser que cette enfant ne pourra pas s'épanouir dans une atmosphère aussi hostile. Vous communiquez par petits mots, Mme Cady, M. McKenna… Et c'est votre tante qui emmène la petite dehors pour la confier aux Cady quand ils viennent la récupérer.

— Comme convenu…, précisa Greg Katt.

— Sachez que si vous ne parvenez pas à un accord, insista le juge, une adoption par un tiers est envisageable.

— Par un tiers… que voulez-vous dire ? souffla Lorraine.

— Ce serait stressant pour la petite, remarqua Kid, mais le Dr Bogert m'assure qu'elle s'adapterait. Cette enfant doit nécessairement ressentir les tensions qui émanent de cette lutte sans fin, ce qui constitue un facteur de stress non négligeable.

— Votre Honneur, nous avons besoin de temps pour réagir…, intervint Greg Katt.

— Prenez tout votre temps ! rétorqua Kid. Des heures, des jours ! Les Cady m'ont assuré qu'ils n'avaient pas l'intention de faire appel…

— C'est vrai ? demanda Mark.

— Non, nous ne ferons pas appel de la décision, confirma Delia.

— Donc vous reconnaissez que Gordon est bien l'oncle de Keefer par le sang, argua Lorraine.

— Nous pensons aussi savoir ce qui vaut le mieux pour elle, répliqua Delia.

— S'il en est ainsi, pourquoi lui faites-vous subir une telle épreuve ? demanda Lorraine.

— Nous ne lui faisons rien subir de préjudiciable, au contraire. Nous voulons simplement qu'elle ait un foyer stable, permanent, déclara Craig Cady.

— Mais, Delia, tu es malade ! s'écria Lorraine.

— Je m'en remettrai, Lorraine. C'est presque fini. Et quelle bénédiction ce sera pour Keefer d'avoir un petit frère ou une petite sœur !

— Voilà le genre de chose que je voudrais vous voir aborder ensemble, conclut le juge Kid. Suis-je bien clair ? J'attends de vos nouvelles pour… Nous sommes mercredi. Pour lundi. Nous nous joindrons de la même manière. Bridget ? lança-t-il à son assistante. Suis-je libre lundi à trois heures ?

Ils attendirent, tandis que sur la ligne se mêlaient les souffles de leurs respirations.

— Trois heures lundi. Je vous souhaite bonne chance. Sincèrement, ajouta le juge Kid en se radoucissant.

Avec l'intention d'en débattre entre eux, les McKenna allèrent dîner à Merril, dans un restaurant italien tranquille, où ils espéraient passer inaperçus. Mais le patron sortit des cuisines en s'essuyant les mains sur son tablier rayé pour les saluer et leur dire que leur repas était offert par la maison ; il les avait vus sur NBC. Ils se dépêchèrent de dîner, puis retournèrent à Cleveland Avenue et s'installèrent sous la véranda, dans le noir, en se laissant dévorer par les moustiques.

— On ne peut pas abandonner, commença Lorraine. Greg dit que le juge est plus dur pour ceux qui sont les mieux lotis, et que c'est pour ça qu'il nous en fait tant voir.

— Peut-être que, si nous le laissions décider, il

pencherait en notre faveur, remarqua mollement Gordon.

— Mais s'il opte pour l'autre partie ? Ou qu'il envisage vraiment de permettre que Keefer soit adoptée par quelqu'un d'autre ? lança Mark à la nuit.

Une lune vague se leva, tachetant de sa lueur nacrée les arbres du cimetière.

— Nous aurions notre mot à dire, nous la verrions, répondit Gordon.

— Comment peux-tu dire ça ? s'écria Lorraine en se levant d'un bond. Comment sais-tu que Delia tiendra ses engagements ? Ou que Diane Nye ne les persuadera pas de déménager pour revenir vivre en Floride ?

Gordon se sentait comme moribond. Il avait les mains et les pieds gelés, malgré la tiédeur de l'air.

Quand il avait enfin quitté ses parents, il avait cherché le salut et l'oubli en prenant l'une des fameuses pilules, plus un reste de joint que Tim lui avait donné durant leur dernière virée, plus trois canettes de bière. Mais il avait été incapable de dormir. Finalement, il était retourné à Cleveland Avenue en voiture. Grâce aux bons soins de Nora, la tombe était fleurie. Depuis le 4 Juillet, jour de fête nationale, il y avait même un petit drapeau étoilé et un faux pétard en carton argenté, que les fortes pluies de la semaine avaient ramolli. Gordon le ramassa pour le jeter dans la poubelle, près de la grille d'entrée.

Bien après minuit, il prit la route qui menait à la ferme de son oncle Hayes. Une lumière brillait dans la cuisine. Il regarda par le carreau de la porte de derrière. Nora rapiéçait des jeans sur la large table en bois. Sans frapper, il se glissa à l'intérieur, mais Nora, qui n'avait pas l'air surpris, se tourna juste vers lui et dit :

— Tu veux du café, mon chéri ?

— Je ne sais pas. Je ne sais pas ce que je veux.

— Eh bien moi, j'en prendrais bien une tasse.

Gordon maintint la salopette bleu délavé de son oncle bien à plat, tandis que Nora y apposait une pièce rouge avec un bâti. Elle portait un sweat-shirt orange vif. Enfant, il trouvait que sa tante ressemblait aux grands saints en bois sculpté qui bordaient le pourtour de l'église Our Lady of the Lake. Surtout à saint Michel.

— C'est celui de Georgia, dit-il soudain en regardant le sweat-shirt.

— Je le porte pour dormir, répondit doucement Nora.

— Moi, je n'arrive pas à dormir... Tu crois que le juge serait capable de donner Keefer à quelqu'un et qu'on ne la reverrait jamais ?

— Non, affirma Nora en prenant un autre jean. Non, ce serait vraiment des verges pour se faire battre.

— Mais il risque de la donner aux Cady.

— C'est fort probable, Gordie. Je suis une vieille idiote, et je n'ai jamais cessé d'espérer qu'il se produirait un miracle, que Georgia se lèverait de ce lit, guérie, sauvée... Mais dans mon cœur je savais, même en priant, qu'elle allait mourir. Et que je devais accepter qu'une partie de moi meure aussi. Qu'il fallait m'y préparer.

— Et tu y es arrivée ?

— J'imagine, puisque je suis encore là.

— Comment fais-tu ?

— Je pense à... je sais, ce n'est pas ton truc, Gordie. Mais je pense à la promesse du monde à venir. Et dans mon esprit, notre vie future nous rend tout ce qui nous a été enlevé dans cette vie. Georgia. Le bébé que j'ai perdu...

— Je ne savais pas...

— Il avait sept mois. Mon premier garçon, avant Rob et Dan.

— Était-il… avait-il un défaut de naissance ?

— Non, il était parfait, mais pas pour ce monde.

— Quel dommage…

— Oui, mon chéri. C'était il y a plus de trente ans, mais je le pleure toujours.

— Alors… qu'est-ce que je fais ?

— Quand j'ai le cafard et que je n'arrive pas à en sortir, je me dis : qu'est-ce qui compte vraiment pour toi, au fond, Eleanor Jane ? Tu peux essayer. Pour toi, qu'est-ce qui compte le plus au monde, Gordie ?

— Keefer. Facile.

— Et après ?

— Georgia.

— Et après ?

— Maman, dit-il, et Papa… Et toi.

— Ne te sens pas obligé.

— Je sais. Mais c'est vrai. Vous. Ma famille. Beaucoup plus qu'avant.

— Eh bien, pour moi, c'est pareil. Hayes et mes garçons. Toi et Georgia. Mark et Mike, mes frères. Et Lorraine. Tous à égalité.

— Maman est juste ta belle-sœur.

— Non, dit Nora. Non, elle n'est pas que ça. Même si elle ne s'en doute peut-être pas, ajouta-t-elle, et elle coupa un fil avec ses dents. Lorraine, Mark et Mike. Avant ma mère et mon père. Avant quiconque, sauf Dieu. Non, ce n'est pas tout à fait vrai. Avant Dieu, continua Nora, et elle fit un signe de croix, de son majeur coiffé d'un dé à coudre. Parce que Dieu, je ne le connais pas.

— Ouais…

— C'est de ses frères et sœurs qu'on est le plus proche.

— Génétiquement, oui. Plus que de ses parents.

— Gordon Cooper McKenna... Tu sais bien que je ne pense pas à la génétique en disant ça. Mais à la famille. On forme une famille. Même si on se dispute.

— J'imagine mal Hayes et toi en train de vous disputer.

— Avant, ça ne nous arrivait jamais. Maintenant, on y a droit au moins une fois par semaine. Mais à mon avis, c'est bon pour nous. Ça nous fouette le sang. Les gens, c'est ce qui vous relie à la vie, même quand on a envie de tout laisser tomber.

— J'en suis là, j'ai envie de tout laisser tomber.

— Mais non. Autrement, tu aurais pris ta voiture pour foncer dans un arbre, comme Ray. C'est ce qu'il a fait. Il a coupé le fil.

— La compagnie d'assurances a estimé que ce n'était pas un suicide.

— Mais tu sais comme moi que c'en était un.

— Je n'y ai jamais beaucoup réfléchi.

— Moi, je crois qu'il a voulu libérer Georgia. Et comme il ne pouvait couper le lien qui les unissait tous les deux, il a choisi de partir aussi.

— Qu'est-ce qui te fait dire ça ?

— Un truc idiot.

— Explique-moi.

— Le fait qu'ils ont pris la Bel-Air. Après avoir enlevé le siège de Keefer.

Gordon acquiesça en silence.

— Toi, tu tiens à la vie, remarqua Nora. Tu as envie de voir ce qui t'attend un peu plus loin, au coin de la rue. Malgré tout, malgré ce que tu endures en ce moment et le mal que cela te fait.

— C'est possible.

— Bien sûr. Tu sais que tu t'en remettras. C'est ça, l'existence. Un legs terrible, et qu'il faut assumer. Toi, tu porteras témoignage de Georgia, tu prendras le passé que tu as eu avec elle et tu l'enrichiras, encore et encore, pour tout donner à Keefer. Tout, sauf une chose, qui a disparu pour de bon. Jamais tu ne pourras remplacer ta sœur.

— Non, jamais je ne pourrai.

— Tu la places avant Mark et Lorraine. Pourquoi ? demanda Nora.

— Parce que… Je n'y ai jamais réfléchi, mais une sœur vous connaît mieux. On peut lui montrer des choses… des choses que même vos parents ou la femme avec qui l'on vit… Elle n'était jamais dupe. Ma sœur.

— Alors si tu étais un enfant, tu dirais que tu as besoin d'un frère ou d'une sœur ?

— Besoin, peut-être pas, mais… Oui, c'est ce qui compte le plus.

— Bon, fit Nora. Tu es sûr que tu ne veux pas un peu de ce café ? Il a un goût de noisette.

Le dimanche soir, Gordon fit une séance complète de musculation. Puis il s'aspergea le visage, mais ne se doucha pas. Il s'assit et décrocha le téléphone.

Alexis répondit à la première sonnerie.

— Allô ?

— Gordon McKenna à l'appareil. Pouvez-vous me passer Delia ? Il faut que je parle à votre mère.

— Maman ! s'époumona Alexis.

Il entendit Delia clamer avec un rire dans la voix : « Arrête de hurler », et ajouter, quand Keefer cria « Maman ! », elle aussi : « Pareil pour toi, mademoiselle Kathryn ». Puis elle fut au bout du fil, et dit « alloooo » avec l'accent roucoulant de Floride.

— C'est Gordon, dit-il.

— Gordon…

Il y eut un blanc.

— Taisez-vous maintenant ! Emmène-les, chéri, lança Delia, puis elle revint au bout du fil. Gordon, nous ne sommes pas censés nous parler maintenant. Mary Ellen m'a dit que nous devions nous rencontrer demain, suivant l'avis du juge. Je vais l'appeler ce soir.

— Le juge Kid nous a recommandé de résoudre le problème nous-mêmes.

— À mon avis, il parlait de nos avocats.

— Eh bien j'en ai plus qu'assez, des avocats, Delia. Ce que j'ai à dire, je veux te le dire directement, en langage clair, pas en jargon juridique.

— Gordie, souffla-t-elle, et il fut désarmé qu'elle l'appelle par son petit nom. Je sais combien tu…

— Ne crains rien, Delia. Tu n'as pas idée des paroles que je vais prononcer. Tout comme je n'arrive pas à comprendre pourquoi vous avez imposé ça à ma famille. Cela étant dit, je sais que ma sœur chérissait votre amitié, que Ray t'aimait. Et cela me suffit.

— Que veux-tu dire ?

— Que je vais renoncer à ma requête.

— C'est vrai ? Mais pourquoi ?

— Ce n'est pas ce que tu souhaites ?

— Bien sûr que si. Mais, pourquoi maintenant ?

— Eh bien… parce que j'aime trop Keefer pour supporter qu'elle soit encore tiraillée entre nos deux familles. Et puis je sais que tu es malade et que tu te bats pour donner la vie à un enfant. Je t'admire pour ça, même si je te déteste par ailleurs. Enfin et surtout, s'il y a une raison au monde qui a pu pousser Georgia et Ray à se prononcer en ta faveur et à mon détriment, c'est que leur enfant était une fille, et qu'elle avait besoin d'une mère, ainsi que d'une sœur. Je veux bien te laisser être…

cette mère. Je sais que tu le désires. Mais j'ai des conditions.

— Continue, dit Delia d'une voix égale. Non, attends juste une minute. Je voudrais que Craig écoute...

— Non, coupa Gordon, non, c'est à toi que je m'adresse, Delia. Pas à Craig. C'est toi qui es liée par le sang à Keefer.

— D'accord, dit-elle, et il l'aima bien à cet instant, quand elle ajouta : D'accord, vas-y, dis.

— Elle s'appelle Keefer. Keefer Kathryn Nye. Pas Kathryn. Ni Kathryn Keefer. Et sûrement pas Kathryn Cady.

— Mais les enfants...

— Tu as déjà une fille qui a un nom de famille différent du tien. Ça fera deux. Et ton futur enfant portera encore un autre nom, n'est-ce pas ?

— Bon. Mais je crois que Ray...

— Ray voudrait que son enfant garde toujours le même nom. Ce n'est pas un manque d'égard envers Craig. C'est mon témoignage de respect envers Ray. Et le premier prénom de sa fille est Keefer. Il faut l'appeler Keefer.

— D'accord.

— Nous voulons avoir Keefer chez nous deux week-ends par mois. Que ce soit chez moi ou chez mes parents. Et si je reprends des études... à Madison (Gordon improvisait au fur et à mesure en espérant qu'elle ne s'en rendrait pas compte), je veux qu'elle dorme chez moi un soir par semaine.

— C'est beaucoup demander, pour un oncle.

— Ce sont mes conditions, Delia. Je ne suis pas en train de négocier. Ni de réfléchir. Je t'en fais part. Il doit en être ainsi. C'est ce que ma sœur voudrait pour son enfant. Elle voudrait que Keefer n'ait pas une connaissance superficielle de sa famille McKenna.

— D'accord.

— D'accord quoi ?

— C'est bon. J'accepte tes… conditions.

— Nous voulons l'avoir un mois tous les étés.

— C'est ridicule. Petite comme elle est.

— Bon, alors deux semaines. Et davantage quand elle sera plus grande. Et encore plus, si c'est ce qu'elle désire.

— Quoi d'autre ?

— Avant d'aller plus loin, je veux t'entendre dire que tu acceptes qu'elle passe autant de vacances avec sa famille McKenna qu'elle en a envie, compte tenu des obligations scolaires, etc.

— Et alors ?

— Je veux que tu dises que tu es d'accord.

— Je suis d'accord. Bon, quoi d'autre ?

— Vous resterez là.

— Là ?

— Ici, au Wisconsin. À Madison, au moins les cinq ans à venir, et dans le Wisconsin pour toujours.

— Je ne peux pas m'engager à vie.

Gordon se frotta les yeux. C'est vrai, personne ne peut faire ce genre de promesse, songea-t-il.

— Bon, cinq ans ici, et puis on trouvera ensemble comment s'organiser si vous devez déménager.

— C'est une garde conjointe que tu réclames, Gordon. Je n'ai même pas ce genre d'arrangement avec le père d'Alexis.

— Je ne suis pas le père d'Alex. Tu n'as cessé de répéter à tout le monde que ce n'était pas un conflit personnel, que tu n'avais rien contre moi ni contre mes parents. Nous ne sommes pas en train de divorcer, Delia.

Nous commençons une nouvelle vie, qui suppose de partager un enfant.

— Ça pourrait être un divorce.

— Très bien. Retire ta requête et tu ne me reverras jamais plus.

— Continue, Gordon.

— Il reste une seule question.

— Laquelle ?

— Celle de l'héritage de Keefer. C'est moi qui le gérerai.

Delia changea de ton.

— Gordon, dit-elle d'une voix acerbe, je ne marche pas. Ce n'est pas possible. C'est nous qui devrons prendre des décisions concernant son éducation, ses besoins, quels qu'ils soient.

— Vous pourrez me consulter sur toutes ces questions et j'accéderai à toute demande raisonnable. Je serai plus que généreux.

— Tu vas dépenser cet argent pour régler les frais de justice de tes parents.

— Je ne pourrais pas le faire, Delia. Et pourtant, ils en auraient bien besoin. Si mes parents finissent un jour… dans un petit meublé sinistre à cause de tout ça, je ne te le pardonnerai jamais. Mais non, ils ne toucheront pas un sou de cet argent. Ni moi. Et je veux m'assurer que vous non plus, vous n'y toucherez pas. Pour que Craig acquière sa propre affaire, par exemple. Ou que vous alliez habiter une jolie propriété en Floride.

— C'est insultant, Gordie, s'offusqua Delia. C'est carrément insultant.

— En effet.

— Eh bien, au moins, tu es honnête.

— Je n'ai jamais été plus honnête.

— Je ne crois pas que je devrais prendre de telles décisions sans consulter Mary Ellen Wentworth.

— Très bien. Dans ce cas, nous ne nous verrons pas demain, mais plus tard, au tribunal.

— Attends. Ne va pas te faire de fausses idées. Si tu t'imagines que nous voulons élever Keefer Kathryn pour…

— Keefer. Elle s'appelle Keefer.

— Pour des raisons aussi basses…

— Je n'imagine rien, Delia. Dis d'accord et ce sera réglé.

— Très bien. Je suis d'accord. Bon, quoi d'autre ? As-tu l'intention de venir vivre sous notre véranda ?

— Non, c'est tout.

— Gordie, merci.

— Ne me remercie pas. Je ne le fais pas pour toi, Delia.

— Je te remercie. C'est la bonne voie. Tu as agi comme il le fallait.

— Je prie Dieu pour que ce soit vrai. Sinon, si jamais on faisait un jour du mal à ma… à cette…

Il se reprit.

— Bon. Ce qui est dit est dit, conclut-il.

— Gordie ? demanda Delia dans un souffle. Gordie, tu es encore là ?

— Je suis là.

— Merci. Dieu te bénisse.

— Je vais appeler ma mère, maintenant.

Il raccrocha, et le téléphone se mit aussitôt à sonner. Gordon tendit la main pour débrancher le répondeur. Les sonneries continuèrent. Il ne répondit pas.

20

Étant enfant, quand il avait de petits soucis, Gordon imaginait que pour un autre c'était une merveilleuse journée, pleine de bonnes surprises, et cela lui remontait le moral. Tout en faisant le tour de son appartement pour trier ses affaires, séparant celles qu'il comptait emporter de celles qu'il lui faudrait bazarder ou entreposer chez sa mère, Gordon évoqua des images heureuses pour se donner du courage : l'entrée en fanfare de Georgia dans la maison, beuglant : « Maman, j'ai eu le premier rôle ! Emily, c'est moi ! », et lui à quatre ans, découvrant un vélo tout-terrain rouge vif sous le sapin de Noël…

La pluie tapait avec insistance contre la baie vitrée et crépitait sur le feuillage asséché du mois d'août. Gordon repêcha au hasard six socquettes de Keefer, dont l'une brodée de petits chats bleus autour de la cheville, œuvre de sa tante et de sa Singer, ainsi que des cuillères en caoutchouc datant de la période où Keefer faisait la difficile et envoyait valdinguer tout ce qui était à sa portée.

Il s'attaqua aux tiroirs de son bureau et à ses classeurs

de cours pour n'en garder que l'essentiel : son diplôme, ses corrigés, le plan de son cours de génétique, dont le fameux exercice dit d'accouplement. Il nota de se procurer un sac isotherme pour enlever tout ce qu'il gardait dans le congélateur de sa classe, plantes ou grenouilles figées par le froid, poches remplies d'œufs d'insectes. Placenta humain.

Le passé est un piège, se dit-il, un piège émaillé de souvenirs, un temps béni où tout semble plus beau. Un lourd héritage. Celui de l'existence.

Quand son père appela, Gordon eut l'étrange impression que c'était sans doute l'un des derniers coups de fil qu'il recevrait à Tall Trees. Mark lui apprit qu'un de ses anciens collègues vivant à Madison avait à une époque acheté plusieurs fermes abandonnées qu'il projetait de restaurer après avoir pris sa retraite pour les vendre comme maisons de campagne. Après l'éviction de locataires qui tenaient plutôt de squatteurs, l'une d'elles était disponible. Située à douze kilomètres au sud de la ville, c'était une maison de trois pièces parfaitement habitable, qui n'avait besoin que d'une couche de peinture et d'une bonne aération. Si Gordon voulait bien décoller une moquette imprégnée de pipi de chat, l'ami de Mark était tout à fait d'accord pour qu'il habite là gracieusement jusqu'à l'automne. Touché, Gordon assura à son père que d'ici là, il aurait sûrement trouvé un logement.

— Prends ton temps, insista Mark. Il te faut un appartement agréable pour toi et Keefer, où tu auras envie d'habiter un bon moment.

Il proposa à son fils de lui prêter de l'argent, mais Gordon refusa. Ce serait plutôt à lui d'aider son père à régler tous les frais de justice. Il était certain de trouver sur-le-champ des remplacements à Madison, que ce soit comme prof de sciences ou d'éducation physique. Et en décembre, il recevrait la décision concernant son programme de doctorat, qui durerait trois ans. Dans trois ans, Keefer entrerait à la maternelle, et les Cady seraient toujours tenus par leurs engagements de demeurer dans la région.

Une semaine seulement s'était passée depuis la dernière conférence avec le juge, mais Gordon avait pris sa décision si vite qu'il n'avait plus qu'à faire ses valises et partir.

Durant la nuit, son futur immédiat s'était télescopé en une série d'au revoir. La pression qu'avaient nécessairement engendrée ses absences répétées durant la maladie de Georgia n'avait pas empêché ses élèves et ses collègues de dresser un bilan très positif de son enseignement. Mais Hart Rooney, le proviseur, n'avait pu cacher son soulagement quand Gordon lui avait annoncé sa démission, confirmant ainsi ses soupçons sur l'animosité que nourrissait depuis longtemps à son égard le directeur d'établissement. Elle remontait à l'époque où Gordon, élève brillant, avait éclipsé les fils Rooney, des garçons aussi falots que leur père, dont l'un avait un an de plus et l'autre un an de moins que lui. La rancœur de Lorraine, inspirée par les commentaires de Rooney sur les enfants adoptés, n'avait rien arrangé. Cette série de lettres funestes parlant de tueurs en série qui étaient à l'origine des enfants adoptés venait bien de quelque part, et Gordon savait que le courant n'était jamais passé entre sa mère et Laurie Rooney, la femme de Hart, une mégère qui dirigeait la fanfare du collège. Sa classe lui manquerait, ainsi que ses rapports quotidiens avec des jeunes qu'il avait appris à aimer, mais il partait sans regret, soulagé même de tourner la page, pour son propre bien et celui de sa mère.

Quant à Lorraine, le marché qu'il avait conclu avec

les Cady l'avait comme assommée. Nora avait pleuré. Son père avait quitté la pièce. Mais elle n'avait rien dit. Elle ne l'avait pas pris à partie, elle avait juste levé les yeux vers lui, et il avait éprouvé un certain vertige… Il y avait un tel décalage entre l'importance du rôle qui lui était dévolu et son manque de maturité…

Et maintenant il devrait lui annoncer son départ. Lui dire que lui aussi s'éloignait d'elle, détruisant pour de bon la tribu imaginaire formée de ses enfants et petits-enfants dont Lorraine avait rêvé depuis que Georgia et Gordie étaient revenus vivre au pays.

Couard comme il était, il avait attendu qu'ils se retrouvent lors d'un dîner morose, quelques jours après sa conversation avec Delia. Lindsay l'avait accompagné, et tous les quatre mangeaient sans enthousiasme, en silence, un rôti de porc glacé aux pommes.

À bout, persécuté par le tic-tac électronique de la pendule, Gordon avait déballé la chose, l'air de rien. *Je projette de reprendre mes études à Madison, pour me rapprocher de Keefer.*

Le choc de la nouvelle résonna dans la pièce. Lindsay était manifestement furieuse de l'apprendre à l'improviste, son père semblait à la fois gêné et tendrement ému ; quant à sa mère, elle s'était soudain mise à débarrasser le couvert avant d'apporter le dessert.

Il était seul chez lui quand le téléphone sonna, après que Lindsay l'eut quitté, frustrée et déçue par ses vagues promesses de reconsidérer sa décision à tête reposée.

— C'est moi, dit Lorraine, et elle n'eut pas besoin d'en dire plus tant il y avait de douleur dans sa voix meurtrie.

Il eut envie de raccrocher et de courir jusqu'à elle, comme il le faisait chaque jour quand il était petit en rentrant de l'école dans la maison silencieuse, cherchant frénétiquement les traces de sa présence, son porte-monnaie posé à sa place habituelle sur le rebord de la fenêtre, l'odeur de chèvrefeuille qui la suivait partout où elle allait. Dès qu'il l'apercevait, il se jetait sur elle, oubliant son angoisse de petit écolier perdu pour se fondre dans la béatitude ravie de leurs retrouvailles. Georgia, pour qui le court trajet en bus ponctué d'innombrables escales était encore une occasion de rigoler avec les copains, arrivait plus tard. Mais bien souvent, Gordon évitait de prendre le bus, il traversait au pas de course le parking derrière chez les Wilton, la cour de récré du collège, puis il faisait un vœu en retenant sa respiration pour traverser le cimetière, et regardait des deux côtés de Cleveland Avenue avant de foncer sur la maison. Raconte-moi ta journée, le pressait Lorraine d'un ton de confidence et, tout en mangeant des barres de céréales, il lui contait par le menu ses réussites en orthographe et en gym, ses progrès laborieux en maths, et la dure vie que lui menait le fils Reilly. C'était leur moment privilégié, cette précieuse demi-heure qui précédait l'irruption de Georgia, petit ouragan plein d'exigences et d'énergie. Ils discutaient, cassaient la croûte, jouaient aux cartes ou aux osselets ; ou bien, les yeux clos, il dessinait, tandis qu'elle guidait sa main, des dizaines d'éléphants, pour mieux sentir la courbe des oreilles, de la trompe, de la défense. En juin, ils taillaient les rosiers du jardin, coupaient les roses trop écloses tout en chantant de vieilles ballades irlandaises. Ils arrachaient les mauvaises herbes et s'amusaient avec des boutons-d'or à faire le test qui dit si un garçon aime bien le beurre. Ils étaient satisfaits, ressentant une plénitude que Gordon ne retrouverait adolescent qu'à de rares moments, quand, par chance, une mauvaise angine le clouait au lit et forçait Lorraine à prendre elle-même un jour de congé.

Georgia considérait l'amour de sa mère comme un dû, mais pas lui. Il n'avait jamais supporté de lui faire du mal et, révolté, il ne comprenait pas comment ses copains, même de braves gars comme Kip, pouvaient se révolter contre leur mère ou les traiter de vieilles rosses derrière leur dos.

À l'origine, la cellule familiale supposait que Gordon serait l'enfant de Mark et son joyeux compère, petit homme initié par son mentor à l'univers masculin, rôle que Gordon avait d'ailleurs accepté de grand cœur. Pourtant ce n'était jamais à Mark qu'il apportait ses trésors, son morceau de granit zébré de mica étincelant, sa souris momifiée, mais à Lorraine, à qui il s'efforçait de plaire et confiait ses petits déboires, en guettant avidement son verdict. Avec la confiante assurance des aînés, Georgia se réservait la meilleure place, sur les genoux de Lorraine comme sur le panneau en liège où ses dessins et tableaux d'honneur dominaient ceux de son frère, mais Gordon était depuis toujours persuadé que c'était lui le préféré de sa mère, celui qui lui donnait le plus de joie, une joie simple, ingénue, sans complications.

En grandissant, il avait pris une certaine distance, aidé en cela par la conviction que ce n'était pas lui, mais Georgia, qui faisait pleurer Lorraine, l'empêchait de dormir la nuit et la poussait si bien à bout qu'elle finissait par exploser et que Mark devait intervenir. Jusqu'à sa sortie du lycée, sa mère n'avait jamais oublié de l'embrasser pour lui souhaiter bonne nuit, même quand Gordon, le nez dans un livre, lui offrait son front sans même lever les yeux, avec un petit grognement. À dix ans, sachant qu'elle aimait le homard, il lui avait apporté pour son anniversaire un seau d'écrevisses nageant dans une eau saumâtre. Enthousiaste, Lorraine avait concocté un savoureux consommé, qu'elle avait servi ce soir-là. C'est Georgia qui avait trouvé l'emballage de homard surgelé enfoui au fond de la poubelle et le lui avait apporté pour bien lui montrer que sa mère l'avait trompé et avait dédaigné ses misérables crustacés. Lorraine avait éclaté en sanglots en traitant Georgia de sale petite peste, et, alors que c'était une veille de classe, Gordon avait eu la permission de regarder la télé dans le lit de ses parents pour voir un vieux film, *Robinson Crusoé*. C'était l'un de ses plus précieux souvenirs. Et il avait beau savoir qu'il n'y a rien de plus ennuyeux au monde que de regarder quelqu'un jouer au golf, Lorraine avait patiemment arpenté au crépuscule des terrains de golf infestés de moustiques chaque fois qu'il jouait, puis disposé ses piètres trophées sur le manteau de la cheminée, où ils étaient d'ailleurs demeurés trop longtemps au goût de Gordon. Avant d'être lui-même... un parent, il n'avait jamais imaginé combien Lorraine avait dû être fatiguée, entre son travail, sa peinture et leurs innombrables exigences. Pourtant elle leur avait toujours réservé un visage radieux.

Ce soir-là, Lorraine avait commencé par l'entreprendre avec douceur. Était-il sûr de vouloir déménager ? Il avait son travail. Et Lindsay, qu'en pensait-elle ? Et ses amis ? Ils auraient quand même Keefer deux week-ends par mois. Sa sollicitude avait encore conforté Gordon dans son idée, devenue soudain une certitude.

— Puisque je ne peux pas être son père, au moins je serai une sorte de... beau-père pour elle, dit-il à sa mère. Delia et Craig ne se doutent pas à quel point ils vont être accaparés par ce bébé. Je serai là pour m'occuper d'elle.

Lorraine ne discuta pas. Mais Gordon devina qu'elle pleurait.

— Maman, murmura-t-il en crispant ses deux mains sur le téléphone, maman, tu sais bien que vous allez me manquer…

— C'est comme de la perdre à nouveau.

Non ! La voix résonna dans la tête de Gordon. Non ! Pas ça !

— Tu parles de Keefer ?

— Non, de ta sœur.

— Mais… je ne serai pas loin. J'amènerai Keefer chez vous très souvent. Et papa et toi vous pourrez venir…

— Ton père dit que nous pourrions aller vivre à Madison après notre retraite. On prendrait un appartement, sur l'un des lacs.

— Mais votre vie est ici, maman !

C'était sorti malgré lui, par mesure de précaution, comme pour les dissuader une bonne fois pour toutes de le suivre. Une réaction trop vive, exacerbée, due à l'épuisement qui jouait avec ses nerfs. Il avait envie de dormir. Il voulait en finir.

— Ce n'est pas une mauvaise idée, mais chaque chose en son temps. Vous avez passé toute votre vie à Tall Trees. C'est là que sont vos amis. Et Nora, et Hayes ?

— Mes amis en ont assez de moi, rétorqua Lorraine avec hargne.

— Les choses vont revenir à la normale.

— Non.

— Très bien. Alors il ne nous reste plus qu'à nous recroqueviller et à mourir, c'est ça ?

— Tu ne te doutes pas de l'effet que ça me fait, Gordie.

Si, pensa-t-il. Si, je m'en doute, et pour cause. J'ai perdu ma fille, moi aussi.

— Ne t'inquiète pas, maman, la supplia-t-il d'une voix qui lui sembla doucereuse, faussement protectrice. Ne t'inquiète pas. Tout s'arrangera.

— Ce n'est pas que je veuille t'empêcher de mener ta vie comme tu le souhaites.

— Je sais bien, maman. Tu n'as pas réagi comme ça quand je suis allé en Floride.

— Mais c'était un commencement ! Là, c'est la fin. La fin. Je ne sais pas ce que je vais devenir sans…

— Sans moi ?

— Sans toi et sans… Je me suis tant investie dans ce combat pour faire changer la loi et obtenir la garde de Keefer, selon la volonté de Georgia.

— Justement, Georgia aurait voulu que je sois là pour emmener Keefer au théâtre, au musée…

— C'est juste que… Je ne sais pas ce que je vais devenir. Ton père et moi, on ne se parle presque plus. On croit connaître les gens, mais…

Pour Gordon, le petit cercle complice qui unissait ses parents était le soutènement de sa vie, et il le voyait s'ébranler aujourd'hui, lui qui avait toujours cru, à les voir si clos sur leur intimité, qu'ils auraient hâte de se retrouver tous les deux une fois leurs enfants partis. Un jour, il devait être en sixième à l'époque, il les avait entendus rêver tout haut de voyages, le nez plongé dans des prospectus, parlant de parcourir l'Irlande à vélo, ou de traverser l'Italie sac au dos ; puis Lorraine avait conclu d'un air chagrin qu'ils n'auraient plus qu'à faire l'Irlande en fauteuil roulant, quand leurs enfants seraient grands, tellement ils avaient tardé à être des parents.

— Et vos projets, toutes ces choses que vous aviez envie de faire, lui dit-il après un silence.

— C'est vrai, soupira Lorraine. Mais ce n'est plus pareil. On ne peut pas continuer comme s'il ne s'était rien passé. Gordie… C'est à nous de payer, alors qu'on nous a lésés. Nous avons une montagne de dettes, tout ça pour rien. Et nous ne sommes plus tout jeunes…

Gordon entendit avec terreur son ton geignard de vieille femme. Le besoin qu'elle avait de lui saperait sa résolution, et en lui cédant, il abandonnerait, il abdiquerait, comme elle. Il se sentait fléchir à mesure qu'il se laissait attendrir.

Comment pourrait-il jamais l'abandonner et partir… ?

Il le devait. Il le devait, sinon ils sombreraient tous.

— Il le faut, maman, lâcha-t-il comme une pierre.

Et c'est ce qu'il répéta à Lindsay, le lendemain soir, un vendredi, quand elle ouvrit la porte de chez lui avec sa clef pour le trouver endormi parmi ses cartons, la tête calée sur l'oreiller de Keefer. Il réprima l'élan naturel qui le poussait d'habitude à arrondir les angles pour rendre les choses plus supportables.

Quand Lindsay s'assit en sanglotant sur un carton scotché, il fut tenté de l'enlacer, de la bercer. Lorsque le carton s'effondra sous son poids et qu'elle tomba en arrière, les quatre fers en l'air, ils rirent tous deux et il eut envie de la déshabiller, de la baigner, de la caresser, de panser la blessure qu'il venait de lui infliger, de la câliner, non en amant, mais en père.

— Je sais combien ce doit être terrible pour toi, lui dit-elle en chassant ses larmes du revers de la main, et

Gordon se rendit compte à quel point il l'aimait, avec ses cheveux tombant comme un rideau de flammes.

Dès qu'il verrait une rousse, il ne pourrait s'empêcher de penser à sa Lindsay, si juste, si loyale.

— Ce n'est pas facile, bien sûr, reconnut-il, mais il faut que je change radicalement de façon de vivre, et sans tarder. Il se peut que ce soit une fuite. Dans ce cas, j'espère que j'aurai le courage de le reconnaître et de revenir.

— J'attendrai, dit Lindsay en s'essuyant les yeux. J'ai l'habitude.

— Ça fait trop longtemps que tu attends, Lins. Peut-être qu'il y a eu un moment où on aurait dû se marier, toi et moi, et qu'on l'a laissé passer. Je l'ai laissé passer.

— Ou peut-être qu'il n'est pas encore venu.

— Possible. Mais je ne veux pas en parler comme d'une certitude. Je ne suis sûr de rien.

— Tu n'es pas sûr de m'aimer ?

— Je ne suis pas sûr d'éprouver ce qu'éprouvent deux personnes qui veulent vivre ensemble.

— Ce n'est pas à Madison que tu en sauras plus. Tu seras seul... quoique pas pour longtemps, te connaissant...

— Je t'en prie, Lins. Ne gâche pas ce... ce qu'il y a entre nous avec ces fadaises. Ce n'est pas comme quand j'étais à la fac. Il s'agit d'abord de Keefer, et de moi ensuite. Du genre de personne que je vais être.

— Tu seras seul. Tout seul, dit-elle.

— Oui, je serai seul et malheureux. D'une certaine façon, vous m'avez trop facilité les choses, toi et les copains.

— Que va-t-il se passer ?

— Je l'ignore. Peut-être que je mûrirai. Ou que je me rendrai compte que je suis devenu un adulte pour de bon.

Mais je n'ai pas l'impression que le mariage soit dans mes cartes, Lins. Ni avec toi, ni avec personne. En moi, il n'y a de place que pour Keefer, et c'est tout ce que je puis assumer.

— Comment peux-tu savoir ce que tu éprouveras dans six mois, dans un an ?

— Je l'ignore. Mais ne va pas croire que j'ai pris ma décision... sur un coup de tête. Que ça me passera. Tout ce que je sais, Lins, c'est que je m'en vais. Pour de bon. Si je n'en étais pas sûr, jamais je ne te ferais du mal comme ça.

Elle se leva du carton en s'appuyant sur sa main tendue.

— Je peux te toucher ?

— Je suis là, lui dit-il en ouvrant grand ses bras.

Elle s'assit sur ses genoux et lui caressa la nuque, jusqu'à ce qu'il se sente excité. Alors il la fit asseoir à côté de lui. Il n'y aurait pas de dernière étreinte et pourtant, quand elle se leva, toute raide, pour partir, il la désira plus qu'il ne l'avait désirée depuis longtemps, lorsque ses fesses, sa bouche hantaient ses rêves d'adolescent. Il la retint et l'attira près de lui. Le jour déclinait déjà, ce n'était plus le plein été, mais aucun d'eux ne se leva pour allumer la lumière. Il demanda à Lindsay si elle avait faim. Elle avait envie d'un verre de vin, et justement, il restait une bouteille de merlot, seul vestige de son réfrigérateur. Ils la burent à eux deux, puis ils dormirent lovés l'un contre l'autre, chastes comme frère et sœur. Quand Lindsay partit au matin, elle ne le réveilla pas pour lui dire au revoir.

Le dernier jour, il alla porter ses œufs et ses légumes à Judy Wilton, qui accepta et lâcha soudain d'un ton bourru :

— Je regrette ce qui s'est passé cet hiver.

— Non, vous ne regrettez pas, repartit posément Gordon. Mais vous vous êtes trompée. En beauté.

— Je m'excuse, chuchota Judy Wilton et, à sa grande horreur, elle se mit à pleurnicher en reniflant puissamment. Je ne me le pardonnerai jamais, renchérit-elle. J'en ai parlé avec ma mère. Elle m'a dit que je ne connaissais rien aux enfants, et que quand nous étions petites, ma sœur et moi, nous poussions de tels hurlements qu'elle nous mettait toutes les deux dans un berceau et sortait dans la cour de derrière fumer l'un des cigares de mon père.

À cette évocation, Gordon ne put s'empêcher de rire.

— Ça n'a rien à voir avec ce qui est arrivé, assura-t-il. Vous êtes pardonnée.

Il était superflu de dire au revoir à Tim, qui projetait de descendre avec lui le vendredi pour l'aider à s'attaquer à la fameuse moquette puante, entre autres horreurs domestiques, et il n'eut pas le cœur de réunir une dernière fois ses copains. Il préférait se concentrer sur le futur immédiat : la semaine à venir, il devrait repeindre, assainir et préparer la maison pour recevoir dignement Keefer, qui resterait quatre jours pleins. Une faveur insigne prodiguée par Delia, qui l'en avait informé par carte postale.

Deux ou trois jours après l'arrivée de la carte, Craig Cady lui avait laissé un message sur son répondeur. Le dossier d'adoption qu'ils avaient déposé était mis en attente, car Delia était en observation à l'hôpital, et elle devrait sans doute rester alitée jusqu'à l'accouchement. Craig serait débordé, et ils se réjouissaient tous deux de l'arrivée imminente de Gordon, ajoutait-il d'une voix mal à l'aise.

Gordon n'eut pas le cran de passer à la ferme dire au revoir à sa tante, aussi lui envoya-t-il des fleurs. C'était aussi absurde que de porter de l'eau à la rivière, il le savait, mais il composa le bouquet en pensant fort à elle : six roses blanches pour chacun des enfants qu'elle avait aimés, et une orchidée pourpre, la couleur préférée de Nora, celle qui lui « remontait le moral », comme elle disait.

Il passa tout le vendredi à charger la remorque qu'il avait louée avec ses quelques affaires, les mêmes qu'il avait déjà déménagées de Floride à Tall Trees, puis de son studio miteux jusqu'à son appartement. Ensuite il donna quelques coups de fil, au département de biologie de Madison, chez ses parents (en prenant soin d'appeler à l'heure où sa mère était à son cours d'aérobic) pour leur faire savoir à quelle heure il passerait, enfin aux prochains sous-locataires. Il nettoya le four dont il ne s'était jamais servi, lava le carrelage, mit ses clefs dans une enveloppe, ferma les fenêtres. Juste avant de s'en aller, il regarda derrière lui et retourna enlever avec son couteau suisse les caches de protection qui recouvraient les prises électriques.

Juste avant six heures, il alla frapper à la porte de Cleveland Avenue. Personne. Il trouva un mot écrit sur le classique papier à lettres bleu, signé d'un élégant paraphe à l'encre, un motif à la fois floral et aquatique, dont la tige formait le L de Lorraine K. McKenna.

« Il y a des sandwiches dans le frigo, disait le mot. On mange chez Nora. Viens si tu veux. Tu as bien précisé que ce n'était pas un au revoir, alors voilà. Ray et Diane Nye nous ont invités à dîner samedi dans leur luxueuse propriété de Madison. Ils vont sans doute en profiter pour nous empoisonner, mais nous irons quand même. On va venir vous voir, Mlle Keefer et toi, dans ton nouveau gîte. Tu as intérêt à y être, si tu ne veux pas te faire déshériter. Gordie, ne mets pas de produits insecticides dans la maison. Quoi qu'en dise la notice, ils sont dangereux à inhaler. Je t'aime », avait-elle conclu, puis elle avait corrigé par : « Nous t'aimons. »

Elle avait signé « maman », en faisant suivre le dernier N par un dessin caricatural un peu méchant, qui le représentait avec plein de dents et des mèches de cheveux ramenées sur le front. Gordon décrocha le mot et le respira, mais la feuille bleue ne sentait pas l'odeur de sa mère, juste celle de l'encre dont elle se servait.

Grâce aux bons soins de Nora, la tombe était ornée d'une profusion de chrysanthèmes, d'asters et de lis tigrés. Mais on voyait que personne n'y était venu depuis longtemps. À cause du vent, les fleurs de fin d'été avaient triste mine et, faute d'eau nouvelle, les lis avaient séché dans leur bocal en verre. Derrière la pierre, le petit sapin qu'on avait décoré d'une guirlande électrique au moment de Noël avait succombé, et ses aiguilles brunes tapissaient la terre. Georgia O'Keeffe McKenna. Raymond Jasper Nye.

Gordon arracha sans mal le petit arbre mort, qui se cassa dans ses doigts. Sous le tapis d'aiguilles gisaient de vieilles ampoules, vestiges de la guirlande lumineuse, qu'il avait écrasées par mégarde. Elles scintillaient dans les derniers rayons du soleil, près de bouts de rubans jaune, violet, argenté, tout effilochés, et qui semblaient vouloir s'enfoncer dans la terre comme les greffons d'un arbuste à venir, dont sortiraient des gerbes de fleurs funéraires. Le pourtour de la tombe était jonché de débris divers, comme un champ de foire après le carnaval.

21

Il était plus facile d'y entrer que d'en sortir. La première fois qu'ils tentèrent d'ouvrir les portes de l'intérieur, ils s'aperçurent que le vieux bois avait gonflé à tel point qu'il leur fallut enfoncer un battant.

Malgré tout, la nouvelle demeure de Gordon n'était pas si mal. La cuisine et la douche étaient judicieusement installées sous une cage d'escalier menant à un grenier désaffecté. Tous les appareils ménagers étaient étonnamment pratiques et en bon état : cachés derrière une tenture en velours rouge un peu ridicule, il y avait un grand réfrigérateur, une cuisinière à gaz et un évier en acier, dont le robinet, sitôt ouvert, rugissait comme un fauve des cavernes. Ils appartenaient aux fameux squatteurs, et l'ami de son père lui avait déclaré d'un ton rageur qu'ils ne les récupéreraient pas avant de lui avoir payé son dû. Gordon pouvait donc s'en servir à loisir, du moment qu'il réglait les factures.

De la véranda, la vue était si époustouflante qu'elle compensait les colonies de fourmis : une vaste étendue de ciel et d'arbres s'étirait jusqu'au gris ombré des Blue

Mounds, distants de quinze kilomètres. Au crépuscule, les chauves-souris et les hirondelles entamaient leurs chassés-croisés, tandis que Tim et lui, après avoir passé deux heures à se battre avec les portes, biberonnaient leurs bières en reposant leurs épaules meurtries, l'un sur une chaise longue, l'autre dans un fauteuil inclinable en velours rose, très kitsch mais confortable.

Au fil des semaines, Keefer et la vue splendide furent pour Gordon ses deux étoiles polaires.

Keefer aimait s'asseoir dehors avec lui pour regarder les collines disparaître tout en fredonnant des chansons. À elles seules, ces paisibles soirées d'automne consolaient Gordon du mal de dos dont il souffrirait pendant des jours, à force d'avoir passé tant d'heures à décoller des couches de papier peint accumulées par les locataires précédents, puis à décroûter et à poncer les murs en prenant garde à ne pas abîmer le plâtre.

Au bout de quatre semaines de dur labeur, qui valaient bien un loyer, les murs étaient repeints d'un blanc serein et lavable, où Keefer pouvait gribouiller à son aise avec ses pastels gras ; et tant pis pour les papiers peints de Delia. Le plancher en bois dissimulé par l'ancienne moquette aurait eu besoin d'être décapé, et il serait sûrement du plus bel effet, une fois ciré ; mais Gordon n'était pas chez lui, il se contentait donc de balayer. Son matelas posé par terre faisait face à la plus grande des fenêtres ; il avait calculé que le soleil venait frapper son visage juste après six heures. Les remplacements se succédaient, et il pouvait travailler les jours où il en avait envie ; le salaire n'était pas princier mais il lui permettrait d'économiser assez pour régler la caution de son futur logement. Quand ses réserves s'épuiseraient, il recevrait déjà les chèques mensuels de son prêt étudiant. Il avait été admis au programme de trois ans qui déboucherait sur le doctorat. Ensuite, on verrait bien. Son poste de suppléant l'amenait à aborder toutes sortes de domaines et d'activités : un jour il entraînait une classe de jeunes filles rétives à courir sur un kilomètre et demi, et la semaine suivante il souriait de toutes ses dents à des gosses venant de Pologne et du Laos à qui il inculquait des rudiments d'anglais.

Ce qui lui manquait, c'était d'avoir des élèves à lui, mais il savait qu'il aurait largement l'occasion d'enseigner de façon régulière durant son troisième cycle. De même, il rêvait de reprendre sa vie d'étudiant, d'avoir un emploi du temps bien établi, qui rythmerait ses journées et les rendrait définies, prévisibles. À partir de cette stabilité imposée, il éprouverait sa faculté d'autonomie, comme on entraîne ses muscles à supporter l'effort en les bandant au maximum.

Deux fois, Gordon avait écrit à Lindsay. Avec d'infinies précautions et une bonhomie apparente, il lui parlait de ses journées, de ses travaux de peinture, de la faune entomologique qui l'accueillait chaque soir, quand il tentait de s'endormir. Le plus dur, c'était de conclure par une formule adéquate. Après mûre réflexion, il avait opté pour « Je pense à toi »... À son grand dam, elle n'avait pas répondu. Il vérifiait son courrier deux fois par jour, en espérant une lettre d'elle. Quatre fois, il avait décroché le téléphone pour l'appeler, puis avait raccroché après avoir composé le numéro. La nuit, quand il se réveillait transi à cause d'une brusque chute de température, il pensait avec nostalgie à la cambrure de son dos piqueté de taches de rousseur.

La première fois qu'il était allé chercher Keefer chez Craig et Delia, elle s'était ruée sur lui en dévalant les marches avec aisance, et elle lui avait sauté dans les bras. Le soulagement, le bien-être qu'il avait éprouvés en la voyant auguraient bien de l'avenir. Craig lui dit qu'elle n'était pas dans son assiette ces derniers temps ; elle avait dû se sentir un peu seule, supposait-il, avec Delia à l'hôpital et Alex tout à son premier vrai flirt, enfin libre d'agir à peu près à sa guise, maintenant que Craig avait bien d'autres chats à fouetter.

Avec diplomatie, cette première fois, Gordon avait suggéré que Keefer passe un peu plus de temps avec lui. Mais à l'expression de Craig, il avait vite compris qu'il était allé trop loin. Craig l'informa que sa mère était retournée chez elle, mais qu'elle comptait revenir bientôt pour un séjour prolongé. Quant à Diane, elle avait beaucoup de liberté, entre les trajets qu'elle faisait pour accompagner Big Ray à ses séances de rééducation fonctionnelle.

Ils se débrouillaient très bien, lui assura-t-il. Le bébé, un garçon, naîtrait dans deux semaines. On surveillait Delia de près, car sa tension était trop haute et représentait une sérieuse menace pour l'enfant. L'accouchement pouvait avoir lieu à tout moment. Craig raconta à Gordon que Keefer avait été très intriguée par les bips du moniteur qui suivait l'activité cardiaque de sa mère. Gordon avait réprimé de justesse un tressaillement, et il avait attendu d'être de retour chez lui pour enlever à Keefer son T-shirt où l'expression « Jésus est le Sauveur » était inscrite en grand. Les vêtements qu'il avait apportés dans le vieux coffre à jouets de Georgia étaient tous trop petits tant Keefer avait poussé vite, mais sa mère alla dévaliser une boutique en un éclair et rapporta de quoi habiller Keefer tout un trimestre : des articles colorés, faciles à assortir et à entretenir, le premier Lavomatic se trouvant à Madison, à quinze kilomètres.

Tandis qu'ils dégustaient des coquilles Saint-Jacques que Diane Nye avait fait venir par avion de Jupiter, Big Ray s'était vigoureusement excusé auprès de Lorraine et de Mark pour les souffrances que sa famille leur avait causées. Il avait vieilli de dix ans. Depuis ses ennuis cardiaques, il avait reperdu les kilos qu'il avait pris après l'accident et, d'après Lorraine, il ressemblait plus que jamais à un chien triste dont les bajoues tremblaient quand il parlait. Aucun d'eux n'avait su que dire quand les Nye avaient évoqué l'état critique de Delia et la procédure d'adoption que Craig avait suspendue provisoirement. Mark et Lorraine avaient mangé vite, hoché poliment la tête sans bien comprendre quand les Nye avaient proposé d'aider Gordie dans sa nouvelle vie, et acquiescé au vœu formulé par Big Ray qu'ils se conduisent tous les quatre comme des grands-parents, sans se mêler des affaires des jeunes ; puis ils avaient remercié Diane pour les copies du récent certificat de baptême qui faisait de Keefer une enfant de l'Église congrégationaliste. Enfin, ils avaient décampé pour rejoindre Gordon et sa masure délabrée, où ils étaient restés tard, malgré la chambre d'hôtel confortable et climatisée qui les attendait à Madison.

Quant à Gordon, il végétait.

Ayant remarqué que l'obscurité calmait les nuées d'insectes, il se mit à faire de longues promenades la nuit, sur les chemins qui séparaient les lotissements des fermes éparses.

Bien rempli par les travaux de rénovation, le premier week-end avec Keefer avait filé comme une fusée. Mais durant le deuxième week-end sans Keefer, Gordon faillit prendre sa voiture pour rouler vers le nord, alors qu'il s'était juré de ne pas retourner à Tall Trees tant qu'il serait dans ces dispositions d'esprit. Il passa la soirée dans une immense librairie de Madison, à lire les jaquettes de livres qu'il ne pouvait se permettre d'acheter. Un samedi interminable s'étirait devant lui. Il fit la grasse matinée et but son thé sous la véranda, en lisant une lettre de sa tante. En prévision de Halloween, Nora confectionnait pour Keefer un petit costume de monstre. Elle avait d'abord penché pour un modèle de petit diable en s'imaginant le ravissement de Keefer devant son accessoire, une adorable fourche en caoutchouc, puis elle s'était dit que les Cady risqueraient d'en avoir une attaque. Gordon sommeilla presque tout le dimanche, en attendant avec impatience qu'on l'appelle pour lui fixer une bonne semaine de remplacements ininterrompus, ce qui finit par arriver.

Le vendredi, après être allé chercher Keefer, il l'emmena manger une friture de poissons à la grande brasserie du centre-ville. En revenant, il se garait dans l'allée quand il entendit par la fenêtre ouverte que le téléphone sonnait. Sans se hâter, il enleva Keefer du siège de voiture et enfonça une nouvelle fois la porte d'entrée d'un coup d'épaule.

Étrangement, le téléphone continuait à sonner avec insistance, et il se promit d'acheter au plus tôt un répondeur. Quand enfin il décrocha, ce fut pour entendre quelqu'un prononcer son nom d'une voix tremblante et mouillée de larmes qu'il ne reconnut pas, à tel point qu'il en eut la chair de poule. Oh, Gordon, que Dieu me vienne en aide. Gordon, Delia est dans le coma.

Craig Cady.

En sueur, essoufflé, Gordon alla ouvrir un paquet de spaghettis qu'il déversa par terre, afin que Keefer s'amuse et n'aille pas s'aventurer vers l'escalier de la cave. À partir des propos décousus de Craig, il s'efforça de reconstituer les événements. Delia avait accouché peu après cinq heures d'un garçon en bonne santé. Elle en était sortie épuisée mais ravie, et avait pris son fils dans ses bras en demandant qu'il soit appelé Hugh, comme son défunt père. Craig et Alexis l'avaient laissée aux soins de l'équipe médicale. Ensuite… Gordon n'arrivait plus à suivre tant Craig était incohérent. Il regarda l'heure à sa montre ; il n'était que huit heures du soir.

Qu'avait-il pu arriver en trois heures de temps, qu'un hôpital aussi réputé ne pût prévenir ou guérir ?

Et pourquoi Craig l'appelait-il ?

— Écoute, Craig, dit-il enfin, il faut que tu aies quelqu'un avec toi. Et Diane, elle est là ? Ou Big Ray ?

— Le mariage, répondit Craig d'une voix entrecoupée de sanglots, le mariage a lieu demain.

— Quel mariage ?

— Celui de Caroline…

— La sœur de Ray ! Tu en es sûr ? s'enquit Gordon, qui ignorait que Caroline eût divorcé.

— J'ai appelé… Il y a… une grande tempête, en Floride.

— Et ta mère, où est-elle ?

— Partout c'est la tempête, s'écria Craig avec désespoir.

— Bon, écoute.

Gordon prit un ton rassurant, mais qu'allait-il pouvoir lui dire ? Au moins, Keefer était là, avec lui, au lieu d'arpenter des couloirs d'hôpital.

— Où es-tu ? reprit-il. Est-ce qu'Alex est avec toi ? Puis-je… Puis-je lui parler une minute ?

— Dieu me vienne en aide, pleurnicha Craig, Dieu me vienne en aide.

Pour finir, Gordon emporta une Keefer endormie et roula dans la nuit jusqu'au parking de l'hôpital de

Madison, dans le centre-ville. Craig attendait dans un abri éclairé, près de l'entrée principale. Tremblant de tous ses membres, Alexis était debout, à moitié cachée par la silhouette massive de Craig, qui l'avait affublée de son blazer bleu marine. Craig dut remonter, car les neurologues s'étaient réunis pour se consulter. Alexis demeura avec Gordon. Faute d'une meilleure idée, il appela sa mère d'une cabine publique. Lorraine lui dit qu'elle enfilait ses vêtements et qu'elle serait là dans deux heures. Gordon faillit l'en dissuader, mais il n'en eut pas le courage. Pour quelle raison se priver du soutien précieux qu'elle lui apporterait ? Les lumières, les odeurs du hall d'hôpital le faisaient replonger dans de tristes souvenirs. Deux fois, il avait dû se reprendre après avoir appelé Craig « Ray ».

Il proposa à Alexis d'aller se reposer dans la voiture, ou de l'emmener faire un tour. Mais elle lui dit qu'elle n'avait pas mangé depuis le petit déjeuner. Avec Keefer, ils allèrent s'asseoir dans une immense cafétéria bleu marine, parmi des médecins et des infirmières. Keefer et Alexis mangèrent des frites molles. Gordon avala deux tasses de café amer. À minuit, Lorraine et Nora apparurent par les portes battantes. Lorraine avait apporté des petites bouteilles de coca et trois coupe-vent. Elle ouvrit l'une des bouteilles pour Alexis.

— Alors, mets-nous au courant, lui dit-elle.

— Maman a eu le bébé, et puis elle est tombée dans le coma, commença Alex d'une petite voix claire, puis elle se leva pour venir s'asseoir près de Lorraine et s'appuya contre elle. Elle a été mal toute la semaine, et ils ont décidé qu'il fallait qu'elle accouche, sinon le bébé mourrait, ajouta-t-elle.

— Alors on l'a opérée.

— Non, ses contractions ont commencé juste à ce moment-là.

— Gordie, cela viendrait-il de la sclérose en plaques ?

— D'après ce que dit Craig, il est possible qu'elle ait un anévrisme au cerveau, l'informa Gordon, si soulagé par la présence de sa mère qu'il se laissa aller à sa fatigue avec gratitude. C'est tout ce que je sais. J'ignore si c'est lié.

Ils restèrent là encore une heure. Pendant qu'Alex et Gordon jouaient aux morpions et au pendu sur des napperons en papier, Keefer s'endormit sur les genoux de Nora.

Enfin Craig apparut, en larmes, mais à peu près cohérent. Delia était dans un état critique. Le bébé allait bien et pesait neuf livres. Delia avait eu du diabète pendant sa grossesse. On ignorait encore la raison précise de son coma. Elle avait peut-être eu une attaque due à un anévrisme. Il était douteux qu'elle eût la sclérose en plaques, mais on lui faisait passer des tests, toutes sortes de tests. Craig comptait renconduire Alexis chez eux, où elle s'occuperait de Keefer.

— Mais non, voyons, il n'en est pas question, objecta fermement Nora. Il faut que vous restiez là, et Alexis ne peut pas rester toute seule chez vous en sachant sa mère malade.

— Vous avez sans doute raison, admit Craig en se frottant les yeux comme un gosse. Je ne sais plus où j'en suis. Mais je n'ai pas envie de quitter ma femme.

— À mon avis, on devrait les emmener à la maison, intervint Lorraine.

— Je peux vous donner mes clefs, dit Craig. Gordie connaît l'adresse.

— Je parlais de Tall Trees, dit Lorraine. On va

emmener les filles avec nous. Vous connaissez mon numéro de téléphone, Craig. Vous nous appellerez dès que Delia se sentira mieux. Alex, tu veux passer chez vous prendre quelques affaires ?

— J'ai mes règles, avoua Alex d'un air piteux.

— Oh, je ne pensais pas à ça. Mais tu veux peut-être prendre tes CD, je ne sais pas…

— Je n'ai besoin de rien, mais je ne veux pas quitter maman.

— Craig va veiller sur elle, assura Lorraine. Il vaut mieux le laisser tranquille. Et puis l'hôpital est rempli de gens qui vont bien s'occuper de ta mère et de ton petit frère. Au fait, tu l'as vu ? Il est mignon ?

— Très mignon, dit Alexis. Minuscule.

Ils se tournèrent d'un seul mouvement vers Craig, qui tapota la joue d'Alexis, tandis que Nora lui donnait elle-même une petite tape sur le bras. Puis ils gagnèrent le parking, Lorraine apposant au passage un avis d'urgence gribouillé à la hâte sur la voiture de Gordon, qui resterait garée là. Il n'était pas question qu'il retourne chez lui ; Lorraine lui tendit son téléphone portable et le pressa d'appeler l'école où il devait se rendre le lundi pour les prévenir de son absence en invoquant un grave problème familial. Alex, lui et Keefer s'entassèrent à l'arrière. Les deux filles plongèrent immédiatement dans le sommeil. Et avant même d'atteindre la grand-route, Gordon somnolait lui aussi en gardant une vague conscience de ce qui l'entourait, les changements d'ambiance et de lumière, la radio qu'on allumait pour la baisser aussitôt, les voix de sa mère et de sa tante, un feu roulant et familier de commentaires, de projets, de nouveaux impératifs qu'on ne pouvait remettre en question. Alexis n'irait pas en classe. Lui n'assumerait pas son remplacement. Il n'avait pas éteint les lumières en partant de chez lui. Tant pis. Quel rôle jouait-il dans cet exode ? Qu'importe, il appartenait au clan qui possédait le territoire du deuil et de la perte, les maîtres du désastre, les grands spécialistes des soins post-traumatiques. Qui était-il pour les questionner ?

Lorraine le secoua. Il franchit en titubant, presque au radar, le seuil de chez ses parents. Mark le prit d'abord par les épaules, puis dans ses bras. Au lavabo de la salle de bains, Gordon but un peu d'eau dans le creux de ses mains puis il gagna son lit d'enfant, où il se coucha en tenant Keefer, bien calée entre lui et le mur protecteur. Il sentit sa tante les recouvrir d'une couverture.

Le processus McKenna était lancé. Ils avaient le don de se retrouver à l'épicentre de l'adversité la plus insolite. Quant à Gordon, il n'arrivait pas à émerger. Il dérivait, en se demandant s'il devait prier pour que Delia guérisse, alors qu'il avait souhaité sa mort. Mais sa dernière confession remontait à bien loin, et encore n'avait-il fait que répéter ce que Tim lui avait conseillé de dire, juste pour faire plaisir à ses parents… Incapable de sortir de sa torpeur, il ne parvenait pas à trouver les mots, à exprimer ses peurs et ses espoirs. Il entendit la voix de son père, une voix sonore, posée, et se laissa couler dans une joie coupable. Il avait rempli sa mission, Keefer était en sécurité chez eux, il sentait son pouce au creux de son oreille, petit crochet capitonné…

Gordon se réveilla brusquement l'après-midi, dans l'odeur âcre de sa sueur, l'esprit embrouillé… Ah oui, il était dans sa chambre, sa chambre de petit garçon. Keefer n'était plus là, mais il l'entendait babiller dans la cuisine. Alexis dormait toujours là-haut, sur la couche qu'ils avaient installée dans l'ancienne chambre de Georgia, l'informa Lorraine quand il apparut. Craig n'avait pas appelé, mais Diane Nye les avait joints. Même s'ils avaient voulu quitter Caroline le jour de son mariage, avait-elle dit, ils auraient été coincés par le mauvais temps à Tampa. Big Ray l'avait tannée toute la matinée pour qu'elle les appelle et les remercie d'avoir veillé sur les filles.

— Diane a dit qu'elle était rassurée de savoir Keefer avec toi, lui dit Lorraine en posant devant lui un petit pain tartiné au beurre de cacahuète. C'est un peu tard.

— Maman…

— Keefer est là où elle devrait être depuis le début. Bien sûr, je n'y compte pas, mais il est possible que Delia finisse par…

— C'est lui souhaiter du mal, maman, coupa Gordon, plus durement qu'il n'en avait l'intention. Delia guérira sûrement. Elle a peut-être eu une attaque. Mais elle n'est pas en train de mourir.

— Bonjour, Alex, dit Lorraine en portant la voix.

La jeune fille avait les yeux rougis et barbouillés de mascara.

— J'ai besoin d'aide, murmura-t-elle.

— Il y a une trousse de toilette sur la table de nuit de ta chambre, avec tout ce qu'il faut dedans, des dessous, une brosse à dents. J'ai sorti un vieux pantalon de jogging de ma fille, et une chemise à moi. Je pense qu'elle t'ira.

— Puis-je prendre une douche ? demanda Alexis en se tenant à l'écart de Gordon. Et maman, comment elle va ?

— On allait prendre des nouvelles, répondit Lorraine. Les serviettes sont dans la penderie près de la porte de la salle de bains.

— Allie ! claironna Keefer, et elle vint poser un gros baiser sur le genou d'Alex.

— Salut, Choupinette.

Craig Cady appela à quatre heures. Sa voix avait retrouvé son débit et ses intonations habituels. L'électrocardiogramme de Delia était bon. Il leur dit que sa mère allait arriver et qu'il leur serait toujours reconnaissant. Il proposa qu'Alex prenne le bus et ramène Keefer avec elle, ce à quoi Lorraine répliqua que c'était absurde et que Mark les reconduirait le lendemain, quand elles se seraient un peu reposées.

Juste avant qu'ils partent, le lundi matin, Lorraine prit Gordon à part.

— Gordon, ne va pas croire que j'en veuille à Delia et que je souhaite secrètement que son état empire.

— Ce n'est plus un secret, maman, répliqua Gordon, d'autant plus cruel qu'il se dégoûtait d'avoir eu les mêmes pensées.

— Gordie, je ne désire pas que cette pauvre Delia laisse derrière elle un nouveau-né ou se retrouve paralysée à vie. D'un autre côté, ça m'est un peu égal. Je la connais à peine.

— Alors la mort d'un innocent t'indiffère, tant que tu ne le connais pas personnellement.

— Ce que je veux dire, c'est que Delia n'a d'importance pour moi que parce qu'elle joue un rôle dans la vie de Keefer. Cela étant dit, je serais une grand-mère indigne si je ne me réjouissais pas de voir l'adoption suspendue. Craig Cady ne connaît pas Keefer.

La femme que rien ni personne n'arrêterait n'était pas Diane Nye, mais sa propre mère. Gordon s'en rendit compte avec un frisson.

— Craig a vécu avec elle tous ces derniers mois, dit-il.

— Il n'est pas son père. À peine son beau-père.

— Je n'ai pas envie de remettre ça sur le tapis

maintenant, maman. Keefer est sur le point de perdre encore quelqu'un qu'elle aime. Et Alexis aime sa mère autant que Georgia t'aimait. Alors ce n'est pas le moment de remuer tout ça.

— Mais nous devons nous préparer à agir, Gordie, au cas où le pire arriverait.

Pour toi, ce ne serait pas le pire, songea-t-il en dévisageant Lorraine : son air fervent, énergique. Ce n'était plus la femme hébétée, absente qui était venue chez lui le week-end à Madison. D'ailleurs pour lui non plus, ce ne serait pas le pire, car il était bien le fils de sa mère, de cette Lorraine brusque, impulsive, tout entière dirigée vers le but à atteindre. Il la voyait maintenant comme d'autres la voyaient quand ils tentaient de l'en détourner, de l'apaiser. Son style, son humour, son air affectueux, son intelligence, son exubérance bohème, tout cela masquait ce qui faisait l'essence de son être, la flamme dévoratrice qui anime le fanatique. Effrayé, Gordon l'embrassa sur le front et partit.

Chez Craig Cady, la maison était pleine. Sa mère berçait le petit Hugh emmailloté, dont la main minuscule était encore poudreuse du liquide séreux où il avait baigné tant de mois. Un homme de haute taille aux cheveux argentés et portant un col blanc s'avança, prit Keefer par le menton pour lui dire bonjour, puis étreignit les mains de Gordon d'une poigne vigoureuse.

— Voici notre pasteur, le révérend Whitehead, annonça Craig Cady.

— Nous vous mettons dans nos prières, dit le pasteur.

— Merci, fit Gordon.

— C'est moi qui vous remercie, lança Craig.

— Nous espérons que Delia va vite se rétablir, répondit Gordon. Faites-nous signe à Keefer et à moi quand vous voudrez que je vous la ramène.

— Je… eh bien, Gordie, elle peut rester, maintenant que ma mère est ici.

— Keefer la connaît ?

— Elle ne l'a vue qu'une fois. Mais maman sait y faire avec les gosses.

— Je vais la garder le temps que ça se tasse, Craig. Inutile de vous encombrer d'une petite fille de deux ans, en plus du reste. Une femme malade, un nourrisson et une jeune fille angoissée, c'est assez, il me semble.

— Ça ira.

— Mais non. Mon père va nous accompagner, et quand j'aurai récupéré ma voiture, nous retournerons chez moi.

— Keefer doit rester ici, répliqua Craig.

— Voyez-vous, Gordon, intervint le pasteur, je pense que, vu la situation, Craig a envie que tous ses enfants soient réunis sous le même toit et que sa famile se serre les coudes. Cela peut se comprendre.

— Keefer n'est pas son enfant. Du moins, pas encore. Elle est juste… sa pupille. Moi, je suis son oncle, et elle a passé les deux derniers jours sur la route. Elle a besoin qu'on lui consacre un peu de temps.

— De grâce, Gordon, n'ajoutez pas encore à la tension…

— Craig, dit Gordon, je veux te parler en privé.

— Je n'ai pas de secrets pour notre pasteur.

— Mais moi j'en ai, il n'est pas mon pasteur, et je veux régler cette question entre nous.

Ils allèrent s'asseoir dans la chambre, sur le lit, chacun à un bout du matelas.

— Craig, Keefer va avoir besoin qu'on la rassure, qu'on s'occupe d'elle.

— Elle doit rester ici. Votre week-end est fini.

— Craig, on s'est donné beaucoup de mal pour toi, mes parents et moi.

— Et je vous en remercie. Mais dès que Delia s'éveillera, elle demandera tout de suite des nouvelles du bébé, d'Alexis, et de Keefer.

— Keefer vient en troisième.

— Que veux-tu dire ?

— Elle vient après votre bébé et Alexis.

— Gordie, Delia peut être parfois... Et puis zut ! je n'arrive pas à parler comme vous, en restant toujours si correct...

— Dans tout ce que tu as dit, tu ne t'es pas inquiété une seule fois de Keefer ni de ce qu'elle ressent. Quand on est arrivés, tu ne l'as pas embrassée, tu ne lui as pas dit qu'elle vous avait manqué. Tu nous as juste présenté ton crétin de...

— Attention, Gordie, ne me pousse pas à bout.

— Tu n'as pas pris Alexis dans tes bras, ni demandé à ta mère de lui passer le bébé. Tu nous as présenté ton... pasteur. Et c'est lui qui a dit que tu voulais que ta famille soit réunie sous un même toit. Pas toi.

— Bien sûr que Keefer m'a manqué, s'emporta Craig. Non, Gordon, se reprit-il, en fait, elle ne m'a pas manqué. Ni elle ni personne. Je n'ai pas dormi pendant trois jours. J'ai juste posé les yeux sur mon premier-né et... la femme que j'aime plus que ma vie est couchée sur un lit d'hôpital, le cerveau branché sur ordinateur...

— Justement. Keefer a besoin de quelqu'un de disponible qui veille sur elle et l'entoure de tendresse. Pour l'instant, tu en es incapable. Ne le prends pas mal, Craig, je sais exactement ce que tu ressens.

— Gordie, le grand défenseur des familles. Si dévoué à la tienne que tout ce que tu sais faire, c'est baiser la première venue. Tu as même trouvé le moyen de faire du gringue à ma femme…

Gordon en resta sans voix.

— Qu'est-ce que tu racontes ?

— Au mariage de Ray. Tu n'as cessé de lui tourner autour.

— Craig, j'étais le témoin et elle la demoiselle d'honneur. Il fallait bien que je la côtoie. On a dansé, mais… Écoute bien, je n'ai jamais dragué ta femme. Ça ne m'a même pas traversé l'esprit. C'est la vérité vraie. Ça fait longtemps que tu as ces conneries en tête ?

— Ta sœur disait elle-même que tu tirais sur tout ce qui bouge. Pas à propos de Delia, mais en général. D'ailleurs, c'est ce que tout le monde pensait de toi.

— Laisse ma sœur tranquille, tu veux ? Bon sang, Craig, vous baviez tous devant Ray, et il jouait sur un circuit sponsorisé par une chaîne de restaurants où les filles se baladent en patins, le cul et les nichons à l'air…

— Ça n'avait rien à voir avec le circuit.

— Ah ouais ? Pourtant c'est ce que tout le monde pensait.

— Il est vrai que toi, tu es parfait, Gordie, marmonna Craig.

— Je suis loin d'être parfait. Je ne suis qu'un ex-prof de sciences qui vit dans un trou à rats…

— Et qui enseigne aux gosses l'évolution…

Gordon se leva, en sueur.

— Qui enseigne aux gosses que l'homme n'est pas la création parfaite, mais une créature fragile en mutation. Ce n'est pas ce que professe ton Église ?

Craig se couvrit le visage.

— Je m'excuse. Je ne suis pas moi-même, Gordon.

Je ne suis pas moi-même. Nous avons souffert de devoir vous imposer cette épreuve, tu n'imagines pas. On a beau savoir ce qu'on doit faire, ça ne rend pas la chose facile. Et maintenant, ça. Tu ne peux pas savoir ce que c'est. La femme que j'aime donne la vie à ce don précieux entre tous, ce merveilleux bébé que nous n'attendions plus, et elle...

— Vous aviez déjà une enfant.

— Mais un fils... Mon fils. Connaître tout à la fois une telle joie et un tel chagrin...

— Je sais ce que c'est, dit Gordon. J'ai vu ma sœur accoucher de Keefer, son courage, et le combat qu'elle a dû mener pour rester en vie afin d'élever sa fille. Je l'ai vue dépérir sans rien pouvoir faire, et elle est morte. Je n'ai jamais été marié. Je n'avais qu'une sœur, que j'aimais plus que tout.

— Je ne mets pas en doute ton amour pour Georgia. Ni pour Keefer. Écoute, revenons au sujet... Nous avons la garde de Keefer, nous sommes en train de l'adopter.

— Mais tu ne la veux pas vraiment.

— Bien sûr que si, Gordie. C'est une petite fille adorable.

— L'aimes-tu autant que tu aimes déjà Hugh ?

— Je ne peux pas... on ne peut pas comparer.

— Et Alex, tu l'aimes autant que Hugh ?

— Alex a un père à elle. C'est la fille de Delia. Quand je l'ai connue, elle avait déjà dix ans.

— Et Hugh ?

— Je n'aurais jamais cru éprouver autant d'amour.

— Voilà comment j'aime Keefer. Elle est la chair de ma chair, Craig. Elle est mienne.

— Un jour, tu auras peut-être un enfant à toi. Je te le souhaite de tout mon cœur. Alors tu pourras en parler.

— J'ai déjà un enfant à moi, Craig.

— Si c'était vrai, jamais tu n'aurais renoncé à elle. C'est toi qui as abandonné. De toute façon, tout cela nous échappe, en réalité.

— Quelle réalité, Craig ?

— Je suis un vendeur de voitures, Gordie. Je ne suis pas capable de disserter comme toi.

— D'accord, parlons simplement. Tu ne voulais pas de Keefer. Et tu ne la veux toujours pas.

— Je voulais avoir un enfant avec ma femme. Avoir un enfant qui soit du même sang que ma femme, c'était presque pareil. Et puis je voulais obéir aux dernières volontés de Ray, et de Georgia, sa femme.

— Mais ce n'est pas Keefer elle-même que tu voulais. Tu viens de dire que c'était presque la même chose, comme si Keefer était une copie à peu près convenable d'un enfant.

— Imbécile ! Tu sais bien que je ne le pense pas.

— Bon, s'adoucit Gordon. Pour toi, elle était aussi proche qu'elle pouvait l'être de l'enfant que vous auriez pu avoir ensemble, c'est ça ?

— Exactement, reconnut Craig, le dos voûté.

— Mais moi, tu comprends, c'est elle que je voulais, cette petite-là, qui était déjà à moi.

Craig secoua la tête lentement, sombrement, comme un ours qui sent une présence insolite.

— Je ne sais pas comment tout ça a commencé, avoua-t-il en regardant Gordon d'un air implorant. Je ne sais pas quoi faire de moi, encore moins des enfants… je ne sais pas ce dont Delia aura besoin. Je ne sais rien de rien.

Gordon sentit sa tension se relâcher comme un nœud qu'on dénoue.

— Pauvre mec, dit-il, et il avança une main raide qu'il posa sur le bras de Craig.

Puis ils restèrent assis, les mains pendantes, jusqu'à ce que la mère de Craig l'appelle du salon : « C'est l'hôpital ! » Craig se hissa sur ses pieds. Gordon le suivit dans le salon et fit signe à son père, qui se pencha pour récupérer une chaussure rouge de Keefer, posée sur la table basse.

— Un respirateur ? Qu'est-ce que ça signifie ? C'est provisoire ? demanda Craig tandis que sa mère berçait le petit, de plus en plus vite.

Mark prit Keefer dans ses bras et laissa tomber la chaussure par terre.

— Qu'est-ce qu'on fait ? demanda-t-il à Gordon d'un ton pressant en le regardant droit dans les yeux, d'un regard audacieux, jeune, prêt à tout.

— On y va, répondit Gordon. Laisse tomber, papa. Tant pis pour la chaussure.

Il lui reprit Keefer et tourna la poignée de la porte.

22

Je m'appelle Keefer Kathryn Nye. K.K.N. Je vis à Madison, dans le Wisconsin. J'ai presque dix ans. Mon anniversaire aura lieu juste avant les vacances de Pâques.

Je vais écrire l'histoire de ma vie. J'ai toute la nuit devant moi.

Ma mère est morte quand j'étais bébé.

Aujourd'hui, on est mardi. Il fait nuit. Ça fait deux jours que je ne vais pas en classe, pour raisons médicales. Mon père n'est pas là. Il est allé à un congrès je ne sais où, au Kansas ou en Californie. Ça ne lui arrive jamais, alors avouez que ça tombe mal. En plus, on le paie des nèfles, parce qu'il ne fait pas encore partie des grands ténors. Bientôt, il aura fini ses études. On habite une grande baraque de cinq pièces, avec une véranda qui fait tout le tour et sept bouleaux. La région est jolie, mais la maison… Encore, de l'extérieur, elle n'est pas trop moche, malgré son vert fadasse. Mais à l'intérieur, c'est pas terrible. Les fauteuils, les canapés et les chaises sont tous des vieux trucs qui appartenaient à mes grands-parents McKenna. Même ma tante Lindsay qui est si gentille l'appelle notre gourbi, tellement c'est zone, chez nous. Un jour, on en changera. Je ne me souviens pas de ma mère, parce que j'étais un petit bébé quand elle est morte. Il paraît qu'elle était célèbre. Ma grand-mère McKenna a un gros livre plein de photos et d'articles sur ma mère, et une cassette d'une émission de télé superconnue à l'époque. Mamie me la donnera quand j'aurai douze ans. La maman de mon cousin Hugh est morte aussi quand il était bébé, ça fait qu'on a beaucoup de choses en commun, lui et moi. Une fois, Mme Mallory m'a dit que j'en profitais pour faire plein de bêtises, parce que je n'avais pas de mère et que je savais que les gens avaient pitié de moi. C'est un gros mensonge qui pue.

J'en ai des choses à raconter. Ça fait deux jours que je manque les cours, pour urgence médicale. Mais avec tout ce que j'apprends ici, à l'hôpital, ça va largement compenser. Heureusement que je suis là pour aider ! Bon, en résumé, on est arrivées à l'hôpital lundi et on a attendu, attendu, assises comme des abruties. Il ne se passait rien. Mon père a appelé au téléphone et m'a conseillé de lire quelque chose, pour passer le temps. Oui, mais quoi ? Il dit que si je n'apprends pas à lire par plaisir, je finirai par faire du shopping toute la journée, avec un cabas sur roulettes et un petit chihuahua. Ça vous paraît peut-être bizarre, mais moi, je comprends très bien ce qu'il veut dire. Et ça ne me fait pas rire du tout.

Bref, aujourd'hui on est mardi et je suis dehors dans le couloir, parce qu'ils ne veulent pas encore me laisser entrer dans la chambre. Faut d'abord que je sois désinfectée. Mon papa d'avant est mort quand j'étais toute petite, il s'appelait Ray. Je ne me souviens pas de lui.

Papa et moi, on habite à Madison parce qu'il faut qu'il continue ses études... À force, ça devient ridicule. Moi, si je pouvais, j'arrêterais l'école tout de suite. Plus tard, j'aimerais bien devenir jockey. Je suis très bonne cavalière. Et puis en taille, je suis la plus petite de ma classe, à part Ames Smith. Mais il ne compte pas, parce qu'il est en fauteuil roulant. C'est un super-copain. Il va venir à mon anniversaire. Je suis la seule à qui il laisse faire des tours en fauteuil, parce que je suis légère comme une plume. Mange, me dit toujours ma grand-mère. Elle aussi, elle est petite, et ce n'est pas de manger qui fait grandir, elle devrait le savoir. Mon autre grand-mère est beaucoup plus grande, mais elle a souvent des migraines.

Hugh et moi, on s'est déjà attiré pas mal d'ennuis. En général, c'est moi qui trouve les idées, et Hugh est toujours partant. Il fait tout ce que je lui dis. Des fois, je trouve même qu'il m'obéit un peu trop...

Alors on m'envoie chez le psychologue scolaire. C'est comme ça que j'ai rencontré Mlle Tyson. Mlle Tyson ! Ouaf ouaf ! Elle était juste de passage, elle faisait un stage de formation dans notre école pour un mois. Elle m'a dit qu'on ne lui confiait que les futurs délinquants, pour bien lui montrer où elle mettait les pieds. Ça n'a pas traîné, elle a tout de suite appelé mon père, et elle est tombée sur le répondeur. Qu'est-ce qu'elle s'imagine ? Il faut bien qu'il travaille ! Ça remonte à il y a deux ans.

Mlle Tyson : Alors, tu prends leurs cartes Pokémon à des petits ?

K.K.N : C'était un échange.

Mlle Tyson : Contre quoi les as-tu échangées ?

K.K.N. : Des élastiques.

Mlle Tyson : Des élastiques ? !

K.K.N. : Oui, mais des gros bleus, en caoutchouc. J'en fais collection. Ça fait de très bons lance-pierres.

Mlle Tyson : Et tu trouves ça équitable, comme marché ?

K.K.N. : Aussi équitable que les pionniers qui faisaient du troc avec les Indiens en échangeant des perles contre des fourrures et des terres.

Mlle Tyson : Justement. C'est un marché de dupes et tu devrais avoir honte d'arnaquer des petits CP. Leurs parents sont si furieux qu'ils appellent ici pour protester. Tu sais combien elles valent, ces cartes ? Dix dollars. Tu as intérêt à les rendre.

— Tu sais, Keefer, moi aussi j'ai perdu ma mère, a ajouté Mlle Tyson. Et je n'étais pas facile, étant gosse. J'ai fait deux fugues, et quand j'avais onze ans, je fumais des cigarettes.

Passionnant ! D'habitude, je déteste quand les profs me font ce coup-là, mais ça m'a plu, parce qu'elle ne me traitait pas comme une mioche. J'ai quand même eu droit à un sermon.

— On peut s'en tirer à bon compte, quand les gens ont pitié de vous, a continué Mlle Tyson. Mais arrive un moment où ça coince, parce qu'on ne peut échapper à soi-même.

Après, c'est devenu plus intéressant. Elle a dit que du pain trempé dans de l'eau grossit trois fois de volume. J'avais huit ans, à l'époque. Hugh et moi on a fait l'expérience. Et j'ai compris ce qu'elle voulait dire : le mal entraîne le mal et vos mauvaises actions vous reviennent à la figure, en pire. Mon père a horreur de ce genre de trucs, il dit que c'est des salades, ces histoires de karma. Mais moi, ça me paraît logique.

Bref, à cause de ces cartes Pokémon, mon père a été convoqué. C'est alors que Mlle Tyson m'a appris qui elle était. Papa devait s'en douter, parce que, quand il est entré dans la pièce, il l'a fixée d'un drôle d'air. Il faut dire qu'elle est jolie comme un cœur.

— Je suis Alex, votre cousine.

Sur le coup, ça ne m'a fait ni chaud ni froid.

Mais après, elle m'a raconté. L'oncle Craig était son beau-père. Son vrai père s'appelle Jack. C'est un type très gentil, mais pas le mari idéal. Après la mort de Delia, Alex est retournée vivre chez Jack et elle a habité avec son père comme papa et moi, sauf que eux, c'était carrément dans une cabane en rondins.

Ça alors ! Je me suis rendu compte que Mlle Tyson était pratiquement ma sœur ! C'est elle qui m'avait donné toutes les vieilles poupées Barbie, il y a longtemps. Je ne joue plus avec, mais mamie Nye m'a conseillé de les garder, parce qu'un jour elles auront de la valeur. C'est ce qu'a fait mamie, elle a gardé toutes ses poupées de quand elle était petite. Et aujourd'hui, c'est celle qui n'a plus de bras qui vaut le plus cher.

On a appelé ma mamie, la mère de mon papa. Et on a mis le haut-parleur du téléphone. « Tu te rends compte ! a dit papa. C'est Alexis ! » Et puis on a appelé l'oncle Craig. « Tu te rends compte ? » a encore dit papa, plus d'autres trucs que je ne peux pas répéter, tellement il n'en revenait pas. L'oncle Craig savait qu'Alex habitait à Madison, mais il ignorait qu'elle travaillait à mon école. Bref, si j'étais moins dissipée comme élève, personne n'en aurait rien su. Et toc !

La nuit suivante, j'ai fait un rêve et je me suis rappelé quand Alex et moi on prenait notre bain ensemble.

Papa a invité Mlle Tyson à dîner et il a fait des pâtes aux brocolis, sa seule spécialité. Toute mon enfance, il m'a nourrie de plats tout préparés.

La mère de Hugh a eu une maladie. La mienne aussi, mais elle a été tuée quand elle est passée par-dessus le pont en voiture. Avant, je croyais que c'était moi qui l'avais tuée par accident quand j'étais bébé, comme Hugh. Le pauvre, il n'y est pour rien, sa maman est morte à cause de complications. Elle a eu une artère bouchée dans le cerveau. On a dû la brancher sur une machine pour qu'elle respire, mais ça n'a pas suffi. Son cerveau était fichu. Alors mon oncle s'est retrouvé avec deux petits, Hugh et moi. Il a fallu que mon papa passe devant le tribunal pour me récupérer pour de bon.

Quant à Alex, elle est retournée vivre chez son père, et c'est devenu une adulte. Jusqu'à maintenant, je ne l'avais jamais revue.

Quelle histoire !

À la maternelle, j'avais l'habitude d'appeler mon papa par son prénom. Ma copine Alaya me demandait pourquoi, c'était gênant. Je lui disais que c'était parce que avant mon père était mon oncle.

Et c'est la vérité !

Au départ, mon papa et ma maman étaient frère et sœur. Et puis papa m'a adoptée quand elle est morte. Enfin, quand Delia est morte, plutôt. La mère de Hugh. D'abord, Craig et Hugh ont habité juste à côté de chez nous, et maintenant ils vivent à Oregon. Oregon la ville ! Pas l'État. C'est là qu'on habitait quand j'étais petite, mon papa et moi, mais maintenant, on ne peut plus se le permettre. Mon oncle Craig vend des Jeep. Mais on ne peut pas lui en acheter une, on n'a pas les moyens. Hugh prétend qu'il va avoir un cheval... Encore un bobard ! Il raconte n'importe quoi. On est allés au Colorado faire du rafting avec tante Lindsay et oncle Tim. Les Upchurch. Ils ont un chien qui s'appelle Taxi et bientôt ils vont avoir un bébé. Avant, ma tante Lindsay était amoureuse de mon père. Mon papa a un faible pour les rousses, j'ai remarqué. Mais ils étaient trop jeunes et mon papa est parti. Alors plus tard, elle a épousé Tim, qui habitait à Tall Trees, comme elle, tandis que papa et moi, on habitait à Madison. C'est comme ça que Hugh et moi, on est devenus copains, même s'il a deux ans de moins. Quand j'avais six ans, je suis allée toute seule en Floride. Mon grand-père Ray m'a laissée conduire sa voiturette de golf. Ma mamie Lorraine et ma tata Nora sont venues me chercher pour me garder pendant que papa et... (devinez qui ?) partaient en Équateur pour leur lune de miel. Maintenant que je suis assez grande pour choisir, je pourrai aller à Tall Trees tous les étés, si je veux. Mon papy McKenna m'apprend plein de trucs. Comment allumer un feu avec une loupe, par exemple.

ATTENTION ! NE LISEZ PAS LA SUITE SI VOUS AVEZ MOINS DE DIX-SEPT ANS !

La deuxième fois qu'on m'a renvoyée de l'école, c'était pour l'histoire du zizi. Ça faisait plusieurs semaines que j'étais sage comme une image quand j'ai eu cette idée. Toutes les filles du CE2 voulaient en voir un. Tu parles d'un truc. Alors Hugh et moi, on faisait payer cinquante cents pour qu'elles jettent un coup d'œil au sien, et puis on partageait. C'était une bonne affaire.

Sauf que quelqu'un nous a caftés. Sarah Tanaka, pour ne rien vous cacher. Me voilà de retour au bureau de Mlle Tyson. Elle me dit que ce n'est pas convenable. Je réponds, mais si, c'est de la biologie, et j'ajoute, pour faire bien, que mon papa est professeur de biologie, enfin presque. Alors elle me dit qu'elle est au courant, qu'elle sait tout sur mon père. Ah bon...

L'oncle Craig est venu à l'école et, évidemment, c'est moi qui ai tout pris. Pour lui, Hugh est parfait, parce que sa maman est morte.

Un jour je les ai surpris tous les deux, et après, ils se sont mariés. Je parle de mon papa et d'Alex. Je savais qu'elle devait venir chez nous. Moi, je dormais chez Zoe Palisio, mais j'ai vomi et j'ai absolument voulu RENTRER À LA MAISON. Le papa de Zoe m'a raccompagnée dans sa nouvelle voiture. Il m'a donné une serviette pour que je me retienne, et il a roulé à toute allure. Quand on est arrivés à la maison, il m'a dit : cours vite à l'intérieur. Mon père ne ferme jamais la porte à clef. Alors je suis entrée en courant. Et ils étaient là, tout nus. Ils n'ont pas piqué de crise. Papa m'a demandé : tu es malade, Kee ? Et j'ai répondu : je suis malade comme un chien, papa. (Un jour, juste après le CP, je lui ai posé la question : tu es mon papa ? et il m'a répondu : oui, c'est moi ton papa, et personne d'autre. Alors j'ai commencé à l'appeler papa. Quand j'étais plus petite, je l'appelais Dory.) Donc, ils étaient couchés dans le lit, et papa m'a dit de sortir dans le couloir. Puis il est venu me voir et il m'a sorti : j'aime Alex. J'en suis restée baba.

À l'époque, elle sortait avec un joueur de base-ball professionnel, un qui gagne de l'argent. Elle a dû rompre. Mon oncle Mike dit que mon père les prend au berceau, mais en fait, Alex et papa n'ont que dix ans d'écart. Il fait plus vieux à cause de ses lunettes.

Il y a deux jours, Alex a commencé à avoir des contractions. Mon père était dans les airs, en route pour Chicago, à cause de son colloque. Il a appelé, et Alex lui a dit : qu'est-ce que je fais, je serre les cuisses ou quoi ?

C'est comme ça qu'on s'est retrouvées toutes les deux à l'hôpital. Il neigeait. Le docteur me regarde, et il demande : qui est cette enfant ? C'est ma fille, Keefer Kathryn Nye, répond Alex. Bon, dit le docteur. Mademoiselle McKenna, n'essayez pas de pousser avant que je vous le dise. Moi, je le corrige : madame McKenna. N'aie pas peur, Keefer, me prévient Alex, si je crie, c'est normal. D'accord. Mais quand elle s'est mise à hurler, je suis sortie dans le couloir en courant. Il a fallu me désinfecter une deuxième fois. J'ai cru que j'allais vomir. J'ai bien failli m'évanouir. Je suis allée me passer un peu d'eau sur la figure, dans la salle de bains. L'infirmière s'appelait Jennifer.

Jennifer : Tu veux y retourner ?

K.K.N. : Oui. Le bébé est là ?

Jennifer : C'est pour bientôt.

Alex : Bon Dieu, je vais crever !

On y retourne. Je vois des cheveux, dit le docteur. Des jolis cheveux roux. Poussez, madame McKenna. Poussez, poussez. Alex est carrément violette. J'ai l'impression que sa tête va sauter comme un bouchon, mais, entre deux hurlements, elle me lance : n'aie pas peur, Keefer. N'aie pas peur. Il y a du sang partout. Poussez, poussez.

Et pof !

Voilà le bébé ! C'est une fille !

Elle est sortie d'un seul coup. Elle est forte, hein ?

En plus, elle est pas si dégueu que ça. C'est naturel qu'elle soit toute gluante. Dis donc, elle est aussi grande que le petit frère de Zoe, alors qu'elle vient juste de naître. Grande sœur ! me dit Jennifer l'infirmière. Tiens, prends le bébé ! Oh, on me laisse tenir le bébé. Ma petite sœur. Il y a encore du sang, mais ça ne me dégoûte pas du tout. Je l'embrasse sur la bouche et elle éternue ! Ce que j'en avais marre d'être fille unique ! Alex est tout en sueur, mais on vient lui faire sa toilette et on me reprend le bébé pour le laver. Après, avec Alex, on appelle ma mamie. Elle est dans tous ses états parce qu'elle ne peut pas nous rejoindre. Il paraît qu'à Tall Trees, qui est plus au nord, il y a quatre mètres de neige devant la maison. Je voulais appeler Lindsay, Tim, ma grand-mère Nye et le papa d'Alex qui vit en Caroline du Nord. On a juste appelé son père, et après elle m'a dit : je vais dormir, et toi ? Moi, je ne pouvais pas. J'étais trop excitée. Ma chérie, trouve quelque chose à lire, m'a conseillé Alex. Mais n'allume pas la télé. Alors je me suis mise devant la fenêtre et j'ai regardé les lumières. C'était joli, les lumières dans la neige, ça faisait comme des auréoles. Et il n'y avait aucune voiture, à part le camion de pizza.

Je n'étais pas triste. J'étais contente que le bébé ait une maman à elle. Mais je voulais mon papa. J'ai commencé à penser qu'il pourrait avoir un accident d'avion. C'était pas très marrant. Alors j'ai pris de la monnaie dans le sac d'Alex et je suis allée au distributeur m'acheter des chips.

Quand je suis revenue, Alex s'est réveillée pour donner le sein au bébé. Elle est très intelligente, cette petite. Elle sait déjà comment manger.

— Kee, me dit Alex, je suis une maman, qu'est-ce que tu dis de ça ? Tu sais, je suis ta maman aussi.

— T'es ma belle-mère.

— Non, je suis ta mère, parce que je te prends pour enfant, comme un homme prend pour femme celle qu'il aime. Et comme tu n'as pas d'autre maman, je n'aurai pas besoin de te partager.

— Bon, ben, t'auras qu'à m'adopter.

— Est-ce que je peux dormir un peu, d'abord ? m'a

demandé Alex en souriant, et puis elle a fermé les yeux. Moi non plus, je n'ai pas de maman.

— T'as qu'à prendre ma mamie, puisqu'elle n'a pas de fille, lui ai-je proposé.

— Viens te coucher avec nous, qu'on dorme un peu, toutes les trois.

On tenait, en se serrant un peu.

C'est mon papa qui m'a réveillée. Je rêvais d'un étang dans la jungle où nageaient plein de bébés sirènes.

Je lui ai demandé s'il neigeait toujours. Il a répondu que oui, et après, ils se sont presque disputés pour donner un nom au bébé.

Mon père voulait Georgia ou Elizabeth. Alors Alex lui a dit, non : elle s'appelle Dory. Dory Delia McKenna. Tu te souviens ? Il était une fois une petite fille qui n'arrivait pas à prononcer le nom de son papa... Elle croyait que je ne comprendrais pas. Mais j'ai très bien compris, vu qu'on m'a raconté cette histoire des centaines de fois, à propos de Georgia.

Pas mal comme prénom.

D.D.M.

Et K.K.N.

Mon papa pleure comme une Madeleine. Pourquoi pleurer ? Dory pèse neuf livres. Ridicule. J'ai trop de filles à aimer, dit-il. Il me faut un garçon, maintenant. Quel numéro ! Remets-toi, lui fait Alex.

Après, il veut me ramener à la maison. Tante Nora est arrivée. Comment elle a fait, elle est venue dans un traîneau tiré par un cheval ? Papa me répond que tante Nora saurait conduire un attelage de chiens. Je n'ai pas envie de m'en aller. Je suis furieuse. C'est ça ! Maintenant qu'on n'a plus besoin de moi, au revoir Keefer ! Papa me presse le bras pour que j'arrête. Sur ce, l'infirmière Jennifer revient et elle me donne un T-shirt avec « Grande Sœur » marqué dessus. Puis elle rapporte notre bébé, tout propre, en disant : on a pris un bain. Bon, il faut qu'on y aille. Dépêche-toi, Keefer, il faut toujours que tu lambines, dit papa. Je lui demande juste une seconde. Alex pose le bébé dans son petit lit. Elle dort, mais elle sourit dans son sommeil. Sa bouche s'ouvre et se ferme, elle doit rêver qu'elle tète encore.

Ne la réveille pas, dit papa. Mais je pose quand même un petit baiser sur sa joue et je lui dis : embrasse-moi, comme ça je ne te manquerai pas. Papa reste là debout, sur le seuil. Il se retourne et regarde dans le couloir. Puis il vient, il me soulève de terre et il me met la tête sous son manteau. Ça lui prend souvent ? Il me porte comme ça jusqu'à la voiture, ce qu'il n'a jamais fait, même quand j'étais petite et que j'avais mal aux jambes à force de marcher dans la galerie commerciale.

Voilà. Ça doit faire au moins cinq doubles pages.

24 mai 2000,
Oregon, Wisconsin

Remerciements

De la gratitude, c'est tout ce que j'ai à donner à celles et ceux qui, grâce à leur savoir et à leur générosité, ont rendu ce récit possible.

Je remercie Greg Boyer, qui connaît bien le monde scientifique ainsi que le milieu étudiant, et m'a fait profiter de ses lumières. Toute ma reconnaissance à Marlene Porter, à Richard Auerbach, à Greg Lyons, à Elizabeth VanderWerf et à Cindy Jensen, pour leur compréhension des problèmes juridiques et psychologiques liés à la garde des enfants. Brenda O'Donnell et Adrian Lund, de l'Insurance Institute of Highway Safety, m'ont apporté des faits précis, tout comme Greg Siborski, Marilyn Chohaney et Michael Brownstein, des National Institutes of Health. Les artistes que sont Lora Donahue et Annette Turow m'ont prêté leur concours, en me parlant de leur moyen d'expression et de son enseignement. Pour mes recherches dans le domaine juridique, ses conseils rédactionnels et son amitié solide, je dois beaucoup à Patricia Kelly.

Daniel Moeser est un magistrat compétent et dévoué,

ainsi qu'un excellent ami. Franny Van Nevel, à qui je raconte toutes les histoires que j'écris, m'a donné de celle-ci plus d'éléments qu'elle ne peut se l'imaginer. Bobby, mon frère bien-aimé, son copain John et mon vieil ami et collègue écrivain Brian Hewitt m'ont fourni quantité de renseignements sur le monde du golf. Pour m'avoir fait connaître la nature sauvage du Wisconsin, je remercie Andy Johnston et Robert Allegretti, mon fils.

Mes amies Anne D. LeClaire et Barbara Grossman furent des lectrices hors pair. Durant un passage très éprouvant, Jane Gelfman, mon agent depuis dix-huit ans et amie à jamais, fut ma confidente et ma boussole. Jennifer Hershey a édité ce livre d'une main ferme et légère. Cathy Hemming l'a publié avec enthousiasme et idéalisme. Roberto De Vicq De Cumptich, le graphiste qui a conçu la couverture, l'a merveilleusement habillé.

À celles et ceux qui partagent mon quotidien, les amis, la famille, en particulier Pamela English, mon assistante, dont les ressources sont inépuisables, Jill DeYoung, ma main droite, et Karen Smith, la Nora de ma vie, mon amour fidèle et ma loyauté. À mes filles, Maria, Francie, Jocelyn, et à mes fils, Rob, Daniel, et Martin, merci d'avoir su me protéger, me préserver, me pardonner. À Joyce M. et Joyce S., Laurie, Karen T., Sam, Peg, Emily, Hillary, Sandy Mitchard, Stacey, Jane H., Patty, Artie, Larry, Pam, Mikey, Anna, Alyssa, Bryan, et à tous mes amis, trois hourras et un bisou. Un merci tout particulier à mon filleul et homonyme de Gordon McKenna.

Et à Rosie, à Bob et à Scott, du fond du cœur, merci.

Un amour hors-la-loi

Plus que tout au monde

Jacquelyn Mitchard

Elle a beau avoir quinze ans, et lui être en prison, Arlington est décidée à épouser Dillon, l'homme qu'elle aime. Elle demande son aide à la brillante avocate Anna Singer. Après quelques hésitations, Anna, émue par l'histoire de la jeune fille, accepte de la défendre. Elle va même jusqu'à l'accueillir chez elle quand Arlington, enceinte, est mise à la porte du domicile familial par sa mère.
Une nouvelle vie débute, rapidement remise en question par l'évasion de Dillon...

(Pocket n° 10773)

Disparition mystérieuse

Aussi profond que l'océan
Jacquelyn Mitchard

La vie de la famille Cappodara est brisée lorsque Ben, trois ans, disparaît de façon inexpliquée. Beth, la mère, s'assomme de médicaments ; Pat, le père, s'oublie dans le travail ; et Vincent, l'aîné, s'enfonce peu à peu dans la petite délinquance.
Mais cette routine sordide est brutalement rompue lorsqu'un adolescent ressemblant étrangement à Ben sonne à la porte, neuf ans après le drame…

(Pocket n° 10629)

Impossible vengeance

Le tournant de la vie

Nicholas Sparks

Depuis la mort de sa femme, tuée accidentellement par un chauffard qu'on n'a jamais retrouvé, le shérif Miles Ryan habite seul avec leur fils, Jonah. Miles ne vit plus que pour venger son épouse, et Jonah a des difficultés à supporter le vide laissé par le décès de sa mère. Sarah, l'institutrice du petit garçon, va tenter de leur redonner goût à la vie. Mais elle est, sans le savoir, intimement liée au drame qui les a brisés…

(Pocket n° 12455)

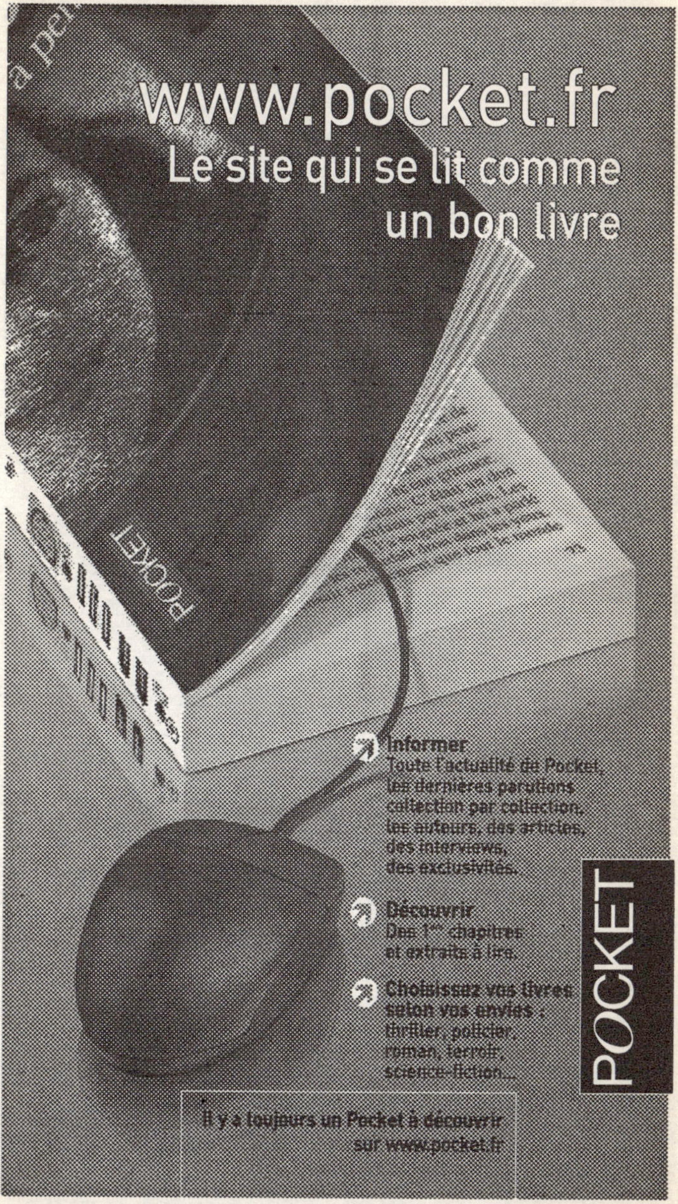
www.pocket.fr
Le site qui se lit comme un bon livre
POCKET
Informer
Toute l'actualité de Pocket,
les dernières parutions
collection par collection,
les auteurs, des articles,
des interviews,
des exclusivités.
Découvrir
Des 1ers chapitres
et extraits à lire.
Choisissez vos livres
selon vos envies :
thriller, policier,
roman, terroir,
science-fiction...
POCKET
Il y a toujours un Pocket à découvrir
sur www.pocket.fr

POCKET - 12, avenue d'Italie - 75627 Paris Cedex 13
Tél. : 01-44-16-05-00

— N° d'imp. : 51526. —
Dépôt légal : juillet 2005.

Imprimé en France

Achevé d'imprimer sur les presses de

BUSSIÈRE

GROUPE CPI

à Saint-Amand-Montrond (Cher)
en juin 2005